すべてのドアを鎖《とざ》せ

ライリー・セイガー
鈴木 恵 訳

集英社文庫

目次

主な登場人物

ジュールズ・ラーセン……………〈バーソロミュー〉12Aのアパートメント番
ジェイン…………………………ジュールズの姉
クロエ……………………………ジュールズの親友
アンドルー………………………ジュールズの元恋人
レスリー・イーヴリン…………〈バーソロミュー〉のスタッフ兼住人
チャーリー………………………〈バーソロミュー〉のドアマン
グレタ・マンヴィル……………10Aの住人、作家
ニック……………………………12Bの住人、外科医
マリアン・ダンカン……………7Aの住人、元女優

ルーファス……………………マリアンの愛犬
ホレス・レナード…………7Cの住人、元上院議員
ジャネット……………………レナードの付き添い看護師
マージョリー・ミルトン……12Aの元住人
イングリッド…………………11Aのアパートメント番
ディラン………………………11Bのアパートメント番
エリカ…………………………12Aの元アパートメント番
メガン…………………………11Bの元アパートメント番
ボビー…………………………ホームレスのシェルターに滞在する女性
ジーク…………………………マリファナの売人
ワーグナー……………………医師
バーナード……………………看護師

すべてのドアを鎖《とざ》せ

アイラ・レヴィンに

ジニーはその建物を見あげた。足はしっかりと歩道を踏みしめているのに、心は広々とした海のように波立っている。自分がこの建物に足を踏み入れることになるなんて、夢にも思わなかった。ジニーにとってそこはこれまでずっと、おとぎばなしのお城と同じくらい遠いかなたにあるものだった。実際、ほんとうにお城みたいに見える――堂々とそびえたち、ガーゴイルたちが壁面を飾っている。ニューヨークの名士たちの住むマンハッタン版のお城だ。

その建物の外で暮らす人々には、そこは〈バーソロミュー〉という名で知られている。

でも、ジニーにとっては、きょうから〝わが家〟と呼ぶ場所だ。

グレタ・マンヴィル『夢見る心』

現在

光が闇を切り裂き、わたしははっと覚醒する。

右眼が——こじあけられる。ゴム手袋をはめた指がまぶたを、動きの悪いブラインドのようにぐいと上下に分ける。さらに光がはいってくる。強烈に。ぎらぎらと。ペンライトを瞳孔に向けられたのだ。

同じように左眼も。こじあけられ、上下に分けられ、照らされる。

指がまぶたを放し、わたしはふたたび闇に放りこまれる。

誰かが話しかけてくる。優しい声の男だ。「聞こえますか？」

わたしは口をひらく。顎に激痛の稲妻が走り、はぐれた電流が首と頬をびりびりと刺激する。

「はい」

声がかすれている。喉が乾ききっているのだ。唇も。ただし一か所だけ、ぬるぬるとなま温かく、金属的な味のする部分がある。

「血が出てるの？」

「ええ」と前と同じ声が答える。「ほんの少しだけ。運がよかったですよ」

「とても運がよかった」と別の声が言う。

「ここはどこ？」

最初の声が答える。「病院です。検査をしにいくところですよ。体をどのくらい傷めたか、調べなくちゃなりませんから」

そこで自分が移動しているのがわかってくる。床を転がるタイヤのうなりが聞こえるし、ストレッチャーのかすかな振動も感じる。そのストレッチャーにあおむけに寝かされているのだ。いままでは自分が浮遊していると思っていた。体を動かそうとしてみるけれど、できない。手脚がストラップで固定されている。頭が動かないように首に何かを巻きつけてある。

ほかにも人がいる。わかるのは三人。ふたつの声のほかに、もうひとり誰かがストレッチャーを押している。なま温かい息が、はっ、はっ、と耳たぶをかすめる。

「どこまで思い出せるか調べてみましょう」これはまた最初の人物だ。いちばんよくしゃべる。「いくつか質問に答えられそうですか？」

「ええ」

「お名前は？」

「ジュールズ」唇にまだ血がついているのにいらだって、ぼてぼてした舌でなめとろうとする。それから言いなおす。「ジュールズ・ラーセン」

「やあ、ジュールズ」と男は言う。「バーナードです」

挨拶を返したいけれど、まだ顎が痛む。

体の左側も、膝から肩まで痛む。

頭も。

痛みの急速沸騰だ。ゼロから激痛へと一気に変わる。それとも痛みはずっとあったのに、体がやっとそれを認識できるようになったのだろうか。

「年齢は？」とバーナードが尋ねる。

「二十五」新たな痛みの爆発に襲われて言葉を切る。「どうしちゃったの、わたし？」

「車にはねられたんです」とバーナードは言う。「というより、あなたのほうが車にぶつかっていったのかな。詳しいことはまだわかりませんが」

その点に関してわたしは力になれない。寝耳に水の知らせだ。何も憶《おぼ》えていない。

「いつ？」

「ほんの数分前です」

「どこで？」

「〈バーソロミュー〉のすぐ外で」

わたしはぱっと眼をあける。こんどは自分から。

頭上を流れ去るまぶしい蛍光灯の光に眼をしばたたく。あわただしく押されていくストレッチャーと並んで歩いているのがバーナードだろう。浅黒い肌、鮮やかな色の医療着、茶色の眼。優しい眼だ。だからわたしはその眼を見つめて懇願する。

「お願い。お願いだから、あそこへは帰さないで」

六日前

1

そのエレベーターは鳥籠に似ている。背の高い凝った造りの鳥籠だ。細い格子と金めっきにおおわれたその籠に、わたしは鳥になった気分で乗りこむ。エキゾチックで、華麗な、絢《けん》爛《らん》たる鳥。

実物のわたしとは全然ちがう。

でも、横にいる女性はまちがいなくそんな鳥だ。ブルーのシャネルのスーツ、アップにしたブロンドの髪、完璧に手入れされた手を飾るいくつもの指輪。五十代か、もう少し上かもしれない。肌はボトックスのおかげでつやつやして張りがあるし、声はシャンパンのように透明で明るい。名前までエレガントだ――レスリー・イーヴリン。

いちおう求職の面接なので、わたしもスーツを着ている。

黒の。

シャネルではないスーツを。

靴は安売りチェーンの〈ペイレス〉で買ったものだ。肩にかかった茶色の髪は、どちらかと言えばむさくるしい。いつもなら〈スーパーカッツ〉に切りにいくころなのだが、いまはあの格安美容室チェーンでさえ、わたしの支払い能力を超えている。

わたしはさも興味ありげにうなずきながら、レスリー・イーヴリンの説明を聞く。「このエレベーターはもちろん開業当時のままよ。中央階段もね。一九一九年にオープンして以来、ロビーはほとんど変わっていない。そこがこういう古い建物のいいところ。長持ちするようにできているの」

それにどうやら、心地よい対人距離を保てないようにもできているようだ。びっくりするほど狭い籠の中にわたしたちは肩をくっつけあって立つ。でも、広さの不足は豪華さが補っている。床には赤い絨毯《じゅうたん》、天井には金箔。三方の壁はオーク材の鏡板張りで、腰の高さから上には狭い窓が並んでいる。

扉は二重になっている。ひとつは細い鉄格子の扉で、自動で閉まる。もうひとつは菱垣《ひしがき》状の格子扉で、レスリーはそれをがらがらと手で閉めると、最上階のボタンを押す。エレベーターは動きはじめ、ゆっくりとではあるけれど着実に、マンハッタンでもとりわけ有名な建物のひとつを上昇していく。

そのアパートメントがこの建物にあるのだと知っていたら、わたしは絶対にあの広告に応募したりはしなかっただろう。時間の無駄だと思ったはずだ。キャラメル色のアタッシェケースを手にしたレスリー・イーヴリンなら、こういう場所でもすっかりくつろいでいられるけれど、わたしはちがう。わたしはペンシルヴェニアの炭坑町生まれのジュールズ・ラーセン、当座預金口座に五百ドルもない女なのだ。

ここはわたしの居場所ではない。

でも、あの広告に番地は書かれていなかった。〝アパートメント番求む〟とあり、〝興味があればお電話を〟と電話番号が書かれていただけだ。わたしは興味があった。だから電話した。レスリー・イーヴリンが出て、面接時間と番地を教えてくれた。アッパーウエストサイドの七十丁目台前半。それでもまだ自分がどこへ飛びこもうとしているのか、はっきりとは気づいていなかった。気づいたのは建物の外に立って、番地を三度も確認したあとだ。まちがいなくそこだった。

〈バーソロミュー〉

マンハッタンのアパートメント・ビルディングのなかでも、あの〈ダコタハウス〉や二本の尖塔《せんとう》を持つ〈サンレモ〉に次いで特徴のある建物。それはひとつには、その細さのせいだ。ニューヨークのほかの伝説的不動産と比べたら、〈バーソロミュー〉は一本の石柱のようなものでしかない。セントラルパーク・ウエストにひょろりとそびえる十三階建ての石柱。近隣の巨獣たちのなかにあって、それらとは正反対であるがゆえに異彩を放っている。こぢんまりとして、精緻で、ひと目見たら忘れられない。

でも、何よりこの建物を有名にしているのはガーゴイルたちだ。蝙蝠《こうもり》の翼と悪魔の角を持つ古典的なタイプのガーゴイル。その石の獣たちがいたるところにいる。アーチ形の正面玄関の上に座っている一対から、傾斜屋根の四隅にうずくまっている面々まで。ほかにも多くが建物のファサードに棲《す》みついて、階ごとに短い列をなしている。大理石の塊に腰をおろして、あたかも自分たちが〈バーソロミュー〉を支えているのだといわんばかりに、頭上の胴《どう》蛇腹《じゃばら》を両腕で押しあげているのだ。それが建物にゴシック聖堂風の外観をあたえているため、〝聖バーソロミュー教会〟などという綽名《あだな》まで奉《たてまつ》られている。

〈バーソロミュー〉とガーゴイルたちは、長年にわたって無数の写真を飾ってきた。絵葉書や、広告や、ファッション写真の背景で、わたしもよく見かけたものだ。映画にも何度となく登場している。テレビにも。それに、ベストセラー小説のカバーにもなった。八〇年代に出版された『夢見る心』というその小説で、わたしは初めて〈バーソロミュー〉のことを知った。ジェインがその本を持っていて、彼女のツインベッドに寝そべるわたしに、よく読んでくれたのだ。

それはジニーという身寄りのない二十歳の女の子を主人公にした、ロマンチックな物語だ。彼女は運命の巡りあわせと、会ったこともない祖母の厚意によって〈バーソロミュー〉で暮らすことになる。そしてそのきらびやかな新しい環境を確かな足取りで歩みつつ、そのつど豪華になっていくパーティ・ドレスに身を包んでは、何人もの求婚者をたくみにさばいていく。夢物語といえばそのとおりだけれど、すてきな夢物語だ――人のひしめくマンハッタンの街角でロマンスを見つけることを、少女たちに夢見させるような。

それをジェインに読んでもらいながら、わたしはカバーの写真をながめていた。通りのむかい側から見た〈バーソロミュー〉の姿だ。そんな建物はわたしの育った町にはなかった。窓の煤《すす》けた棟割り住宅と商店が軒を連ねるばかりで、その陰気さを破るものといえば、ときおり現われる学校や礼拝所ぐらいのものだった。行ったことはなかったけれど、ジェインとわたしはマンハッタンに魅せられた。〈バーソロミュー〉のようなところに住むという考えにも。わたしたちが両親とともに暮らす狭い棟割り住宅と〈バーソロミュー〉とでは、それこそ雲泥の差があった。

「いつか——いつかあたし、ここに住むんだ」ジェインは章と章のあいだによくそう言ったものだ。

「そしたらわたし、遊びにいくね！」わたしはいつもそう声を弾ませた。

するとジェインはわたしの頭をなでてこう言うのだ。「遊びにくる？　あんたもあたしと一緒にそこに住むんだよ、ジュリーちゃん」

子供のころのそんな空想など、もちろん実現しなかった。そういうものだ。世のレスリー・イーヴリンたちなら、ひょっとすると実現できるかもしれない。でも、ジェインには無理だ。ましてわたしになど。このエレベーターに乗るぐらいが関の山だ。

エレベーター・シャフトは階段の中央にぴったり収まっている。階段は建物の中央をぐるぐるとのぼっていくので、上昇するエレベーターの窓からその様子が見てとれる。まず十段のぼると踊場があり、また十段のぼると次の階に着く。

踊場のひとつで、年輩の男性がハアハアとあえいでいる。紫の医療着を着たくたびれた感じの女性に介助されて階段をおりていくところで、女性は老人の腕をつかんだまま、彼が息を整えるのを辛抱強く待っている。通過するエレベーターなど気にしていないふりをしているものの、次のフロアで見えなくなる直前にちらりとこちらを見る。

「居住区画があるのは二階から上の十一フロアよ」とレスリーが言う。「一階にあるのはスタッフのオフィスと従業員専用区画、それにメンテナンス部門。保管施設は地下。各階は四戸ずつに分かれているの。表側に二戸、裏側に二戸」

またひとつフロアを通過する。エレベーターはゆっくりと着実に上昇していく。この階では、レスリーぐらいの年輩の女性が、下へおりるのを待っている。レギンスに〈アグ〉のスニーカー、ざっくりした白のセーターといういでたちで、鋲《びょう》を打ったリードにつないだ信じられないほどちっちゃな犬を連れている。レスリーに愛想よく手を振りながら、特大のサングラスの奥からわたしを見つめる。向き合っていたほんのわずかなあいだに、その人が誰なのかわかる。女優だ。というか、昔はそうだった。夏休みに母と見ていたあのメロドラマで最後に見かけてから、もう十年になる。

「いまのは――」

レスリーは手を上げてわたしの言葉をさえぎる。「居住者のことは話題にしないの。それはここの暗黙のルールのひとつ。〈バーソロミュー〉は口の堅さを売りにしている。ここに住んでいる人たちは、この建物の内側では気楽にしていたいの」

「でも、セレブが住んでいるんですね？」

「そうでもない」とレスリーは言う。「それはむしろありがたいことよ。外にパパラッチが待ちかまえているなんてことだけは、願いさげだもの。あるいは、とんでもない話だけど、〈ダコタハウス〉の前で起きたような恐ろしいこととか（一九八〇年にジョン・レノンが射殺された事件）。うちの居住者はどちらかと言えば、ひそやかなお金持ちだから、プライバシーを重んじるの。アパートメントを購入するのにダミー会社を使って、自分が買ったことが公の記録に載らないようにしている人もたくさんいる」

階段のてっぺんでエレベーターががくんと停まり、レスリーが言う。「さあ、着きましたよ。十二階」

格子を引きあけると、白黒のサブウェイタイルの床をかつかつと踏み鳴らしてエレベーターを降りる。

廊下の壁はバーガンディ色で、突き出し照明が等間隔で取りつけられている。表示のないふたつのドアの前を通りすぎて突きあたりまで行くと、広い壁にもうふたつドアがある。さっきのドアとはちがって、こちらには表示がついている。

12Aと12B。

「各階には四戸ずつあるんだと思ってましたけど」

「あるわよ、この階以外にはね」とレスリーは言う。「十二階は特別なの」

わたしは表示のない背後のドアをふり返る。「じゃ、あのふたつは？」

「保管区画と、屋根への通路。わくわくするようなものじゃない」レスリーはアタッシェケースから鍵束を取り出し、それを使って12Aの鍵をあける。「本物のわくわくがあるのはここ」

ドアをあけると脇へよけ、こぢんまりした上品な玄関の間《ホワイエ》を見せる。コート掛けと、金縁の鏡と、テーブルがあり、テーブルには卓上ランプと、花瓶と、鍵を入れる小鉢が載っている。わたしはホワイエから奥の居室へと視線を移し、ドアの真正面にある窓を見る。窓の外には、めったに見られないようなすばらしい光景が広がっている。

セントラルパークだ。

晩秋の。

琥珀《こはく》色の日射しを浴びるオレンジがかった金色の木々。

地上四十五メートルから鳥の眼で見渡すその眺め。

それを提供している窓は、廊下の突きあたりにあるフォーマルな居間の床から天井まである。めまいでふらつく脚でわたしは廊下を抜けて窓に近づいていき、鼻がガラスに触れる三センチ手前で立ちどまる。真ん前にセントラルパーク・レイクと、ボウ・ブリッジの優美な橋桁《はしげた》が見える。そのむこうにはベセスダ・テラスとローブ・ボートハウスの一部が垣間見える。右手にはシープ・メドウが広がり、秋の日射しを浴びる人々の姿が広大な緑の草地に点在している。左手にはベルヴェデーレ城が、そのむこうには灰色の石造りの堂々たるメトロポリタン美術館が望《の》める。

わたしは息を吞んでその眺めに見入る。

それは『夢見る心』を読みながら心の眼で何度も見ていた眺め、まさしく物語の中でジニーが彼女のアパートメントから見ていた眺めだ。南にシープ・メドウ、北にベルヴェデーレ城、真正面にボウ・ブリッジ――わたしのかなわぬ夢の中心。

その夢がほんのつかのま、現実になっている。こんなにぼろぼろの人生を送ってきたというのに。いや、むしろそのおかげかもしれない。運命がなんらかの形で介入してくれたからわたしはここにいるんだ。そんな気がしてくるけれど、そう感じるそばからまたあの苦い考えが襲ってくる――**ここはわたしの居場所ではない**。

「すみません」そう言ってわたしは窓から身を引き離す。「大きな誤解があると思うんです」

レスリーとわたしのあいだで行き違いがあった可能性はいろいろある。広告求人サイトに載っていた電話番号がまちがっていたとか。わたしが電話をかけまちがえたとか。電話に出たレスリーと話したのはごく短時間だったから、誤解が生じても無理はない。わたしは彼女がアパートメント番を探しているのだと思い、彼女はわたしがアパートメントを探しているのだと思う。その結果わたしたちはここにいて、レスリーは小首をかしげて戸惑いの眼をわたしに向け、わたしのほうは――ありていに言えば――わたしみたいな人間が眼にするはずのない眺めに息を呑んでいる。

「この部屋がお気に召さない？」レスリーは言う。

「とんでもない」わたしはすばやくもう一度、窓の外に眼をやる。そうせずにはいられない。「でもわたし、部屋を探してるわけじゃないんです。いえ、探してるんですけど、でも、百歳になるまで一ペニー残らず貯金したって、ここを買えるような身分にはなれません」

「ここは売りに出されてるわけじゃないの」とレスリーは言う。「これから三か月間住んでくれる人が必要なだけ」

「わたしをここに住まわせてお金をくれる人なんて、いるはずありません。たとえ三か月でも」

「そんなことないわよ。それこそわたしたちの望んでいることだもの」

レスリーは部屋の中央にあるソファを示す。深紅のビロード張りで、わたしが初めて買った車より高そうだ。少しでもがさつな動きをしたらソファが傷みそうな気がして、わたしはおそるおそる腰をおろす。レスリーはむかいの、ソファとおそろいの安楽椅子に座る。あいだにはマホガニーのコーヒーテーブルがあり、純白の花をつけた蘭《らん》の鉢植えが載っている。

眺めに眼を奪われなくなったので、居間の様子がわかるようになる。全体は赤系と木材の色合いで統一されている。空気がほんの少し淀《よど》んでいるものの、居心地はいい。隅でゆっくりと時を刻むグランドファーザー時計。窓にはビロードのカーテンと木製の鎧戸《よろいど》。木製の三脚に載った真鍮《しんちゅう》の望遠鏡が、天体にではなくセントラルパークに向けられている。

壁紙は赤い花模様だ。扇のようにひらいた花びらが複雑に重なり合いながら、装飾的に連続している。天井との境にはそれと調和した漆喰《しっくい》の繰形《くりかた》がぐるりと巡らされ、四隅は渦巻き文様になっている。

「どういうことかというとね」とレスリーは話しだす。「これも〈バーソロミュー〉のルールなんだけど、ひと月以上部屋を無人にしておいてはいけないの。昔からのルールだから、奇妙なルールだと言う人もいるでしょうけど。ここに住むわたしたちはみんな、人のいる建物は幸せな建物だと考えている。このあたりの建物はどう？　たいてい半分は空いている。そりゃみんな、それぞれの部屋を所有はしているんでしょうけれど、めったにそこにいない。それはひと目でわかる。そういう建物にはいると、博物館にいるみたいな気分になるもの。ひどいときには教会とか。それに防犯上の問題もある。〈バーソロミュー〉のどこかの部屋が数か月も無人になるなんて噂が流れたら、どんな人が忍びこもうとするかわからないでしょう」

それであの広告は、地味にほかの求人広告に埋もれていたのだ。なぜこんなに漠然としているのかと、わたしが不思議に思うほど。

「じゃあ、留守番を探してるんですか？」

「居住者を探しているの」とレスリーは答える。「建物に生気を吹きこんでくれる人をね。たとえばこの部屋の場合。オーナーが最近亡くなったの。その人は夫に先立たれていて、自分の子供はいなかった。浅ましい姪《めい》と甥《おい》たちがロンドンにいるんだけれど、その人たちは目下、誰がここを手に入れるかで係争中でね。それが決着するまでこのアパートメントは無人になってしまう。この階は二戸しかないから、どれほど寂しくなるか、考えてもみてちょうだい」

「その姪御さんと甥御さんたちは、ここを又貸しすればいいんじゃないですか？」

「それは禁じられているの。さっき説明したのと同じ理由で。又貸ししてしまったら、部屋にとんでもないことをされるのを防ぐすべがないでしょう？」

わたしは一気に理解してうなずく。「お金を払ってここに誰かを住まわせることで、部屋に変なことをされるのを防ぐというわけですね」

「そういうこと」とレスリーは言う。「保険だと考えてちょうだい。かなり高額の保険よ、言わせてもらえば。12Aの場合、オーナーの遺族は月額四千ドルを提示していますからね」

それまできちんと膝に載っていたわたしの両手が、脇に滑り落ちる。

月に四千ドル。

それもここに住むだけで。

あまりに衝撃的な金額に、お尻の下から深紅のソファが消えて、わたしは床から三十センチの高さにふわふわと浮く。

懸命に頭を落ちつかせて、ごく簡単な計算をする。つまり三か月で一万二千ドル。それだけあれば生活を立てなおすまで十二分にしのげる。

「どうやら興味が湧いたようね」レスリーは言う。

〝人生っていうのはときどきリセットボタンを差し出してくれる。そしたら人は力一杯それを押さなくちゃいけないの〟

昔ジェインにそう言われたことがある。彼女のベッドで本を読み聞かせてもらっていたころ。あのころはまだ幼すぎて意味がわからなかったけれど。

いまはわかる。

「とっても湧いてきました」とわたしは答える。

レスリーはにっこりと微笑んで、桃色の唇からきらきらきらした歯をのぞかせる。「じゃあ、面接をつづけるわね？」

2

面接のつづきをレスリーは居間に座ったままではなく、各部屋を案内しながら行なう。次の部屋へ移動するたびに新たな質問をしてくる。まるで館《やかた》内の部屋を巡りながら殺人事件の謎を解く、ボードゲームの〈クルー〉をやっている気分だ。足りないのはビリヤードルームと舞踏室だけ。

まず案内されたのは、居間のすぐ隣にある書斎だ。ひどく男っぽい。どこもかしこもダークグリーンと、木材のウィスキー色。壁紙の模様は居間と同じだけれど、色は鮮やかなエメラルドグリーンだ。

「現在の雇用状況は？」レスリーが訊《き》く。

本当のことを話してもかまわないとは思うし、たぶん話すべきなのだろう。先日まで国内屈指の金融会社で管理職補佐をしていました。大した仕事じゃありません。無給の見習社員よりワンランク上というだけです、と。実際、コピーをとるのと、コーヒーをいれるのと、中間管理職たちの気分変動をかわすのが仕事だった。でも、そのおかげでもろもろの支払いができて、健康保険にもはいっていられた。ところが二週間前、全社員の一割とともに首になったのだ。〝組織再建《リストラ》〟で。ボスは大量解雇よりそのほうが聞こえがいいと思ったのだろう。いずれにしろ結果は同じ――わたしは失業、ボスはたぶん昇給。

「求職中です」とわたしは答える。

レスリーはごくわずかにうなずいてみせる。いい印なのか悪い印なのか。それでも質問をつづけながら主廊下に戻り、アパートメントの反対側へ向かう。

「煙草《たばこ》は吸う？」

「いいえ」

「お酒は？」

「夕食のとき、たまにワインを一杯」

ただし二週間前、クロエに連れ出されて、悲しみをマルガリータで紛らしたときは別だ。立てつづけにがばがばと五杯も飲んで、その夜は路地でゲロを吐いて終了した。それもレスリーには教える必要のないことだけれど。

廊下は急に左へ曲がっている。でも、レスリーはそちらへは行かず、わたしを連れて右側のフォーマルなダイニングルームにはいる。わたしはあまりのすばらしさに息を吞む。堅木の床は鏡のようにぴかぴかに磨きこまれ、シャンデリアの下に鎮座する長テーブルは優に十二人はかけられる。凝った花模様の壁紙は、こんどはライトイエローだ。部屋は建物の角に位置していて、窓からは二方向をながめられる。一方からはセントラルパークを、もう一方からは隣のビルの角を。

テーブルの周囲を歩きながら表面に指を走らせるわたしに、レスリーは質問する。「交際状況はどう？　夫婦や家族連れのアパートメント番だって、うちはかならずしもいやな顔はしないんだけれど、独身のかたのほうが望ましいから。法的な観点からもそのほうが簡単だし」

「独身です」声に惨めさをにじませまいとしつつ答える。

別れたのは会社を首になったのと同じ日で、わたしはいつもより早めにアパートメントに帰った。同棲《どうせい》していたボーイフレンドのアンドルーは、夜はわたしの会社のあるビルで清掃員として働いており、昼間はペイス大学の定時制の学生として金融と、それにまあ、同級生とのファックを、わたしが会社に行っているあいだに専攻していたらしい。

ふたりがまさにそのお勉強をしているところへ、わたしはデスクの私物をかき集めた惨めな小箱を抱えて帰ってきた。ふたりは寝室にさえたどりついていなかった。中古のソファに倒れこんだまま、アンドルーはジーンズを足首までおろし、相手は両脚をおっ広げていた。

本来なら悲しむべきだけれど、わたしはまだめちゃくちゃ腹を立てている。傷ついてもいる。アンドルーみたいな男で妥協してしまった自分を責めてもいる。彼が自分の仕事に満足していないことも、人生にもっと多くを望んでいることも知っていたのに。わたしだけで満足していると思いこんでいたなんて。

レスリー・イーヴリンはわたしをキッチンへ案内する。広すぎて入口がふたつある。ダイニングルームからと、廊下からと。わたしはゆっくりと体をまわし、そのぴかぴかの白さに、花崗岩《かこうがん》のカウンタートップに、窓ぎわの朝食コーナーにくらくらする。まるで料理番組からそのまま抜け出てきたかのようだ。できるだけ見映えがするように造られたキッチン。

「すごい」その大きさに圧倒されてわたしは言う。

「〈バーソロミュー〉が開業した当時への回帰ね」とレスリーは言う。「建物自体はあまり変わっていないけれど、個々のアパートメントは長年のあいだにだいぶ改装されていてね。大きくなったところもあれば、小さくなったところもある。ここは昔、下のもっと大きなアパートメントの厨房《ちゆうぼう》と使用人部屋として使われていたの。ほら」

レスリーはオーブンとシンクのあいだに収まっている戸棚の前へ行く。引き戸を上げるとその奥に暗い縦穴と、上の滑車から垂れさがる二本のロープが見える。

「配膳用昇降機《ダムウエイター》ですか？」

「そう」

「どこへつながっているんです？」

「よく知らないの、実は。何十年も使われていないから」レスリーは昇降機の戸をぴしゃりとおろすと、いきなり面接モードに戻る。「ご家族のことを教えて。ご両親は？」

これはもっと答えるのがつらい。というのもそれは、仕事を首になったとか、浮気をされたとかいうより、はるかに悲惨な話だからだ。わたしが何か言えばかならず水門があいてさらなる質問が押しよせ、ますます悲惨な返事をしなければならなくなる。何があったのかをほのめかせばことに。

いつ。

なぜ、と。

「亡くなりました」とわたしは言う。そのひと言でそれ以上の質問を封じられることを期待して。それは成功する。ある程度。

「身内のかたはひとりもいないの？」

「ええ」

それはほぼ真実だ。両親はどちらもひとりっ子で、祖父母もひとりっ子だった。だからわたしには、おじも、おばも、いとこもいない。ジェインだけだ。

そのジェインも、もう死んでいる。

たぶん。

十中八九。

「近親者がいないとなると、緊急時にはどなたに連絡したらいいかしら？」

二週間前ならアンドルーだった。いまはたぶんクロエだろう。でも、彼女の名前を公式の書類に記入したことはない。記入していいかどうかもわからない。

「誰もいません」わたしはそれがどれほど憐れに聞こえるかを意識する。だからちょっぴり希望のある補足をつける。「いまのところは」

話題を変えたくて、キッチンのドアのすぐ外をのぞく。レスリーはすぐに察して、わたしを主廊下から枝分かれした別の短い廊下へ案内する。そこには彼女が見せようともしないゲスト用バスルームと、クローゼットのほかに、なんと、螺旋《らせん》階段がある。

「うわあ。二階があるんですか？」

レスリーはうれしそうにうなずく。クリスマスの日の子供みたいなわたしの声に呆れるというより、面白がっている。「十二階の二戸にだけある特別なおまけ。どうぞ。見てごらんなさい」

わたしは階段を駆けあがる。螺旋状の曲線に従っていくと、キッチンよりさらに見映えのする寝室がある。ここでは花模様の壁紙も部屋と調和している。ごく薄い色合いのブルー。春の空の色。

階下のダイニングルームと同じで、ここも建物の角に位置している。最上階だから、天井が奥の壁まで大きく傾斜しながら迫りあがっている。どっしりしたベッドは、角に面したどちらの窓からも外をながめられるように置かれている。そして窓のすぐ外にいるのが主役の――ガーゴイルだ。

それは胴蛇腹の角に後肢《こうし》を曲げてしゃがみこみ、前肢《ぜんし》の鉤爪《かぎづめ》で張り出しの上をつかんでいる。翼を広げているので、左側の端が北に面した窓から、右側の端が東向きの窓からのぞいている。

「すてきでしょう？」突然後ろでレスリーが言う。彼女が上がってきたことにも気づいていなかった。ガーゴイルと、その部屋と、うまくいけばお金をもらってここに住めるかもしれないという嘘みたいな考えに、すっかり夢中になっていたのだ。

「ええ、すてき」何もかもに圧倒されたわたしは、そう鸚鵡《おうむ》返しに答えるしかない。

「それに広々しているし。〈バーソロミュー〉の標準から言ってもね」とレスリーはさらに言う。「これもやっぱり、もともとの用途のおかげなのよ。昔は住み込みの使用人たちがいたから。みんなここで寝起きして、下の階で料理をして、さらに下の階で働いていたわけ」

レスリーはわたしが見落としていたものをひとつひとつ指し示す。階段の左手には腰をおろせる場所もあり、クリーム色の椅子とガラスのコーヒーテーブルが置いてある。靴を脱ぎすてて素足で歩いてみたくなるほどふかふかの白い絨毯を踏んで、わたしは部屋の奥へ行く。右手の壁にドアがふたつある。ひとつは主浴室につづいている。ちょっとのぞいてみると、ふたつ並んだシンクと、ガラスの仕切りで囲われたシャワーと、鉤爪足の浴槽がある。もうひとつのドアの奥には、大きなウォークイン・クローゼットがあり、鏡つきの化粧台と、衣料品店をひらけるほどの棚やラックがある。どれも空っぽだ。

「このクローゼット、わたしの子供のころの寝室より広いです」とわたしは言う。「ていうか、これまで暮らしたどの寝室より広いです」

鏡台の鏡で髪型を点検していたレスリーが、ふり返って言う。「生活環境の話が出たついでに、現在の住所を教えてくれる？」

またしても危うい話題。

わたしはアンドルーと同級生がファックしているのを目撃した日にアパートメントを出た。やむをえずだ。賃貸契約書にはアンドルーの名前しか記されていなかったから。わたしは引っ越してきても自分の名前を追加しなかった。つまり法的には、そこははなからわたしの家ではなかったのだ。一年あまりそこで暮らしていたとはいえ。この二週間は、ジャージーシティのクロエのアパートメントのカウチで寝ていた。

「いまはちょっと、住所がなくて」あまり惨めに聞こえないことを祈りつつ言う。

レスリーは驚きを隠そうとしてすばやく眼をしばたたく。「ない？」

「住んでいたアパートメントが協同組合方式に変わっちゃいまして」と嘘をつく。「次が見つかるまで友達のところに居候《いそうろう》してるんです」

「それなら、ここに住むのは渡りに船でしょうね」レスリーは如才なく言う。

渡りに船どころか、救いの神だ。職探しと新しい住まい探しの本拠地が手にはいるのだから。しかも期間が終了すれば、銀行に一万二千ドルのお金もはいる。それを忘れてはいけない。

「じゃあ、さっさと面接を終わらせて、あなたが適任かどうか考えてみましょう」

レスリーは先に立って寝室の階段をおりると、居間の深紅のソファに戻る。わたしはまた両手を膝に置いて座り、窓の外に眼を向けまいと努力する。でも、傾いた午後の日射しが公園を深い金色に染めているので、やっぱり見てしまう。

「あといくつか質問に答えてもらったら、それでおしまいよ」レスリーはそう言いながらアタッシェケースをあけて、ペンと応募用紙のようなものを取り出す。「年齢は？」

「二十五歳」

レスリーは書きこむ。「お誕生日は？」

「五月一日」

「こちらが知っておくべき持病や体の異常はある？」

わたしは窓から視線を引きもどす。「そんなことまで知る必要があるんですか？」

「もしもの場合に備えてね。ここにいるあいだに万一あなたに何かあっても、こちらから連絡できる相手はいま現在いないわけだから、もう少し情報が必要なの。言っておくけれど、これはうちの通常の手続きよ」

「持病はありません」わたしは答える。

レスリーのペンが用紙の上で止まる。「じゃあ、心臓疾患とか、その手のものはないのね？」

「ないです」

「視力も聴力も問題ない？」

「ありません」

「アレルギーは何かある？」

「蜜蜂に刺されるとまずいんですけど。でも、エピペンをいつも持ちあるいてます」

「それは賢明ね。よかったわ、分別のある娘さんにお眼にかかれて。となると、これが最後の質問になるけれど。あなた、自分を知りたがり屋だと思う？」

〝知りたがり屋〟。そんな言葉をこの面接で聞くとは思いもしなかった。質問をしてくるのはつねにレスリーのほうなのだ。

「質問の意味がよくわかりません」わたしは答える。

「なら、率直に言いましょう」とレスリーは応じる。「あなた、穿鑿《せんさく》好き？　あれこれ訊きたがるタイプ？　しかも自分の見聞きしたことを人にしゃべるタイプ？　ご存じでしょうけれど、〈バーソロミュー〉は秘密を守ることで有名なの。すでに見たように、ここは普通のアパートメント・ビルにすぎないけれど、世間の人たちは建物の内側で何が起きているのか興味津々でね。よからぬ意図を持ってやってきたアパートメント番も、過去には何人かいた。ゴシップを探しにきたの。この建物や、居住者や、建物の過去の。タブロイド新聞に毒された連中の典型ね。わたしには即座にわかる。いつでもそう。だからあなたも、ゴシップを求めてきたのなら、これでお別れするのが得策というわけ」

わたしは首を振る。「ここで起こることに関心なんかありません。正直に言えば、いくらかのお金と、何か月か住める場所が欲しいだけです」

それで面接は終わる。レスリーは立ちあがり、スカートの皺《しわ》を伸ばし、太い指輪のひとつの位置をなおす。「通常はね、よさそうだと思ったらこちらからまた電話すると伝えるんだけれど。あなたを待たせてもしょうがないものね」

次に何が来るかはわかっている。あの鳥籠エレベーターに乗った瞬間からわかっていた。わたしは〈バーソロミュー〉にはふさわしくない。ここはわたしみたいな、身寄りもなく、職もなく、住むところもまともにない人間の来るところではない。最後にもう一度だけ、窓の外を見る。こんな眺めを眼にする機会は二度と訪れないはずだ。

レスリーは話を締めくくる。「ぜひここに住んでちょうだい」

最初わたしは聞きちがいかと思う。呆然とした顔をして、朗報を受け取るのに慣れていないことをばらしてしまう。

「冗談でしょ」

「真面目そのものよ。まだ身元チェックは必要だけれどね、もちろん。でも、あなたはうってつけに思える。若くて明るいし。ここにいれば、あなたにもプラスになることがたくさんあると思う」

そこで初めて実感が湧いてくる。本当にここ、、、に住むんだ。あの〈バーソロミュー〉に。足を踏み入れることになるとは夢にも思わなかったアパートメント・ビルに。

しかも、それでお金までもらえる。

一万二千ドル。

うれし涙がこみあげてくる。それをあわてて拭う。あまり感情的なところを見せて考えを変えられては困る。

「ありがとうございます。本当に。こんなチャンスはまたとありません」

レスリーは満面の笑みを浮かべる。「どういたしまして。ようこそ〈バーソロミュー〉へ。きっと気にいってもらえると思うわ」

3

「落とし穴があるんじゃない？」クロエはそう言うと、〈トレーダー・ジョーズ〉で買った安ワインをひと口飲む。「だってさ、あるに決まってるよ」

「わたしもそう思ったんだけど。あるとしても、見つからないの」わたしは言う。

「正気の人間なら、赤の他人にお金を払って自分の豪華アパートに住まわせたりしないって」

　わたしたちふたりは、ジャージーシティにあるクロエの全然豪華でないアパートメントの居間で、コーヒーテーブルをはさんで座っている。わたしが転がりこんで以来、このテーブルがわたしたちの食卓になっている。今夜は安い持ち帰り中華料理のカートンがふたつ載っている。野菜撈麵《ローミエン》と、ポーク炒飯《チャーハン》。

「別に休暇みたいなものじゃないんだよ」とわたしは言う。「ちゃんとした仕事なんだから。部屋の手入れをしなくちゃいけないの。掃除して、管理しておかなくちゃ」

　クロエは食べる手を止めて、麵を箸からずるずると落とす。「ちょっと待った。あんた、まさかやるつもりじゃないよね？」

「やるつもりだよ。あしたには引っ越せる」

「あした？　それはまたなんていうか、やけに急じゃない？」

「なるべく早く住んでほしいんだって」

「ジュールズ、あたしは被害妄想じゃないけどさ、これはどう考えたっていかがわしいよ。警報ががんがん鳴ってる。カルトだったらどうするの？」

わたしは呆れて天井を仰ぐ。「馬鹿いわないで」

「大真面目だよ。どんな人たちかわからないじゃん。そこに住んでた女の人に何があったのかぐらい教えてくれた？」

「亡くなったんだって」

「どうして？　どこで？　それは話してくれた？　もしかしたらそのアパートで死んだのかもしれない。殺されたのかもしれない」

「おどかさないでよ」

「用心してって言ってるだけ。そのふたつはちがう」クロエはいらだってワインをがぶりと飲む。「署名する前に、せめて契約書をポールに見てもらってくれない？」

クロエのボーイフレンドは現在、大手法律事務所でアルバイトをしながら司法試験の勉強をしている。試験に受かったらふたりは結婚して郊外へ引っ越し、子供をふたりと犬を一匹持つつもりでいる。クロエはよく、あたしたちの人生はのぼり調子だから、と冗談を言う。

わたしは逆だ。どん底に落ちてしまい、いまこうして食事をしている場所があとでそのまま寝床になる。まるで、二週間のあいだに自分の世界がこのカウチの大きさにまで縮んでしまったみたいだ。

「もう署名しちゃった」とわたしは言う。「三か月契約で、延長できる可能性もあるんだよ」

最後の部分はいささか誇張だ。それは契約書ではなく合意書だったし、レスリー・イーヴリンはたんに、オーナーの遺族のあいだで話がまとまるまでにはもう少し時間がかかるかもしれないとほのめかしたにすぎない。そこにわたしはプロっぽい見せかけをあたえたわけだ。クロエは人事部で働いている。契約の延長と聞くと感心する。

「納税申告書はどうした？」と彼女は訊く。

「どうしたって？」

「記入した？」

答えるのを避けようと、わたしは炒飯に箸を突っこんで肉の切れ端を探す。クロエはわたしの手からカートンをひったくり、乱暴にとんとテーブルに置く。天板にライスが散らばる。

「ジュールズ、給料を内緒で払うような仕事を引き受けちゃだめだよ。そんなのもう、それだけで胡散くさい」

「わたしからすれば、もらえるお金が増えるにすぎないけど」わたしは言う。

「それは違法だってことだよ」

わたしはカートンをつかんで反抗的にまた箸を突っこむ。「わたしの頭にあるのは一万二千ドルのことだけ。そのお金がどうしても必要なの」

「言ったでしょ、そんなお金、貸してあげるって」

「借りても返せない」

「返せるよ。いつかは」とクロエは言う。「あたしに気兼ねしてそんなことしなくていい。

あたしあんたのことを——」

「厄介者でしょ？」

「ちがう。そんなふうに思ってない」

「でも、わたし、厄介者だもん」

「いいえ、あんたはあたしの親友。いまはちょっと人生につまずいてるだけ。必要なだけいてくれて全然かまわない。すぐに立ちなおれるよ」

クロエはわたしより信念がある。わたしはこの二週間というものずっと悩みっぱなしだ。自分の人生はいったいどうしてこんなに急激に脱線してしまったんだろうと。わたしは頭もいいし、勤勉だし、善人でもある。というか、そうなろうと努力はしている。それなのに、会社の人員整理とアンドルーの二股というワンツーパンチを食らっただけで、たちまちノックアウトされてしまった。

きっとこう言ってくる人たちがいるだろう——それはおまえ自身のせいだ。いざというときに備えて貯金をしておかなかったせいだと。少なくとも給料の三か月分。専門家はそう言う。そんな数字を弾き出した連中をわたしはひっぱたいてやりたい。そういう連中は、家賃と食費と光熱費でかつかつの手取りしかもらえない仕事なんて、やったことがないに決まっている。

なぜならそれこそが貧困というものの問題点だからだ――たいていの人間は自分が経験しないかぎり、貧しさを理解できない。

彼らには浮かんでいるのがどれほど危ういバランスを要求される技なのかも、いったん沈んだら浮かびあがるのがどれほど難しいのかもわからない。

口座にお金がはいっていますようにと祈りながら、震える手で小切手を書いた経験もない。財布は空っぽ、クレジットカードは限度額いっぱい。なのにどうしてもガス代を支払う必要がある。食べ物を買う必要がある。一週間前から切らしている処方薬を買う必要がある。だから日付が変わるのと同時に給料が振り込まれるのをひたすら待つ。

そんな経験もない。

食料品店やレストランやスーパーで、クレジットカードを受けつけてもらえなかった経験もない。しかもそのあいだじゅう、レジ係はいらいらと横眼でこちらを見ながら、この女はだめな人間だと決めつけてくるのだ。

それもまた、たいていの人たちが理解していないことだ。人というのはすぐに他人を判断する。そして偏見を抱く。そして他人の経済的苦境を、愚かさと、怠惰と、たび重なる選択ミスの結果だと決めつける。

彼らは知らないのだ。二十歳にもならないうちに両親を埋葬するのがどれほど経済的にたいへんか。

両親が長年にわたってこしらえた借金がいくらあるかを示す書類の山を前に、泣きながら座っているのがどんなものか。

ふたりの保険はすべて無効だと告げられるのがどんなものか。

大学へ戻り、学資援助と、ふたつのアルバイトと、完済に二十年かかる学生ローンの助けを借りて自活するのがどんなものか。

文学の学位を取って卒業し、就職活動を始めてみると、どこへ行ってもあなたの学歴は希望する職には不充分だ、あるいはもったいない、としか言われないのがどんなものか。

世間の人々は、そんな人生のことなど考えたくもないので考えない。自分たちはうまくやっているから、なぜこちらが同じようにできないのか理解できない。だからこちらは、孤立無援のまま屈辱に耐えなければならない。心細さにも。不安にも。

そう、不安。

それは消えたためしがない。目覚めているあいだじゅう頭の中でわんわん鳴りひびいている。それがどんどんひどくなり、近頃ではこんなことまで考える。自分は底にぶつかるまであとどのくらい落下するのだろう。どん底まで落ちたらどうするだろう。クロエの言うように、這《は》いあがろうとするだろうか。それとも父のやったように、みずから荒寥《こうりょう》たる暗い無の世界へはいっていくだろうかと。

きょうまでは、この苦境から楽に抜け出せる道が見つからなかった。でも、いまはさしあたり、重苦しい絶望的な不安は消えている。

「どうしてもやらなくちゃならないの」とわたしはクロエに言う。「妙だといえば、たしかに妙だけど」

「それに絶対、話がうますぎる」とクロエは言う。

「善人にはね、うまい話が現実になることだってあるの。それを何より必要としているときは」

クロエは隣に滑りこんできて、わたしを激しく抱きしめる。ペンシルヴェニア州立大でルームメイトになって以来、いつもやってきたように。

「〈バーソロミュー〉以外の建物だったらたぶん、あたしももう少し安心できるんだけど」

「〈バーソロミュー〉のどこがいけないの?」

「たとえばあのガーゴイルとかさ。ぞっとしなかった?」

しなかった。正直に言えば、寝室の窓の外にいたガーゴイルなど、そのゴシック風の姿なりにチャーミングだと思った。番をしてくれている見張りのようだと。

「あたし、聞いたことがあるの」とクロエは言葉を切り、ぴたりとくる不吉な言葉を探す。

「噂を」

「どんな噂?」

「うちの祖父母がアッパーウェストサイドに住んでたんだけどね。おじいちゃんは〈バーソロミュー〉と同じほうの歩道を歩こうとしなかった。あそこは呪われてるって言って」

わたしは撈麵に手を伸ばした。「それって〈バーソロミュー〉より、おじいちゃんの問題だと思うけど」

「おじいちゃんは本気だった。あそこを建てた男は自殺したんだって言うの。屋根から飛びおりたんだって」

「あんたのおじいちゃんが何か言ったぐらいで、わたし、これを断わるつもりはないから」

「あたしが言ってるのは、あそこにいるあいだは少し用心してもいいんじゃないってこと。何かおかしいと思ったらすぐに戻ってきて。カウチはいつでも空けとくから」

「ありがとう、そう言ってくれて」とわたしは言う。「そうする。ひょっとしたら三か月後、またここに帰ってくるかもしれない。でも、呪われていてもいなくても、〈バーソロミュー〉に住むのが、この土壺《どつぼ》から抜け出す最善の道なの」

誰もが人生をやりなおせるとはかぎらない。父は明らかにやりなおせなかった。母もそうだ。

でも、わたしはいまそのチャンスを手にしている。

人生はわたしに、ビルの大きさのリセットボタンを差し出してくれている。

わたしはそれを力一杯押すつもりだ。

現在

はっと眼が覚め、わたしは戸惑う。自分がどこにいるのかわからず、それが恐ろしい。

頭を持ちあげてみると、そこは薄暗い部屋で、あいたままのドアから細い光がぼんやりと射しこんでいる。ドアの隙間からは殺風景な廊下がのぞいていて、押し殺した話し声と、タイル貼りの床をスニーカーで歩くキュッキュッという音が聞こえる。

体の左側と頭で絶叫していた痛みは、いつのまにかただの不平のつぶやきに変わっている。鎮痛剤を投与されたのだろう。頭も体も、綿でも詰めこまれたみたいにふわふわしている。うろたえて、意識を失っていたあいだに何をされたのか点検してみる。

手の甲に点滴のチューブがつけられている。

左の手首には包帯が巻かれている。

首には固定具。

こめかみに絆創膏《ばんそうこう》。指先でそっと押してみる。激痛が走り、思わず顔をしかめる。

驚いたことに、両肘を突いて体を起こしてみると、起きあがれる。脇腹がちょっとずきりとするものの、動いた甲斐はある。戸口を通りかかった誰かが気づいてくれる。

「眼が覚めたようだ」

ぱちりと照明がつき、白い壁と、片隅の椅子と、安物の黒い額にはいったモネの複製画が眼にはいる。

　看護師がはいってくる。さきほどと同じ人。あの優しい眼をしたバーナードだ。

「やあ、眠り姫」

「わたし、どのくらい眠ってたの？」

「ほんの数時間」

　わたしは部屋を見まわす。窓がない。殺風景。白さで眼がくらむ。

「ここはどこ？」

「病室です」

　安堵《あんど》が押しよせてくる。うれしさのあまり涙がこぼれる。バーナードはティッシュを取って頰を拭ってくれる。

「泣くことはないですよ。そんなにひどくないですから」

　そのとおりだ。少しもひどくない。というより、すばらしい。

　わたしは助かった。

〈バーソロミュー〉から脱出できたのだ。

五日前

4

あくる朝、わたしはクロエと別れのハグを長々と交わしてから、ウーバーで呼んだ車でマンハッタンへ行く。車なんて贅沢《ぜいたく》だけれど、私物を運ぶためだ。といっても、たくさんあるわけではない。アンドルーと〝友達〟のファック現場を目撃したあと、わたしはアパートメントを出ていくのにひと晩だけ、時間をかけてもいいことにした。めそめそ泣いたりも、壁が振動するほどわめいたりもしなかった。「出てって。朝まで帰ってこないで。それまでにはいなくなってるから」そう告げただけだ。

アンドルーは反論しなかった。それがわたしの知りたいことをすべて物語っていた。縒《よ》りを戻す気などさらさらなかったけれど、悪あがきもせずにおとなしく出ていったのには呆れた。どこへ行ったのかはわからない。おおかた相手の女のところだろう。そうすればつづきをやれる。

アンドルーが出ていくと、わたしは置いていってもいいものと、なければ生活できないものを選り分けながら、手ぎわよく荷造りをした。置いてきたものはたくさんある。たいていはアンドルーと一緒に買ったものだ。いがみ合うだけのエネルギーがなかったのだ。その結果オーブントースターも、〈イケア〉のコーヒーテーブルも、テレビも、彼にくれてやった。

　その長くつらい夜のあいだに一度、何もかも捨ててやろうかと考えてもみた。そうすれば、わたしだって何かをぶち壊しにすることはできるのだと思い知らせてやれる。でも、すっかり意気消沈していて、そんな怒りは掻《か》きたてられなかった。かわりに大きな鍋をコンロに載せて、そこへふたりだけの思い出をすべて突っこんだ。写真、バースデイカード、最初の数か月間にうきうき気分で交わしたラブレター。マッチをすって、その山に落とし、炎が上がるのを見つめていた。

　アパートメントをあとにするとき、その灰をキッチンの床にぶちまけた。

　それもアンドルーにくれてやったのだ。

けれども、この二週間で二度目の荷造りをしたときには、持っていけるものがもっとあればいいのにと思いはじめていた。衣類と、アクセサリーと、本と、わずかな思い出の品だけ。あまりの少なさに自分でもびっくりした。わたしの全人生はいま、スーツケースひとつと、四十センチ×五十センチの収納ボックス四つに収まっている。

　運転手は〈バーソロミュー〉の前に車を乗りつけると、低い口笛を漏らして感心してみせる。「あんた、ここで働いてる人か何か？」

　厳密にはそのとおりだ。でも、非公式の仕事内容のとおり、こう答えるほうが聞こえがいい。「居住者よ」

車を降りて、仮のわが家となる建物を見あげる。入口の上にうずくまるガーゴイルたちが見つめかえしてくる。背中をたわめて翼を広げた姿は、いまにも出迎えに飛びおりてきそうだ。でも、その役目はガーゴイルたちの下に立っているドアマンが引き受ける。長身で太っていて、赤らんだ頬とブラシのような口髭《くちひげ》をした彼は、ウーバーの運転手がトランクをあけたときにはもう、わたしの横にいる。

「わたしが運びますよ」と収納ボックスに手を伸ばしながら言う。「あなたがミス・ラーセンですね。チャーリーです」

わたしも少しぐらいは役に立ちたくて、スーツケースをつかむ。ドアマンのいる建物に住むのは初めてだ。「よろしくね、チャーリー」

「こちらこそ。ようこそ〈バーソロミュー〉へ。荷物はわたしが引き受けますから、あなたは中へはいってください。ミセス・イーヴリンがお待ちです」

誰かがわたしを待っていてくれるなんて。そんな経験は久しくしたことがない。たんに歓迎されているだけではなく、必要とされているんだ。そんな気持ちにさせてくれる。

たしかにレスリー・イーヴリンがロビーで待っている。きょうはまたちがうシャネルのスーツに身を包んでいる。ブルーではなくイエローの。

「ようこそ。ようこそ」とわたしの左右の頬にエア・キスをしては快活に言う。それからスーツケースに眼を留める。「ほかの荷物はチャーリーが面倒を見てくれているかしら?」

「ええ」

「理想的なドアマンよ、あのチャーリーは。うちのドアマンのなかじゃ、断トツで仕事ができる。まあ、みんなそれなりに優秀だけれどね。用があったら、ドアマンは外にいるか、でなければそこにいる」

レスリーはロビーのすぐ脇にある小部屋を指さす。戸口のむこうにデスクと椅子と、一列に並んだ防犯モニターの青みがかった灰色の画面が見える。そのうちの一台に、ロビーの市松模様の床にたたずむふたりの女の姿が斜めに映っている。一瞬ののち、ひとりは自分だと気づく。もうひとりはレスリーだ。見あげると、玄関ドアのすぐ上にカメラがついている。モニターに眼を戻すと、そこにはもうわたししか映っておらず、レスリーは消えている。

彼女のあとを追って、ロビーの反対側の壁に並ぶ郵便受けの前に行く。四十二の郵便受けがあり、それぞれのアパートメントと同じように2Aから順にラベルがついている。レスリーは地味なキーリングのついた小さな鍵を取り出してみせる。12Aと記されている。

「これがあなたの郵便受けの鍵」

おばあちゃんが孫に飴玉《あめだま》でもあたえるみたいに、それをわたしの手のひらにぽとんと落とす。

「郵便物は毎日チェックしてちょうだい。あんまり来ないはずだけれどね、もちろん。でも、オーナーのご遺族から、届いたものはなんであれ転送してほしいと言われているの。言うまでもないことだけれど、開封は絶対にしないこと。どれほど緊急に見えても。プライバシーのために。あなた自身は私書箱を使うといいわよ。個人的な郵便物をこの住所で受け取るのは厳禁です」

わたしはすぐにうなずく。「わかりました」

「じゃあ、12Aに上がりましょう。そのあいだにほかの規則も説明できるから」

そう言うとレスリーは、こんどはエレベーターのほうへ歩きだす。わたしはスーツケースを引いてあとをついていきながら、「規則？」と訊き返す。

「大したものじゃない。守ってほしいガイドラインがいくつかあるだけ」

「どんなものですか？」

わたしたちはエレベーターの前に立つ。使用中だ。金ぴかの格子のあいだから、鋼索《こうさく》がずるずると上にあがっていくのが見える。どこか下のほうからごろごろと機械の音が聞こえてくる。数階上からエレベーターがうなりとともにおりてくる。

「まず来客は禁止」とレスリーは言う。「いちばん大きいのはこれ。だめと言ったら、相手が誰だろうと絶対にだめ。友達を連れてきて中を案内するのも、ホテル代を浮かせるために家族を泊めるのもだめ。バーやデートアプリで知り合った他人を連れてくるなんてのは、もってのほか。これだけはくれぐれも念を押しておくわよ」

わたしはすぐにクロエのことを考える。今夜、中を案内すると約束したのだ。この話を伝えたら、ほらごらんなさいと言うだろう。それが証拠だ――やっぱり警報ががんがん鳴っているんだと。クロエに言われるまでもなく、こんどはわたしにも聞こえているけれど。

「それはちょっと――」わたしは言いよどみ、レスリーを不快にさせない言葉を探す。「厳しくないですか?」

「たしかにね」とレスリーは言う。「でも、必要なの。ここに住んでいるのはとても著名な人たちだから。見知らぬ人間に自分たちの建物をうろつかれるのはいやなのよ」

「わたしも厳密には見知らぬ人間じゃないですか?」

レスリーはわたしのまちがいを正す。「あなたは従業員。それにこれから三か月間は居住者でもある」

エレベーターがようやく到着して、二十代前半の男が降りてくる。背は低いが筋肉質で、胸が広く、腕も太い。いかにも染めているような黒い髪が、右眼にかかっている。両の耳たぶに漆黒の小さな黒い円盤をつけている。

「ああ、ちょうどいいわね」とレスリーは言う。「ジュールズ、ディランを紹介させてちょうだい。彼もアパートメント番よ」

それはもう勘づいていた。〈ダンジグ〉のバンドTシャツと、裾のすり切れただぶだぶの黒いジーンズを見ればわかる。わたしと同じく、彼も明らかに〈バーソロミュー〉の人間ではない。

「ディラン、こちらはジュールズ」

ディランは握手をするかわりに両手をポケットに突っこんで、「どうも」ともごもご言う。

「ジュールズはきょう引っ越してきたところなんだけれど。うちが臨時居住者に守ってもらっている規則のいくつかに、懸念を表明していたところなの。あなたのほうがもっと安心させてあげられるんじゃないかしら」

「おれは大して気にしてないね」とディランは訛《なま》りのある口調で言う。不明瞭な母音とよく響く子音から、すぐにブルックリンの出身だとわかる。昔かたぎの地区だ。「心配することはないよ、マジで。厳しくなんかない」

「ね？」とレスリーが言う。「心配することはないの」

「んじゃあ」とスニーカーのあいだの大理石の床に眼を向けたまま、ディランは言う。「会えてよかったよ。また」

ポケットに深く手を突っこんだまま、ディランはわたしたちのあいだをすりぬけていく。わたしは彼を見送り、うつむいたまま歩いていく後ろ姿を見つめる。するとチャーリーがあけて待っているドアの手前で立ちどまる。まるで外に出る決心がつかないというように。ようやく歩道に踏み出した彼の足取りは、車の行き交う道路を横断しようとする鹿さながらにおずおずしている。

「いい若者ね、口数が少なくて」とレスリーはエレベーターに乗りこみながら言う。「そこがわたしたちの気にいっているところ」

「いま現在、何人のアパートメント番がここに住んでいるんですか？」

レスリーはエレベーターの内側の格子を閉める。「あなたを入れて三人よ。ディランは十一階にいる。イングリッドもね」

十二階のボタンを押し、エレベーターはまたギシギシと動きはじめる。レスリーは十二階へのぼるあいだに、残りの規則を説明する。出入りは自由だけれど、夜はかならず部屋で過ごすこと。これはもっともだ。わたしが雇われているのは、つまるところそのためなのだから。ここに住んで、部屋を使って、そこに生気を吹きこむためだ。あの非現実的な面接でレスリーが言ったとおり。

喫煙は禁止。

了解。

ドラッグも禁止。

これも楽勝。

アルコールは節度をもって飲むのであればかまわない。それを聞いてわたしはほっとする。チャーリーが12Aの戸口まで運んでくれる箱のひとつに、クロエがくれたワインが二本はいっている。

「すべてをつねにぴかぴかの状態に保っておくこと」とレスリーは言う。「何かが壊れたら、すぐメンテナンスに連絡すること。基本的に、ここを去るときには、来たときとまったく同じ状態になっている必要があります」

来客禁止のほかは、どれもあたりまえのことに思える。その来客禁止方針でさえ、背景となる理由を説明されたいまはだいぶ納得している。ディランの言ったとおり、心配することはないのだ。わたしはそう思いはじめる。

けれどもそこで、レスリーはもうひとつ規則を付け加える。その場で思いついたとでもいうように、だしぬけにこう言う。

「ああ、それから最後にもうひとつ。きのうも言ったとおり、ここの居住者はプライバシーを大切にしているの。なかにはある程度の名士もいるから、絶対に邪魔をしないでちょうだい。話しかけられたとき以外は話をしないこと。それと、この建物の外では絶対に居住者のことを話題にしないこと。あなた、ソーシャルメディアは使ってる?」

「ええ、フェイスブックとインスタグラムだけ。どっちも、ごくたまにですけど」

この二週間というもの、わたしのソーシャルメディア利用は、就活SNSのリンクトインをチェックすることに限られている。就職につながる元同僚たちからの情報を求めているのだが、いまのところなんの役にも立っていない。

「そういうところにここの話題を書きこまないようにしてね。うちのアパートメント番のソーシャルメディア・アカウントは、監視しているから。これもプライバシーの理由からね。〈バーソロミュー〉の内部がインスタグラムに上げられたら、投稿した人は即座に出ていってもらいます」エレベーターが最上階でがくんと停まる。レスリーは格子をあけて言う。「ほかに何か質問はある?」

ある。大事な質問が。でも、それを訊くのは、はしたないような気がする。けれどもそこで、自分の当座預金のことを考える。ウーバーを使ったのでさらに五十ドル減っているはずだ。

食料品を買ったらさらに減る。

それに電話代の支払い期日が過ぎているというメールも来ている。

もうすぐ失業手当がはいるにしても、二百六十ドルぽっちのお金がこの界隈《かいわい》でどのくらい保《も》つだろう。

そう考えると、はしたないなどと言ってはいられない。

「お金はいつもらえるんです？」と訊く。

「大切な質問ね、訊いてくれてよかったわ」とレスリーは例によって如才なく応じる。「きょうから五日後に最初の支払いをします。千ドル、現金で。その日の終わりにチャーリーがあなたに手渡すはず。あなたがここにいるあいだ、週末ごとに同じようにします」

安堵で体がへなへなと溶けそうになる。支払いは月末か、悪くすれば、三か月の雇用期間が終わったあとになるのではないかと、不安だったからだ。あまりにほっとしたので、一瞬の間のあとようやく、そのやりかたの奇妙さに気づく。

「そんなに簡単なんですか？」とわたしは言う。

レスリーは首をかしげる。「悪いことみたいな口ぶりね」

「小切手でもらえるのかと思ったんです。もっときちんとしていて、そんなに……」

ゆうべクロエが使った言葉が頭をよぎる。〝胡散くさく〟ないものを。

「このほうが簡単なの」とレスリーは言う。「このやりかたに納得がいかないとか、迷いが生じたとかいうのであれば、いま辞退してもらってけっこうよ。悪くは思わないから」

「いえ」とわたしは言う。辞退するなんて論外だ。「それでけっこうです」

「そう。じゃあ、あとはゆっくりさせてあげる」レスリーはキーリングを持ちあげてみせる。大小ふたつの鍵がついている。「大きいのが部屋の鍵。小さいのは地下の物置の鍵よ」

こんどは郵便受けの鍵とちがって手のひらに落としたりはせず、そこに載せてからそっと指で包みこませる。それからにっこりしてウィンクをし、待っているエレベーターに戻り、下へおりていく。

ひとりきりになると、わたしは12Aのほうを向き、大きくひとつ息をして自分を落ちつかせる。

これがいまからわたしの生活になるのだ。

ここが。

〈バーソロミュー〉の最上階が。

嘘みたい。

そればかりか、なんと、ここにいるとお金までもらえる。毎週千ドル。それだけあれば、借金を返したり、将来のために貯金をしたりもできる。きのうとはうって変わって明るくなった将来、それがこのドアのすぐむこうにあるのだ。

わたしは鍵をあけて中にはいる。

5

窓の外のガーゴイルを、わたしはジョージと名づける。

その名前を思いついたのは、寝室に最後の収納ボックスを運びこんだときだ。螺旋階段をのぼりきったところで、またしてもあの公園の贅沢な眺めに惹《ひ》かれて窓の外に眼をやる。昼前の光が射しこんでくるので、ガラスのすぐむこうで石の翼がシルエットになっている。「ハイ、ジョージ」とそのガーゴイルに声をかける。なぜその名前を選んだのか自分でもよくわからない。とにかく、ぴったりに思えたのだ。「わたしたち、ルームメイトだね」

その日は、この亡くなった赤の他人のアパートメントをわが家らしくすることに費やす。なんとも貧弱な衣装を、十倍の衣類が収められるほど広い堂々たるクローゼットに移し、バスルームのカウンターにわずかばかりの化粧品を並べる。

寝室のナイトスタンドにはジェインと両親の額入り写真を飾る。十五歳のわたしが撮ったもので、三人はポコノ山地のブッシュキル滝の前に立っている。ペンシルヴェニア州内の人気観光地だ。

それから二年後、ジェインがいなくなった。

さらに二年後、両親も亡くなった。

わたしが三人を思わない日はないけれど、きょうはまたいちだんと恋しい。写真とともに、ぼろぼろの『夢見る心』もナイトスタンドに載せる。何年も持ちあるいてきた本で、ジェインが読んでくれたものだ。

「あたしってジニーそのものだな」最初に読んでくれたとき、ジェインは途中でそんなふうに自分を主人公になぞらえた。「夢があって、多感で――」

「タカンて?」とわたしは訊いた。

「感じやすいってこと」

ジニーはまさにそのとおりの人間だ。何を経験してもかならず喜びと感動を味わう。メトロポリタン美術館を訪ねても。午後のセントラルパークを歩いても。ニューヨークの本物のピザを食べても。読者もジニーとともにそれらに感動し、ジニーとともに――悪い男のワイアットに捨てられたり、いい男のブラッドリーとエンパイアステイト・ビルディングのてっぺんでキスをしたりと――どん底も絶頂も経験する。だからこそ、『夢見る心』は世代を超えて思春期の女の子たちを惹きつけてきた。それは誰もが夢見ながらも、限られた人々にしか経験できない人生だ。

初めて読んでくれたのはジェインなので、わたしの心の中ではジェインとジニーはほぼひとつになっている。だからこの本を読み返すたびにわたしは、架空の人物ではなく自分の姉が〈バーソロミュー〉へやってきて、数々の新たな発見をし、真の愛を見つけるのだと空想する。

それこそ、わたしがこの本をこれほど愛している真の理由だ。ジェインにふさわしいのは幸せな結末であって、当人がきっと迎えたはずの、つらい結末ではない。

それなのに、実際に〈バーソロミュー〉へやってきたのはわたしのほうだ。わたしは『夢見る心』のカバーを見つめ、そこに写っている建物の内部にいま自分がいることが、またしてもにわかには信じられなくなる。自分がいまいる部屋の窓まで見分けられる。そのすぐ横にいるジョージも。肢《あし》をそろえ、翼を広げて、建物の角にちょこんととまっている。

そのガーゴイルの姿に手を触れると、ちくりと愛情の疼《うず》きを感じる。でも、愛情だけではない。それは所有の感覚だ。これから三か月間は、ジョージはわたしのものだ。彼がとまっているのはわたしの窓のすぐ外なのだから、わたしの所有物だ。

真に正しい世界であれば、ジェインのものだけれど。

本をふさわしい場所に置くと、携帯電話とノートパソコンを持って、わたしはジョージのそばに腰をおろす。まずはクロエに、今夜ここへ訪ねてくる計画は中止してほしいとテキスト・メッセージを送る。電話ではなく文字で伝えたほうが、あれこれ訊かれたあげくに、またしてもわたしの現在の住環境に不満を唱えられずにすむと思ったのだ。

が、そうはいかない。

送信してそれこそ三秒後に返信が来る。

なぜ行っちゃいけないの?

具合が悪いの、と返信を打ちかけるが、そこで考えなおす。クロエのことだから、そんなことをしたら一時間後には、大量のチキンスープと咳《せき》止め薬を持って現われるだろう。職探し、とわたしは返信する。

一日じゅう？

そう。ごめんね。

じゃ、いつ部屋を見せてもらえる？　ポールも行きたがってるんだけど。

言い訳の種が切れる。それはまあ、あしたとか今週中のことならどうにかなるだろうが、三か月も言い訳をつづけるわけにはいかない。本当のことを話す必要がある。

無理。

すぐさま返信が来る。なぜ？？？

来客禁止だって。建物の方針。

それを送信したとたんに電話が鳴る。

「どういう冗談よそれ？」わたしが電話に出るなりクロエは言う。「来客禁止？　刑務所だって面会ぐらいできるよ」

「そうだよね。たしかに変に聞こえるよね」

「実際に変だってば」とクロエは言う。「居住者が客を呼べないなんて、そんなビル聞いたことない」

「でも、わたしは居住者じゃないの。従業員」

「友達がおたがいの職場を訪ねるぐらい、かまわないはずだよ。あんただって、うちのオフイスになんべんも来てるじゃん」

「ここにはお金持ちや有名人が住んでる。とくにお金持ちが。彼らはプライバシーにうるさいの。無理もないけどね。わたしだって映画スターや億万長者だったら、きっとそうなる」

「あんた、むきになってきたよ」クロエは言う。

「なってない」とわたしは答えるものの、明らかに口調がとげとげしくなっている。

「ジュールズ、あたしはあんたのことを心配してるだけなの」

「心配してもらわなくても平気。悪いことなんて起きない。わたしは姉とはちがうんだから」

「その来客禁止のこととか、うちのおじいちゃんの不気味な話とか、ポールがその建物について話してくれたこととか、あたし、気が気じゃなくなってきた」

「ちょっと待って——ポールの話って何？」

「〈バーソロミュー〉はやたらと秘密主義だって」とクロエは言う。「住むのはほとんど不可能みたい。彼の事務所の所長がそこを買いたがったんだけど、中に入れようともしなかったらしい。いまは空きがないけど、十年の空き待ちリストにならか加えられるとか言って。それにあたし、変な記事を読んじゃった」

頭がくらくらしてくる。いやな頭痛が始まるのがわかる。「なんの記事？」

「ネットで見つけた記事。メールで送ってあげる。〈バーソロミュー〉で起きた気味の悪いことが、みんな書いてあるから」

「気味の悪いって、どんなふうに？」

「《アメリカン・ホラー・ストーリー》レベル。病気とか、奇妙な事故とか。そこって魔女が住んでたんだよ、ジュールズ。本物の魔女が。あたしに言わせれば、そこは絶対に怪しい」

「怪しくなんかない」

「じゃあ、あんたならなんて言う？」

「仕事」わたしは窓の外に眼をやり、ジョージの翼と、眼下の公園と、そのむこうの街並みをながめる。「夢のアパートメントでの夢の仕事」

「あたしには見せてもらえないアパートメントだけどね」とクロエは言う。「奇妙といえばたしかに奇妙だけど。でも、世の中にこんな楽な仕事はないよ。なんにもしないでお金がもらえるみたいなものなんだから。どうしてそれを諦めなくちゃいけないわけ？　住人がプライバシーにうるさいっていうだけでしょ？」

「あんたが考えるべきなのは、住人がそんなにプライバシーにうるさいのはなぜかだよ」とクロエは言う。「だって、あたしの経験から言えば、話がうますぎるように見えるものってのは、実際、話がうますぎるんだから」

おたがい意見が一致しないということで意見が一致して話は終わる。わたしはクロエに、あんたの心配はわかると言う。彼女はわたしに、ちょっとうれしいことがあったのと言う。わたしたちは近々一緒に夕食を食べることにするものの、実のところわたしには来週まで、そんなお金の余裕はない。

クロエのほうは片付いたので、次は職探しに取りかかる。それについてはクロエに嘘をついたわけではない。それが本当にきょうの予定なのだ——きょうから先の毎日の。わたしはノートパソコンを手に取り、五、六か所の求人サイトで最新投稿をチェックする。求人はたくさんある。わたしに合うものがないだけで。オフィスで下っ端の雑用係をしていた呪いだ。わたしはひと山十セント、世間が探しているのはひとつ二十五セント。

それでも、わたしの狭い適性に引っかかるものはすべてメモし、履歴書に添付する手紙をそれぞれに書く。全部こう書きだしたくなる。〝仕事をください。チャンスをください。わたしの人生から消えた自尊心をどうか返してください〟と。

その衝動にあらがい、採用担当者なら誰もが読みたがるような決まり文句を並べる。新たな挑戦をして自分の職歴を豊かにし、目標に近づきたい、とかなんとか。それを履歴書とともに送信する。その三件を加えると、この二週間で七件の応募をしたことになる。

そのどれかに返信が来る可能性はそう高くない。このごろはものごとにあまり期待をかけないのが得策だと気づいている。父もそうだった。〝最善を期待し、最悪に備えよ〟といつも言っていた。

でも、最後には希望が尽きて、待ちかまえていた最悪に父はもはや備えられなくなった。

職探しといってもそんなものだけれど、それがとりあえず片付くと、わたしはノートパソコンでスプレッドシートをひらいて、この先数週間の生活費を計算してみる。ぎょっとするほどぎりぎりだ。以前なら、苦しいときはクレジットカードで乗りきっていたけれど、いまはもうその手は使えない。カードは三枚とも限度額まで使い切ってしまい、凍結中だ。当座預金口座にある額だけで暮らさなければならない。残高を見たとたんに気分が落ちこむ。いまのわたしには四百三十二ドルしかない。

6

いまのわたしには三百二十二ドルしかない。ありがとう、あと一年は逃れられない卑劣な携帯電話の契約。

支払い猶予のある学生ローンや、一時的困窮規約のあるクレジットカードとはちがって、電話は支払いが遅れるとまずい。もはや期日を一週間も過ぎているからサービスを止められる恐れがある。止められている電話には採用担当者もかけてこられない。というわけで——さらに百十ドルが瞬時に消えたのだ。

だいじょうぶ、日付が変わるのと同時に失業手当が振り込まれるから。そう自分を慰めるが、あまり慰めにはならない。それよりは一週間のまっとうな労働と引き換えに給料を受け取りたい。

いまのこの楽な仕事は、まっとうではない気がする。

ただの居候みたいな気がする。

〝自分が稼いだもの以外は受け取るな。どのみちかならずツケを支払うことになる〟父はよくそう言ったものだ。

その言葉を思い出して、掃除をすることにする。たとえその部屋がすでにぴかぴかだろうと。まずは上階の浴室で、染みひとつないカウンターを拭き、鏡をガラスクリーナーで磨く。次に寝室へ戻り、廊下のクローゼットにあったお洒落な掃除機を絨毯にかける。

つづいてキッチンへ移動し、カウンターの上を拭く。それから書斎へ行き、羽根ばたきでデスクのほこりを払う。故人の持ち物はデスク上からきれいに片付けられている。そこでふと、わたしは奇妙に思う。彼女が所有していたものはこのアパートメントにたくさん残されている。家具。お皿。掃除機。なのに当人を特定できるようなものは、ことごとく片付けられている。

クローゼットの衣類――ない。

家族の写真――ない。でも、書斎にも居間にも、何かが掛けられていたせいで壁紙が四角く変色しているところが何か所もある。

わたしは書斎を見まわす。掃除から穿鑿に移行したのをはっきりと意識するけれど、下品な興味からではない。故人のふしだらな秘密になど関心はない。探しているのは彼女が何者だったのかを知るための手がかりだ。このアパートメントが大企業の社長か映画スターのものだったのなら、それが誰だったのか知りたい。

手始めに書棚を調べ、並んだ背表紙を順に見ていきながら、故人の完全な正体とまではいかなくても、職業のヒントを探す。何もわからない。並んでいるのはどれも、書名を金で箔《はく》押《お》しした革装もどきの古典か、十年前のベストセラーだ。一冊だけ眼を惹く本がある――『夢見る心』。場所がらを考えれば当然だといえる。

ハードカバー版で、わたしの愛読するペーパーバックとはまるでちがって、状態は完璧だ。わたしのほうは背表紙が割れ、ページをめくりすぎて縁がけばけばになっている。本を裏返すと、著者がこちらを見つめかえす。

グレタ・マンヴィル。

かならずしも写りのいい写真とはいえない。その顔はどこもかしこもとげとげしい。鋭い頬骨。とがった顎。細い鼻。唇にほんのかすかな笑み。何かを面白がっているように見えるが、それが何かはうかがい知れない。シャッターが切られる直前に、カメラマンと自分にしかわからない冗談を言い合ったかのようだ。

彼女はこれしか本を書かなかった。ジェインに『夢見る心』を読んでもらったあと、ほかの作品も読みたくなって探したのだけれど、ほかにはなかった。読めるのは、八〇年代なかばに出版されたこの完璧な小説一作だけ。

『夢見る心』を書棚に戻し、デスクの前に行く。抽斗《ひきだし》の中身はわずかで、がっかりするほど特徴がない。上の抽斗にはペーパークリップと、ボールペンが数本。下の抽斗には空のファイルフォルダーと、古い《ニューヨーカー》誌が数冊。専用の便箋も名前の記された書類も、いっさい見あたらない。

だがそこで、雑誌の表紙に宛名ラベルが貼られているのに気づく。どれにも〈バーソロミュー〉の番地と、ここの部屋番号のほかに、ひとつの名前が記されている。

マージョリー・ミルトン。

思わず落胆する。聞いたことのない名前だ。ということは、ごく平凡な資産家だったのだろう。生まれたときからお金があり、亡くなったときにもお金があり、いまはそのお金をめぐって遺族が争っているわけだ。

がっかりして雑誌を抽斗に戻し、掃除を再開する。こんどは居間だ。まずは絨毯と窓とコーヒーテーブルという大物をやっつけ、そのあとこんどは、壁紙に鼻をくっつけるようにして繰形にはたきをかける。

近くで見ると、壁紙の模様はなおさら重苦しい。花々はみな花弁がぶつかりあい、ひらいた口のようだ。あいだにできた楕円形《だえんけい》のスペースは、闇と見紛うほど暗い赤で彩られ、壁紙にちりばめられた眼を連想させる。

わたしは一歩下がって眼を細める。そうすれば壁紙に眼が並んでいるという印象は消えるだろうと思ったのだ。でも、消えない。あいかわらず眼はそこにあり、おまけに花々も花に見えなくなる。逆に、広がった花びらが顔の形に見えてくる。

繰形のほうも同じだ。凝った漆喰装飾のあいだから、見ひらかれた眼とゆがんだ顔が現われてくる。

脳の理性的な部分では、それは眼の錯覚だとわかっている。でも、いったん気づいてしまうともう、元の姿に見えるように眼をごまかすことができなくなる。花々は消えてしまう。見えるのはグロテスクな顔ばかりだ。鼻が曲がり、唇がゆがみ、まるで話をしているように顎が長く伸びている。

でも、ここの壁は話などしない。

見つめるだけだ。

それなのに、アパートメント内のどこかで何かが音を立てている。居間にいるわたしのところまでそれが聞こえてくる。くぐもったキーキーという音が。

最初は鼠《ねずみ》かと思う。でも、〈バーソロミュー〉に鼠がいるとは思えない。それに、わたしの知るかぎりでは、鼠はそんな声を出さない。キーキーという音とともに、ふだんは動かないものが無理に動かされているような、ギシギシというきしみが聞こえる。連想するのは、錆《さ》びついた歯車と動きの悪い継ぎ手だ。

音の出どころを捜していくと、キッチンのオーブンとシンクのあいだの戸棚にたどりつく。

あの昇降機だ。

戸棚の引き戸を上げ、その奥のがらんとした縦穴をあらわにする。冷たい風が襲ってきて、わたしはぞくりと身震いする。きのう案内のついでにレスリーが見せてくれたときにはだらりと垂れていた二本のロープが、いまはぴんと張りつめて動いている。上を見ると、ロープが引かれるたびに滑車が回転し、また停まる。動くたびにキイッ、キイッと鋭い音を立てている。

穴をのぞきこむと、冷え冷えとした風が顔をなでる。最初は何も見えない。〈バーソロミュー〉の地下までつづいているのではないかと思うような漆黒の闇だけ。やがてその闇から何かが現われ、こちらへ上がってくる。まもなくそれが昇降機本体のてっぺんだとわかる。

木製だ。

ほこりが厚く積もっている。

上下にあいた穴をロープがずるずると通過する。

滑車はキイキイと回り、昇降機は上昇をつづける。てっぺんのほこりが風でふわりと巻きあげられ、わたしがあわてて体を引くと、戸棚の口から煙突の煙のように吐き出されてくる。百年前にそれが使われていたところを想像してみる。てんてこまいの料理人たちが豪華な料理を次々におろしているところで、縦穴にはローストチキンや、仔羊のあばら肉や、新鮮なハーブの香りがあふれている。昇降機が上がってくるときには、汚れた皿や、使用ずみの銀器が載せられているはずで、口紅のついたクリスタルのゴブレットの底ではワインが揺れているだろう。

柔らかな時のベールを通してみると、ロマンチックに思える。でも、実際はもっと悲惨だったはずだ。階下はともかく、使用人たちが働き、食べ、眠っていたこの上階は。

滑車のきしみがついに止まり、これまで何もなかった空間に昇降機本体が出現している。そこにぴったり収まっている。知らない人が戸棚をあけても、ロープさえなければ昇降機だとは気づきもしないだろう。どこにでもある戸棚のような、ただの木の箱にすぎない。

底に紙切れが一枚はいっている。左端がほんの少しぎざぎざなので、本のページを破り取ったのだとわかる。印刷されているのは一篇の詩だ。エミリー・ディキンスン。「わたしは死のために立ちどまれなかったので」

裏返してみると、そこに何か書いてある。短い。たったふた言。大きな字で、全部大文字。

ハロー&いらっしゃい！

その下に、書いた本人の名前がいくぶん小さめに記してある。

イングリッド

わたしはキッチンで紙とペンを探し、輪ゴムやケチャップの小袋やテイクアウトのメニューが放りこまれたガラクタ入れの抽斗で、それらを見つける。〝ハイ&ありがとう〟と返信を書き、昇降機に入れると、ロープを右手でぐっと上に引きあげる。

昇降機がギシギシと震える。

頭上の滑車がきしむ。

箱が下降しだして初めてわたしは、その装置がどれほど大きいものだったのかを悟る。大きさは大人の男性と同じで、重さもほぼそれぐらいある。あまりに重いので、おろすのには両手を使わなければならない。どのくらいおりたのか、おおよその見当をつけていく。

一メートル。二メートル。三メートル……。

六メートルに達する直前で、握っていたロープがゆるむ。行きつくところまで行ったのだ。

それはわたしの推定では、すぐ下のアパートメントだ。

11A。

謎めいたイングリッドの住まい。どんな人なのかまるで知らないというのに、わたしはもう彼女が好きになっている。

7

午後、食料品を買いに出かける。静まりかえった十二階からエレベーターでおりていくと、ほかの階はもう少しにぎやかで活気がある。十階では廊下の奥の部屋からベートーベンが聞こえてくる。九階ではドアがぱたんと閉まるのが見え、それとともにつんと、消毒薬の匂いが漂ってくる。

七階でエレベーターは完全に停止して、もうひとり人を乗せる。きのうレスリーと上階へ上がる途中で見かけたあのメロドラマの女優だ。きょうの彼女とちっぽけな犬は、毛皮の縁取りのついたおそろいの上着を着ている。

女優の登場でわたしは一瞬口がきけなくなる。脳は懸命に彼女の役名を思い出そうとする。うちの母が嬉々としてこきおろしていた役。キャシディ。そう、キャシディだ。

「もうふたり乗れるかしら？」と女優は閉まったままの格子扉を見ながら言う。

「あ、ごめんなさい。もちろん」

わたしは格子をあけ、彼女と犬が乗れるように横へ詰める。まもなくエレベーターはふたたび下降を始める。女優が犬の上着のフードをなおしてやっているあいだ、わたしは母のことを考える。わたしがキャシディと同じエレベーターに乗り合わせたと知ったら、母はさぞ興奮したことだろう。

そばでじかに見ると、女優は別人に見える。分厚い化粧のせいかもしれない。ファンデーションを塗りたくっていて、桃みたいな色合いになっている。それとも、カップの受け皿ほどもある大きなサングラスを今日もまたかけているせいだろうか。顔の三分の一が隠れている。

「新しく来た人よね？」彼女は言う。

「越してきたばかりです」とわたしは答える。三か月しかいないことと、雇われてきたのだということも、伝えるべきかどうか悩む。伝えないことにする。キャシディを演じた女優がわたしのことを〈バーソロミュー〉の本物の居住者だと思いたいのなら、思わせておけばいい。

「あたしは半年前に来たの」と彼女は言う。「マリブの家を売ってこなくちゃならなかったんだけれど、その価値はあると思うわ。あたしはマリアンよ、ちなみに」

もちろんそれはもうわかっている。マリアン・ダンカン。彼女のファッショナブルな悪女ぶりをテレビで見るのは、『夢見る心』を読むのと同じく、わたしの思春期の一部だった。マリアンはリードをつかんでいないほうの手を差し出し、わたしはそれを握る。

「ジュールズです」わたしは犬を見る。「こちらのかわいいワンちゃんは？」

「ルーファスよ」

わたしはルーファスの小さな耳のあいだをなで、彼はお返しにわたしの手をなめる。

「あら、あなたのことが気にいったみたい」とマリアンは言う。

エレベーターはさらに下降し、きのうも見かけたふたりのかたわらを通過する——苦労しながら階段をおりている老人と、くたびれた付き添いの女性。きょうの老人はこちらを見ないふりをするのではなく、にっこりと微笑んで、震える手を振ってみせる。

「頑張ってね、ミスター・レナード、その調子よ」とマリアンは老人に声をかける。それから小声でわたしに言う。「心臓病。毎日階段を歩いてんのよ、そうすればこんどこそ発作を防げると思って」

「何度発作を起こしたんです？」

「三度。あたしの知るかぎりじゃね。でもあの人、昔は上院議員だったから。それだけでもきっと一度や二度は心臓発作を起こしてるはず」

ロビーでマリアンとルーファスに別れを告げると、わたしは壁の郵便受けのところへ行く。12Aの郵便受けは空っぽだ。驚くことではない。向きなおったとき、別の女性がロビーにはいってくる。七十を過ぎているように見えるけれど、それを隠そうともしていない。レスリー・イーヴリンみたいにボトックス注射で額の皺取りをしたりもしていないし、マリアン・ダンカンのようにファンデーションを厚塗りしたりもしていない。顔は青白く、いくらかむくんでおり、まっすぐな灰色の髪が肩に届いている。

何より眼を惹くのはその瞳だ。薄暗いロビーでも明るいブルーに輝いて、知性できらめいているように見える。おたがいの眼が合う。わたしは彼女を見つめるが、彼女は礼儀正しくそれに気づかないふりをする。でも、わたしは自分を抑えられない。その顔はそれこそ何百回も見てきた。本の裏表紙からわたしを見つめかえしてきた。いちばん最近では今朝も。

「失礼ですが――」わたしは自分の声にたじろぐ。ひどく緊張して、おどおどしている。改めて言いなおす。「失礼ですが、グレタ・マンヴィルさんですか？　作家の」

彼女は髪を耳の後ろに掛けて、モナリザの笑みを浮かべる。そう気づかれるのはかならずしも不愉快ではないものの、とくに愉快でもないという笑み。

「そのようね」とローレン・バコールばりのハスキーな声で、礼儀正しいながらも用心深く答える。

わたしは胸がどきりとする。心臓の鼓動が速まる。なんとグレタ・マンヴィルその人が、わたしのすぐ眼の前にいるのだ。

「ジュールズといいます」

グレタ・マンヴィルはわたしと握手をしようとはせず、わたしをよけて郵便受けの前へ行く。わたしは部屋番号を記憶する。

10A。わたしの二階下だ。

「お眼にかかれてうれしいわ」と、うれしそうにだけは聞こえない口調で彼女は言う。

「あなたの大ファンなんです。『夢見る心』のおかげで人生が変わりました。たぶん二十回は読んでます。誇張じゃありません」ひとりで興奮していることに気づいて、わたしはまた自分を抑える。息を整え、背筋を伸ばして、できるかぎり冷静に言う。「わたしの本にサインしてくださいませんか？」

グレタはふり返らない。「お持ちじゃないようだけど」

「こんど、ということです。次回こうしてお眼にかかったときに」

「次回があるなんて、どうしてわかるの？」

「お眼にかかったら、ということです。でも、わたし本当に、『夢見る心』を書いてくださったことに感謝したくて。あの本を読んだおかげで、ニューヨークへ引っ越してきたんです。それでいま、ここにいるんです。仮住まいですけど」

グレタは郵便受けから向きなおる。ゆっくりと。とくに興味を惹かれたわけではないにしても、問いつめるような鋭い眼差しでわたしをしげしげと見つめるほどには興味を惹かれて。唇がほんの少しすぼまる。次になんと言おうか思案しているのだろう。

「仮住まいの人？」

「はい。さっき越してきたばかりです」

それを聞いてグレタは小さくうなずき、こう言う。「だったら、レスリーが規則を伝えたと思うけれど？」

「聞きました」

「じゃあ、居住者の邪魔をしてはいけないという話も聞いたはずね」

はっと息を呑み、わたしはうなずく。失望が胸に広がる。

「ええ、居住者のみなさんはプライバシーを大切にしているとうかがいました」

「そのとおりよ。それを忘れないようにしてくださる？　次にこうして出会ったら」

グレタは郵便受けを閉めると、またわたしをそっとよけていく。おたがいの肩が軽く触れ、わたしは身を縮める。「お邪魔してすみません」と蚊の鳴くような声で言う。「『夢見る心』はわたしのいちばん好きな本なんですとお伝えしたら、喜んでいただけるかなと思っただけなんです」

グレタは郵便物を腕いっぱいに抱えたまま、ロビーの真ん中でくるりとふり返る。青い瞳が氷のように冷ややかに変わっている。

「いちばん好きな本？」

わたしは思わずあとずさりしたくなる。〝のうちの一冊です〟という弱々しく間のぬけた言葉が口から出かかる。でも、わたしはそれを呑みこむ。グレタ・マンヴィルに言葉をかけるチャンスなど二度と来ないとしたら――彼女の不機嫌さを考えれば、まちがいなくそうなりそうだけれど――本当のことを伝えたい。

「そうです」

「だとしたら、もっとたくさん本を読まないとだめね」

その言葉にわたしは引っぱたかれたような衝撃を受ける――熱く、ひりひりと。思わずたじろぎ、頬が赤くなる。本当に引っぱたかれたみたいに、よろけそうにさえなる。でも、グレタはわたしの反応を見ようともせず、つかつかとエレベーターのほうへ去っていく。その侮辱がどんな結果をもたらすか、気にかけてすらいない。それを知ってわたしはますます落ちこむ。

この世で誰よりも無価値な人間になった気がする。

でもそこで玄関ドアのほうを向くと、チャーリーがロビーのすぐ内側に立っている。グレタ・マンヴィルとの会話の一部始終を見られてはいないにしても、わたしがこれほどおどおどしている理由がわかるぐらいには見ていたようだ。

帽子をちょっと持ちあげてみせながら彼は言う。「居住者の悪口を言うのは許されていませんが、居住者が失礼な態度を取ったときに見て見ぬふりをしろとも言われていませんからね。あの人はずいぶん失礼でしたよ、ミス・ラーセン。〈バーソロミュー〉の一同になりかわって、お詫《わ》びします」

「いいの。こんなのまだましなほうだから」わたしは言う。

「あんまり気を落とさないで」チャーリーはにっこりして、わたしのためにドアをあけてくれる。「さあ、すばらしい日を楽しんできてください」

外に出ると、三人の女の子が体をくっつけあって、ドアの上のガーゴイルを入れた自撮り写真を撮ろうとしている。ひとりが携帯電話を掲げて、「はい、バーソロミュー！」と言うとあとのふたりが口をそろえて、「バーソロミュー！」と繰りかえす。

撮影が終わるまでわたしはそこでじっとしている。女の子たちはくすくす笑いながら歩きだし、その写真にわたしも写っていることには気づいていない。いや、わたしなどはなから眼にはいっていなかった可能性もある。このあわただしいマンハッタンの歩道上で透明人間になるのは簡単だ。〈バーソロミュー〉見物の観光客のほかにも、犬の散歩をしている人や、ベビーカーを押している人、そのあいだをせわしなく縫っていくニューヨーカーがたくさんいる。

わたしもそのなかに交じって二ブロック離れた街角まで歩き、信号が変わるのを待つ。街灯に一枚のビラが貼ってあり、はがれた片隅が旗のようにパタパタはためいている。女性の青白い顔がちらりと見える。アーモンド形の眼と、茶色いたてがみのようなもじゃもじゃの髪。写真の上には派手な赤い字で、ぞっとするほど馴染み深い言葉が記されている。

尋ね人

どこからともなく記憶が現われてはわたしに跳びついてきて、足元の歩道が流砂に変わる。ジェインが失踪した当初のあのつらい日々のことで頭がいっぱいになる。

ジェインもビラになった。卒業アルバム用の写真の上に、同じように人目を引く赤い字で〝尋ね人〟と印刷された。その写真はそれから数週間、ちっぽけな町のいたるところで見かけた。何百ものジェインそっくりの顔を。でも、ひとつとして本物はなかった。

わたしは眼をそらす。もう一度そのビラを見たら、そこにジェインの顔が見えてしまいそうだ。

ありがたいことにまもなく信号が変わり、犬を連れた人や、ベビーカーを押す人、くたびれた顔のニューヨーカーたちが道を渡りはじめる。わたしも足早にそのあとを追い、街灯のビラからできるだけ遠ざかる。

8

もはやわたしには二百五ドルしかない。

マンハッタンの食料品店は安くない。なかでもこの界隈は。しかたないので、なるべく安いものを探して買う。乾燥スパゲティと、ノーブランドのトマトソースとシリアル。徳用サイズの冷凍ピザ。唯一の贅沢は、わずかばかりの新鮮な果物と野菜。これがないと完全に栄養失調になってしまう。たまげたことに、オレンジをいくつか買うだけで、二キロ半の箱入りスパゲティと同じ値段になった。

店を出たときには、一週間分以上の食料を詰めこんだぶざまな紙袋をふたつ抱えている。かさばっていてひどく持ちにくく、一歩あるくごとに腕の中でずれていく。それに重たい。冷凍ピザのせいだ。袋を高く抱えあげ、左右の肩にもたせかけて支えるようにする。それでも、前後左右をせかせかと通りすぎていく不注意なニューヨーカーたちのあいだをすりぬけるのは、容易なことではない。〈バーソロミュー〉にたどりつくと、玄関にいるチャーリーがやってくるわたしを見てドアを大きくあけてくれる。芝居がかった身振りで招じ入れられて、わたしはちょっと王族みたいな気分になる。

「ありがとう、チャーリー」と袋の隙間から言う。

「かわりに運びましょう、ミス・ラーセン」

早く重荷をおろしたくてしかたないわたしは、彼の言葉に甘えそうになる。でもそこで、そのかさばったふたつの袋にはいっているもののことを思い出す。怪しげな名前といいかげんなロゴのついたプライベートブランドの品々を。そんなものを見てわたしのことを判断されたり、憐れまれたりしたくない。

チャーリーはそんなことをしないとは思うけれど。

慎みのある人間ならそんなことをしないとは思うけれど。

それでもやはり羞恥心と不安が先に立つ。

それは目下の惨めな財政状況のせいだと言いたいところだが、そうではない。その不安は小学生のころ、新しくできたケイティという友達をうちにお泊まりに呼んだときにまでさかのぼる。ケイティのうちはわが家よりお金持ちだった。一軒家を所有していた。うちが住んでいたのは、中央で左右対称に仕切った一軒家の半分だ。隣人がクリスマスの飾りつけを一年じゅうそのままにしているせいで、それは一目瞭然だった。

ケイティは、きらめく電飾と銀モールで飾り立てられたもう半分の家には動じていないようだった。わたしの部屋の狭さも、夕食に食べた慎ましいマカロニ・アンド・チーズのことも、気にしていなかった。ところが次の朝、母はひと箱のシリアルをカウンターに置いた。〈フルーツループ〉ではなく、〈フルーツオー〉を。

「あたし、それ食べれない」ケイティはそう言った。

「〈フルーツループ〉よ」母は言った。

ケイティは軽蔑もあらわにその箱を見つめた。「にせものの〈フルーツループ〉じゃん。あたし、ほんもののしか食べないの」

結局、ケイティは朝食をパスしたので、わたしもそれに倣《なら》い、母をひどくいらだたせた。そして次の朝も、ケイティはもうとっくに帰ったというのに、わたしはそれを食べるのを拒んだ。

「ほんものの〈フルーツループ〉がいい」と宣言した。

母は溜息《ためいき》をついた。「でも、まったく同じものなのよ。名前がちがうだけで」

「ほんものがいい。貧乏なおうち向けのじゃなくて」

母はそのまま食卓で泣きだした。それも忍び泣きではない。顔を真っ赤にしておいおいと肩を上下させるので、わたしはすっかり怖くなってしまい、自分の部屋に駆けこんだ。あくる朝キッチンへ行ってみると、空のボウルの横に〈フルーツループ〉の箱が置いてあった。それ以来、母はノーブランド商品を絶対に買わなくなった。

のちに両親の葬儀に参列したおりに、わたしはケイティとその〈フルーツオー〉のことを思い出して、自分が有名ブランドにこだわったばかりにわが家がどれほどのお金を無駄にしたかを考えた。きっと数千ドルにのぼるだろう。母の棺が地中におろされるのを見守りながら、シリアルみたいなつまらないもののことで大騒ぎをした後悔ばかりが頭を駆けめぐっていた。

つまらないものだろうとなかろうと、いまのわたしはチャーリーの前をすばやく通過してロビーへはいっていく。「自分で持つからだいじょうぶ。でも、エレベーターに乗るのに手を貸してもらえる？」

ロビーの奥を見ると、ちょうどエレベーターが金めっきのケージの中へおりてくる。上階の誰かに呼ばれないうちに乗りこもうと、わたしは駆けだす。食料品の袋がゆらゆら揺れ、チャーリーがあわてて追いかけてくる。ほとんどエレベーターの前まで来たとき、すぐ横の階段を若い女の子が駆けおりてくるのに気づく。急いでいる。両脚をぱたぱたと動かしながら、うつむいて携帯を見ている。

「おっと！　気をつけて！」チャーリーが叫ぶ。

でも、もう遅い。その娘《こ》とわたしはロビーの真ん中で衝突する。衝撃でどちらも弾きとばされ、その娘は後ろへよろける。わたしは完全にバランスを崩して床に転倒し、食料品の袋がふたつとも腕からすっ飛ぶ。左の肘と腕に鋭い痛みが走るものの、自分の食料品がロビーじゅうに散らばっていく光景のほうが気にかかる。細い乾燥スパゲティが干し草のように床をおおう。そばでは割れた瓶からソースが漏れ出す。そのソースの中をころころと、オレンジが赤い筋を引いて転がっていく。

すぐにその娘がわたしの横へやってくる。「ごめんなさい！　あたしって、どうしてこうおっちょこちょいなのかな！」

彼女は助け起こそうとするが、わたしはそのまま床に這いつくばって、ほかの人たちに見られないうちに食料品を袋へ戻そうとする。でも、たちまち小さな人だかりができてしまう。チャーリーはもちろんいる。こぼれた食料品をあわてて集めだす。そこへマリアン・ダンカンがルーファスの散歩から帰ってきて、入口で立ちどまる。ルーファスがきゃんきゃん吠《ほ》えだすと、その騒ぎを聞いて、レスリー・イーヴリンが何ごとかとオフィスから飛び出してくる。

わたしは屈辱をこらえ、みなを無視してひたすら食料品を集めようとする。はぐれ者のオレンジに手を伸ばしたとき、またしても腕に鋭い痛みが走る。

その娘が息を呑む。「血が出てる」

「ただのトマトソースよ」わたしは言う。

ところが、そうではない。こっそり腕に眼をやると、肘のすぐ下に長い切り傷ができていて、とろりとした血がひと筋、拳まで伝っている。それを見るとわたしは頭がくらくらして、痛みをしばらく忘れてしまう。チャーリーが上着のポケットからさっとハンカチを抜いて傷口にあててくれたとき、やっと痛みが戻ってくる。

あたりを見まわすと、ガラスのかけらが床に散らばっている。食料品を探して這いまわっているあいだに、そのどれかで切ってしまったのだ。

「あなた、お医者さんに診てもらわないと」とレスリーが言う。「病院へ連れていってあげる」

それはありがたい申し出だけれど、わたしにそんな余裕はない。わたしの退職金には二か月分の健康保険料もふくまれているとはいえ、病院で診てもらえば、それでも百ドルの自己負担金を請求される。

「だいじょうぶです」とわたしは答えるが、内心では、だいじょうぶではないと思いはじめている。チャーリーのハンカチが早くも血で真っ赤に染まっている。

「せめてニック先生に診てもらって」とレスリーは言う。「あの人なら、縫う必要があるかどうかわかるから」

「お医者さんに行ってる時間はないんです」

「ニック先生はここに住んでるのよ」とレスリーは言う。「あなたと同じ十二階に」

チャーリーが最後の食料品を破れた袋に戻して言う。「ミス・ラーセン、ここの後始末はわたしがしますから、あなたは上階《うえ》へ行ってニック先生に診てもらってください」

レスリーとその娘が、怪我をしていないほうの腕を取ってわたしを立たせてくれる。反論する間もなくエレベーターに乗せられてしまう。エレベーターにはふたりしか乗れないので、その娘はケージの外に残る。

「ありがとう、イングリッド」レスリーはそう言うと、格子を閉める。「あとはわたしが引き受けるから」

はっとして、わたしは格子越しにその娘をまじまじと見る。これがイングリッド？　同い年ぐらいに見えるけれど、もっと若そうな服装をしている。大きめの格子縞《こうしじま》のシャツ。ピンクの膝小僧がのぞくダメージ・ジーンズ。左側の紐《ひも》がほどけそうなコンバースのスニーカー。

髪は焦げ茶色だが、その前は青く染めていたらしく、肩と背中に五センチ幅の青い帯が広がっている。

見つめられているのに気づいたイングリッドは下唇を噛《か》み、きまりが悪そうにちょっと手を振って、指をひらひらさせてみせる。

乗りこんだレスリーが最上階のボタンを押し、わたしたちは上にあがる。

「かわいそうにね、あなた」と彼女は言う。「こんなことになって本当にお気の毒だわ。イングリッドはいい娘なんだけど、ときどきまわりの状況が眼にはいらなくなるの。本人もきっと恐縮しているはずよ。でも、心配しないで。ニック先生がすぐに治してくれるから」

まもなくわたしたちは12Bのドアの前に立つ。レスリーがそれをコンコンとすばやくノックし、わたしは血で染まったチャーリーのハンカチをなおも腕に押しつけている。するとドアがあいて、ニック医師がわたしたちの前に現われる。

わたしが予想していたのは年輩の上品な人物だ。半白《はんぱく》の髪。潤んだ眼。ツイードの上着。ところが戸口に立っているのは、わたしの思い描いていた医師より優に四十歳は若く、はるかにハンサムだ。髪は赤茶色。眼はハシバミ色で、鼈甲《べっこう》縁の眼鏡がそれを引き立てている。カーキ色の木綿ズボンと糊《のり》のきいた白いシャツに包まれた、すらりとした背の高い体。医者というよりは、昔のマリアン・ダンカンのメロドラマで医者を演じている俳優といったところだ。

「どうしたんです、それは?」と言いながら、視線をレスリーからわたしの血だらけの腕に移す。

「ロビーで事故があったの」とレスリーが言う。「ちょっと診てあげてくれないかしら、このジュールズが病院へ行く必要があるかどうか」

「ないですよ」とわたしは言う。

ニック医師はちらりとわたしに微笑んでみせる。「それを判断するのは、ぼくのほうがいいんじゃないかな？」

レスリーはわたしを彼のほうへそっと押し出す。「じゃあね。あした様子を見にいくから」

「え、行っちゃうんですか？」

「いそがしいのよ。ロビーであの騒ぎが聞こえたときに、やりかけてたことがあって」レスリーはそう言うと、待っているエレベーターにあわただしく乗りこんで下へおりていく。

わたしがニック医師のほうへ向きなおると、彼は言う。「だいじょうぶ。嚙みつきゃしないよ」

そうかもしれないけれど、それでもわたしはこの状況に気後れする。〈バーソロミュー〉に住めるほどお金持ちのハンサムな医師。その隣にアルバイトとして住む妙齢の女。映画なら、ふたりは軽口をたたき合い、火花がきらきらと飛んで、幸せな結末が訪れるだろう。

でも、これは映画ではない。『夢見る心』でもない。冷酷な現実だ。

わたしはこの世に生まれて二十五年になる。自分が何者かはよくわかっている。一介のオフィス労働者。コピー機の横かエレベーターの中でならともかく、それ以外ではたぶん誰にも気づいてもらえない女。

昼休みがあったころには、昼休みに読書をする女。

通りですれちがっても、誰にもふり返ってもらえない女。

三人の男としかセックスをした経験がないのに、両親が高校時代の恋人同士で、ほかの誰かと関係を持ったことは一度もないからという理由で、後ろめたさを覚えている女。

数えきれないほど何度も見捨てられてきた女。

隣に住むハンサムな医師の注意を惹くのは、不注意で怪我をして出血しながら彼の戸口に立っているからにすぎない。その出血のせいでわたしはしかたなく、申し訳なさそうなおどおどした笑みを顔に貼りつけて、ニック医師のアパートメントにはいる。

「本当にすみません、ニック先生」

「気にしないで」と彼は言う。「レスリーがきみをここへ連れてきたのは正解だよ。それと、ぼくのことはニックと呼んでくれないか、頼むから。じゃあ、その腕を見せてもらおうか」

アパートメントの内部は12Aの鏡像と言っていい。内装はもちろんちがうけれど、間取りは同じだ。ただし反転している。居間は突きあたりにあるものの、書斎は左側にあり、廊下は右に曲がっている。彼のあとについてダイニングルームの前を通りすぎる。建物の角に位置しているのは12Aと同じだけれど、彼のダイニングルームはもっと男性的だ。濃紺の壁。モダンアートのような、つんつんと尖ったシャンデリア。テーブルは円形で、赤い椅子がそれを囲んでいる。

「部屋はたくさんあるんだけど、あいにくと診察室はなくてね」とニック医師は肩越しに言う。「ここで間に合うだろう」

わたしをキッチンへ案内し、カウンターのスツールに腰かけるよううながす。「すぐに戻ってくるから」と言い残して廊下に姿を消す。

彼のいないあいだにわたしはキッチンを見まわす。12Aのキッチンとほぼ同じ大きさで、レイアウトも似かよっているものの、色合いはこちらのほうがくすんでいる。薄茶色のタイルに、砂色のカウンタートップ。色鮮やかなのはシンクの上に掛けられた油絵だけだ。自分の尻尾《しっぽ》をくわえた蛇の絵で、長い胴がきれいな8の字を描いている。

興味を惹かれてその絵に近づいてみる。古いものらしく、表面に蜘蛛《くも》の巣状のひび割れが無数にできている。けれども絵そのものは生気にあふれていて、大胆な色づかいが眼を惹く。蛇の背中の鱗《うろこ》は真紅。腹は薄緑。描かれているほうの眼は深い陰影を帯びた黄色。瞳はない。涙滴形《るいてきがた》に黄色く塗られているだけで、火のついたマッチを思わせる。

ニック医師が救急キットと医療鞄《かばん》を持って戻ってくる。

「ああ、そのウロボロスに気づいたね。海外旅行中に買ったんだよ。気にいった?」

答えは断じて〝ノー〟だ。色づかいがけばけばしすぎるし、題材も気持ち悪すぎる。それを見て思い出すのは、アンドルーが連れていってくれたメキシコ料理店だ。死者の日をテーマにした店で、ウェイターはみんな顔をペイントしていて、天井からは派手な飾りつけをした頭蓋骨がこちらを見おろしていた。気味が悪くて、わたしは食事のあいだじゅうもじもじしていた。

スツールに戻ると、やはりわたしはもじもじする。蛇がぎらぎらした眼でこちらを見つめている。爛々《らんらん》と、瞬きもせず。眼をそらせと挑まれているような気がするけれど、わたしはそらさない。

「どういう意味があるんですか?」

「万物の循環性を表わしていると言われている。誕生と生と死と再生を」

「命の円環ですね」

彼は小さくうなずく。「そういうこと」

わたしはその蛇の眼をもう一秒だけ見つめる。ニック医師は手を洗って拭き、ラテックスの手袋をはめると、傷口からハンカチをそっとはがす。

「どうしたのこれ?」と質問し、すぐにこう言う。「待った、言わないで。セントラルパークで斬り合ったんだな」

「女ふたりが派手にぶつかって、スパゲティ・ソースの瓶が割れただけです。ここじゃきっと日常茶飯事ですよね」

傷口をオキシドールで消毒されると、わたしは体を硬くしてその急激な冷たい痛みをこらえる。それに気づいたニック医師は、おしゃべりで精一杯気を紛らそうとしてくれる。

「で、ジュールズ、〈バーソロミュー〉の住みごこちは気にいった?」

「どうしてわたしがここに住んでるってわかったんです?」

「レスリーが診てあげてくれといって連れてきたんだから、居住者だろうと思ってさ。ちがうの？」

「ちょっぴり。わたし――」とレスリーが使っていた言葉を記憶のなかに捜す。「臨時居住者なんです。それも、すぐお隣の」

「ああ、それじゃきみが、12Aを手に入れた幸運なアパートメント番か。引っ越してきたばかり？」

「ええ、きょう」

「じゃあ改めて、〈バーソロミュー〉へようこそと言わせてもらうよ。歓迎のキャセロール料理がないのは、医者としての専門技術で埋め合わせられるといいんだけど」

「何科の先生なんですか？」

「外科」

傷を治療してくれている手を見る。まさしく外科医の手だ。すらりとした上品な指が、しっかりとした美しい動きを見せている。彼が手を放すと、消毒された傷はもう、さほど重傷には見えなくなっている。五センチの切り傷にすぎない。たちまち四角いガーゼでおおわれて、医療用テープでぴったりとふさがれる。

「とりあえずはこれでいいだろう」ニック医師はそう言いながらラテックスの手袋を脱ぐ。「出血は止まっているけど、あしたの朝までは絆創膏を貼っておいたほうがいいね。最後に破傷風の注射をしたのはいつ？」

わたしは肩をすくめる。わからない。

「したほうがいいかもよ。念のために。健康診断を最後に受けたのはいつ？」

「ええと、去年かな」とわたしは答えるが、実を言えばそれも憶えていない。どうしても必要にならないかぎり医者にはかからないというのが、健康管理に関するわたしの流儀だ。勤めていたときでさえ、定期健康診断を受けたり予防のために診てもらったりするのは、お金の無駄に思えたのだ。「もしかしたら二年前かも」

「じゃあ、基本的なところだけチェックしてあげようか」

「そんなにまずい状態なんですか？」

「いやいや、念のためだよ。転んだり失血したりしたあとというのは、心拍が不安定になることがあるんだ。なんの問題もないことを確認したいだけさ」ニック医師は医療鞄から聴診器を取り出して、わたしの胸にあてる。鎖骨のすぐ下に。「息を大きく吸って」

言われたとおりにすると、彼のコロンがふわりと香る。白檀《びゃくだん》と、柑橘《かんきつ》類と、何かほかのもの。もっと鋭い。アニスかもしれない。アニスに似たような、つんとする香りがする。

「ようし」とニック医師は言いながら聴診器を三センチばかり移動させ、わたしはまた大きく息を吸う。「きみの名前はずいぶん面白い名前だね。ジュールズというのは何かを縮めたもの？　愛称？」

「ちがいます。よくジュリアかジュリアンの愛称だろうって言われるんですけど、ジュールズというのは本名なんです。父の話だと、わたしが生まれたとき、わたしの眼をのぞきこんだ母が、宝石《ジュールズ》みたいにきらきらしてると言ったんだそうです」

ニック医師はわたしの眼をのぞく。ほんの一秒にすぎないのに、胸がどきどきしてくる。その音が聞こえてしまうのではないかと不安になる。ことに彼がこう言ったときには。「断言するけど、お母さんの言うとおりだね」

わたしは顔を赤らめまいとするものの、成功していない気がする。頬がかっと熱くなってくるのがわかる。

「で、ニックというのはニコラスの愛称ですか？」

「大当たり」と彼は言いながら、わたしの右腕に血圧計の腕帯《カフ》を巻く。

「いつから〈バーソロミュー〉に住んでるんです？」

「きみがほんとに知りたいのはたぶん、ぼくみたいな年齢でどうしてこの建物に住めるようなお金があるのかってことだよね」

もちろんそのとおり。それがまさにわたしの知りたいことだ。あっさりと図星を指されて、わたしはまた赤面する。

「すみません。わたしの知ったことじゃないですね」

「いいんだよ。立場が逆だったら、ぼくだって知りたいと思うさ。きみの疑問すべてに答えると、ぼくは生まれたときからここに住んでる。このアパートメントは何十年も前からうちのものでね、五年前にぼくが相続したんだ。ヨーロッパへ行っていた両親が自動車事故で亡くなったあと」

「お気の毒に」余計なことを訊かなければよかったと思いながら、わたしは言う。

「ありがとう。両親をいきなりふたりとも亡くすというのはつらいね。それにときどき後ろめたくなることがある。ふたりが死んでいなかったら、ぼくは今ごろ、世界でも指折りの有名な建物のひとつにじゃなくて、ブルックリンあたりのエレベーターなしのアパートメントに住んでいたはずなんだから。ある意味じゃ、ぼくもアパートメント番だという気がするな。両親が帰ってくるまでここを守っているだけの」

ニック医師は血圧を測りおえる。「百二十の八十。申し分ない。きみはすばらしく健康だよ、ジュールズ」

「ありがとう、ニックせ――」わたしは最後まで言わないうちに言葉を呑みこむ。「ニック。感謝します」

「どういたしまして。隣人のよしみだよ」

彼は先に立って廊下へ出ていくが、わたしはそこで、12Aとは逆の間取りにだまされてしまう。右に曲がらなくてはいけないのに左へ曲がり、廊下の突きあたりのドアのほうへ何歩か歩いてしまう。そのドアはほかのドアよりも大きく、本締《ほんじ》まり錠《じょう》でしっかりと施錠されている。わたしはあわてて向きを変えて引き返し、彼のあとについて玄関へ行く。

「さっきは余計なことを訊いちゃってすみません」ホワイエに着くとわたしは言う。「悲しい思い出を呼びさましちゃって」

「謝る必要なんかないさ。ぼくにはいい思い出だって、悲しい思い出を忘れさせてくれるぐらいたくさんあるんだから。それに、ぼくみたいな身の上なんか珍しくもない。どこの家族にだってひとつぐらい大きな悲劇はあると思うよ」

それはちがう。

うちの場合はふたつだ。

9

ニックのアパートメントを出たところで携帯がうなる。クロエからのメールだ。12Aのドアの鍵をあけながらそれをひらく。件名を見て、思わずいらだちの溜息が漏れる。

気味の悪い話

本文には何も書かれていない。どこかのウェブサイトへのリンクが貼りつけてあるだけ。クリックすると、いかにもおどろおどろしい見出しのついたひとつの記事に飛ぶ。

〈バーソロミュー〉の呪い

内容は読まずに携帯をポケットに突っこむと、わたしは12Aのホワイエにはいり、テーブルに載った小鉢に鍵束を放りこむ。ところが狙いがそれ、鍵はテーブルの端に落ちたあと、床の暖房通風口にカチャンと落下する。通風口には古風な渦巻き模様の格子がはまっていて、鋳鉄《ちゅうてつ》製の渦巻きどうしの間隔は鍵が下へ落ちるほど広い。

もちろん鍵は下へ落ちる。

あっと言うまに。

四つん這いになって格子の下をのぞきこむが、暗くてよく見えない。

これはまずい。絶対にまずい。鍵をなくすのも規則違反になるのだろうか。なるだろう。

格子にまだ顔を押しつけているときにドアがノックされる。外からチャーリーの声が聞こえてくる。

「ミス・ラーセン、いますか?」

「います」と言いながら、わたしは床から立ちあがる。格子の汚れがついているといけないので、ドアをあける前に頬を手でこする。

ドアをあけると、チャーリーが食料品のはいった大きな紙袋をふたつ抱えて立っている。わたしがロビーに置いてきた袋とはちがって、それは破けていない。

「ないと困るんじゃないかと思いましてね」と彼は言う。

わたしは片方の袋を受け取って、キッチンへ運んでいく。チャーリーはもうひとつを抱えてついてくる。袋の中には、イングリッドとぶつかってだめになったものの代わりが全部はいっている。徳用サイズの新たなスパゲティ。新たなソース。新たなオレンジと冷凍ピザ。おまけにブラックチョコレートまである。背徳的な高級品が。

「あなたの買ったものをできるだけ救おうとしたんですが、あまり救えそうになかったもので。ちょっと店まで行ってきたんです」チャーリーは言う。

わたしは言葉にできないほど感動して食料品を見つめる。「チャーリー、そんなことしてくれなくてよかったのに」

「いいんですよ」とチャーリーは言う。「わたしにもあなたぐらいの娘がいましてね。娘が何日も腹を空かせてるなんて考えたくもありません。あなたをそんな目に遭わせたら、わたしは父親として失格です」

食料品を買いなおす余裕のないことがばれているのは、別に不思議ではない。チャーリーはわたしの買ったものを全部見ている。ぎりぎりの生活費しかないのは、ひと目でわかったはずだ。

「いくらお返しすればいいの?」

ありがたいことに、チャーリーはその申し出を一蹴する。「そんなことは気にしなくていいですよ。ロビーでのあの不運なできごとの埋め合わせです」

「それってあの娘とぶつかったこと? それともグレタ・マンヴィルのこと?」

「両方です」とチャーリーは言う。

「人とぶつかるなんてよくあることだし、グレタ・マンヴィルのことはもう忘れちゃった」わたしはチョコレートの包み紙の端をむいて、四角いブロックをひとつ割り取って、チャーリーに差し出す。「それにね、ここの人はみんなこれまですごく親切だったから、いつかはそうじゃなくなる運命だったの」

「親切を信じないいんですか?」チャーリーはそう言いながらチョコを口へ放りこむ。

わたしもチョコをもぐもぐやりながらしゃべる。「お金持ちでないかつ、親切というのを信じてないの」

「それはいけませんね。ここの人たちはみんなその両方ですよ」チャーリーはごわごわの口髭を親指と人差し指でなでつける。「わたしは残念ながら片方しか持ち合わせていませんが」

「でも、最高に親切。だからお返しを何かしたいんだけど」

「ほかの誰かに親切をほどこしてあげてください。それで充分です」

「じゃ、わたし、ふたつ親切をしないと」わたしは下唇を噛む。「もうひとつあなたに頼みがあるの。鍵がね、ちょっと、暖房の通風口に落っこっちゃって」

チャーリーは笑いを押し殺しながら首を振る。「どこのです?」

「ホワイエの。ドアのそば」

一分後にはわたしたちはホワイエに戻っており、チャーリーは立派なおなかを床に押しつけている。ペン形のマグネット棒を手にして、先を格子のあいだに差しこむ。

「ごめんなさい、こんなことさせちゃって」とわたしは言う。

チャーリーはマグネットを振り動かす。「しょっちゅうですよ。この格子は評判が悪いんです。モンスターみたいなもんでね。自分のほうへ来たものはなんでも呑みこんじまうんです」

その譬《たと》えは言い得て妙だ。見れば見るほどその通風口は、獲物を待ちかまえているモンスターの暗い口に見えてくる。

「鍵とか？」わたしは言う。

「指輪とか。錠剤の瓶とか。携帯電話だって、角度が悪ければ落っこちます」

「おもちゃを拾ってっていう呼び出しがしょっちゅうあるんじゃない？」

「そうでもないです。〈バーソロミュー〉に子供は住んでいませんから」

「ひとりも？」

「ええ。ここはあまり子供を歓迎しないんです。年輩のかたに住んでいただきたいんですよ――年輩の、静かなかたに」

チャーリーはそろそろと格子から棒を引き抜く。先端にわたしのキーリングがぶらさがっている。彼はそれをはずして、テーブルの上の小鉢にそっと入れる。マグネット棒は上着の内ポケットに戻る。

「また落っことしても、ネジまわしがあればだいじょうぶですよ。格子は簡単にはずせますから、手を入れて拾えます」

「ありがとう。何から何まで」とわたしは安堵の溜息をついて言う。

チャーリーは帽子をちょっと傾ける。「どういたしまして」

彼が帰っていくと、わたしはキッチンへ戻って食料品を袋から取り出しながら、彼の気前のよさだけでなく、代わりのものを買うさいの気づかいにも心を打たれる。チョコレート以外はどれも、わたしの買ったものと同じだ。

食料品をちょうど片付けおわったとき、戸棚からまたあの特徴のあるきしみが聞こえてくる。

昇降機が動きだしたのだ。

戸棚の戸をあけると、箱が上がってくる。またしても詩がはいっている。

クリスティーナ・ロセッティの「思い出して」。

それを見たとたん、胸がひくりとする。心臓が止まりそうになる。その詩をわたしは知っている。両親の葬儀で朗読されたものだ。

〝わたしがいなくなったら、わたしを思い出して〟

皮肉にも、わたしは忘れてしまえたらと思っている。うちの家族が一度も行ったことのないあの教会の会衆席の最前列に自分が腰かけていた日のことを。横にはクロエが、後ろにはわずかばかりの参列者がおし黙って座っていた。朗読してくれたのは、わたしの高校の英語の先生――あの優しくてすてきなジェイムズ先生だ。彼女が冒頭の一行を読むと、静まりかえった会堂内にその声が響きわたった。

その裏側にイングリッドはまた大文字で伝言を記している。


腕のこと、ごめんね。

わたしは前回と同じペンと紙を使って返信を書く。

だいじょうぶ。心配しないで。

それを昇降機に入れて11Aに送る。重さも距離もすでにわかっているので、前回より楽にできる。

五分後に返信が届く。時間の大半は、動きの遅い昇降機の上昇にかかったものだ。中にはまた別の詩がはいっている。ロバート・フロストの「炎と氷」。

〝世界は炎に包まれて終わるという人がいる〟

裏を見ると、こんどは謝罪ではなく指示が書いてある。

セントラルパーク。イマジン。十五分後。

10

指示どおり十五分後に〈イマジン〉のモザイクへ行き、ビートルズの曲を演奏する薄汚いストリート・ミュージシャンと観光客とからなるいつもの人混みの中にイングリッドを探す。うららかな午後だ。気温は十七、八度、快晴。子供のころを思い出す。かぼちゃと、降りつもった落ち葉と、ハロウィーンを。

それに母のことも。母は一年のこの時期をとりわけ愛していて、ヘザーの季節と呼んでいた。自分がヘザーという名前だったからだ。

ようやく見つけたイングリッドは、両手にひとつずつホットドッグを持っている。片方をわたしに差し出す。

「お詫びの印。まぬけなあたしからの。前を見ないで携帯を見ながら歩いてるやつに、いつも腹を立ててたのに。自分がそうなっちゃった。言い訳できない。最低の最低」

「ただの事故だよ」

「起きなくてもすんだまぬけな事故」彼女はホットドッグに大きくかぶりつく。「痛かった？痛かったよね。すごく血が出てたもん」

そこで、はっと息を呑む。

「縫わなくちゃいけなかった？　縫わなくてすんだって言って」

「絆創膏だけですんだ」わたしは胸に手をあてておおげさに溜息をつく。「ああよかった。縫うのって、あたし大っ嫌い。何も感じないよ、なんて言うけど、感じるじゃん。糸で皮膚が引っぱられるのが。うげえ、だよ」

彼女は公園の奥へ歩きだす。ほんの一分一緒にいただけでもくたびれたというのに、わたしはついていく。彼女には竜巻と似たような魅力がある。どのくらい回転するのか見たくなる。

実際イングリッドはよく回転する。わたしの数歩先を歩きながら、何か言いたいことができるたびに、くるりとふり返る。それもほとんど五秒おきに。

「あたしこの公園、好き。あなたは？」

くるり。

「これって、なんか、都会のど真ん中にある完璧な荒野だよね」

くるり。

「ぜんぶ人が造ったんだよね。何から何まで設計されてて、それがここを、なんていうか、さらに完璧にしてるって感じ」

くるり、くるり。こんどはすばやく二度続けて、一回転する。そのせいで顔を赤くしてちょっとふらつく。側転を一回余計にやりすぎた子供みたいに。

イングリッドはいろんな点で子供を連想させる。興奮しがちな性格だけでなく、外見も。セントラルパーク・レイクのほとりで立ちどまったとき、わたしはおたがいの身長差にいやでも気づいてしまう。わたしはイングリッドより十五センチぐらい背が高い。つまり彼女は百五十二、三センチしかないということだ。しかもひどく痩せている。骨と皮ばかり。どう見てもおなかを空かしていそうだ。あまりにもそう見えるので、わたしは自分のホットドッグを彼女に差し出して、食べて、と言う。

「食べられないよ」と彼女は言う。「それはあたしのお詫びのホットドッグだもん。でもきっと、お詫びのホットドッグのお詫びもしなきゃいけないね。こういうものって何がはいってるかわからないから」

「わたし、お昼を食べたばかりなの。お詫びの気持ちだけもらっておく」わたしは言う。

イングリッドは片脚を引いておおげさなお辞儀をしてから、ホットドッグを受け取る。

「それはそうと、わたしはジュールズ」

イングリッドはホットドッグにかぶりつき、もぐもぐと咀嚼《そしやく》してから言う。「知ってる」

「で、あなたが11Aのイングリッドね」

「そう、11Aのイングリッド・ギャラガー。昇降機の使いみちを知ってる女。自分があんな生活の知恵を身につけるなんて思いもしなかったけど、このとおりよ」

彼女はホットドッグを食べおえるために近くのベンチにどさりと腰をおろす。わたしは立ったまま、湖面を行く手漕《てこ》ぎボートやボウ・ブリッジを渡る人々を見つめる。これが12Aからの眺めを地上から見た光景なのだ。そう気づく。

「〈バーソロミュー〉は気にいった？」イングリッドはそう言うと、ホットドッグの最後のひとかけらを口に入れる。「夢みたいだよね？」

「ほんと」

イングリッドは口の端についたマスタードを手の甲で拭う。「三か月いるの？」

わたしはうなずく。

「おんなじだね。あたしは二週間前から」彼女は言う。

「その前はどこに住んでたの？」

「ヴァージニア。その前はシアトル。でも、生まれはボストンなの」彼女はベンチに横になり、先のほうだけ青い髪が頭のまわりに広がる。「だからもうあたし、どこにも住んでないのかな。放浪者ね」

それはみずから望んだのだろうか、それともやむをえずだったのだろうか。選択ミスと不運から絶えず逃走してきた結果なのだろうか。それならわたしと似ていなくもない。でも、正直なところ、彼女がわたしと重なる部分はまったくない。

そこで気がつく――ジェインと重なるのだ。

ふたりに共通するのは、過剰なところまでいっきに突っ走る、いわゆる躁的小妖精《マニック・ピクシー》キャラだ。ジェインはわたしの姉であり親友でもあったというのに、そばにいるとわたしはいつもどこか落ちつかなかった。でも、その落ちつかなさを愛していた。ふだんの自分の、内気で、もの静かで、従順な存在とバランスを取るために、それが必要だった。ジェインもそれを承知していた。よくわたしの手をつかんで町の反対側にある森へ連れていくと、ふたりで切株の上に立って、喉が痛くなるまでターザンの叫びをやったものだ。あるいは、わたしを連れて町の炭坑跡に残る閉鎖された社屋にはいりこんで、何年もそのままになっていた黴《かび》くさいオフィスの中を探検したり、映画館の裏口からはいりこんで、明かりが消えてからこっそり客席に座ったりしたこともある。

いろんなことを引き起こし、いろんなものを治療してくれた。すりむいた膝小僧、虫刺され、痛む心。

ジュールズとジェイン。いつも一緒だった。

ある日突然、離ればなれになるまでは。

「あたし、二年前にボストンを出て、ニューヨークへ来たの」とイングリッドは言う。「さっきそれを言うのを忘れちゃった。ニューヨークの部分を。あんな話、端折《はしょ》れば端折るだけいいからさ。で、シアトルへ行って、そこでちょっとウェイトレスをやったんだけど。それがもう最悪で。あのスペシャルオーダーとかしてくるカフェイン漬けのアホたちが。で、この夏はヴァージニアへ行って、浜辺のバーでバーテンの仕事をして。それからニューヨークに戻ってきたの。こんどはうまくいくんじゃないかなんて馬鹿なこと考えて。でも、まあ、やっぱり全然うまくいかなくて。これからどうしようかなって途方に暮れてたとき、〈バーソロミュー〉の広告を見たわけ。あとは知ってのとおり」

それを最後まで聞いただけで、わたしは時差ぼけに似た感覚を覚える。たくさんの場所を短時間に連れまわされて。

「あなたのほうは、どうして〈バーソロミュー〉に流れついたの？」イングリッドは起きあがり、自分の横のベンチをぽんぽんとたたく。「全部話して」

わたしはそこに腰をおろして言う。「話すことなんて大してない。仕事とボーイフレンドを同じ日に失ったっていうだけ」

イングリッドは傷のことを訊いたときと同じように、心配そうな表情になる。「死んだの彼？」

「心だけね。心があったらの話だけど」

「男ってどうしてクズばっかりなの？　このごろあたし思うんだけど、もともと刷りこまれてるんじゃないかな。つまり幼いころから、クソ野郎になってもたいていの女は大目に見てくれるって、教えこまれてるんだと思う。あたしが最初にニューヨークを離れたのもそれが理由。くそったれな、くそったれな男のせい」

「あなたの心を傷つけたの？」

「うち砕いたんだよ。いまはもう立ちなおったけど」

「家族はどうしてるの？」

「いない」イングリッドは指の爪を見つめる。髪の毛の先と同じ色合いのブルーに塗られている。「ていうか、まあ、いたんだけど。もちろん。でも、いまはもう、いなくなっちゃった」

　いなくなっちゃった。その言葉を聞いたとたん、心臓の鼓動がちょっと速くなる。

「うちもそう」とわたしは言う。「もうわたしひとりしかいない。姉がひとりいるんだけどね。ていうか、いたんだけど。どうしてるかわからないの」

　話すつもりはなかったのに、言葉が勝手に出てきてしまう。でも、しゃべったことで気が楽になる。同じ境遇にあるのだとイングリッドに知ってもらうのは、正しいことに思える。

「行方不明なの？」と彼女は訊く。

「そう」

「いつから？」

「八年前」もうそんなになるなんて信じられない。あの日のことはいまでもはっきりと憶えている。つい数時間前のできごとのような気がする。「わたしが十七のとき」

「どうしたの、お姉さん？」

「警察に言わせれば、家出した。父に言わせれば、誘拐された。母に言わせれば、たぶん殺された」

「あなたの考えは？」

「考えなんてない」

　ジェインの身に何があったかなんて、わたしにはどうでもいい。重要なのは、ジェインがいなくなったという事実だ。

それに、ジェインがみずから出ていったのであれば、彼女がわたしにさよならさえ言わなかったこと。

それに、わたしが彼女に腹を立てていて、会いたくてたまらないこと。彼女の不在がわたしの心に、誰にも埋められない穴をあけたことだ。

あれは二月だった。曇天つづきなのに雪の少ない寒くて灰色の月。ジェインは〈マッキンドー〉という地元の薬局で勤務を終えたところだった。わが町でまだかろうじて繁盛している陰気なメイン・ストリートの角にある店だ。ジェインは一年半前に高校を卒業したあと、そこでレジ係として働いていた。大学へ行くためにお金を貯めているんだ。わたしたちにはそう言っていたけれど、ジェインが大学へ行くようなタイプではないのはみんな知っていた。ジェインを最後に見かけたのは、わかっているかぎりでは、ミスター・マッキンドーその人だ。彼は黒のフォルクスワーゲン・ビートルが歩道ぎわに停まるのを、店のウィンドー越しに見ていた。薬局の青と白のストライプの日除けの下で待っていたジェインは、それに乗りこんだ。

話を聞いてくれる相手なら誰にでも、ミスター・マッキンドーはそのときの様子を話した。揉《も》み合ったりはしていなかったし、運転席にいたのはジェインの知らない人物でもなかった。ジェインは助手席のドアをあける前に、窓越しにその人物に軽く手を振ったんだ。

運転席にいる人物はよく見えなかった。見えたのは、車に乗りこむジェインの青い事務服の背中だけだ。彼はそう語った。

そしてビートルは走り去った。

そしてジェインはいなくなった。

その後の調べで、ジェインの知り合いには黒のビートルに乗っている人物はいないことが明らかになった。知り合いの知り合いにも。運転席にいたのは、ジェイン以外の誰も知らない人物だった。

でも、黒のビートルなど珍しくもない。ペンシルヴェニア州だけでも数千台が登録されていることが運輸局の記録から判明した。ミスター・マッキンドーは車のナンバーをメモしておこうとは考えなかった。考える理由がなかった。警察に訊かれても、数字も文字もひとつとして思い出せなかった。町の人たちは彼の記憶力のなさこそがジェインの発見を阻む唯一の障害だといわんばかりに、気の毒なミスター・マッキンドーを責めた。

うちの両親はもう少し寛容だった。失踪から数週間後、ジェインの発見がいよいよ望み薄になってくると、父は薬局に立ちよってミスター・マッキンドーに、あなたを恨んではいないと伝えた。

当時のわたしはそんなことを知らなかった。数年後、両親の葬儀のときにミスター・マッキンドー本人が教えてくれたのだ。

ちなみにその日が、ジェインはもう帰ってこないのだとわたしが悟った日でもある。それまでは、たんに家出をしただけならなんとかして帰ってくるのではないかと、一縷《いちる》の希望を持っていた。でも、両親の死にジェインが気づかなかったはずはない。ニュースになったのだから。それを眼にしたら、かならず埋葬を見届けに帰ってきたはずだ。でも、帰ってこなかった。それ以来、わたしはジェインがまだ生きていると考えるのも、帰ってくることを期待するのもやめた。わたしの心の中では、ジェインは両親と同じお墓にはいったのだ。

「まだ生きていたとしても、絶対に帰ってこないってわかったの」わたしは言う。

「そうなんだ」とイングリッドは言い、それきり黙りこんでしまう。すっかりしんみりさせてしまった。

それからしばらく、わたしたちはぼんやりと湖をながめ、そよそよと吹いてくる風を感じている。まわりの木々がさらさらと音を立て、金色の葉が震える。かなりの数の葉がはらはらと紙吹雪のように地面に舞い落ちる。

やがてイングリッドが言う。「あなた、ほんとに〈バーソロミュー〉が好き？　それとも、あたしに合わせようと思ってそう言っただけ？」

「ほんとに好きだよ。あなたはちがうの？」

「あたし、よくわかんなくて」イングリッドの声が小さくゆっくりになる。これは意外だ。ここまではずっと、最大の音量とサラブレッドなみの速さでしゃべっていたのだから。「そりゃ、いいところだよ。すてきだよ、たしかにね。でも、どこか……変な気がするんだ。あなたはまだ感じてないと思うけど。いまにきっと感じるはず」

わたしはたぶんもう感じている。あの壁紙。顔ではなく花の模様だとわかってはいても、どこか不安になる。自分でも認めたくないほどに。

「古い建物だからね。どうしても奇妙に感じるのよ」わたしは言う。

「でも、それだけじゃなくてさ」イングリッドは膝を胸に引きよせ、その姿勢のせいでいっそう子供っぽく見える。「あそこ……怖いんだ」

「怖いことなんてなんにもないと思うけど」わたしはそう言うものの、クロエが送ってくれた記事のことが気になってくる。

〈バーソロミュー〉の呪い。

「あそこで起きたいろんなことの噂を、何か聞いたことない?」イングリッドは言う。

「オーナーが屋根から飛びおりたっていうのは知ってるけど」

「それはまあ、ほんの序の口。もっと怖いのがあるの。もっともっと怖いのが」

イングリッドはくわしく話すかわりに、ふり返って木々のむこうにそびえる〈バーソロミュー〉を見やる。北側の角からジョージがセントラルパーク・ウェストを見おろしている。彼の姿を目にすると、わたしは愛情で胸がいっぱいになる。

「ねえ、場所に何かが取り憑くなんてこと、あると思う?　幽霊以外のもので」と彼女は訊く。「ていうのはさ、あたし〈バーソロミュー〉の歴史があそこに取り憑いてるみたいに感じるんだ。これまであそこで起きた悪いことが全部ほこりみたいに溜まってて、それが空気中に漂ってるみたいに。で、あたしたちはそれを吸いこんでるみたいな気がする」

「無理にあそこに住まなくたっていいのよ。そんなに不安になるんだったら」

イングリッドは肩をすくめる。「ほかに行くところがないもん。それにあたし、このお金がどうしても必要なの」

それ以上は言われなくてもわかる。彼女とわたしには思った以上に共通点があるのかもしれない。

「わたしもこのお金が必要なの」と、わたしはまちがいなく今年いちばんのひかえめな表現で言う。「こんなにもらえるなんて信じられなかった。レスリーから聞いたときには気絶しそうになった」

「いっしょだね。おどかすようなこと言っちゃってごめん。あたし、変なやつじゃないから。〈バーソロミュー〉も変じゃない。あたしたぶん、寂しいだけなんだと思う。ほら、あの規則のせい。ほかのものは平気だけど、来客禁止だけはいや。独房に監禁されてるみたいな気分になる。エリカがいなくなってからはとくに」

「エリカって？」

「ああ、エリカ・ミッチェル。あなたの前に12Aにいたの」

わたしはイングリッドを見る。「オーナーってこと？　あの亡くなった女性？」

「じゃなくて、あたしたちの仲間――アパートメント番。いい娘でさ。ちょっと仲よくしてたのに、あたしが来てから何日もたたないうちに出てっちゃったんだ。そこがおかしいんだよね。だって彼女、少なくともあと二か月はいるって言ってたんだから」

わたしは驚く。わたしの前にも12Aにアパートメント番がいたなんて、レスリーはひとことも言っていなかった。もちろん、わざわざ言う必要はない。誰が住んでいようと、わたしの知ったことではない。でも、レスリーの口ぶりだと、オーナーは死んだばかりで、あの部屋は急に空いたように聞こえた。

「その娘、たしかに12Aにいたの？」

「いたよ」とイングリッドは言う。「昇降機であたしに歓迎のメモをおろしてくれたんだもん。だからあなたが来たときあたし、同じことをしたら面白いと思ったの」

「エリカはなぜ早く出ていくのか、理由を言ってた？」

「なんにも言ってなかった。出てった次の日にあたし、ミセス・イーヴリンから初めて聞いたの。きっと新しい住まいか何かを見つけたんだと思う。せっかく上の階に仲よくできる隣人ができたのに、がっくりきちゃった」そこでイングリッドの顔がぱっと明るくなる。「ねえ、いいこと思いついた。これ、毎日やらない？　期間が終わるまで毎日、公園でランチするの」

わたしはためらう。イングリッドが嫌いだからではない。むしろ好きだ。かなり。でも、毎日彼女を相手にする自信はない。きょうの午後だけでもすでにくたびれているのだから。

「お願い」とイングリッドは言う。「あたしもうあそこにいるのに飽き飽きしちゃったし、ここにいくらでも探検できる大きな公園があるんだし。考えてみてよ、ジュジュ。あ、ちなみにこれからあなたのこと、そう呼ぶことにしたからね」

「了解」わたしは笑みを隠しきれずに言う。

「そりゃあまあ、完璧とは言えないけど。でも、あなたの名前って、そのままでも愛称みたいなもんだから、選択肢が限られてるでしょ。悪い呪力《ジュジュ》ってのがあるのは知ってるけど。いい呪力《ジュジュ》もある。あなたはいいほうのジュジュだよ、絶対」

それはどうだろうか。わたしはもう何年ものあいだ、悪いジュジュを自分のまわりに発散している。

「で、さっきの話だけど、ジュジュ、楽しいことがいろいろできるんだよ」とイングリッドは指を使って数えはじめる。「バード・ウォッチングでしょ。ピクニックでしょ。ボート漕ぎでしょ。ホットドッグだって、いっぱい食べれるし。どう?」

イングリッドはうかがうようにわたしを見る。期待をこめて、すがりつくように。心細げに。それはこの二週間のわたしの心細さと変わらない。クロエをのぞけば、わたしの友達はみんな消えてしまったように思える。それは自分のせいなのか彼らのせいなのか。わたしがそれと気づかずに彼らを遠ざけたのだろうか。それともたんに、わたしの下降スパイラルがもたらした自然な結果なのだろうか。そういう喪失は当然、さらなる喪失を生む。最初はジエイン、次は両親、それから仕事とアンドルー。失うたびに、友達がどんどん去っていった。もしかしたらイングリッドはその流れを逆転してくれるかもしれない。

「いいよ。そうしよう」とわたしは言う。

イングリッドは興奮して手をたたく。「じゃ、決まりね。正午にロビーで会おう。携帯を貸して」

わたしはポケットから携帯を引っぱり出して渡す。イングリッドはわたしの連絡先リストに自分の番号を入力し、名前を全部大文字で打ちこむ。わたしも彼女の携帯に自分の番号を入れ、自分にふさわしく小文字でひかえめに名前を入力する。

「逃げようとしたらメッセージ送るからね」と彼女は警告する。「じゃあ、約束の印にセルフィーを撮ろう」

イングリッドはわたしの携帯を掲げて体をくっつけてくる。ふたりの顔が画面いっぱいに広がる。イングリッドは馬鹿みたいににやにやし、わたしはどこか当惑しているように見える。それでもわたしは微笑む。久しぶりにものごとが上向いてきたような気がする。とりあえず住むところができ、お金もはいってくるはずで、新しい友達もできた。

「完璧」

彼女がそう言って携帯をタップすると、カシャッという音とともにわたしたちの約束は完了する。

11

これまでの成り行きにうれしい戸惑いを覚えつつ、わたしは〈バーソロミュー〉での最初の一夜を過ごす。夜は即興のステップを踏みながら進んでいく——その場でできあがっていく幸せのダンス。

まず螺旋階段をのぼって寝室へ行き、靴を脱いで、豪華なふかふかの絨毯の足触りを堪能する。その上を歩くのは、さながら足マッサージのようだ。

それから主浴室の鉤爪足の浴槽に湯を張り、シンクの下から見つけたラベンダーの香りのする泡入浴剤を入れ、肌が薔薇《ばら》色になり指先がしわしわになるまでそこにつかる。

お風呂のあとは冷凍ピザを電子レンジで温め、湯気の立つべたべたのピザを、触るだけでも緊張する繊細で美しい磁器のお皿に載せる。キッチンの抽斗からマッチをひと箱見つけて、ダイニングルームの蠟燭《ろうそく》に火をともす。揺らめく蠟燭の光が窓にきらめくなか、歩み板のように長い食卓の片端にぽつんと座って食事をする。

夕食がすむと、クロエにもらったワインを一本あけ、居間の窓辺に腰をおろしてそれを飲みつつ、夕闇に包まれるマンハッタンをながめる。セントラルパークでは通路沿いの街灯が点灯してゆき、ジョギングや観光やデートをする通りがかりの人々に淡いハロゲンの光を投げかける。窓辺に置かれた真鍮の望遠鏡で、手をつないで歩いているひと組のカップルをこっそりのぞく。離れるときには、ふたりは名残おしげに指を伸ばし、最後の瞬間まで触れ合っていようとする。

グラスが空になる。

もう一杯つぐ。

実際ほど寂しくはないというふりをしてみる。

時間がたつ。数時間。三杯目のワインが空になると、わたしはキッチンへ行き、そこでいつまでもぐずぐずしている。ワイングラスを洗い、とっくにきれいになっているカウンターの表面を拭きながら、四杯目を飲もうかとずいぶん悩む。でも、やめたほうがいいと結論する。二週間で二度もへべれけになりたくはない。たとえ酔っぱらうきっかけは天と地ほどもちがうにしても。一度目は——つまり、クロエに連れ出されてマルガリータをやけくそで五杯も飲んだときは——悲しいお酒で、わたしはひと口飲んでは泣いていた。けれども今回は奇妙に幸せで、満ち足りていて、永遠にも思えるほど久しぶりに希望を持っている。

カウンターのマッチ箱を手に取り、マッチを一本すって、先端に炎が燃えあがるのを待つ。それからその炎の十数センチ上に手をかざし、手のひらにその熱を感じる。昔はしょっちゅうやっていたのに、もう何年もやっていない。やる必要がなかったのだ。

その衝動がいまよみがえって、わたしは手のひらをゆっくりと炎に近づける。そうしながら思い出すのは、両親とジェインとアンドルーのこと、端からめらめらと燃えていくあの写真のことだ。

手のひらに感じるぬくもりがじきに熱さに変わり、それがたちまち痛みにすり替わる。でも、わたしは手を動かさない。まだ。

もう少し苦痛を感じなくてはならない。

やめるのは、手がついに痛みで引きつりだすときだ。自衛本能が働き、マッチを吹き消す。炎は瞬時に消え、それが燃えていた名残といえば、渦を巻くいく筋かの煙だけになる。

もう一度同じことをしようとしてマッチをすったとき、昇降機の縦穴から耳慣れない音が聞こえてくる。戸棚の戸が閉まっているのでくぐもってはいても、それが昇降機の音でないことはわかる。あの緩慢な滑車の回転音が聞こえない。かすかなきしみも。

この音はちがう。

もっと大きくて、もっと鋭い。明らかに人間のもの——。

悲鳴だ。わたしはそう気づく。下のアパートメントから昇降機の縦穴を伝わってきたのだ。イングリッドのアパートメントから。

身じろぎもせずキッチンに立ったまま、二度目の悲鳴が聞こえないかと耳を澄ます。マッチをつまんでいる指のほうへ火が近づいてきて、ついに指に触れると——ジリッという痛み——声をあげてマッチを取り落とし、床で炎が消えるのを見つめる。

火傷《やけど》に駆り立てられてわたしは行動に移る。指先を吸って痛みを和らげつつ、キッチンから廊下に出て、ホワイエへ。そのまま12Aを出て、十二階の廊下を階段のほうへ歩いていく。

十一階へおりていくと、あの悲鳴が——というか、悲鳴だと思ったものが——脳裡《のうり》によみがえってくる。頭の中にそれがもう一度聞こえると、イングリッドの様子を見にいくのは正しいことだと確信する。彼女は危険にさらされているのかもしれない。それとも危険などまったくなく、わたしの過剰反応にすぎないのだろうか。前にもそういうことがあった。十七歳からこっち、わたしはすっかり心配性になっている。

でも、あの声の何かが、これは過剰反応ではないと告げている。イングリッドはたしかに悲鳴をあげたのだと。そうとしか考えられない。とりわけこうして〈バーソロミュー〉の夜の静寂のなかにいると。あたりは静まりかえっている。エレベーターはどこか下の階に停まったままだ。階段をおりるわたしに聞こえるのは、ひたひたという自分の用心深い足音だけ。

十一階におりると、腕時計を見る。午前一時。これも気がかりの種だ。人がこんな時間に悲鳴を一度だけあげる理由は何か？　悪い理由がいくつか思い浮かぶ。

11Aの前まで行くと、ドアをノックする前にちょっとためらう。もっと楽しげな物音が聞こえてきて、わたしを安心させてくれるのではないかと。イングリッドが大きな声で電話をしているとか。ドアのすぐむこう側で笑い声がするとか。

だが、何も聞こえない。しかたなくわたしはノックする。十一階のほかの人たちの邪魔をしないように、そっと。

「イングリッド？　ジュールズだけど。だいじょうぶ？」

十秒経過。二十秒経過。もう一度ノックしようとしたとき、ドアが細くあいてイングリッドが顔をのぞかせる。わたしを見る眼がまんまるだ。びっくりさせてしまったらしい。

「ジュールズ、どうしたの？」

「様子を見にきたの」わたしは自信をなくしてもじもじする。「悲鳴がしたような気がしたから」

イングリッドももじもじする。数秒ののち、無理に微笑む。

「あなたのテレビじゃない？」

「テレビはつけてなかった。あれは——」

わたしは口ごもる。ほっとするべきか、きまりが悪くなるべきか、その両方か、よくわからない。むしろますます心配になってくる。イングリッドの様子はどこかおかしい。声に張りがなく、いやいやしゃべっている。公園にいたときのあのおしゃべり娘とはまるで別人だ。ドアの隙間からは体の半分しか見えない。昼間と同じ服を着て、右手をジーンズの前のポケットに深く突っこんで、何かを探しているようだ。

「あれはあなたの悲鳴みたいだった」とわたしは言う。「上まで聞こえてきたから心配になったの」

「あたしじゃない」とイングリッドは言う。

「だけど何かが聞こえたの」

「気のせいじゃない？　よくあることだよ。あたしはだいじょうぶ。ほんとに」

彼女の表情は逆のことを伝えている。笑みは引きつり、見ひらかれた眼には暗い光が宿っている。口にできない苦悩で燃えているように見える。彼女はおびえているんだ。

そう気づいたわたしは、ドアに近づいて彼女の眼をまっすぐに見つめ、「ほんとに？」とささやく。

イングリッドは瞬きをひとつする。「うん。全然問題なし」

「そう。ごめんね、邪魔しちゃって」そう言いながら、わたしはドアから離れて自分も無理に微笑む。

「そんなに心配してくれてうれしいな。ありがとう」イングリッドは言う。

「あしたの約束はまだ生きてる？」

「十二時ぴったりだよ。絶対来て」

わたしはイングリッドに手を振って、廊下を歩きだす。でも、彼女は手を振り返さない。そのままさらに一秒わたしを見つめ、笑みが消えて真顔になるのと同時にドアを閉める。

いまの時点でわたしにできることはもうない。本人がだいじょうぶだと言うのなら、それを信じるしかない。わたしの聞いたのは悲鳴ではないと言うのなら、それも信じるしかない。

でも、十二階への階段を戻るあいだも、寝室への螺旋階段をのぼるあいだも、わたしはイングリッドが嘘をついている気がしてならない。

現在

バーナードが出ていく。

医師がはいってくる。

かなり年輩だ。真っ白な髪と、がっちりした顎、小さな眼鏡の奥からのぞく薄茶色の眼。

「やあ。わたしはドクター・ヴァーグナー」ワーグナーではなくヴァーグナーとドイツ風に発音する。たしかに彼の言葉には、無骨でもあれば魅力的でもある強い訛りがある。「気分はどう？」

どんな気分なら適切な答えになるのかよくわからない。車にはねられたのだと言われたことをぼんやりと思い出す。ということは、死ななくてラッキーだったという気分でいるべきなのだろう。

「頭が痛いです」

「だろうね」とワーグナー医師は言う。「かなりひどくぶつけているから。だが、脳震盪《のうしんとう》は起こしていない。それは幸運だよ」

わたしはまた頭の包帯に触る。こんどは軽く。生地の下に頭蓋を感じられる程度に。

「しかしまあ、生命徴候は良好だ。何より大切なのはその点だよ」とワーグナー医師は言う。

「太腿《ふともも》から脇腹にかけて打ち身が現われるだろうが、骨はどこも折れていないし、内臓も損傷していない。総合的に見れば、この程度ですんで運がよかったと言える」

わたしはうなずこうとするが、首の固定具に動きを阻まれる。それは重たくて暑い。鎖骨の周辺に汗が溜まっている。わたしは固定具の裏に指を差しこんで、それを拭おうとする。

「それはじきにはずせるよ」とワーグナー医師は言う。「実際にはたんなる用心だから。それはそうと、きみにいくつか質問がある」

わたしは黙っている。答えられる自信がない。答えられたとしても、信じてもらえる自信がない。それでもとにかく、固定具で制限されながらも、もう一度うなずいてみせる。

「事故のことはどのくらい憶えている？」

「あんまり憶えてません」

「でも憶えてはいるんだね？」

「ええ」

憶えているとは思う。具体的なことは何ひとつ思い出せないけれど。断片しか。わたしは考えをまとめようとして、深呼吸をする。でも、頭の中の断片は言うことを聞いてくれず、いっこうにまとまらない。揺すられたばかりのスノードームみたいに、重要な情報のかけらが頭の中でぐるぐると渦を巻いていて、まだ収まっていない。つかまえようとしても、ひとつもつかまらない。

思い出すのは、キキーッというタイヤの音。けたたましい警笛。

後ろのほうから聞こえるパニックの悲鳴。

痛み。闇。

病院に到着したときのことも同じだ。半分は憶えている。バーナードと彼の鮮やかな色の医療着と、車にぶつかったんだと教えられたことは。でも、どうやってここへ来たのか、到着したとき自分が正確にはなんと言ったのかは思い出せない。

鎮痛薬のせいだろう。だから頭がぼんやりしているのだ。

「もうひとつ質問させてくれ」とワーグナー医師は言う。「目撃者の話だと、きみは〈バーソロミュー〉から駆け出してきて、走ってくる車の前に飛び出したというんだ。立ちどまらなかったそうだ。一瞬たりとも」

それは憶えている。

どんなに忘れたいと願っていても。

「そのとおりです」とわたしは答える。

医師は小さな眼鏡の奥から怪訝《けげん》そうな眼でわたしを見る。「それはあまり尋常な行動とは言えないね」

「尋常な状況じゃなかったんです」

「まるで逃げてきたように聞こえるな」

「ええ、命からがら」

四日前

12

家族の夢を見る。

母、父、ジェイン。ジェインはわたしが最後に見たときのまま。永遠の十九歳だ。

三人は見捨てられたセントラルパークを歩いている。そこにいる唯一の人々。公園は夜で、街灯はすべて消えていて、あたりは真っ暗だ。けれども三人はみずから発光し、緑がかった灰色に淡く光りながら公園を歩いていく。

わたしは〈バーソロミュー〉の屋根から三人を見ている。ジョージの横に座って、彼の石の翼に肩を抱かれている。

公園の両親がわたしに気づいて手を振る。ジェインが、発光する手を口のまわりにあててわたしに叫ぶ。「あんたの居場所はそこじゃないよ!」

その声が届いたとたん、ジョージが翼を動かす。

もはやわたしを抱いていない。

押してくる。

石の翼を背中に冷たく押しつけて、わたしを屋根から突き落とす。あっと思ったときにはもう、わたしは宙に放り出されていて、身をよじりながら下の歩道へまっさかさまに落ちていく。

悲鳴をあげそうになって眼を覚ます。喉まで迫りあがっていたその声を呑みこんで、ごほごほと咳きこむ。それから起きあがり、窓のむこうのジョージをにらむ。

「ひどいじゃない」

だだっ広い寝室にその言葉が消えかけたとき、別の何かが聞こえる。

物音が。

階下から。

それを物音と言っていいのかさえわからない。むしろ気配に近い。自分ひとりではないという言いようのない感覚。説明しろと言われても、どう説明していいのかわからない。言葉にしにくい物音。足音ではない。パタパタでも。シュッシュッでもない。とはいえシュッシュッという擬音が、思いつくかぎりではいちばん近い。

動き。

と言ってもいい。

何かが、かすかなさざめきをあとに残しながら空間を移動しているのだ。

わたしはベッドからそっと抜け出して階段の下り口へ這っていき、身を乗り出して耳を澄ます。何も聞こえない。でも、あの感覚、髪の毛が逆立つような感覚は消えない。わたしのほかにも誰かがこのアパートメント内にいる。

ふと、レスリー・イーヴリンかもしれないという考えが浮かぶ。わたしが規則を守っているかどうか、早朝のチェックに来たのではないか。レスリーならここの鍵を持っているはずだ。わたしはむっとして、すりきれたタオル地のローブをはおり、下へおりていく。立入検査をするなんて話は聞いていない。聞いていたら、同意しなかったはずだ。

なんて嘘。一万二千ドルと引き換えなら、ほぼどんなことにでも同意しただろう。

でも、下へおりてみると、誰もいない。ドアはロックされているし、本締まり錠もかけられていて、チェーンもはずされていない。物音でも人の気配でもなんでもいいけれど、それはわたしの気のせいだった。悪夢の名残で朦朧《もうろう》としていたのだ。

疲れているのに神経が昂《たか》ぶって眠りに戻れないので、キッチンへコーヒーをいれにいく。このアパートメントにあるのは手軽で便利な〈キューリグ〉のコーヒーマシンではなく、やたらとハイテクで複雑なコーヒーメーカーなので、スイッチを入れるだけで何分もかかってしまう。あまりに時間がかかったので、コーヒーがポットに落ちはじめたときには、体がカフェインを求めて疼いている。

コーヒーがはいるまでのあいだに、わたしは上へ戻ってシャワーを浴び、悪夢を洗いながそうとする。なんとも奇妙でいやな夢だった。

もちろん、悪夢はほかにもいろいろ見てきた。両親が死んでまだ日が浅いころは、燃えるベッドや、朦々たる煙や、病気で黒くなった内臓の夢を見た。わたしの叫びで寮じゅうの人たちを起こしそうになって、クロエがわたしを揺り起こすしかなかったこともある。でも、これほど真に迫った生々しい夢を見たのは初めてだ。窓からセントラルパークを見たら、両親がまだそこにいて、体を光らせながらボウ・ブリッジを渡っているのではないかという気さえする。

だから、その朝のわたしは時計ばかり見ている。

寝室のデジタル目覚まし時計を見ながら服を着て、

電子レンジの時計を見ながら、ようやくはいったコーヒーをつぐ。

居間のグランドファーザー時計を見ながらそのコーヒーを飲み、壁紙に眼が何組あるかを数える。六十四まで数えたところで、時計がボーン、ボーンと時を打つ。がっかり。まだ九時だ。

解雇されたとき、わたしは一冊のフォルダーをもらった。そこにはいろんな案内がはいっていた。職探しのヒントから、職業適性相談や、大学に戻りたくなったときの学資ローンの情報まで、正式に失業した人間が人生に立ち向かうのに必要ないっさいが。

でも、ぽっかり空いた時間をどう過ごすべきかというアドバイスはなかった。なくて当然だ。これは自分で経験しなければわからない。失業というのは退屈なのだ。死ぬほど退屈なのだ。

人は自分が一日にどれほどの時間を仕事へ行くという行為に費やしているか、気づいていない。身じたくをする。会社へ行く。デスクで八時間を過ごす。家に帰る。多くの時間が自動的に埋められている。それらの行為を取り去れば、埋められるのを待つ空っぽの時間ばかりが、どこまでもつづくことになる。

〝時間につぶされる前に、時間をつぶせ〟

父にそう言われたのは、母が病気になり父が職を失ってまもなくのことだ。それが父の短かった〝巣箱時代〟の頂点だった。そのころの父は、これといった目的もないのにガレージで巣箱をいくつもこしらえて時間を過ごしていた。なぜそんなことをしているのかとわたしが尋ねると、父は色を塗っていた松材の板から顔を上げてこう答えた。「人生には何かひとつ、自分の思うとおりになるものが必要だからな」

その感情が理解できるようになったのは、だいぶのちのことだ。十九歳のわたしにはピンとこなかった。失業した大人のわたしにはよくわかるけれど。でも、自分の存在がまるごとハリケーンに見舞われたみたいな気がするとき、思うとおりになるものを見つけるのは難しい。

そこでわたしはまた職探しをして時間をつぶすが、空いている口はこれまで見たものばかりだ。それからこんどは、必要もないのに少しばかり掃除をする。ほとんど何もはいっていないゴミ入れをすべて空にし、階段のそばの目立たない壁のくぼみ《アルコーブ》にあるシュートまでゴミ袋を持っていく。袋を中に落として耳を澄ましていると、袋は地下まで滑っていって柔らかなドサッという音を立てる。

これでさらに五秒つぶした。

グランドファーザー時計が正午を告げると、わたしは部屋を出てロビーへ行く。知らない顔には出くわさない。いつもの顔ぶれが行き来しているだけだ。階段をのろのろとのぼっていくミスター・レナードと看護師。ロビーにはちょうど散歩から帰ってきたマリアン・ダンカンとルーファス。きょうのマリアンは淡いペパーミントグリーンのケープと、それに合ったターバンという装いで、ルーファスのほうは赤いハンカチを身につけている。

「こんにちは、ダーリン」とマリアンは言い、サングラスをかけなおしながらエレベーターのほうへ優雅に歩いていく。「きょうのお外は肌寒いわよ。ねえ、ルーファス?」

犬はそのとおりだと吠える。

イングリッドはまだ来ていないので、わたしは郵便受けのところへ行って、12Aに送られてきたものがないか確かめる。何も来ていない。

郵便受けを閉めて腕時計を見る。

十二時五分過ぎ。

イングリッドは約束の時間に遅れている。

ポケットで携帯が鳴る。イングリッドだ。そう思ってあわてて引っぱり出すが、かけてきた相手の名を見たとたんに、胃がきゅっと縮む。

アンドルーだ。

わたしは無視を決めこむ。するとすぐさまメッセージが届く。

電話をくれ。

つづいて二通目が来る。

ちょっと話せないか？

さらに三通目。

なあ？？？？？？？？？

わたしは返信しない。してやる価値もない。だいたいあんなやつは、わたしにふさわしくなかったのだ。

いまになってようやくわかる。わたしたちはそもそも付き合うべきではなかった。おたがいになんの共通点もなかったのだから。でも、クロエがポールと付き合いはじめたので、わたしは寂しい思いをしていた。そこへ突如現われたのが、キュートな清掃員のアンドルーだ。わたしは退社時にいつも彼がオフィスのゴミ箱を空にしているのを眼にしていた。まもなく、帰りがけにさよならと声をかけるようになった。それがエレベーターの横でのおしゃべりに発展した。それがさらに会話に発展し、日を追うごとに長くなった。見たところ彼は優しくて頭の回転が速く、ちょっぴり内気なようだった。しかも笑顔になると、えくぼがいっそう深くなる。そしてわたしがそばにいると、いつも笑顔でいるように見えた。

とうとう彼はわたしにデートを申しこんだ。わたしは応じた。あとは当然の成り行き。デート。セックス。またセックス。そして同棲。このままの状態が永遠につづくのだという暗黙の了解。

大まちがいもいいところだった。

別れてからの日々のなかで、アンドルーに対するわたしの感情は、悲しみから怒りを経て、自分はまたしても見捨てられたのだという思いへと、大きく変化してきた。わたしは浮気をしたアンドルーを憎んだ。アンドルーを信頼した自分を憎んだ。そこへさらにたちの悪い感情が加わった。不適格感だ。なぜわたしはアンドルーを満足させられなかったのか？　なぜわたしは誰も満足させられないのか？　なぜわたしは愛する人たちに次々と見捨てられてしまうのか？

もう一度携帯を見る。イングリッドはすでに十分遅刻している。

そこでふと、わたしは待ち合わせ場所を勘ちがいしているのかもしれない、セントラルパークで会うことになっていたのかもしれない、と気がつく。公園にいるイングリッドの姿が眼に浮かぶ。〈イマジン〉のモザイクでストリート・ミュージシャンとふざけながら、わたしに逃げられたと思っているにちがいない。

彼女にメッセージを送る。

公園で待ち合わせだったっけ？

二分たっても返信がないので、公園へ行ってみることにする。もう一度メッセージを送るよりは、そのほうがよさそうだ。外へ出ながらわたしはチャーリーを探す。イングリッドが出かけるのを見たかどうか訊こうと思ったのだが、いたのは別のドアマンだ。にこにこした老人で、名前はまだ知らない。その人が言うには、チャーリーはきのう夜勤で、きょうの勤務は休むと連絡があったという。

「家の事情でね。娘さんが急に具合が悪くなったらしい」

わたしはお礼を言うと、そのまま道を渡って公園へ行く。きのうより曇っていて肌寒く、冬が駆け足で近づいてきているのが感じられる。〝ヘザーの季節〟では全然ない。

まもなくストロベリー・フィールズに着く。ふたりのミュージシャンがモザイクをはさんで、競うように〈イマジン〉の弾き語りをやっている。どちらにも数人ずつ、どうでもよさそうな見物人がついているものの、そのなかにイングリッドの姿はない。

もう一度携帯を見る。やはり返信はない。

そのまま湖のほうへ歩いていき、きのう座ったベンチまで行ってみる。腰をおろしてもう一度メッセージを送る。

公園にいる。きのうと同じベンチ。

返信がないままさらに五分たつと、わたしは三度目のメッセージを送る。

何かあったの？

心配しすぎに聞こえるかもしれない。でも、この状況はどこかおかしい。ゆうべのできごとを思い出す——イングリッドの部屋から悲鳴が聞こえてきたこと、わたしがノックをしてから彼女がドアをあけるまでに奇妙な間があったこと、何かがおかしいと伝えるように彼女の眼が暗く光っていたこと。

心配しないで。わたしはそう自分に言い聞かせる。

でも、心配になる。

それはジェインの失踪事件のせいだ。その日のことで忘れてはいけないのは、わたしたちは初め誰も心配していなかったという点だ。ジェインは十九歳だったし、落ちつきがなくて、突然ふらりとどこかへ行ってしまうことがよくあった。連絡もなしに夕食をすっぽかし、夜更けになってやっと、友達の家の地下室で飲んだビールと煙草のにおいをさせて帰ってくることもあった。

その日ジェインが夕食に帰ってこなかったときも、家族はみな、今回もそんなところだろうと考えて、ジェインぬきで夕食を食べた。それからテレビでくだらないエイリアン映画を見た。両親が寝てしまうと、わたしは『夢見る心』のお気にいりの個所を読み返した。どこからどう見ても、典型的なラーセン家の一夜だった。

あくる朝になってようやくわたしたちは異常に気づいた。父が起床してバスルームへ行った。途中でジェインの部屋のドアが半びらきになったままなのに気づいた。見るとジェインはいなくて、ベッドは整えられたままだった。父は母とわたしを起こして、前夜にジェインが帰ってきた物音を聞いたかどうか尋ねた。母もわたしも聞いていなかった。ジェインの友人たちに気まずい早朝の電話をひとわたりかけたあと、わたしたちはついに恐ろしい事実を悟った。

ジェインが行方不明になった。

実際には前日の午後から行方不明だったのに、わたしたちは誰も、すぐにジェインの居どころを確かめようとは考えなかった。当初の呑気《のんき》ぶりをふり返ると、わたしはこう思わずにはいられない。もしあのときもう少し早く行動を起こすなり、すぐにわずかでも心配するなりしていたら、ジェインはいまでもここにいたのではないかと。

おかげでわたしは心配性になった。学生時代には、クロエに一日じゅう所在をはっきりさせておいてと要求して、彼女を悩ませた。まれにクロエがそれを怠ると、不安で胃がきりきりと疼いた。いまはイングリッドのせいで疼いている。胃に落ちた小さな不安の種。もう一度携帯をチェックして、時刻が一時十五分前になっているのを見ると、疼きが心もち大きくなる。

不安に引っぱられるようにして公園をあとにし、〈バーソロミュー〉へ戻る。途中でもう一度イングリッドに、〝返事をちょうだい〟とだけメッセージする。過剰反応なのは重々わかっている。でも、かまわない。

ロビーで、もうひとりのアパートメント番のディランとすれちがう。ディランは公園へジョギングにいく格好をしている。スウェットの上下。スニーカー。エレキ・ギターの音がキンキンと漏れてくるイヤフォン。彼が降りたばかりのエレベーターに乗りこむと、わたしは最上階のボタンを押しかけるが、やめて十一階のボタンを押す。様子を見にいくぐらいかまわないだろう。そう自分に言い聞かせる。イングリッドが来なかった理由まで考え出す。具合が悪くて携帯をチェックしていないのかもしれない。バッテリーが切れて、いらいらしながら充電している最中なのかもしれない。

それとも、ことによると——ことによるとだけれど——ゆうべのできごとに関するわたしの勘はあたっていて、イングリッドはなんらかのトラブルに巻きこまれたのに、それを打ち明けられないほどおびえていたのかもしれない。わたしは眼を閉じて、ゆうべの彼女を思い出す。元気のない声と、取ってつけたような笑みと、ドアを閉める直前にその笑みがすっと消えたところを。

11Aの前に着くと、最後にもう一度、携帯をチェックする。返信が来ていないのを確かめてからドアをノックする。コンコンと軽く二回。いかにも何気なく立ちよっただけだ、鳩尾《みぞおち》からこみあげてくる不安のせいではない、というように。

ドアがあく。

そのむこうに立っているのはレスリー・イーヴリンだ。きょうはまたちがうシャネルのスーツを着ている。12Aの居間の壁紙のように赤いスーツを。いそがしそうな顔をしていて、アップにした髪からほつれ毛がひと筋、額に垂れている。

「ジュールズ」と彼女はここでわたしに会う驚きを隠しきれずに言う。「腕の具合はどう?」

わたしは上着とブラウスの上からぼんやりと絆創膏に触る。大した傷ではないのでほとんど忘れていた。

「だいじょうぶです」と答えながらレスリーの肩越しに室内をのぞく。「イングリッドはいます?」

「いいえ」とレスリーは答え、それとわかる溜息をつく。

「どこにいるかわかります?」

「それがわからないのよ。残念ながら」

「でも、ここに住んでるんですよね?」

「住んではいたんだけど」

彼女が過去形を使ったのに気づいてわたしは眉を寄せる。

「もう住んでないんですか？」

「そういうこと」とレスリーはきっぱり言う。「イングリッドはもういないの」

13

〝ジェインはもういないんだ〟

父がそう口にしたのは、姉が帰ってこなくなって一週間後だった。真夜中近くのことで、父とわたしだけがキッチンにいて、母はとうにベッドにはいっていた。そのころにはもう黒のフォルクスワーゲン・ビートルのことは世間に知れわたり、警察はジェインの友人たちからすっかり話を聞きおえ、郡内のあらゆる電柱と店先に彼女の写真が貼られていた。父は薬物のように濫用しているブラックコーヒーをひと口すると、悲しげにひとこと、「ジェインはもういないんだ」と言った。

わたしは悲しさよりむしろ戸惑いを感じたのを憶えている。ジェインが帰ってくるという希望をまだ捨てていなかったからだ。当時理解できなかったのは、なぜそもそもジェインは出ていってしまったのかだった。いまわたしはそれと同じ戸惑いを感じながら、ほつれ髪を搔きあげるレスリーを見つめる。

「いない？　もうここには住んでないんですか？」

「そう」と言ってレスリーは呆れたように溜息をつく。

わたしは規則のことを思い出す。イングリッドはそれを破ったにちがいない。重大なものを。それ以外に、これほど突然あっさりと出ていく理由は思いつかない。

「何かいけないことをしたんですか？」

「いいえ、わたしの知るかぎりではね」とレスリーは言う。「あの娘は追い出されたわけじゃないの、それがあなたの言ってることなら」

「でも彼女、あと十週間ここにいるって言ってたのに」

「そのはずだったんだけどね」

わたしはまた別の戸惑いを覚える。何もかも腑《ふ》に落ちない。「自分から出ていっちゃったんですか？」

「そうよ」とレスリーは言う。「それも無断で、そそくさと」

「出ていくという連絡もなかったんですか？」

「ええ。前もって連絡してくれたらありがたかったんだけれど。夜中にこっそり出ていっちゃったの」

「出ていくのを誰か見たんですか？　誰が当直のドアマンだったんです？」

「チャーリーだけど。彼は出ていくところを見てないの」

「なぜです？」

「ちょうど地下にいたから。地下の防犯カメラが故障したものだから、詰所を離れて修理しにいっていて。戻ってきたら、ロビーの真ん中に11Aの鍵が落ちていたそうよ。イングリッドが出ていくとき、そこに落としていったのね」

「それは何時ごろですか？」

「さあ。それはチャーリーに訊いてちょうだい」

「彼女、ほんとに出ていっちゃったんですか？」そう言うとわたしは、思いつく理由をあげてみる。「鍵をうっかりロビーに落っことして、気づかなかった可能性もあります。もしかすると友達に緊急事態が起きて、急いで出かけなくちゃならなかったのかもしれないし。いまこっちへ戻ってくるところかもしれません」

仮説としては考えられなくもないけれど、やはり可能性は低い。だいいち、イングリッドが返信をくれない理由の説明にはならない。

レスリーも明らかに同じことを考えている。ドア枠に寄りかかって、憐れみでいっぱいの眼でわたしを見つめる。わたしは気にならない。ジェインが失踪したあと、両親にもそんな眼で見られたものだ。なにしろふたりをたたき起こしては、ジェインの居どころやら彼女が帰ってくると思う理由やらについて、珍説を披露してばかりいたのだから。十七歳にしてわたしはトンデモ思考の女王だった。

「それはありそうもないと思わない？」

「そうですね。でも、イングリッドが夜中に誰にも告げずに出ていくっていうのも、ありそうにないと思うんです」

レスリーは小首をかしげ、髪がまたしても額にほつれかかりそうになる。「なぜそんなにイングリッドに関心を持つの？」

理由はいくつかあげられるし、どれも嘘ではない。イングリッドは人なつこくて元気で、一緒にいると楽しいからだとか。彼女はジェインを思い出させるからだとか。クロエ以外にもわたしと付き合ってくれる相手ができて、とても元気が出たからだとか。

でも、それは胸に秘めておいて、不安の最大の理由をレスリーに伝える。

「ゆうべ悲鳴がしたような気がしたんです」

レスリーはおおげさに眼をぱちくりさせる。「11Aで?」

「ええ」

「いつ?」

「夜中の一時ごろ。だからわたし、様子を見におりてきたんですけど、気のせいだって言われたんです」

「ほかの居住者からは、そんなものが聞こえたなんていう報告はないわよ」とレスリーは言う。「聞こえたのはたしかに悲鳴だったの?」

「それは……どうでしょう?」

つい語尾が上がるが、疑問のはずはない。悲鳴だったのか悲鳴ではなかったのか、どちらかだ。それでも語尾のその上昇はやはり何かを伝えている。まわりくどい形でわたしにこう告げている——わたしが聞いたものは本当にわたしの頭の中にしかないのかもしれないと。

でも、それならなぜ、ドアをあけたときイングリッドはあんなに奇妙に見えたのか?

「ほかの居住者に、何か聞こえたかどうか訊いてまわってみるわ」とレスリーは言う。「へバーソロミュー〉のように静かな建物では、そういうものはよく聞こえるはずだから」

「わたしはただイングリッドが心配なんです」自分の不安を明確にしようとしてわたしは言う。

「あの娘は出ていったのよ、ジュールズ」とレスリーはきっぱりと言う。「コソ泥みたいに夜中に。とにかく、それがわたしの最初の考えだった。あの娘はコソ泥だというのが。だからわたしはここにいるの。この部屋はきっと空っぽにされているだろうと思って。でも、何もかもちゃんとあった。イングリッドは自分の持ち物だけを持っていったみたい」

「何も置いていかなかったんですか？　戻ってくることをうかがわせるものとか、どこへ行ったのかわかるものとか」

「ないと思うわよ」レスリーはドアから一歩下がる。「かまわないから、はいって見てごらんなさい」

あいた戸口のすぐむこうに廊下と居間が見え、12Aとほぼ同じ眺めが窓の外に広がる。居間は整然としていてモダンだ。赤い壁紙も気持ちの悪い眼もない。ただのクリーム色の壁と、それを飾る現代美術、お洒落なインテリアショップのカタログそのままの家具。実際、部屋全体が展示場のように見える。家具はそろっているのに、人の住んでいる気配がない。

「何もかもイングリッドが引っ越してきたときのままよ」とレスリーは言う。「だから置いていったものがあるとすれば、地下の物置にあるはずだけど。そっちはまだ調べてないの。イングリッドは物置の鍵をなくしたみたいだから。チャーリーがロビーで見つけたキーリングにはついていなかったの」

ということは、その鍵をイングリッドは一度も使わなかったのだろう。実際のところわたしも、12Aの物置には行かずにすんでいる。持ち物はすべて寝室のクローゼットに収まっている。あのクローゼットなら、わたしの全財産を入れてもまだ余裕がある。

レスリーはわたしの肩に手を置いて言う。「わたしだったらイングリッドのことはそんなに気にしないわね。きっと何かちゃんとした理由があるのよ。それをぜひとも聞かせてもらいたいものだけど」

わたしもだ。このままでは全然納得がいかない。不安を新たにして十二階への階段をのぼる。12Aに戻ると、頭が混乱したまま居間のソファにどさりと座りこむ。なぜイングリッドは〈バーソロミュー〉を出ていきたいなんて思ったのだろう？　そんなふうに思う人間がいるだろうか？

外を見ると、霧が急速に街を包みはじめている。セントラルパークに低く垂れこめて、木々のてっぺんが雲に浮かんでいるように見える。どこかもの悲しい美しさ。限られた人々にしか手にはいらない眺めだ。この特権に何百万ドルも払える人にしか。

イングリッドもこの同じ眺めを手に入れて、しかもお金までもらっていた。それを考えると、疑問はさらに大きくなる。彼女はなぜ突然、無料の住まいと一万二千ドルを放棄したのか？〈バーソロミュー〉に不安を抱いてはいても、彼女はわたしと同じで、お金もないし、ほかに行く場所もないと、はっきり言っていた。なのに〈バーソロミュー〉を出ていったとき、残りの一万ドルも捨てていった。よほどの非常事態でなければ、そんな大金を放棄するはずがない。

イングリッドの身辺で何かが急変したのだ。文字どおり一夜にして。

上着のポケットから携帯を引っぱり出す。あいかわらず返信はない。自分が送ったメッセージをスクロールしてみると、イングリッドがひとつも読んでいないのがわかる。

もう一度メッセージするよりは電話をすることにして、全部大文字で書かれた彼女の名前をタップして耳を澄ましていると、そのまま留守番電話につながる。

「どうも！　ごめんね、いま電話に出られないの。発信音のあとに伝言を残してちょうだい。なるべく早めにこちらからかけます」間。「あ、そうそう、こちらイングリッドです、もうわかってると思うけど」

ようやく発信音が鳴る。

「もしもし、イングリッド」とわたしは、さり気なさと心配の中間あたりの口調になるようにして言う。「ジュールズよ。〈バーソロミュー〉の。いまレスリーから聞いたんだけど、ゆうべのうちに出ていったんだって？　何か、その、問題があったの？　電話かメッセージをちょうだい」

わたしは電話を切り、携帯を見つめる。あとはどうしたらいいのか。

何もしないで。

クロエならそう言うだろう。イングリッドは他人なの。彼女のことはほっときなさい。あんたは仕事を見つけて、お金を貯めて、生活を立てなおすことに集中しなくちゃいけないんだからと。

どう考えてもそのとおりだろう。

たしかにわたしがすべきなのは、仕事を見つけることであり、お金を稼ぐことであり、生活を少しずつ再建していくことだ。

でも、さきほど感じたあの不安の種が、もはやすっかり若木に成長して、葉のついた枝をわたしの体じゅうに伸ばしはじめている。それを成長させているのは、ゆうべの奇妙なできごとだ。あの悲鳴のようなもの。イングリッドの不自然な落ちつき。わたしの心配を気のせいにしようとしたあの口調。

〝あたしはだいじょうぶ。ほんとに〟

わたしはゆうべも納得していなかったし、いまも断じて納得していない。この不安を解消するには、イングリッド自身から話を聞くしかない。でも、そのためにはまず、彼女がどこへ行ったのか突きとめる必要がある。

ジェインが失踪したとき、わたしたちは警察から、これに従えばジェインを捜し出すのが容易になるというステップのリストをもらった。あのときは役に立たなかったけれど。こんどはもっとうまく行くことを願って、わたしはイングリッドを見つけるために同じステップを踏むことにする。

ステップ一。状況を確認する。

簡単だ。イングリッドは夜中に誰にも告げずに出ていった。

ステップ二。彼女が出ていった理由を考える。

できれば、好ましい理由で出ていったのだと考えたい。幸せな理由で。急に仕事が見つかったとか、宝くじに当たったとか、セントラルパークのストリート・ミュージシャンと恋に落ちたとか。でも、性格的にわたしは楽観的になれない。もはや。

ステップ三。彼女が行きそうな場所を考える。

根なし草なのだ。どこにいてもおかしくない。

ステップ四。失踪後の彼女が連絡を取りそうな人々を考える。

これのほうがなんとかなりそうだ。ソーシャルメディアがある。イングリッドがオンラインでも実生活と同じくらいおしゃべりなら、ボストンに帰ってきたとか、アラスカでバーテンダーの仕事を見つけたとか、そんな近況の更新ひとつで、こちらは安心できる。得体の知れないものでなければなんでもいい。

わたしはノートパソコンを持ってくると、イングリッドのソーシャルメディア・アカウントを探しはじめる。まずはフェイスブックから。思いのほか難航する。長らく使っていなかったので自分のパスワードを忘れてしまい、二度も推測がはずれたあげく、数分がかりでやっと思い出す。

ログインするとまず、古くなった自分のプロフィール画像が眼にはいる。休暇中に撮ったものだ。ディズニー・ワールドのアンドルーとわたし。メインストリートに立って、わたしはアンドルーの腰に、アンドルーはわたしの肩に腕をまわしており、背景にはシンデレラ城がそびえている。

その写真にわたしはぎょっとする。というのも、オリジナルの写真はアンドルーのアパートメントを出るさいに燃やしてしまっており、もう一度それを見るのは幽霊に出くわすみたいなものだからだ。ふたりで一緒に休暇を取ったのはその一度だけで、しかも当時でさえ実際には、わたしたちにそんなお金はなかった。でもそのときは、それだけの価値があると思っていた。写真のわたしたちは幸せそうに見える。実際、幸せだった。少なくともわたしは。でも、ことによるとアンドルーはもう、別のセックス・フレンドを見つけることを考えていたかもしれない。いや、もう見つけていたのに、おめでたいわたしが知らなかっただけなのかもしれない。

その画像を削除して、のっぺらぼうのアバターに置き換える。そのほうがいまのわたしにはふさわしいように思える。

画像が片付くと、わたしはイングリッド・ギャラガーを検索する。彼女がこの二年間に住んだと言っていた場所を思い出して、検索をニューヨークとシアトルとボストンに絞ると、ふたりのイングリッド・ギャラガーが見つかる。どちらもわたしの捜しているイングリッドではない。

こんどはツイッターを試してみるが、結果は同じようなものだ。イングリッド・ギャラガーは大勢いるけれど、わたしの知るイングリッドに似た人物はいない。

次はインスタグラム。こちらは携帯のアプリでひらく。

ついに発見。

イングリッド・ギャラガーのアカウントがある。

プロフィール画像の彼女の髪は全体が青い。色が鮮やかすぎて綿菓子を連想させる。

でも、彼女の投稿した写真を見てわたしはがっかりする。どれも特徴がない。光量不足の食べ物写真や、奇妙なアングルの自撮り写真ばかり。いちばん最近の写真は、セントラルパークで撮った自撮りで、左肩の上に〈バーソロミュー〉の一部がのぞいている。

撮影されたのは二日前で、わたしが12Aを案内されていたのと時間的に同じころだろう。

もしかするとイングリッドは、わたしが最初に居間の窓から興奮して外を見たとき、公園内に姿が見えた人々のひとりだったのかもしれない。それどころか、その写真にわたしが写りこんでいる可能性もある。ぼんやりした人影が〈バーソロミュー〉の十二階の窓から外を見つめている。

イングリッドのつけたキャプションはそっけない——ピンクのドキドキハートの絵文字が三つだけ。

その写真には十五の〝いいね〟と、ジークという人物からのコメントがついている。


NYCに戻ってきたのに連絡もくれないのかよ。

イングリッドは返信していないものの、ニューヨークに少なくとももうひとりは知り合いがいるとわかって、わたしはほっとする。もしかしたらこの男のところにいるのかもしれない。わたしはジークのプロフィール画像をじっくりと見る。〈ネフ〉の帽子と、まばらな顎ひげ、これ見よがしに写りこませた傷だらけのスケートボード。それだけでこの男について知る必要のあることはすべてわかる。

彼自身のフォトギャラリーを見ると、その印象がいっそう強まる。ほとんどが自撮り。バスルームの鏡に映る上半身裸の彼。ジョーンズ・ビーチにいる上半身裸の彼。路上にいる上半身裸の彼――ジーンズがずり落ちてボクサー・ショーツがのぞいている。今朝も上半身裸の写真を撮っている。ベッドにいるスナップ写真で、横に女が寝ているけれど、見えるのはむきだしの肩の一部と、枕カバーに広がる長い髪だけだ。色はブロンド。青く染めた痕跡はなし。どう見てもイングリッドではない。

それでもわたしは、イングリッドがジークに連絡する気になった場合に備えて、彼にメッセージを送る。

こんにちは。イングリッドの隣人です。彼女と連絡を取ろうとしています。最近彼女から連絡はありましたか？　なければ、居どころに心当たりはありませんか？　心配しています。

名前と電話番号を残し、電話をくださいと書く。

それからまたイングリッドのインスタグラム・アカウントに戻る。もう少し古い写真を見れば、彼女がどこへ行ったのか手がかりがつかめるかもしれない。公園での自撮りの前は、手の爪のクローズアップで、爪を鮮やかなグリーンに塗ってある。撮られたのは五日前。キャプションには、ミュージカル《キャバレー》のサリー・ボウルズの台詞《せりふ》が引用されている。

〝あたしが爪をグリーンに塗ったとして、まあ、たまたま今グリーンに塗ってあるんだけど、誰かに理由を訊かれたとしたら、あたしは「きれいだから!」と答える〟

〝いいね〟が七つ。返信はなし。

眼を惹かれたのはその前の写真だ。八日前に撮られたもので、やはりイングリッドの手のクローズアップ。こちらの爪は明るいピンクに塗られている。熟れた桃の色に。その手は一冊の本の上に置かれていて、本の天から栞《しおり》の赤いリボンが突き出ている。広げた指のあいだからは、見憶えのある姿がのぞいている——〈バーソロミュー〉の角にちょこんとうずくまるジョージだ。しかも、見憶えのあるフォントが見憶えのある題名を綴《つづ》っているのも、断片的にわかる。

『夢見る心』

ついているキャプションにわたしはさらに驚く。

著者に会ったよ！

著者にはわたしも会ったけれど、御本人はそれをあまり喜んでいなかった。でも、この写真からすると、グレタとイングリッドは、友人ではないにしても、知り合いではあるらしい。それはつまり、グレタがイングリッドの居どころを知っている可能性もなくはないということだ。

わたしは溜息をつくと、クロエのくれたワインの最後の一本をつかんで部屋を出て、階段へ歩いていく。

またひとつ〈バーソロミュー〉の規則を破る危険を冒して、グレタに会いにいくのだ。それがどれほど彼女をいらだたせることになろうと。

14

10Aのドアへの最初のノックはあまりに遠慮がちだったので、ドキドキという心臓の音にかき消されて、自分にはほとんど聞こえない。そこでこんどはもう少し力をこめてたたく。誰かが床をきしませながらドアのむこうに近づいてきて、大声で言う。「一度で聞こえるったら」

ようやくドアがほんの少しあく。その隙間からグレタ・マンヴィルが眼を細くしてこちらをのぞく。「またあんた」

わたしは瓶を持ちあげてみせる。「これを持ってきたんです」

ドアがもう少し広くあいて、彼女の服装が見えるようになる。黒いスラックスに灰色のセーター。足にはピンクのスリッパ。左のスリッパをいらだたしげにパタパタと踏み鳴らしながら、グレタは瓶をにらむ。

「お詫びの印です」とわたしは言う。「きのうロビーでご迷惑をおかけしたので。それにいまも、ご迷惑をおかけしているし、今後もおかけすると思うので」

グレタは瓶を受け取ってラベルを検《あらた》める。まあまあのワインだったらしく、いやな顔はしない。餞別《せんべつ》にいつもの安ワインをくれなかったクロエに、感謝しなくてはならない。グレタが戸口から下がってドアをさらに大きくあけてくれたのだから、なおさらだろう。ためらっていると、あいたままの戸口から彼女の声が聞こえてくる。

「はいるなり帰るなり好きにして。あたしはどっちでもいいんだから」

わたしははいることにする。それを見てグレタはうなずき、向きを変えると黙って廊下を歩いていく。あとをついていきながら、間取りをこっそりうかがう。12Aとはだいぶちがう。こちらは部屋がどれも狭いものの、数が多い。ふり返ると廊下にはドアが並んでいて、わたしはそれをオフィスと、寝室と、図書室だろうと推測する。

もっとも実際のところは、グレタのアパートメント全体が図書室だと言ってもさしつかえない。いたるところに本がある。玄関のむかいの部屋の書棚にも本が詰まっている。エンドテーブルにも載っている。床にも危なっかしく積みあげてある。キッチンにも本がある――マーガレット・アトウッドのペーパーバックが、ひらいたままカウンターに伏せてある。

「お名前はなんだったっけ?」そう言いながらグレタは、大理石天板のキッチン・アイランドの抽斗から栓抜きを取り出す。「あんたがたアパートメント番って、次から次へとやってきてはいなくなるから、とてもじゃないけど憶えてらんない」

「ジュールズです」

「そうそう。ジュールズ。あたしの本がお気にいりで、どうとかこうとか言ってたわね」

そう言うなり、グレタはコルクを力一杯引き抜く。それからワイングラスを一脚だけ持ってきて、ワインを半分満たしてから渡してくれる。

「乾杯」

「あなたは飲まないんですか？」わたしは訊く。

「残念だけど、禁じられてるの。医者の命令」

「すみません。知りませんでした」

「知るわけないわ」とグレタは言う。「ほら、謝ってばかりいないで飲みなさい」

わたしは義務的にちょっぴり飲む。気をつけていないと、すぐにハイペースになってしまいそうだ。なにしろおしゃべりをしすぎてはいけない、質問をしすぎてはいけない、グレタをこれ以上いらだたせてはいけないと、ひどく緊張しているので。またちょっぴり、こんどはその緊張をほぐすために飲む。

「で、ジュールズ、訪ねてきたほんとの理由は？」グレタは言う。

わたしはグラスから顔を上げる。「不純な動機がなくちゃいけませんか？」

「そうは言わないけど。でも、あるんじゃない？　あたしの経験じゃ、人が手土産《てみやげ》を持ってやってくるのは、欲しいものがあるときだけだもの。お気にいりの本へのサインとか」

「本は持ってきてません」

「それは惜しいことをしたわね」

「でも、おっしゃるとおり、実はわけがあるんです」わたしは言葉を切ってワインで自分を鼓舞する。「イングリッド・ギャラガーのことを教えていただきたくて来たんです」

「だあれ、それは？」グレタは訊き返す。

「アパートメント番です。すぐ上の部屋の。彼女はゆうべ出ていきました。それも真夜中に。どこへ行ったのか誰も知りません。でもインスタグラムに、あなたに会ったと書きこんでいましたから、ひょっとしたらあなたは彼女の友人で、行方をご存じじゃないかと思ったんです」

グレタは小首をかしげ、青い瞳を好奇心で輝かせてわたしを見る。「いまの話、あたしひとことも理解できなかった」

「じゃ、イングリッドをご存じないんですか？」

「あんたの言ってるのは、あのとんでもない色の髪をした娘さんのこと？」

「そうです」

「二度会ったけれど。それは〝ご存じ〟なんて言えるもんじゃない。一度目は、ロビーを通りかかったらレスリーに紹介されたの。〝紹介〟というのは、むこうから声をかけてきたってことよ。われらがミセス・イーヴリンはたぶん、あの娘《こ》を感心させようとしたんだと思う。アパートメント番を引き受けさせるために」

「それはいつのことですか？」

「二週間ぐらい前だったかな」

おそらくイングリッドが面接時に建物内を案内されたときのことだろう。彼女がここに住んでいると言っていた期間と合致する。

「二度目はいつですか？」

「二日前。あたしに会いにきたの」グレタはカウンターの上の、コルクを抜いた瓶を示す。「ワインは持たずにね。だからその点じゃ、あんたのほうが勝ち」

「彼女の不純な動機はなんだったんです？」

「やっと呑みこめてきたようね」グレタは満足げにうなずく。「あの娘はあたしが〈バーソロミュー〉のことを本に書いてるのを知って、この建物のことを教えてほしいといってきたの。ここで起きたできごとのいくつかについて知りたがってた」

わたしはカウンターに両肘をついて身を乗り出す。「どんなできごとです？」

「この建物の忌まわしい過去と言われるもの。そんなものは大昔の話だし、そんなゴシップを探してるのならインターネットをあたりなさいと言ってやった。あたし自身は使わないけれど、インターネットにはそういうものがあふれてるって話だから」

「それだけですか？」

「せいぜい二分の会話だった」

「それ以降イングリッドと話はしてないんですね？」

「ええ」

「まちがいありませんか？」

たちまちグレタの表情がまた暗くなる。眼を輝かせていたあの好奇心は、嵐雲《らんうん》を突きぬけてくる一条の日射しのようなもので、人を惑わすはかないものだったのだ。

「あたしは年寄りだけど、ぼけちゃいないの」

後悔してわたしはまたワインに眼を落とす。「そんな意味で言ったんじゃありません。わたしはイングリッドを捜してるだけです」とグラスの中につぶやくように言う。

「行方不明なの？」

「もしかすると」またしても自分の返答の曖昧さに腹が立つ。それを挽回しようとしてさらに言う。「一日じゅう連絡を取ろうとしてたんですけど、返事がないんです。それに彼女の出ていきかたが、ちょっとその、気がかりなんです」

「どうして？　来るのも出ていくのも、あの娘の好きにしてかまわないんじゃないの？　あんたと同じように。アパートメント番なんだから。四人じゃないのよ」

「でもあれは——ゆうべ何か聞こえませんでしたか？　上の部屋から奇妙な音が」

「どんな音のことを言ってるの？」

音というより悲鳴。それがわたしの言っているものだ。はっきりとそう言わないのは、グレタに自分から言ってほしいからだ。彼女が自分から言ってくれれば、わたしひとりが聞いたわけではないとわかる。本当に悲鳴がしたのだと。

「ふだんは聞かないようなものです」わたしは言う。

「いいえ」とグレタは答える。「でも、あんたは何か聞いたわけね」

「聞いたと思ったんです」

「いまは？」

「気のせいだったように思います」

でも、そんなことがあるだろうか。たしかに人はよく空耳をする。新たな場所で初めて過ごす夜にはとりわけ。階段を歩く音とか、窓をたたく音とか。わたし自身、眼を覚ましたとき何かが聞こえたように思った――あのシュッシュッという、物音とも気配ともつかぬものが。でも人は、気まぐれな一回きりの悲鳴を空耳で聞いたりはしない。

「ゆうべはあたし、ほとんど起きてたの」とグレタは言う。「不眠症。歳を取るにつれて、あんまり眠らなくてもよくなっちゃって。ありがたくもあれば、つらくもあるけれどね、はっきり言えば。だからもし上の部屋で奇妙な音がしたのなら、聞こえたはず。あんたのお友達は――」

突然、グレタはカウンターにどすんと手をつく。唐突な、ただならぬ動き。

わたしはグラスを置く。「ミセス・マンヴィル？」

グレタは眼を閉じる。もともと青白かった顔色が灰色に変わり、全身が傾いてくる。初めはゆっくりとだが、徐々に勢いがついていまにも倒れそうになる。わたしは駆けよって彼女を支え、椅子を探す。ダイニングルームの入口のそばにひとつあったので、そこへ彼女をそっと座らせる。

その動きでグレタは意識を取りもどす。頭がしゃんと起き、眼に生気が戻ってくる。加齢でごつごつした手で、わたしの手首をつかむ。薄紙のような皮膚の下に紫の血管が透けて見える。

「あらまあ」と、いくぶん呆然として言う。「やあね、恥ずかしい」

わたしはどうしていいかわからず、そばでおろおろするしかない。全身に震えが走る。

「お医者さんが必要ですか？　ニック先生を呼んでこられますけど」

「そこまでひどくはない。ほんとはね、なんでもないの。ときどき発作を起こすのよ」

「失神の？」

「あたしは突発睡眠と呼んでる。だってそんな感じだから。瞬時にふっと気を失うの。すぐにまたわあっと意識が戻って、何ごともなかったみたいになるんだけどね。歳は取るもんじゃないわよ、ジュールズ。情けないったらありゃしない。誰もそんなこと教えちゃくれないから、気づいたときにはこのざまよ」

　そこでわたしは、もうおろおろしなくてもいいのだと気づく。グレタはいつもどおりの偏屈な彼女に戻っている。わたしは震えが治まらないままキッチンカウンターに戻り、ワインのグラスを手に取る。こんどはちょっぴりではなく、がぶりと飲む。

「よければ、あの本について質問にひとつ答えてあげる」とグレタは言う。「ご褒美に」

　ひとつだけ？　訊きたいことは山ほどある。でも、わたしはグレタが〝あの〟本と言ったのに気づく。〝あたしの〟本でも、〝例の〟本でもない。むしろ『夢見る心』以外の話をしたいのだろう。

「書くのをやめたのはどうしてですか？」

「簡単な答えは、あたしが怠け者だから。書きたいこともないし。それにね、書かなくたって暮らしていけるの。家が裕福だったから。あの本のおかげでもっと裕福になった。いまだにあれのおかげで収入がたっぷりあるから、とても快適に暮らせてる」

「それもほかならぬ〈バーソロミュー〉で。ここに住んでもう長いんですか？」

「それはつまり、『夢見る心』を執筆したときもここに住んでたのかってこと？」

図星だ。あっさりと見透かされて、わたしはまたがぶりとワインを飲む。

「その本心のほうの、お節介な疑問に答えると——そう、あれを執筆したとき、あたしは〈バーソロミュー〉に住んでいた」

「この部屋にですか？」

グレタはすばやく首を振る。「別の部屋」

「あの本は自伝的なものですか？」

「むしろ願望みたいなものね。ジニーの場合とはちがって、あそこは両親のアパートメントだった。あたしはそこで育ち、結婚して出ていき、離婚して戻ってきた。目標もなく、ふてくされていて、急に暇になった。その暇を埋めるために、こんなふうだったらなと思う人生を書くことにしたの。書きあがると、また出ていった」

「なぜです？」とわたしは訊く。〈バーソロミュー〉から出ていくことを選ぶ人間がいるというのが理解できない。

「なぜ人は家を出ていくのかしらねえ」とグレタは考えこむ。「あたしには変化が必要だった。それに、両親と暮らすってのはうんざりするものだしね。だからみんな最後には親元を離れるんじゃない？」

たいていの人はそうだ。でも、わたしはちがう。わたしには選択の余地がなかった。

「じゃあ、執筆の経緯と時期が、それほどあの本を嫌う理由なんですか?」

グレタはむっとして眼を上に向ける。「誰が嫌ってるなんて言った?」

「わたしの想像です」

「いいえ、それは臆測。そのふたつはちがう。あの本のことはね、嫌っている以上にあたし、失望してるの」

「でも、あの本はあなたに大きな成功をもたらしました。それに大勢の人を感動させてもいます」

「いまのあたしは、あれを書いたころとはずいぶんちがう人間よ。自分が少女だったころのことを考えてみて。そのころの好みや、ふるまいや、習慣を。変わってるはずよ。進化してるはず。誰でもそうなの。あんたにだって子供のころは、いまじゃ我慢できないような面がいろいろあったんじゃない?」

母とノーブランドのシリアルのことを思い出して、わたしはうなずく。

「あの本を書いたときのあたしは、夢物語を必要としてたから、いい作家なら誰でもするとされてることが、どうしてもできなかった——真実を語ることが。あたしは嘘つきだった。だからあの本は、あたしのついた最大の嘘ってわけ」

わたしはワインを飲みほして勇気を奮い起こし、自分がするはめになるとは思いもしなかったことをする。作家に対して当人の作品の弁護を。

「あなたは読者もまた夢物語を必要としてることを忘れてます。姉とわたしはよく、姉のベッドに寝ころんで『夢見る心』を読んでは、自分たちがジニーになったところを空想したものです。あの本はわたしたちに、自分たちのちっぽけなさびれた町以外の暮らしがあることを教えてくれました。希望をあたえてくれたんです。その希望がすべて奪われたいまでも、わたしはまだ『夢見る心』を愛してるし、あなたがあの本を書いてくださったことに感謝してます。たしかに、本の中のマンハッタンは現実には存在しません。それに、そう、ジニーみたいなハッピーエンドを迎える人も、この街にはほとんどいません。でも、物語というのは、ひとつの逃げ道になりえます。そのためには理想化されたニューヨークも必要なんです。それはごみごみした、潤いのない、悲惨な、本物のニューヨークとのバランスを取ってくれます」

「でも、現実の世界についてはどうなの？」グレタは言う。

「さきほど言った姉ですけど。わたしが十七のときに失踪しました」口をつぐむべきなのはわかっている。でも、ワインのせいで舌が滑らかになっていて、どうにも止まらない。「両親はわたしが十九のときに亡くなりました。だから現実の世界なら、わたしははっきり言って、充分に知ってます」

グレタは頰に手をあてて、たっぷり十秒はわたしをしげしげと見つめる。その視線にとらえられてわたしは凍りつき、言いすぎてしまったと後悔する。

「あんたは優しい人のようね」グレタは言う。

わたしは自分を優しいなどと思ったことはない。脆《もろ》いというほうが近い。傷つきやすいとか。

「さあ。そうかもしれません」

「なら気をつけたほうがいい。ここは優しい人には向かない場所だから。あんたをバリバリ嚙みくだいて吐き出すわよ」

「それはニューヨークのことですか、それとも〈バーソロミュー〉のことですか？」

グレタは視線をそらさずに言う。「両方」

15

十階から十二階へ階段をのぼりながら、わたしはグレタの言葉を考える。噛みくだかれて吐き出されるという部分ではなく、イングリッドが彼女に会いにいった理由のところを。なぜイングリッドは〈バーソロミュー〉やその過去のことを知りたがったのだろう？　グレタに言わせれば、忌まわしい過去と言われるものを。

〝あそこ……怖いんだ〟

〈バーソロミュー〉のことをイングリッドはそう言った。それは本心に思えた。彼女が口ごもったのは、何かを打ち明けようとしているからだという気がした。口にしていいものかどうかよくわからないことを、なんとか伝えようとしているのだと思えた。わたしがそれ以上気にするのをやめたのは、イングリッドがみずから不安を打ち消したからで、彼女はそれを自分の孤独と、〈バーソロミュー〉の規則の多さにめげる自由な心のせいにしてみせた。

でも、いまにして思えば、イングリッドは見かけ以上におびえていたのではないか。

夜中に黙って出ていくなんて、自分が危険にさらされていると思わなければ、普通はしない。

そんなふうにして出ていくのは、おびえているときだ。

いや、ちょっと待て。

考えろ。

状況を確認しろ。

状況はこうだ。イングリッドが〈バーソロミュー〉を出ていった理由は、もはやさほど重要ではない。いま現在のわたしの関心は、彼女の居どころを突きとめ、彼女が無事でいるのを確かめることにある。なぜかといえば、無事ではないという悪い予感がするからだ。ジェインの失踪を経験した者の予感が。

十一階で足を止めて携帯をチェックする。イングリッドはまだわたしのメッセージを読んでいない。となると、留守電に残したメッセージも聞いていないだろう。いくらなんでもそろそろ返信があるだろうと思っていたのに。しつこく連絡してこないで、と伝えるだけの返信であれ。何もないよりはましだ。

携帯をポケットに戻してふたたび階段をのぼろうとしたとき、11Bから、〈バーソロミュー〉のもうひとりのアパートメント番のディランが出てくる。きのうとほぼ同じ格好をしている。同じだぶだぶのジーンズ。耳には同じ黒い円盤。Tシャツだけがちがう。きょうは〈ニルヴァーナ〉だ。

自分の階にわたしがいることに驚いているらしい。前に垂れた黒髪のベールの奥で、眼を見ひらいている。

「よお。迷ったの？」彼は言う。

「ていうか、人を捜してるの。イングリッドって娘《こ》を知ってる？」

「いや」

イングリッドのあの社交的な性格を考えると、それは意外だ。ディランなど話しかける価値もない相手だと考えたのだろうか。ディランはどう見てもおしゃべり好きではなさそうだ。エレベーターを待っているいまも、全力疾走しようとするランナーのように、右の膝を軽く曲げて立っている。

「全然？　隣同士でしょ？　おしゃべりをしたこともないの？」

「エレベーターの中で挨拶を交わすのがおしゃべりなら、そりゃ、あるけど。それ以外はない。なんでそんなこと訊くんだ？」

「彼女、引っ越してっちゃって、わたし、連絡を取りたいの」

ディランの眼がますます見ひらかれる。

「出てった？　いつ？」

「ゆうべのどこか。出ていくつもりだってあなたに話したんじゃないかと思ったんだけど」

「いまも言ったけど、おれたち、そんなに口を利かなかったんで。基本的には他人だった」

「じゃ、なんで彼女、来たばかりだからさ。もっといるもんだと思ってた」

「だって彼女、来たばかりだからさ。もっといるもんだと思ってた」

「あなたはいつからいるの？」

「ふた月前。質問はもういいか？　用事があるんだ」

ディランは誰かが階下で使用中のエレベーターを待つよりも、階段をおりるほうを選ぶ。用事にひどく遅れているか、わたしから逃げ出したくてたまらないかの、どちらかだ。

わたしは後ろから呼びとめる。「もうひとつだけ」

ディランは十階と十一階のあいだの踊場で立ちどまり、横眼でこちらを見あげる。

「ゆうべ奇妙な音を聞かなかった？　イングリッドの部屋から」

「ゆうべ？　いや。ごめん、力になれなくて」

そう言うと、わたしが次の質問をするまもなく、踊場をまわりこんでまた階段を駆けおりていく。わたしも階段を、ディランよりゆっくりと、おりるのではなくのぼりだす。

数階下でエレベーターの格子扉がガチャンと閉まる。階段室に響きわたるその音で、わたしははっとする。右側で階段室の中央の鋼索が張りつめて、エレベーターが上昇を始める。それが姿を現わすと、聴診器を首に掛けたニックが乗っているのが見える。ニックはわたしに気づくと、エレベーターの窓から親しげに手を振ってくれる。わたしは手を振り返すと、残りの階段を駆けあがり、わたしたちは同時に十二階に着く。

「やあ、お隣さん」とニックは言いながらエレベーターを降りてくる。「腕の具合はどう？」

「あ、よくなりました。その、おかげさまで」

自分の口調にひるむ。鈍くさすぎる。ニックの発散するハンサムなお医者さんの雰囲気のせいだ。それに圧倒されている。グレタのところで飲んだワインもいけなかったようだ。いまそれが効いてきて、わたしは少しくらくらしている。

「往診ですか？」と聴診器を指さす。

「ああ、不幸にして。ミスター・レナードが心悸亢進《しんきこうしん》を起こしてね。大きなやつが近づいているだと断言していたよ」

「だいじょうぶなんですか？」

「だといいけど。ぼくの専門じゃないからね。アスピリンを服《の》ませて、もっとひどくなったら九一一番に電話するように言っておいた。しないのはわかっているけど。ミスター・レナードは頑固者だから。で、きみはどこへ行ってたの？」

「十階です」

「ご近所づきあい？」

どこまで打ち明けていいかわからず、わたしは答えに迷う。「規則違反ですか？」

「厳密にはそうだね。招かれていなければ」

「なら、黙秘します」

ニックは笑う。すてきな笑い声だ。そんな陽気な笑いを引き出した自分がうれしくなる。前はよくアンドルーを笑わせていた。彼の喉から漏れるくすくす笑いが何より好きだった。付き合いはじめて数か月間は、その笑いをたくさん聞いた。一緒に暮らすようになってからは少し減った。やがてすっかり聞かなくなったけれど、わたしたちはどちらもそれに気づかなかった。気づいていたら、こんな結果にはなっていなかったかもしれない。

「レスリーには黙っていてあげるよ、それがきみの心配していることなら」とニックは言う。

「あの馬鹿げた規則にこだわっているのは彼女なんだ。ほとんどの人たちは、アパートメント番のすることなんか気にしちゃいないよ」

「なら白状しますけど、グレタ・マンヴィルを訪ねてたんです」

「それは驚きだね。あの人は、ひかえめに言っても、あまり社交的には見えないから。いったいどうやってご機嫌を取ったの？」

「ご機嫌を取ったんじゃなくて、買収したんです」わたしは言う。

ニックはまた笑い、わたしは彼がこの会話を楽しんでいることに気づく。実はわたしもそうだ。おたがいに恋のたわむれをしているのかもしれない。よくわからないけれど。たんにワインのせいだろう。わたしはお隣さんとでれでれするような女ではない。

「買収までするとは、きっと重大なことだったんだね」

「イングリッド・ギャラガーのことでどうしても話を聞きたかったんです」

ニックは眉をひそめる。「ああ。あの脱走者ね」

「てことは、もう知ってるんですか」

「ここじゃ噂はたちまち伝わるから」

突然わたしは、イングリッドが〈バーソロミュー〉の過去を知るためにグレタ・マンヴィルに接近したのはまちがいだったと気づく。ほかの人物に尋ねるべきだったのだ。もっと友好的で、ハンサムで、生まれてからずっとここに住んでいる人物に。

「あなたはきっと、ここのことをいろいろとご存じでしょうね」とわたしは言う。

ニックは肩をすくめる。「長年のあいだに耳にした噂はいくつかあるよ」

わたしは下唇を噛む。次に言おうとしていることが自分でも信じられない。「コーヒーでもいかがですか？　それとも何か食べにいくとか？」

ニックはびっくりした顔でわたしを見る。「きみはどうしたいの？」

「おまかせします。なんといっても、あなたはこの界隈をご存じですから」

それに、〈バーソロミュー〉のこともたくさん知っているだろう。

16

外へ食べにいくより、ぼくのアパートメントへ行こう。ニックはそう提案する。「残りもののピザと冷えたビールがある。シンプルで申し訳ないけど」

「シンプルはいいことです」

お金がかからないのもいいことだ。隣人から〈バーソロミュー〉に関する情報を聞き出そうとしているのに、わたしは夕食をおごるお金にも事欠いているのだから。

12Bにはいると、ニックはわたしにビールを手渡してから、ピザを温めるためにキッチンへ戻っていく。わたしはビールを飲みながら居間をぶらついて、壁を埋めている写真をながめる。小粋な服装をしたニックが海外のさまざまな土地にいるものが何枚もある。ヴェルサイユ。ヴェネツィア。朝日に照らされたアフリカのサバンナ。見ているうちに、カメラの反対側にいる人物のことが気になってくる。女性だろうか？　一緒に世界を旅行したのだろうか？　別れたのだろうか？

コーヒーテーブルに革装のアルバムが載っている。うちの両親も同じようなアルバムを持っていたけれど、ふたりの持ち物の大半と同じく、いまはなくなってしまった。12Aの寝室のナイトスタンドに載せてある額入り写真。家族の写真で残っているものといえばあれだけなのに、そこにさえわたしは写っていない。アルバム一冊分も家族の写真を持っているニックがうらやましい。

アルバムの最初の一枚は、いちばん古い写真でもあるようだ。若い夫婦が〈バーソロミュー〉の前に立っているセピア色の写真。女性のほうは、強い日射しと薄い化粧のせいで細部が飛んでしまい、顔がぼやけている。でも一緒にいる男性のほうは、ハンサムな若者だとわかる。それに、誰かに似ている。

わたしはアルバムを持ってキッチンへ行く。ニックは温めなおしたピザをオーブンから取り出している。彼のすぐ後ろから、あのウロボロスの絵が炎のような眼でわたしをにらむ。

「これはご家族？」とわたしは訊く。

ニックは身をかがめて写真をのぞきこむ。「ぼくの曾祖父母だ」

わたしはその写真をじっくりと見て、ニックが曾祖父に似ているところと、似ていないところを探す。似ているのは笑顔と、がっしりした顎。似ていないのは眼だ。ニックのほうが柔和で、鷹《たか》のような鋭さがない。

「おふたりも〈バーソロミュー〉に住んでらしたの？」

「まさにこの12Bにね。前にも言ったけど、ここはずっとわが家のものだから」

わたしはアルバムをさらにめくっていく。これといったルールもなく写真が並んでいる。形も大きさも色合いもさまざまなものが、まぜこぜになっている。シャボン玉を吹いている男の子——子供のころのニックだろう——のカラー写真の横に、雪景色のセントラルパークで肩を寄せ合う男女の白黒写真がある。

「それは祖父母だよ。ニコラスとティリー」ニックが教えてくれる。

次のページには、華やかな女性の華やかな写真がある。サテンのドレス。肘まである絹の手袋。髪は漆黒で、肌は雪のように白い。顔はいくつもの鋭角で構成されていて、それらが合わさってつくりあげられた容貌はかなり人目を惹き、美しくすらある。

どこかで見たことのあるような、ないような眼でカメラをにらんでいる。視線はレンズを貫いてまっすぐにわたしを見つめているように思える。前にもこんな眼を見たことがある。別の写真でではなく、じかに。

「この人、なんとなくグレタ・マンヴィルに似てますね」わたしは言う。

「グレタのお祖母さんだからね。グレタの家族とうちは、何十年も前からの付き合いなんだ。彼女は長年〈バーソロミュー〉に住んでいる。先祖代々。いわゆる遺産居住者というやつだ」

「あなたもでしょう」

「たぶんね。〈バーソロミュー〉居住者の長い列のしんがりだよ」

「ごきょうだいはいないんですか?」

「ひとりっ子さ。きみは?」

わたしはまたグレタのお祖母さんの写真に眼をやる。彼女はジェインを思い出させる。外見がというより、雰囲気が。落ちつきのなさが眼に表われている。放浪の欲求が。

「同じです」わたしは答える。

「ご両親は？」

「亡くなりました。六年前に」と静かに言う。

「お気の毒に。つらいよね。ぼくも経験してるからわかる。親っていうのはいつまでもいるもんだと思ってると、ある日突然いなくなるんだ」

ニックはピザを二枚の皿に移して、ダイニングルームの丸テーブルへ運ぶ。わたしたちは夕暮れの迫るセントラルパークを窓からながめられる位置に並んで腰をおろす。おかげでデートみたいな感じになり、わたしは緊張する。デートに類するものなど、もう長らくしたことがない。普通の独身者というのがどういうものか、すっかり忘れてしまった。

ただし、これはどこを取っても普通ではない。普通の人々は、セントラルパークを見おろす部屋で食事をしたりはしない。ディナーの相手が、ニューヨークでも屈指の有名ビルに住むハンサムな医者だったりもしない。

「ねえ、ジュールズ、いつもは何をしてるの？」

「生活費を稼ぐためにってことですか？」

「うん、それそれ」

「アパートメント番です」

「それ以外にってことだよ」

わたしはピザをかじって時間を稼ぐ。期待しているのは、ニックが諦めてほかの話題に移ってくれることだ。でも、諦めてくれないので、しかたなくピザを呑みこんで、惨めな真実を白状する。

「いまは失業中なんです。最近解雇されちゃって、かわりの仕事がまだ見つからないので」

「悪いことじゃないよ」とニックは応じる。「なんなら、姿を変えた幸運だと考えたってい い。本当にやりたいことは何？」

「え……なんだろう。あんまり考えたことないんです」

「ない？」とニックはピザをお皿に落として驚きを強調してみせる。

そりゃ、わたしだって考えたことはある。まだ希望にあふれていて、そんなことに頭を悩ませる余裕のあったころは。十歳のときにはバレリーナか獣医になりたいと、それらの職業の厳しさなど何も知らないまま無邪気に思っていた。大学では、編集者か教師にでもなるつもりで英文学を専攻した。でも、卒業してペンシルヴェニアからクロエのあとを追ってニューヨークへ出てきたときには、山のようなローンを背負っていて、やりたいことをじっくり選んでなどいられなかった。ローンを返しつつ食べていける仕事なら、とにかくやるしかなかった。

「あなたはどうだったんです？」話題を変えたい一心で、わたしはニックに質問をふる。

「ずっと外科医になりたかったんですか？」

「選択の余地はあまりなかったんだ。そうなるもんだと、まわりから思われていたんで」

「でも、自分が本当にやりたかったのはなんです？」

ニックはにやりと笑う。「一本取られたな」

「眼には眼をです」

「じゃあ、言いなおそう。ぼくが外科医になりたかったのは、幼いころからそういう環境に育ったからだ。うちは曾祖父を筆頭にして、代々みんな外科医でね。ぼくは子供のころから、みんながその仕事をとても誇りに思ってるのを知ってた。外科医というのは人を助ける。死に瀕《ひん》した人たちを救う。まるで神秘家みたいに、人々を死からよみがえらせる。そんなふうに考えて、進んで家業を継いだんだ」

「その家業は大繁盛だったみたいですね、〈バーソロミュー〉のアパートメントを買えたとすると」

「ぼくはすごく幸運だよ。でも、正直言って、ここが特別だとは思わなかった。特別なんだけどね。いまはそれがわかる。だけど子供のころは、うちにすぎなかったからさ。わかる？ 子供っていうのは、自分の境遇がほかのみんなとちがうなんて気づかない。ぼくは大学へ行って初めて、ここで育ったのはすごいことだったんだと気づいた。そのときやっと、普通の人たちは〈バーソロミュー〉みたいなところで暮らせるわけじゃないんだと悟ったんだ」

　わたしはピザのペパロニ・ソーセージをひと切れつまんで口へ放りこむ。「だからわたし、イングリッドみたいな娘《こ》がここを出ていっちゃった理由がわからないんですよね」

「きみがグレタのところへ行ったとは驚きだよ」とニックは言う。「あのふたりが知り合いだとは思わなかった。それを言うなら、きみがイングリッドと知り合いだったのにも気づかなかったけど」

「ちょっとだけです。あなたはイングリッドを全然知らないんですよね？」

「ちらりと会ったことはある。彼女が越してきた日に、やあ、と挨拶しただけだけど。そのあと近所で一、二度見かけたかもしれないけれど、会ったとは言えないな」

「わたし、彼女と出かける約束をしてたんです。それなのに……」

「突然出ていってしまったから、心配になったわけだ」

「ええ、少し」とわたしは認める。「出ていきかたが奇妙に思えて」

「ぼくはそれほど奇妙だとも思わないな」そう言うと、ニックはビールをもうひと口飲む。

「アパートメント番が出ていっちゃったことは、これまでにもあるからね」

「予告もなく真夜中にですか？」

「まあ、ちょっとちがうけど。でも、彼らはなんらかの理由で、つづけるのをよそうと考えるんだ。きみの前に12Aにいたアパートメント番もそうだった」

「エリカ・ミッチェルですか？」

ニックは驚いてわたしを見る。「どうして彼女のことを知ってるの？」

「イングリッドに聞いたんです。二か月も早く出ていったそうですね」

「まあそんなところだ。ひと月ほどここにいたあと、どうしても規則になじめない、とレスリーに伝えてね。レスリーが、じゃあ元気でね、と言うと、出ていったんだ。イングリッドも同じだったんじゃないかな。ここが気にいらなくて出ていきたくなったんだよ。ぼくはそう聞いてる。〈バーソロミュー〉は万人向けじゃない。見ようによっては少々――」

「不気味？」

彼は片眉を上げる。「興味深い言葉の選択だね。ぼくは〝独特だ〟と言おうとしたんだけど。きみはほんとに不気味だと思うの？」

壁紙だけはね、とわたしは思う。

「ちょっぴり」と答え、「噂を聞いたので」と付け加える。

「あててみようか」とニックは言う。「呪われてるってやつだろう」

それでわたしはクロエが送ってくれたあの未読の記事を思い出す。〝〈バーソロミュー〉の呪い〟。ただし、イングリッドはちがう言葉を使った。

〝取り憑かれてる〟

彼女はそう表現した。〈バーソロミュー〉はその歴史に取り憑かれていると。もっとも、そのふたつの言葉は置き換え可能だといっていい。どちらも、場所にまとわりついた暗い力を暗示する。住人の安らかな暮らしをおびやかす力を。

「それだけじゃなくて。その話をしたとき、イングリッドは怖がってるようでした」

「〈バーソロミュー〉を？」とニックは不信のこもった声で言う。

「建物自体なのか、内部のことなのかはわかりませんけど。でも、たしかにおびえてました。それが理由で出ていったんだと思います。いまわたし、彼女がどこへ行っちゃったのか突きとめようとしてるんです」

「彼女、ぼくのところに来てくれればよかったのに」とニックは髪を掻きあげる。もどかしさが先に立っているようではあるけれど、いらだちも感じ取れる。自分がずっとわが家と呼んできた場所を怖がる人間へのいらだちが。「そうしたら、安心させてあげられたと思うんだけどな」

「それはつまり、呪いなんてものはないってことですか」

「もちろんさ」とニックは言い、ほんの少しだけにやりとする。「そりゃ、ここだって悪いことは起こるよ。でも、悪いことなんて、この界隈じゃどこのビルでも起こってる。ちがいといえば、ここで何かが起こると、それはマスコミやインターネットによって別のものに仕立てあげられるってことだ。ここはとてもプライベートなビルだ。だからこそ住人はここが気にいっている。でも、世間の連中は、プライバシーを秘密主義と取りちがえて、ありとあらゆるナンセンスで空白を埋めようとする」

「つまりあなたは、イングリッドの誤解だと思うんですか？」

「それは彼女がどんな噂を聞いたかによるね。その馬鹿げた呪いとやらの起源は、何十年も前に起きたできごとだ。ぼくが生まれるずっと前に。最近はおおむね平和だよ」

彼の言葉づかいがわたしは気になる。〝おおむね〟

「それじゃかならずしも安心できません」

「信じてくれ、怖がるようなものはここには何もない。〈バーソロミュー〉は総じてきれいで楽しいところだ。きみだってここが好きだろ？」

「もちろん」わたしは窓の外の広々としたセントラルパークに眼をやる。「好きな点はたくさんあります」

「よかった。じゃ、ひとつ約束してほしい。もしどうしても気味が悪くて出ていきたくなったら、せめてまずぼくのところへ来てくれ」

「そしたらわたしを思いとどまらせられるからですか？」

ニックは恥ずかしそうに肩をすくめる。「あるいは、出ていく前にせめて電話番号だけでも聞き出せるからかな」

これではっきりする。わたしたちは本当に恋のたわむれをしているのだ。もしかしたらわたしは、自分が思っていたのとはちがう女なのかもしれない。

いや、それ以上かもしれない。

「わたしの番号は」と、わたしはかわいらしい笑みを浮かべて言う。「12Aです」

17

十五分後、わたしは自分の部屋に戻っている。いくらニックが迷惑そうなそぶりを見せないとはいっても、そろそろ引きあげたほうがよさそうだった。この建物の深く暗い秘密の数々を話してもらえないことは、もうはっきりしたのだから。話すようなものが本当にあるとしてだが。わたしの受けた印象だと、ニックは〈バーソロミュー〉をアッパーウェストサイドのどのビルとも変わらないほど普通だと——もしくは普通ではないと——信じていた。

そんなわけで、わたしはいま寝室の窓辺に座っている。ジョージは暗くなった空を背景にして輪郭だけがほのかに見えている。わたしの手元には紅茶のマグと、チャーリーの買ってきてくれたチョコレートの残りと、ノートパソコン。ひらいた画面には、きのうクロエが送ってきたメールが表示されている。

〝〈バーソロミュー〉の呪い〟

イングリッドが逃げ出したのは何かにおびえたからだというわたしの仮説が正しいとすると、次に知りたいのは彼女が何におびえたのかであり、それはわたし自身も警戒すべきことがらなのかどうかだ。

リンクをクリックすると、都市伝説のウェブサイトに飛ぶ。アンドルーがよく見ていたような、下水管に棲むアリゲーターだの、使われなくなった地下鉄トンネルに住むモグラ人間だのの話を釣り記事にしたサイトのたぐいだ。けれども、こちらは一般的なものより少しだけプロっぽい。きちんとしたレイアウトといい、読みやすさといい。

最初にわたしを迎えたのは、〈バーソロミュー〉そのものの写真。絶好の写真日和にセントラルパークから撮影された一枚だ。青い空。明るい太陽。燃えるように色づく木々の葉。翼に陽光をきらめかせたジョージの姿まで見える。

でも、その画像とは裏腹に、記事そのものは不穏さに満ち満ちている。

ニューヨーク市の〈バーソロミュー〉アパートメント・ビルディングは、開業このかた悲劇に見舞われつづけている。セントラルパークを見おろすこのゴシック建築は、百年にわたる歴史のなかで殺人や自殺など数々の死を目撃してきたが、その最初は疫病である。〈バーソロミュー〉が鳴り物入りで開業したのは一九一九年の一月で、前年に燎原《りょうげん》の火のごとく世界に広まったスペイン風邪の流行もすでに峠を越えていた。それゆえ、この建物が開業五か月後にスペイン風邪に襲われたのはまったくの不意打ちで、数週間のあいだに住人二十四人が命を落とした。犠牲者のなかには海運王ルドルフ・ヘイグの若妻イーディス・ヘイグなど著名人もふくまれてはいたものの、大半は使用人だった。狭い居住区で感染が急速に拡大したのである。

わたしは不安になって画面から顔を上げる。12Aはもともと使用人居住区だったから、その犠牲者のなかにはまさにこの部屋に住んでいた人たちもいるかもしれない。

全員ということもありうる。

みんなここで死んだのかもしれない。

恐ろしい考えだけれど、その段落の下にある写真を見て、わたしはますます怖くなる。キャンバス地の担架が七台——少なくとも七台——〈バーソロミュー〉の外の歩道に並べられ、それぞれに死体が載っている。顔と体は毛布でおおわれているものの、足は見えている。七組の素足の汚れた足の裏が。

自分のいま座っている場所をそれらの足が歩くさまを想像したとたん、背筋がぞっとする。わたしは身震いをしてその感覚を振りはらおうとする。でも、無駄だ。その下の写真を見てまたしてもぞっとする。

それもやはり〈バーソロミュー〉を正面から撮ったものだが、こちらは粒子の粗い白黒写真だ。通りに小さな人だかりができている——パラソルと山高帽の一団が。そのはるか頭上、屋根の隅にぽつんと、黒いスーツの男が見える。空を背景にした細いシルエットが。

建物のオーナーだ。群衆の眼の前で飛びおり自殺する直前の。

写真の下の本文がそれを裏づけている。

医師団は建物を徹底的に調査したのち、使用人区画の換気の悪さがこれらの死の原因だと結論した。建物を設計して建設資金を出したトマス・バーソロミュー医師はこれにひどく動揺した。打ちのめされた彼はついに、自分の名を冠した建物の屋根から飛びおりてしまう。このおぞましい行為は、七月のうるわしいその日、百人以上の人々に目撃された。

張られているリンクをクリックすると、元になった《ニューヨーク・タイムズ》の記事に飛ぶ。彼の自殺を報じるその見出しは、いやなダブルミーニングになっている。

バーソロミューに衝撃の悲劇

時を経てぼやけたその新聞記事に眼をこらして、わたしは内容をざっと把握する。それは七月なかばの日曜の午後のことで、セントラルパークは夏の暑さを避けようとするニューヨーカーでごったがえしていた。まもなく何人かの人々が、〈バーソロミュー〉の屋根に、すでに有名になっていたガーゴイルの一員のように男が立っているのに気づいた。見ていると、男は飛びおりた。

目撃者はみなその事実を強調した。あれは誤って落ちたのではないと。

バーソロミュー医師は、若妻のルエラと七歳の息子をあとに残して自殺したのだ。

こうしてわたしはそれから数時間、クロエが送ってくれた記事を〈バーソロミュー〉の歴史のロゼッタ・ストーンのように使って、過去を調べる。どの項目にも、ウィキペディアやニュース・サイトやオンライン・フォーラムへのリンクが張ってある。それをかたっぱしからクリックして、噂や怪談や都市伝説のウサギ穴にみずから転げ落ちる。

まずわかったのは、開業後の騒ぎのあとしばらくは事態が落ちついたことだ。二〇年代と三〇年代は比較的穏やかに過ぎ、眼を惹くようなできごとは少ない。一九二八年に男が階段から転げ落ちて首を折ったことと、一九三二年に若手女優がアヘンチンキの過剰摂取で死亡したことぐらいだ。

次にわかったのは、エレベーターを取り巻く階段に何かが取り憑いていると言われていることだ。階段から転落した男か、スペイン風邪で死んだ使用人のひとりらしい。

さらに、部屋番号不明の一室にも何かが取り憑いているという噂のあることもわかる。前述のイーディス・ヘイグの幽霊ではないかという。

そしてさらに、第二次世界大戦も終わりに近づいた一九四四年十一月一日、〈バーソロミュー〉で働いていた十九歳の少女がセントラルパークで惨殺されているのが発見されたことも明らかになる。

少女の名前はルビー・スミス、社交界の元花形コーニリア・スワンソンの住み込みのメイドだったという。スワンソンによれば、ルビーは毎朝公園を散歩するのが好きで、散歩から帰ってきて七時にスワンソンを起こすのが日課だった。ところがその日は起こしにこないので、スワンソンはルビーを捜しに公園へ行き、〈バーソロミュー〉の真むかいの木立の中に彼女が倒れているのを見つけた。

ルビーの体は切りひらかれ、心臓をはじめ主要臓器を取り去られていた。

凶器はついに発見されなかった。ルビーの臓器も。

新聞はその事件を〝ルビー色の殺人〟と名づけた。

争った形跡も防御創もないことから、警察はルビーが犯人と顔見知りだったと結論づけた。現場周辺に血痕がなかったため、不運なメイドは発見現場とは別の場所で殺害されたと考えられた。警察がついに血痕を発見したのは、コーニリア・スワンソンのアパートメント内にあるルビーの狭い寝室だった。ドアの裏にぽつりと赤いしずくが飛んでいたのだ。

コーニリア・スワンソンはたちまち唯一の容疑者となった。捜査の結果、彼女には芳しからぬ過去のあることが判明した。一九二〇年代の末にパリに住んでいた彼女は、マリー・ダミヤノフという自称霊媒師に夢中になっていたというのだ。ダミヤノフは〈ル・カリス・ドール〉、すなわち〈黄金の聖杯〉というオカルト・グループの指導者だった。

この情報から、警察はコーニリア・スワンソンをルビー・スミス殺害容疑で逮捕した。逮捕報告書には殺害の日付がこう記されていた――ハロウィーンの夜。

スワンソンはマリー・ダミヤノフには社交の場でしか会ったことがないと主張した。けれども両者をよく知る友人が現われて、ふたりはそれ以上の関係だったと警察に語った。噂によると愛人同士だったらしいと。

この事件は結局、審理にはいたらなかった。コーニリア・スワンソンが一九四五年三月に、病名非公表の疾病《しっぺい》で死亡したからで、あとには十代の娘がひとり残された。

このスワンソン・スキャンダルのあと、〈バーソロミュー〉はふたたび長期の、比較的平穏な時代にはいる。過去二十年間に発生した殺人事件は二件。一件は、二〇〇四年に起きたいわゆる痴情のもつれによる犯罪で、浮気をした夫を妻が射殺している。わたしには思いつかなかった選択肢だ。アンドルーは自分の好運に感謝すべきだろう。

もう一件は二〇〇八年の、強盗の失敗だとされる事件。被害者は男性エスコート・サービスに入れあげていたブロードウェイの演出家で、犯人とされているのは案の定、そのエスコートのひとりだった。当人は無実を主張していたが、結局、留置場で自分のシャツを使って首をくくった。

やむをえない心臓発作や脳卒中、癌《がん》による緩慢な死をのぞくと、〈バーソロミュー〉ではこれまでに少なくとも三十件の変死事件が起きている。それは多いように思えるけれど、不幸というのはどこでも、どの建物でも起こるものだ。殺人に、病気に、不慮の事故。〈バーソロミュー〉だけが例外だと考えるのは馬鹿げている。

〈バーソロミュー〉は絶対に呪われてなどいない。何かに取り憑かれてもいない。ほかのどんな不吉なレッテルも、このアパートメント・ビルにだけは貼れない。ここはゆったりとしていて快適で、内装も壁紙以外はすばらしい。ニックとグレタがここに住むことにした理由もよくわかる。わたしだって、お金があったら絶対に三か月では出ていかない。そう考えると、イングリッドが出ていくことにしたのがなおさら不可解に思える。

わたしはノートパソコンを閉じて、携帯をチェックする。やはり返信はない。

　イングリッドの沈黙で何より気がかりなのは、約束をすっぽかしたらしつこくメッセージを送るからねと言ったのは彼女のほうだということだ。最初の出会いだって——ロビーに食料品をぶちまけたあの屈辱的な衝突事故だって——そもそも彼女が携帯を見ながら歩いていたせいなのだ。

　と思ったけれど、考えてみたらそれが最初の出会いではなかった。厳密にはその一時間前に、なんとも奇妙な形で出会っていた。

　わたしは寝室を飛び出して螺旋階段を駆けおり、キッチンへ行く。昇降機を使うのが彼女の自己紹介の方法だったのなら、さよならを言うにもきっと同じ方法を使ったにちがいない。

　案の定、昇降機の扉をあけるとまた別の詩がはいっている。

　エドガー・アラン・ポーの「鐘」。

　その上に一本の鍵がのっている。

　それをつまみあげて、キッチンの天井灯の光でよく見る。普通の家の鍵より小ぶりだ。ほんのひとまわり。でも、それがなんの鍵かわたしは知っている。わたしもキーリングに同じような鍵をつけて、いまはホワイエの小鉢に入れてある。

　物置の鍵だ。

　イングリッドがロビーの床に捨てていったキーリングから消えていたという鍵。

　なぜこれを彼女は昇降機に入れたのか、それがわからない。たぶん11Aの物置に何かを置いていったのだろう。もしかすると、それを回収して後日自分に渡してほしい、ということなのかもしれない。

にわかにほっとして、わたしはその鍵をポケットにしまう。これによってわかるのは、彼女が〈バーソロミュー〉からあわてて逃げ出したわけではなく、計画的に出ていったということだ。わたしの心配は杞憂《きゆう》だったらしい。わたしはその詩を取り出すと、説明か指示か、近々会おうという計画が記されているはずだと思い、紙を裏返す。

でも、そんなものは書かれていない。

それどころか、イングリッドの書いたメッセージを見るなり、わたしは深い不安の井戸に突き落とされる。

それをもう一度読み、イングリッドが震える手で書いた言葉をじっと見つめる。

気をつけて

18

地下室へ行くには、エレベーターでロビーを通過して〈バーソロミュー〉の底へおりるしかない。建物のほかの部分に比べると、地下室はまるで飾り気がなく、石壁とコンクリートの梁《はり》がむきだしになっている。おまけに寒い。エレベーターを降りたとたんに冷気が襲ってくる。それは警告のように感じられる。それともたんにイングリッドのメッセージが、わたしの神経を紙やすりのようにざらざらとこすっているせいだろうか。

気をつけて

地下室はじめじめしていて暗く、地下納骨所の雰囲気がどうしようもなく漂う。百年前〈バーソロミュー〉がその上に建てられて以来ずっと、手つかずのままだったかのようだ。それでも、イングリッドの置いていった鍵を握りしめてわたしがここへおりてきたのは、物置にはいっているものが彼女の居どころを教えてくれるかもしれないと思うからだ。

エレベーターのむかいの支柱から防犯カメラが下がっている。ゆうべイングリッドが出ていったときには故障していたというカメラだ。わたしはそれを見あげて、自分も監視されているのだろうかと考える。ロビーの脇の小部屋にモニターが並んでいるのは知っているけれど、それを誰かが見ているところは眼にしたことがない。

地下室の奥へはいっていく。どちらを向いても鋼でできたメッシュの檻《おり》ばかりだ。エレベーターの後ろの檻には、古めかしい昇降装置が収納されている。グリースまみれのホイールと鋼索と歯車が見える。別の檻には、暖房炉とボイラーと空調ユニットが収められている。それらがみなかすかにうなりをあげていて、地下室全体にいやな悪意がこもっているように感じられる。

そこに別の物音が加わる。耳ざわりなシューという音が急速に大きくなる。音のほうをふり返ると、ぱんぱんのゴミ袋が大型のトレーラーハウスぐらい大きなゴミ収集容器に落ちてくる。そばに可倒式の鉄扉があり、そこから容器を外に出して空にできるようになっている。周囲は金網のバリアでぐるりと囲われている。

当然だろう。ここでは電球でさえ金網で囲われている。

収集容器をまわりこむと、反対側にミスター・レナードの付き添いの女性が立っている。彼女はぎくりとし、わたしもぎくりとする。どちらもはっと息を呑み、あえぎが同時に石壁にこだまする。

「びっくりさせないでよ」と彼女は言う。「ミセス・イーヴリンかと思ってドキッとしたじゃない」

「ごめんなさい。ジュールズです」

彼女は冷ややかにうなずく。「ジャネットよ」

「よろしく」

ジャネットは地下室の寒さに備えて、紫の医療着の上に、ポケットがだらしなく口をあけた鼠色のカーディガンをはおっている。ふくよかな胸のすぐ上に片手をあてているのは、わたしが彼女をどれほどおびえさせたかを無言で伝えているつもりなのだろう。反対の手は、火のついた煙草を隠そうとして背中にまわしている。

煙草をわたしに見られたのがはっきりすると、ジャネットはそれを口元へ運んでこう言う。

「あんた、あのアパートメント番のひとりでしょ？　新人さん？」

彼女がそれを知っているのはレスリーに聞いたからだろうか、それともわたしがいかにもそう見えるからだろうか。前者かもしれないけれど、おおかた後者だろう。

「そうです」

「お勤めはどのくらい？」刑期でも訊くように言う。

「三か月です」

「ここは気にいった？」

「ええ。でも、ずいぶんと規則があるんですね」

ジャネットはしばらくわたしを見つめる。髪をひっつめにしているせいで、額がぴんと張って無表情になっている。「あたしのこと、チクったりしないわよね。〈バーソロミュー〉は禁煙なの」

「どこでも?」

「そう」ジャネットはまたひと口吸う。「ミセス・イーヴリンの命令」

「告げ口なんかしません」

「恩に着る」

ジャネットは最後にもうひと口吸ってから、煙草をコンクリートの床に落として踏み消す。それをつまみあげようと腰をかがめたとき、カーディガンのポケットからライターが落ちる。わたしがそれを拾っているあいだに、ジャネットは吸い殻を足元のコーヒー缶に捨てて片隅に押しやり、闇に紛れさせる。

「これ、落としましたよ」と言って、わたしはライターを返す。

ジャネットはそれをカーディガンのポケットに突っこむ。「ありがとう。このカーディガンときたら。しょっちゅうものが落っこちるの」

「帰る前に、ちょっと助けてもらえませんか。別のアパートメント番がゆうべ出ていっちゃって、わたし、連絡を取りたいんです。名前はイングリッド・ギャラガー。11Aにいたんです」

「聞いたことない名前ね」

ジャネットはエレベーターのほうへ歩いていく。わたしはあとを追いかけながら携帯を引っぱり出すと、セントラルパークで撮ったイングリッドとわたしの写真までスワイプし、ジャネットの前に差し出す。「これがその娘です」

ジャネットはエレベーターのボタンを押し、ちらりと写真に眼をやる。「ああ、一、二度見かけたことはある」

「話をしたことはあります？」

「ちかごろ話をするのはミスター・レナードとだけ。なんでその娘を捜してんの？」

「出ていったあと全然連絡がないので。心配なんです」

「悪いけど、力にはなれないわね。自分のことで手一杯だから。うちには病気の夫がいるし。ミスター・レナードはいつ失神してもおかしくないと思いこんでるし」

「わかりました。でも、何か思い出したり、建物のほかの人から彼女のことを聞いたりしたら、教えてもらえると助かります。わたしの部屋は12Aです」

エレベーターが到着して、ジャネットは乗りこむ。

「あのね、ジュリー――」

「ジュールズです」

「そうそう、ジュールズね。あんたに指図はしたくない。それはあたしの柄じゃない。でも、これはミセス・イーヴリンみたいな人じゃなくて、あたしの口から聞いたほうがいい」ジャネットはエレベーターの乗り口の格子を閉め、両手をカーディガンのポケットに突っこむ。「〈バーソロミュー〉じゃ、他人のことに首を突っこまないのがいちばんよ。あたしはあれこれ質問をしてまわったりはしない。あんたも同じようにしたほうがいい」

ジャネットはボタンを押す。エレベーターは彼女を乗せて上昇していき、地下室から見えなくなる。

赤い針金の檻に閉じこめられた裸電球の列に沿って、わたしは物置のほうへ歩いていく。物置は迷路のような通路の左右に並んでいて、金網の扉にそれぞれ対応する部屋番号が、2Aから順に取りつけられている。

それは犬舎《けんしゃ》を連想させる。静まりかえった不気味な犬舎だ。

その静寂を破ってだしぬけにポケットの奥で携帯が鳴りだす。イングリッドだと思い、引っぱり出して番号を見る。見憶えのない番号なのに、わたしは大あわてで「もしもし？」と答える。

「あんたがジュールズ？」

かけてきたのは男だ。ふわふわした気怠《けだる》い口調で、明らかに呂律《ろれつ》が怪しい。

「そうですが」

「やあ、ジュールズ。おれはジーク？」

男は問いかけるように自分の名前を言う。まるで自分が誰なのかよくわからないみたいに。でも、わたしにはわかる。あのジークだ。イングリッドのインスタグラムの友人の。やっと電話してきてくれたのだ。

「ジークね。イングリッドは一緒にいるの？」

わたしは並んだ物置の中をのぞきこみながら通路を歩きだす。ほとんどの物置は整然としすぎていて、興味を惹かれない。箱がきちんと積み重ねられているばかりだ。中身がマーカーで殴り書きしてある。食器。衣類。本。

「おれと？　まさか。おれたちゃそこまで親しくない。何年か前にブルックリンの倉庫パーティで出会って、それから何度か遊んだだけだ」

「きょう彼女から連絡はあった？」

「いいや。行方不明にでもなったのか？」

「とにかくどうしても彼女と話したいの」

ジークのもの憂い口調でさえ、ふくらむ疑念を隠せなくなる。「あんた、イングリッドとどういう知り合いだって？」

「彼女の隣人なの。ていうか、隣人だったのかな」

物置のひとつにツインベッドがしまってある。両側に手すりがついていて、マットレスの一部が傾斜している。その上に畳んだシーツが積み重ねてあり、うっすらと埃におおわれている。

「あいつ、もうあの高級アパートメントから引っ越しちゃったのか？」ジークが言う。

「どうして彼女が〈バーソロミュー〉に住んでたって知ってるの？」

「本人から聞いた」

「いつ？」

「二日前」

イングリッドが公園で写真を撮ったのと同じ日だ。ジークがコメントをつけたあの写真を。

通路が急に左へ曲がる。わたしもそれに従い、番号を見ながら歩いていく——8A、8B。8Cの物置には、車輪つきの透析装置が置いてある。なぜわかるかといえば、母が最後のころに似たような装置を使っていたからだ。何度か付き添っていたことがあるけれど、わたしはそれにまつわる何もかもが嫌いだった。病院の消毒薬のにおいも。白すぎる壁も。もつれたチューブにつながれた母を見るのも。母の血が、曲がりくねったストローを通過するフルーツポンチみたいにその中を流れていくのも。

足を速めて透析装置の前を通りすぎ、建物の反対側にたどりつく。なぜわかったかというと、もうひとつダストシュートがあったからだ。こちらも下に収集容器が置かれているものの、さきほどのものよりは小さく、いまは空っぽだ。容器の左側には表示のない黒いドアがある。

「彼女、なんて言ってた？」わたしはジークに訊く。

「これ以上あんたに話していいかどうかわかんねえな。おれはあんたを知らねえんだから」

「ねえ、イングリッドはなんらかのトラブルに巻きこまれたかもしれないの。そうでないことを願うけど、わたし、彼女と話をするまでは安心できない。だから、どんな話をしたのか教えてよ、お願い」

通路はそこでまた急に曲がる。曲がってみると、そこに10Aの物置がある。

グレタ・マンヴィルの部屋の物置。

中は段ボール箱でいっぱいだ。箱にはそれぞれ、中身ではなく中身の価値が記してある。

〝有用〟

〝不要〟

〝つまらない感傷〟

「あいつはおれに会いにきたんだ」とジークは言う。「珍しいことじゃない。おれに会いにくるやつは大勢いる。おれはものを、ま、調達するんで。ハーブ系のものをさ。言ってることはわかるか」

わかる。それは意外ではない。

「じゃ、イングリッドはマリファナを買いにいったわけ？」

グレタの物置のむかい側に11Ａの物置がある。ほかの物置とはちがって、金網の内側には靴箱がひとつあるきりだ。蓋がほんの少し斜めになったままコンクリートの床に放り出してあり、いかにもイングリッドがあわてて置いていったように見える。

「いや、あいつはそんなもんを探してたわけじゃない。おれのあつかってないもんを買える場所を知りたいと、そう言ってきたんだ。おれはそれをあつかってるやつを知ってたんで、仲介をしてやれると言った。あいつはおれにキャッシュを預け、おれは相手からブツを受け取り、それをあいつに渡した。それだけだ」

片手で携帯を持ちながら片手で鍵をあやつって、わたしは物置の錠をあける。

「その相手って誰？」

ジークはせせら笑う。「おいおい。名前を教えられるわけはねえだろ」

わたしは中にはいり、箱のところへ行く。

「じゃ、せめてイングリッドが何を買ったのか教えて」

その答えをわたしは同時に二度、受け取る。一度はジークから、彼がそれを電話口でささやいたときに。もう一度は靴箱の蓋をあけたときに。

箱の中でティッシュペーパーのベッドに横たわっていたのは、一挺《いっちょう》の拳銃だ。

19

いまその拳銃はわたしのベッドに載っている。コーンフラワーブルーの羽根ぶとんの上に黒々と。その横には、これもイングリッドの置いていった靴箱にはいっていた満杯の弾倉がある。いつでも差しこんで装塡《そうてん》できる六発の銃弾が。

地下室のエレベーターまで靴箱を運ぶだけでも、ありったけの勇気をかき集めなければならなかった。十二階までの長いのぼりは恐怖そのもので、やっと寝室にたどりつくと、腕をいっぱいに伸ばしたまま、親指と人差し指だけで銃と弾倉を箱からつまみ出した。

銃に触ったのは初めてだ。

わが家にあった銃といえば、めったに使わない猟銃一挺だけだった。父が銃器戸棚に鍵をかけてしまっていたから、子供のころにたしか一、二度見ただけで、それもほんのちらりとだ。

ところがいまのわたしは、寝室じゅうに存在をアピールしているその銃を見るのをやめられない。グーグルと、気が遠くなるような数の拳銃愛好ウェブサイトのおかげで、自分が所持することになったのが九ミリ口径のグロックG43だと知った。

ジークの話のつづきによると、イングリッドは彼に銃が欲しいと伝えたらしい。それも早急にと。ジークは彼女から現金二千ドルを渡され、それを匿名の仲間のところへ持っていき、グロックを持って帰ってきた。

「せいぜい一時間だったな。イングリッドはその銃を持って帰ってった。そのあと連絡はねえ」ジークはそう言った。

依然としてわからないのは、高校時代にはおそらく〝もっとも銃を所持しそうにない人物〟に選出されたであろうイングリッドが、なぜ銃を欲しいと思ったのかだ。

そしてなぜそれを、出ていくときわたしに残していったのか。

そしてなぜ、ちっとも連絡を寄こさないのか。こっちはもう半ダースも彼女にメッセージを送っているというのに。**どうしたの、どこにいるの、なぜわたしに銃を置いていったの⁈⁈⁈**と、文面はちがっても同じ内容を。

わかっているのは、その銃を12Aから持ち出す必要があるということだけだ。レスリーは何も言っていなかったけれど、〈バーソロミュー〉にはアパートメント番の銃器所持に関する規則が絶対にあるだろう。問題は処分のしかただ。ダストシュートに放りこめばすむようなものではない。こっそりセントラルパークへ持っていって湖に放りこむというのも気が進まない。売り主に返すという考えはすでにジークに一蹴されている。

「だめだ。彼はそういう商売はしてねえ」ジークはそう言った。

でもわたしは、ここに銃があるせいで追いつめられているのと同じくらい、それを処分するのにもためらいがある。イングリッドから返事がないかぎりは。彼女がこれを置いていったのにはわけがあるはずだ。

イングリッドが銃を持っていたという事実は、ひとつの不穏な想像を生む。それは、彼女が〈バーソロミュー〉の奇妙な過去におびえるあまりここを出ていったのだという考えを完全に粉砕する。銃は武器だ。身を守るものだ。建物から身を守るのに武器は必要ない。たとえその建物に幽霊が出ると思いこんでいたとしても、幽霊を撃つことなどできない。呪いもそうだ。

でも、人間なら撃つことができる。自分に危害を加えようとしていると思われる相手なら。

イングリッドがこれまでに暮らしたという土地の名が、ふと頭に浮かんでくる。ボストン、ニューヨーク、シアトル、ヴァージニア。

もしかしたらイングリッドは、たんに落ちつきがないわけではないのかもしれない。

誰かから逃げているのかもしれない。

その誰かに居どころを突きとめられて、ふたたび逃げ出したのかもしれない。

ゆうべのことが脳裡によみがえる。イングリッドの部屋の外で過ごしたあの気まずい数分が。いま考えてみると、あの取ってつけたような笑みも、ポケットに突っこんでいた手も、わたしが眼を合わせようとしたときにしてみせた瞬きも、こちらが妙だと感じたことはどれも、口に出しては言えないことをわたしに伝えていたのではないか。そんな気がしてくる。

あたしはだいじょうぶじゃない。

〈バーソロミュー〉を出ていかなくちゃならない。

たとえひと言でもこれ以上何かを言うのは、わたしたちどちらのためにもならない。

そう伝えていたのではないか。

こうしてイングリッドがいなくなってみると、わたしは自分にも責任があるという気がしてならない。自分がもっと強引だったら、もっとお節介だったら、イングリッドは事情を打ち明けてもいいという気になっていたかもしれない。

わたしは力になれたかもしれない。

まだ力になれるかもしれない。

銃と弾倉を、取り出したときと同じようにして、おそるおそる靴箱に戻す。それから箱に蓋をして、それを階下のキッチンへ持っていき、シンクの下の戸棚にしまう。寝室にあるよりはいい。寝室にあったら絶対にひと晩じゅう眠れない。

腕時計を見る。もう十一時近い。イングリッドがいなくなったのに気づいてからほぼ十時間。うちの両親も同じくらい待ってからジェインの失踪を警察に知らせた。それでも遅すぎた。やってきた警官のひとりは、届け出をそんなに遅らせたわたしたちをなじった。

〝不安が怖《おそ》れに変わるときというのがかならずあります。そのときに電話すべきだったんです〟

わたしはもうその段階にいる。銃を見つけたとたん、不安が怖れに変わった。だから携帯を手に取り、深呼吸をしてから九一一番にかける。すぐに通信指令係につながる。

「捜索願いを出したいんですけれど」わたしは言う。

「行方不明者の名前は？」

指令係は淡々とした口調で言う。人を落ちつかせもすれば、いらだたせもする冷静さ。わたしとしてはもう少し緊迫感が欲しい。

「イングリッド・ギャラガー」

「いなくなってからどのくらいたちます？」

「十時間」と言ってから、訂正する。「ゆうべからです」

通信指令係の声にようやく感情がにじむ。わたしにしてみればありがたくない感情——不信が。

「たしかですか？」彼は言う。

「ええ。彼女は夜中に出ていったんですけど。わたしがそれを知ったのが十時間前なんです」

「で、イングリッドの年齢は？」

わたしは答えない。知らないのだ。

「未成年ですか？」彼はうながす。

「いいえ」

「高齢者ですか？」

「いいえ」わたしはまた言いよどむ。「二十代の初めです」

さらなる疑念が通信指令係の声ににじむ。「正確な年齢を知らないんですか？」

「ええ」とわたしは言い、「すみません」とあわてて付け加える。

「では、家族じゃないんですか？」

「ええ。わたしは……」

またしても口ごもり、適切な言葉を探す。イングリッドを友達とは言えない。それどころか知り合いとも言えない。

「隣人。隣人なんですけど、電話してもメッセージを送っても、応答がないんです」

「彼女が最後にいた場所は？」

ようやく簡単に答えられる質問。「〈バーソロミュー〉です」

「そこが彼女の住まいですか？」

「はい」

「争った形跡はありますか？」

「わかりません」役に立たないだめな答え。挽回しようとして、「ないと思います」と言いなおす。

こんどはむこうが言葉に詰まる。ようやく口をひらいたとき、彼の声には疑念と不信以上のものがこもっている。それに、戸惑いと同情。さらに、時間を無駄にされていると考えていることを示す、いらだちもほんの少し。

「二、三日どこかへ行っただけ、ということはないんですか？」

「出ていったと聞きました」わたしは言う。

「それこそ彼女がもうそこにいない理由じゃないですか」

彼の口調にわたしは思わず顔をしかめる。同情は消えている。戸惑いも。残っているのはいらだちだけ。

「わたしに黙って出ていっただけのように聞こえるのはわかりますけど。でも、彼女、わたしに気をつけろというメモを残していったんです。それに銃も。それでわたし、彼女は何かトラブルに巻きこまれてると思ったんです」

「彼女は不安を感じていると言っていましたか？」

「怖いと言ってました」

「いつです？」通信指令係は言う。

「きのう。そのあと夜中に出てったんです」

「ほかには何も言わなかったんですか？　別の機会などに」

「ええ、わたしには。でもわたしたち、きのう知り合ったばかりなので」

そこでおしまい。彼はもう関心を失っている。無理もない。わたし自身にだって、わたしの言っていることは胡散くさく聞こえる。

「あのですね、あなたが隣人を気づかっているのは理解できますよ」急に通信指令係の口調が、子供を相手にするような優しい口調に変わる。「しかしこちらとしても、どうすればお力になれるのか、本当にわからないんですよ。必要な情報もろくにいただけないし。あなたは家族でもないし。それに、申し訳ないが、その女性のことをよく知りもしないようだし。

わたしにできるのは、どうか電話を切って、この回線を本当に緊急な通報のためにあけてくださいと、お願いすることだけです」

わたしは言われたとおりにする。たしかに彼の言うとおりだ。わたしはイングリッドを知らない。でも、彼に誤解されたような、憐れな被害妄想女でもない。

いまの状況はどこかおかしい。おかしすぎる。けれどそれ以上のことは、イングリッドを捜し出さなければわからない。ひとつだけはっきりしているのは、いまの通信指令係にたっぷり思い知らされたように、イングリッドを捜すのなら自力で捜すしかないということだ。

20

新たな夜、新たな悪夢。

またしてもうちの家族の。三人はまだセントラルパークにいる。ボウ・ブリッジに立って手をつないだまま、にこにことわたしを見あげている。

でも、今回は体に火がついている。

わたしは屋根にうずくまり、ジョージの広げた翼の内側に体をすり寄せている。見ていると、三人は次々と火に包まれていく。最初は父、次は母、それからジェイン。それぞれの頭の上まで炎が燃えあがる。燃える三人の姿が下の湖面に映り、三つの炎が六つになる。ジェインは火のついた手をわたしに向かって振り、湖面に映った彼女もそれをまねる。

「気をつけて」ジェインがそう叫ぶと、口からもくもくと煙が流れ出てくる。

煙は濃い。黒々と渦を巻き、強烈なにおいが〈バーソロミュー〉の屋根にまで漂ってくる。下の廊下に火災報知機のけたたましい悲鳴が響きわたっている。

わたしはジョージを見る。嘴《くちばし》のついた彼の顔は平然としたまま、燃えるわたしの両親を見おろしている。「きょうは押さないでね」とわたしは言う。

ジョージは嘴を動かさずに答える。

「押さないよ」

そう言うと、石の翼でわたしを屋根からそっと突き落とす。

わたしは居間の深紅のソファではっと眼を覚ます。悪夢が寝汗のように体にまといついている。いまだに煙のにおいがする。火災報知機の警報音も聞こえる。完全に眼が覚めたわけではなく、似たような別の夢にとらえられただけなのかもしれない。煙に鼻と喉をくすぐられて、わたしは咳をする。

そのときやっと事態を悟る。

これは夢じゃない。

現実だ。

〈バーソロミュー〉で何かが燃えているんだ。

煙のにおいが部屋に流れこんできている。外の廊下で火災報知機が鳴りひびいている。その絶え間ないジリジリという音に交じって、別の音もする――ドンドンドン。

誰かがドアをたたいている。

その合間にニックの声が聞こえる。

「ジュールズ？　いる？　逃げよう！」

ドアをあけるとニックが立っている。Tシャツに、スウェットパンツに、ビーチサンダルという格好で、髪はくしゃくしゃ、眼はおびえている。

「どうしたんです？」わたしは言う。

「火事だ。場所はわからないけど」

わたしはニックに外へ引っぱり出されながらも、コート掛けから上着をひっつかんで腕を通し、外に出るとドアを閉める。アパートメント火災の場合にはそうするものだと、何かで読んだからだ。空気の流れの問題らしい。

ニックに引っぱられて廊下へ出ていくと、壁の警報灯がまぶしく明滅していて、薄く漂っている煙がはっきりと見える。わたしは咳をする。ゲホン、ゲホンと激しく二度。でも、それは報知機の音にかき消される。

「避難装置は？」わたしはニックに聞こえるように怒鳴る。

「ない」とニックも怒鳴り返す。「建物の裏側に非常階段があるだけだ」

ニックはわたしを引っぱってエレベーターと内部階段の前を通りすぎ、廊下のいちばん奥の、表示のないドアの前へ連れていく。ドアを押すが、あかない。

「くそ。鍵がかかってるな」

彼はもう一度押してみてから、こんどは肩でどんと押す。ドアはびくともしない。

「中央階段を使うしかない」そう言うと、もと来たほうへわたしを引っぱっていく。

まもなくわたしたちはエレベーターと階段の前に戻る。階段はいまや煙突さながらに煙を吐き出している。その光景に怖じ気づいてわたしは立ちどまり、いくらニックに腕を引っぱられても動けなくなる。

「ジュールズ、ぐずぐずしている暇はない」

肩が脱《ぬ》けるほど強くまた腕を引っぱられて、わたしはやむなく階段のほうへ歩いていく。わたしたちは階段をおりはじめる。ニックはすたすたと一定の足取りでおりていく。わたしはもっとめちゃくちゃで、スピードをあげたかと思うと落としては、また腕を引っぱられる。十一階は煙がさらに濃い。霧のような壁になってうねっている。わたしは上着を引っぱりあげて鼻と口をおおう。ニックもTシャツで同じようにする。

「先に行ってくれ。ぼくはほかに誰もいないか確かめてくる」

　残りの階段をひとりでおりたくはない。体がいうことを聞きそうにない。またしてもわたしは立ちどまっている。恐怖が煙に運ばれてきて、まわりで渦を巻き、毛穴から染みこんでくる気がする。

「一緒に行きます」とわたしは言う。

　ニックは首を振る。「危険すぎる。きみはこのままおりるんだ」

　わたしはしぶしぶその言葉に従い、十階までもたもたとおりる。十階に着くと廊下をのぞきこみ、煙に眼を細めてグレタ・マンヴィルの部屋を探す。煙の奥にかろうじてドアが見分けられる。彼女はたぶんもう建物の外へ逃げているだろう。でも、まだだとしたら？　あの突発睡眠にとらえられたグレタが、煙にも火災警報にも気づかずに眠っているさまが眼に浮かぶ。

　ニックに引っぱられたのと同じように、こんどはグレタの姿に引っぱられてわたしは廊下の奥へ、10Aのほうへ歩いていく。10Aのドアをたたくと、ドアはすぐにあく。テントのようなフランネルの寝間着をまとい、先刻と同じスリッパをはいたグレタが、戸口に立っている。顔にバンダナを巻いて、鼻と口の上に垂らしている。

「助けてもらう必要はないわよ」と彼女は言う。

でも、少々必要だ。廊下を歩きだした彼女の歩みはカタツムリなみで、もたつきぶりはわたしと変わらない。ただしグレタの場合は、恐怖というより不健康のせいだろう。階段にもたどりつかないうちに息が荒くなる。わたしの手を借りて最初の段へそろそろと足をおろすときには、風に吹かれた椰子《やし》の木さながらに体が揺らぐ。

「これで一段」とわたしは言う。

つまり、あとまだざっと百八十段あるということだ。

階段の吹きぬけを見おろしても、立ちのぼってくる煙のほかは何も見えず、恐怖に襲われる。

わたしは咳きこむ。グレタも咳きこみ、三角になったバンダナの裾がはためく。

わたしは彼女の手をつかむ。おたがいにこの階段をおりきるのは無理だと悟っている。グレタには体力がないし、わたしには勇気がない。

「エレベーター」とわたしは言い、せっかくおりた最初の段からまた彼女を引っぱりあげる。

「火事のときにはエレベーターを使っちゃいけないのよ」

それは知っている。部屋のドアを閉めることを知っていたのと同じように。

「ほかに手はありません」わたしはきっぱりと言う。

ニックに引っぱられたときと同じようにぐいぐいとグレタを引っぱって、エレベーターへ向かう。グレタがそれに抵抗してわたしの手の中で手首をよじるのがわかる。でも、わたしはペースを落とさない。恐怖に駆られて前進する。

エレベーターは十階には停まっていない。正直なところ、停まっているはずはないと思っていた。それでも、ひょっとしたらという淡い期待は抱いていた。ひょっとしたら、エレベーターが待っていてくれるのではないかと。運に見はなされた人生に、そんな幸運が訪れるわけもないのに。しかたなく、くだりのボタンを押して待つ。

でも、待つのは容易ではない。

なにしろ警報はまだジリジリ鳴りひびいているし、警報灯のストロボはぴかぴか明滅しているし、煙はもくもくと階段を吹きあがってくるし、ニックはいまどこにいるのかわからないのだから。わたしはしきりに咳をし、涙を流している。でも、その涙は煙のせいではなく、本物の涙かもしれない。頭の中で恐怖がキーキーわめいている。警報よりもけたたましく。

ようやくエレベーターが到着すると、グレタを中へ押しこんで格子扉を閉め、ロビーのボタンを押す。エレベーターはがくんとひとつ揺れて下降を始める。

九階は煙がさらに濃くなる。

八階はもっとひどくなる。

階をくだるにつれて煙はどんどん黒く濃くなり、エレベーターのケージの中へ息苦しいほどに朦々と吹きこんでくる。七階までおりると、そこが火元だと判明する。煙がさらにとげとげしく、喉の内側をちくちく刺すようになる。

その煙を透かして、消防士たちが消火ホースを抱えて廊下を行き来しているのが見える。ホースは階段経由で運びあげられていて、エレベーター・シャフトのまわりを大蛇みたいにぐるぐると取り巻いている。

エレベーターが七階を通過しようとしたとき、何かが聞こえる。エレベーターのうなりとも、火災報知機の悲鳴とも、階段を駆けあがる消防士の足音ともちがうものが。キャンという声と、タイルの上をカチカチと走る音。毛むくじゃらのものがエレベーターの前を通りすぎる。

わたしはあわてて非常停止ボタンを押す。エレベーターはいきなりがくんと停止し、グレタが恐怖の眼でわたしを見る。

「何してんの？」

「犬がいるんです」とわたしは咳きこみながら言う。「たぶんルーファスです」

おびえきったほうの脳は、ルーファスなど放っておけとわたしに命じる。あの子はだいじょうぶだ、あんたは自分たちが安全なところへ避難することに集中すべきだと。ところがそこでルーファスがまた吠え、わたしはその声に胸を衝《つ》かれる。ルーファスもわたしと同じくらいおびえているのだ。わたしは格子扉を引きあける。それからこんどは外側の、細い鉄格子の扉を。でも、こちらは見かけより強情だ。両手でもう一度ぐいと力をこめると、ようやくあく。

エレベーター本体は七階の床より一メートル近く下に停まっているので、わたしはやむなくそこへよじ登る。それから、煙を避けるために床を這っていく。これまた自分が実践することになるとは思いもしなかった火災時の心得のひとつだ。

這いながらゲホゲホとルーファスの名を呼ぶものの、声はあたりの騒音にかき消される。煙に眼をこらして、もう一度ルーファスの姿をとらえようとする。けれどもルーファスは小さいし、煙は濃いし、眼は涙が止まらない。その潤んだ靄《もや》を通して、消防士たちがどかどかと7Cへはいっていくのが見える。彼らの声はヘルメットとフェイスマスクのせいでくぐもっている。あきっぱなしのドアから熱を持った赤い光がのぞく。

炎だ。

ゆらゆらと明るく、眠気を誘うように、廊下をオレンジがかった黄色に染めている。それに惹かれてわたしは立ちあがる。もうおびえてはいない。感じているのは強烈な好奇心だけ。

またしても咳をしつつ、廊下を一歩奥へ進む。

「ジュールズ」とグレタがエレベーターから叫ぶ。「さっさと犬をつかまえて、ここを離れましょ」

わたしは返事をせずにもう一歩進む。そうするしかないような気がする。強制されているような気が。

進んでいくと、はっきりと顔が熱くなる。炎のぬくもりが肌をなでる。

ふたたび煙に眼を閉じる。

ひと息ついた拍子に煙を吸いこんでしまい、激しく咳きこむ。こみあげてくるような荒々しい咳が全身を震わせる。

煙のせいで頭がくらくらして、自分がどこにいるのかも、なぜここにいるのかも、何をしようとしているのかもわからなくなる。するとそのとき背後でキャンと吠える声がし、ふり向くと、煙の中から見憶えのある姿が飛び出してくる。

ルーファス。

行き場を失ってうろたえている。

わたしも同じだ。

また床に膝をついて、しゃにむに這っていく。横を駆けぬけていこうとするルーファスを抱きとめてやると、ルーファスは興奮して吠え、暴れ、わたしの胸を肢でぐいぐい押す。わたしは這うのではなく、お尻でずりずりと滑っていって、エレベーターに戻る。ケージまでの一メートルを慎重におりて、ルーファスを抱いたまま格子をぴしゃりと閉める。横でグレタがぎくりとし、おびえた眼でわたしを見てから、くだりのボタンを押す。

エレベーターはふたたび動きはじめ、〈バーソロミュー〉の下半分へはいっていく。くだるにつれて煙は薄くなり、ロビーに着いたときには薄靄程度になっている。それでもわたしは咳が止まらない。咳をしていないときには、喉がゼイゼイ鳴る。

グレタは黙りこんだまま、わたしを見ないようにしている。まずい。頭がおかしいと思われているのだ。わたしだって、自分の無謀さの裏にある理由を知らなければそう思うだろう。エレベーターを降りてロビーへ出ていくと、三人組の救急隊員が建物にはいってくる。車輪を畳んだままのストレッチャーを持っている。ひとりが問いかけるような眼でこちらを見る。

わたしはどうにかうなずく。〝わたしたちはだいじょうぶ〟

彼らはそのまま階段のほうへ向かう。わたしたちは反対に、ホースに沿って玄関のほうへ行く。わたしとグレタとルーファス。ふたりと一匹が、体を寄せあうようにして外へ出る。

通りは歩道ぎわに駐まっている二台の消防車と一台の救急車の回転灯で赤く染まっている。セントラルパーク・ウェストはそのブロック全体が通行止めになっていて、人々が道路の真ん中に集まっている。多くは報道関係者だ。

わたしたちが歩道に出ていくと、たちまち記者が群がってくる。

カメラのライトがこちらへ向けられ、眼がくらむほどまぶしい。

フラッシュがぱっぱっと爆竹のように弾ける。

記者のひとりが何か質問を叫ぶが、わたしはまだ報知機の音で耳がわんわんしていて、よく聞こえない。

ルーファスが、わたしと同じくらいいらだって吠える。それを聞きつけて、人混みからマリアン・ダンカンが現われる。彼女は《サンセット大通り》のノーマ・デズモンドさながらの格好をしている。ゆったりとしたカフタンに、ターバン、フォックス型のサングラス。顔にはまだコールドクリームが塗りたくってある。

「ルーファス？」

マリアンは駆けよってきて、わたしの腕からルーファスを抱きあげる。

「あたしのベイビー！　心配してたのよ、とっても」それからわたしに向かって言う。「火災警報が鳴りだして、あたりが煙でいっぱいになったら、この子、おびえて腕から飛び出していっちゃったの。捜したかったんだけれど、消防士にそのまま行ってくださいって言われたものだから」

彼女は泣きだす。涙でコールドクリームが削られて、顔が縞々《しましま》になる。

「ありがとう。ありがとう、ありがとう！」

わたしはうなずきをひとつ返すことしかできない。サイレンと、カメラのフラッシュと、肺の中で嵐雲さながらに渦巻く煙のせいで、頭がくらくらしている。

グレタとマリアンをその場に残して、人混みをそっとかき分けていく。〈バーソロミュー〉の居住者はほかの野次馬と簡単に区別できる。寝間着を着ているのがそうだ。パジャマのズボンとスニーカーだけのディランがいる。寒さは気にならないようだ。レスリーは黒いキモノを着ている。それを優雅になびかせつつ、ニックとともに居住者の数をかぞえている。

救急隊員たちが、ストレッチャーに固定されて酸素マスクをつけたミスター・レナードとともに現われると、群衆がいっせいに拍手する。ミスター・レナードもそれを聞いて力なく親指を立ててみせる。

そのときにはもう、わたしは人垣を脱けてセントラルパーク・ウェストの反対側に渡っている。北へ一ブロック歩いていき、〈バーソロミュー〉とのあいだにさらに距離を置く。ベンチに腰をおろして、セントラルパークの石壁にもたれる。

最後にもう一度咳をする。

それから、心おきなく泣く。

現在

ワーグナー医師は驚いたように見えるが、それも無理はない。でも、彼の表情と声はどちらも変化に乏しく、驚きがあまり表に出ない。

「命からがら？」

「わたしいま、そう言いましたけど」

こんなによそよそしくしなくてもいい。ワーグナー医師は何も悪いことはしていないのだから。でも、いまはまだ誰も信頼する気になれない。〈バーソロミュー〉に数日間暮らした後遺症だ。

「警察に連絡したいです。それにクロエにも」わたしは言う。

「クロエ？」

「親友です」

「電話してあげよう」と医師は言う。「番号はわかる？」

「わたしの携帯があれば」

「バーナードにきみの持ち物を調べさせて、番号を見つけてもらうよ」

わたしは安堵の溜息を漏らす。「助かります」

「ちょっと知りたいんだがね、〈バーソロミュー〉にどのくらい住んでいたの？」

医師の言葉づかいがわたしは気にいる。過去形。

「で、そこで身の危険を感じたわけだね？」

「五日です」

「最初は感じませんでしたけど。最後には」

わたしはワーグナー医師の背後の壁に眼をやり、斜めにモネの絵を見る。以前にも見たことのある絵なのに、なんという題名だったのか思い出せない。たぶん《睡蓮《すいれん》の上にかかる青い橋》とか、そんな感じだろう。描かれているのはそれだから。きれいな絵だ。ベッドのわたしの位置からだと、弧を描く橋と、その下の水面に浮かぶ蓮の葉や花が見て取れる。でも、別の位置から見たら、まるでちがう結果になるはずだ。橋の線はそれほどくっきりとは見えないだろうし、睡蓮はどれも不明瞭な絵の具の斑点になってしまうだろう。近くから見れば、ひどく醜い絵に見えるはずだ。

建物についても同じことが言える。近づけば近づくほど醜くなる建物がある。

それが〈バーソロミュー〉だ。

「最後には身の危険を感じて、それで逃げ出したんだね」と医師は言う。

「命からがら」

「なぜそうする必要があると感じたの？」

わたしは枕に沈みこむ。何もかも話すしかないだろう。あまり名案とは思えないけれど。こんどは信頼の問題ではない。ワーグナー医師は力になろうとしてくれているだけなのだ。

わたしは一分ごとにそう感じている。

だから、問題はどこまで話すかではない。

どこまで信じてもらえると考えるかだ。

「あの建物は取り憑かれてるんです。みずからの過去に。悪いことがたくさん起きてます。

たくさんの暗い歴史があそこには充満してるんです」

ワーグナー医師の眉が持ちあがる。「充満してる？」

「煙みたいに。わたしはそれを吸いこんじゃったんです」

三日前

21

七時ちょっと過ぎ、わたしは最初の夜に聞いたのと同じ物音で眼を覚ます。物音ではない物音で。

今回はもうこのアパートメント内に誰かがいるとは思わないけれど、なんの音なのかはやはり知りたい。どんな場所にもその場所独特の物音がある。階段のきしみ、冷蔵庫のうなり、特定の角度で風が吹きつけると決まって生じる窓のがたつき。要は、それを見つけて正体を突きとめることだ。正体がわかれば、さほど気にならなくなる。

だからわたしは寒さに震えながらもベッドから出る。寝室が冷えきっているのは、ひと晩じゅう窓をあけはなしていたせいだ。火事のあとのやむをえない措置。建物じゅうが、ヘビースモーカーの泊まっていたホテルの部屋みたいなにおいになっていたのだ。

薄っぺらな寝間着のまま素足でぺたぺたと階下へおりながら、ときどき足を止めてはアパートメント内の物音にじっと耳を澄ます。いろんな物音がするものの、例《れい》の物音は聞こえない。あの独特の物音はもう消えている。

キッチンへ行くと、カウンターにわたしの携帯が置きっぱなしになっていて、クロエのために特別に設定した呼出音が鳴っている。どうしたのだろう。コーヒーを飲むまではおたがいに電話をしないという、大学の寮で同室だったときに取り決めたルールがあるのに。

「わたし、まだコーヒーを飲んでないんだけど」電話に出るなりわたしは言う。

「そのルールは、あんたが火事にあったときには適用されないの」とクロエは言う。「だいじょうぶ？」

「うん。見かけとはほど遠い火事だったから」

火災そのものは7C、つまりミスター・レナードの部屋だけで食いとめられた。あとで聞いた話だと、ニックが前に話していた心悸亢進がまた起こったらしい。そういうときには九一一に電話するようにとニックが強く勧めていたにもかかわらず、ミスター・レナードはその前兆を無視した。そして、そのあと遅い夕食をこしらえていたら、心臓発作に見舞われたのだ。四度目の。

火事が起きたのは、発作に襲われたミスター・レナードが、持っていた鍋つかみを落としたときだ。鍋つかみはコンロの上に落ち、たちまち火がついた。燃え広がった火は、やがてキッチンの大部分を呑みこんだ。一方ミスター・レナードは、助けを呼ぼうとドアへ這っていった。ドアをあけたところで意識を失ったため、キッチンの炎があおられて、煙が一気に上階へ流れこんだ。

九一一に通報したのは、自身も七階の居住者であるレスリー・イーヴリンだった。レスリーは煙のにおいに気づくと、廊下へ様子を見に出てゆき、あきっぱなしの7Cのドアから煙が朦々と出てくるのに気づいたのだ。彼女の機敏な判断のおかげで、建物のほかの部分はほとんど無傷だった。七階の廊下の床が水をかぶったのと、七階、八階、九階の廊下の壁が煙でいくらか汚れた程度だ。

こういうことをわたしが全部聞いたのは、二時間後、居住者が自分の部屋へ戻ることを許されたあとだ。エレベーターに一度に乗れる人数はわずかだったし、階段を使う気分には誰もならなかったので、ロビーにはおしゃべりをする人々の一団ができあがった。わたしの知っている人もいたけれど、ほとんどは知らない人だった。ニックとディランとわたしをのぞけば、みんな優に六十歳を超えていた。

「精神面でってことだよ」クロエが言う。

それはまた別だ。ゆうべに比べれば落ちついたものの、かすかな不安が、室内の煙のにおいと同じくらいしつこく残っている。

「緊張したし、怖かったし、ぐっすり眠れたとは言えないけど、だいじょうぶ。わが家で起きた火事に比べたらなんでもない。どうやって知ったの？」

「新聞。あんたの写真が一面に載ってた」

わたしはうめく。「ひどい格好だった？」

「《メリー・ポピンズ》の煙突掃除人みたいだった」カタカタとキーボードをたたく音につ

づいて、マウスをクリックする音が聞こえる。「いま、いいものを送ってあげたから」

携帯がうなり、メールの着信がある。それをひらくと、ニューヨークの日刊タブロイド紙の表紙が現われる。一面の三分の二を占めているのは〈バーソロミュー〉の正面玄関の写真で、ちょうどわたしがグレタとルーファスとともに出てきたところだ。なんと不思議な光景だろう。わたしは朝から着ていたくしゃくしゃのジーンズとブラウスをまだ着ているし、グレタは寝間着姿だ。顔はどちらも煤けている。グレタはすでにバンダナをおろし、白いままの顔の下半分をあらわにしている。そのうえルーファスときたら、本物のダイヤモンドをちりばめてありそうな首輪をつけている。わたしたちはまるで別々の映画のエキストラのようだ。

「バンダナを巻いてる女の人は誰？」クロエが訊く。

「グレタ・マンヴィルかな」

「『夢見る心』を書いた人？　あんたのあがめてるあの本を」

「そう」

「それは彼女の犬？」

「これはルーファス。マリアン・ダンカンの犬」

「あのメロドラマの女優？」

「うん」

「なんて不思議なパラレルワールドに転げこんじゃったの、あんた」クロエは言う。

わたしはふたたびその画像に眼をやり、タブロイド紙のひねりだしたダサい見出しに呆れる。

ガーゴイルも黒焦げル
バーソロミューで火災

「ほかに一面に載せるものはなかったわけ？　もっとちゃんとしたニュースは」

「これがニュースじゃん」とクロエは言う。「忘れたの、あんた。たいていのニューヨーカーから見れば、〈バーソロミュー〉はこの世の天国みたいなとこなんだよ」

わたしはキッチンから居間へ移動し、壁紙のなかの顔たちに迎えられる。黒い眼とひらいた口の大軍に。すぐさま顔をそむける。

「でも、ここは完璧からはほど遠い場所だよ、嘘じゃない」

「じゃ、あたしの送った記事を読んだわけね。あれってちょっと不気味だよね？」

「あの記事だけが気になってるわけじゃないの」

クロエの声に懸念が忍びこむ。「ほかに何かあったの？」

「うん。ひょっとしたら」

わたしはイングリッドと出会ったこと、毎日公園で会うと約束したこと、11Aから悲鳴が聞こえたこと、それをイングリッドがなんでもないと言い張ったことを、クロエに話す。さらにイングリッドがいなくなったこと、電話に出ないこと、誰かにおびえて逃げ出したと思われることも。

ただし、厄介な部分は全部省略する。とくにあのメモと銃のことは。そんな話を聞かせたら、クロエはすぐさま〈バーソロミュー〉に乗りこんできて、わたしをここから引きずり出すだろう。それは困る。最新の失業手当が振り込まれたから、口座には五百ドルちょっとあるとはいえ。生活を立てなおすにはとても足りない。

「その娘《こ》を捜すのはやめたほうがいいよ」思ったとおりクロエはそう言う。「なんで出てったのか知らないけど、あんたには関係ないことなんだから」

「なんらかのトラブルに巻きこまれたんだと思う」

「ねえ、ジュールズ。そのイングリッドって娘があんたの助けを必要としてるなら、もう連絡してきてるはずじゃん。ほっといてほしいんだよ」

「ほかには誰も彼女を捜してない」とわたしは言う。「もしわたしが消えたら、あんたわたしを捜してくれるでしょ。でもイングリッドには、ひとりのクロエもいないと思う。誰もいないの」

クロエは電話のむこうで黙りこむ。それが何を意味するかはわかる。考えているのだ。わたしを動揺させないように慎重に言葉を選んでいるのだ。それでもわたしにはクロエの返答がどういうものになるか見当がつく。

「それってたぶん、イングリッドよりあんたのお姉さんのほうに関係があると思う」クロエは言う。

「そりゃ関係あるよ。わたしは姉を捜すのをやめちゃって、いまでも後悔してるんだから。自分がもしあんなに簡単に諦めてなかったら、姉はいまここにいるんじゃないかって」

「イングリッドを見つけたからって、ジェインは帰ってこないんだよ」

〝そう、たしかに帰ってこない〟とわたしは思う。〝でもそれで、世の中から行方不明の女の子がひとり減るのだ。どこへともなく消えて二度と帰ってこない人間がひとり〟

「あんたは〈バーソロミュー〉を離れるべきだと思う」とクロエは言う。「数日でいいから。週末はあたしのところへおいで」

「そうはいかないよ」

「遠慮しなくてだいじょうぶ。週末はポールがあたしをヴァーモントに連れてってくれるから。ポールが先週予約したの。あんたがまだうちの……」

クロエは最後まで言わずにやめる。でも、なんと言おうとしたかはわかる。あんたがうちのカウチに泊まると思ってたときに。わたしは気を悪くしたりはしない。ふたりが水入らずで週末を過ごすのは当然だ。

「そういうことじゃなくて」とわたしは言う。「ひと晩でも部屋を空けることは禁じられてるの」

クロエは溜息をつく。ガサガサと気息音が聞こえてくる。「くそったれな規則ばっかり」

「お説教はやめてね。わたしにはお金が必要なの。わかってるでしょ」

「なら、あんたもわかってるでしょ。あたしはあんたが〈バーソロミュー〉の囚人になるのを見るぐらいなら、あんたにお金を貸してあげるって」

「これは仕事なの、懲役じゃない。わたしのことは心配しないで。ヴァーモントに行って楽しんできて。へラジカ・ウォッチングでもなんでも、みんながあっちでやることをやって」

「必要なときはいつでも電話して」とクロエは言う。「あたし、携帯を肌身離さず持ってるから。たとえあたしたちの宿が、まあ、なんにもないところにあるにしてもね。それこそ山のてっぺんの森の中だから、ポールにはもう、携帯の電波は届かないかもしれないぞ、って脅されてるんだけど」

「わたしはだいじょうぶ」

「ほんとに？」

「まかせて」

通話が終わると、わたしは居間にたたずんで、壁紙のなかの顔たちを見つめる。顔たちは瞬きもせず見つめ返してくる。口をあけてはいても無言のまま、何かを伝えたいけれどできないといわんばかりに。

禁じられているのかもしれない。わたしが客を呼んだり12Aを離れて外泊したりするのを禁じられているのと同じように。

それとも怖くて話せないのだろうか。

それとも——これがいちばんありそうな線だけれど——彼らはたんなる壁紙の花模様にす

ぎなくて、〈バーソロミュー〉が、出ていったイングリッドだけでなくわたしの神経にも、さわりはじめているのだろうか。

22

十二時半、ドアにノックがある。

グレタ・マンヴィルだ。

驚きだけれど、不愉快なものではない。ありもしない仕事を探すのにも、イングリッドからの返信を期待して五分おきに携帯をチェックするのにも、ちょうど疲れていたところなので。さらに驚くことに、グレタは外出用のいでたちをしている。黒いカプリパンツに、大きめのシャツ。プレッピー風に首に巻いたセーター。肩に掛けているのは、ストランド書店のくたびれたトートバッグだ。

「ゆうべお世話になっちゃったお礼に、ランチのお供をさせてあげる」

人生最大の栄誉を授けるとでも言いたげな、恩着せがましい口ぶりで言う。でもわたしの耳は、彼女の喉の奥にもうひとつ別の感情が潜んでいるのに気づく。孤独だ。わたしはグレタを、それが本人の望みだったのかどうかはともかく、書物と突発睡眠の繭《まゆ》から引きずり出したわけだ。それに、グレタは心の底ではわたしといるのが好きなのではないかという気もする。

わたしは彼女と腕を組む。「喜んでお供させていただきます」

わたしたちが行ったのは、〈バーソロミュー〉から一ブロック先のビストロだ。赤い日除けが入口に張り出し、窓には豆電球がちかちかしている。店内は昼休み中の地元民でごった返していて、席がないのではないかとわたしは不安になる。けれども女主人はグレタを見るなり、隅のブース席へわたしたちを案内する。そこだけぽつんと空いている。

「あらかじめ電話しといたの」とグレタは女主人がテーブルに置いていったメニューを手に取りながら言う。「それにオーナーは馴染み客を大切にするし。あたしは長年ここへ通ってる。〈バーソロミュー〉に最初に住んでいたころから」

「戻ってきたのはいつなんですか？」わたしは訊く。

グレタはテーブルのむこうからじろりとわたしをにらむ。「あたしたちはここへお昼を食べにきたの。二十の質問ごっこをしにきたわけじゃない」

「ふたつの質問ならどうです？」

「それなら許可してあげる」グレタはメニューをぱたりと閉じて、近くにいたウェイトレスに合図する。「でも、その前に注文させてちょうだい。尋問されるのなら、栄養物を忘れずに用意しときたいから」

彼女はグリルしたサーモンと温野菜の付け合わせを注文する。わたしは、おごってもらえるとは思ったものの、ハウス・サラダと水を頼む。倹約癖はそう簡単には直らない。

「ひとつめの質問に対する答えはね、ほぼ一年前」とグレタはウェイトレスが立ち去ると言う。「去年の十一月に戻ってきたの」

「なぜ戻ってきたんです？」

わかりきったことだと言わんばかりに、グレタはフンと鼻を鳴らす。「なぜもくそも。あたしに必要なものが何もかも近所にある快適な場所だもの。部屋がひとつ空いたとき、すぐにそのチャンスに跳びついたわよ」

「あそこに空きを見つけるのは難しいって聞きましたけど。空き待ちリストは長大じゃないんですか？」

「それは三つめの質問よ、ちなみに」

「でも、認めてくださるでしょ」

「ずうずうしいわね」とグレタは言うものの、明らかに面白がっている。口角がにやりと上を向くのを、水を飲んでごまかそうとする。「そう、たしかにリストは長大よ。でも、どうせまた質問されると思うから先に答えとくと、リストは飛び越すことができる。しかるべき人たちを知っていればね。あたしは知っている」

運ばれてきた食事は、絵に描いたように対照的だ。グレタのほうは見るからにおいしそうで、サーモンはほかほかと湯気を立て、レモンとニンニクの香りがする。一方わたしのサラダのほうは、ボウル一杯の失望でしかない。しなびたロメインレタスの上にトマトのスライスとクルトンが散らばっているだけ。

グレタはサーモンをひと口食べてから言う。「最近出ていったアパートメント番のお友達のことで、何か進展はあった？　なんて名前だっけ？」

「イングリッド」

「そうそう、イングリッド。あのとんでもない髪の娘《こ》。どこへ行ったのかまだ手がかりはないの？」

わたしは肩をすくめる。身振りとしては、なんともむなしい身振りだ。ビニール張りのブースを背にしたそのわずかな肩の上げ下げは、自分が実際にはほとんど何も知らないことを改めて自分に思い出させたにすぎない。

「初めはわたし、彼女が出てったのは、怖くてこれ以上〈バーソロミュー〉にいられなかったからだと思ったんです」

グレタはニックと同じような反応をする。ひかえめなショック。「なんだってまたそんなふうに思ったの？」

「はっきり言って、何かがおかしいからです」とわたしは言う。「ウェブサイトがいろいろあります。〈バーソロミュー〉で起きた禍々《まがまが》しいできごとを専門にしてるウェブサイトが。山ほど」

「だからあたし、インターネットは見ないのよ。いんちき情報の巣だもの」

「でも、多くは真実です。使用人たちがスペイン風邪で死んだのも。バーソロミュー医師が屋根から飛びおりたのも。普通のアパートメント・ビルじゃ、そんなこと起きません」

「〈バーソロミュー〉は普通のアパートメント・ビルじゃない。その有名さゆえに、あそこで起こることは誇張されて、作り話にされてしまうの」

「コーニリア・スワンソンも作り話ですか？」

グレタはサーモンを口元へ運んでいた手をぴたりと止める。フォークをおろし、テーブルの上で手を組んで言う。「ひとこと忠告しとくけどね。〈バーソロミュー〉の中でその名前は禁句よ。コーニリア・スワンソンのことは、あそこじゃ誰も話題にしたがらない」

「じゃ、彼女についてわたしが読んだことはほんとなんですか？」

「そうは言ってないでしょ」グレタはぴしりと言う。「コーニリア・スワンソンは頭がおかしかったの。本来なら、〈バーソロミュー〉になんかいないで療養が必要だったし、あのでたらめな噂――スワンソンはあのフランス女と交際してて、自分のメイドを不気味なオカルト儀式の生贄《いけにえ》にした――なんて噂は、世間の憶測でしかない。これとおんなじことを、あんたの友達にも言ったんだけどね」

「イングリッドはコーニリア・スワンソンのことを具体的に質問したんですか？」

「ええ。あたしの返答にがっかりしたと思うけど。あの娘、そういう気味の悪いことがらをこまごまと知りたくて来たんだと思うから。だけど、いま言ったように、話すことなんてないの。それどころか、あたしが最近〈バーソロミュー〉でお眼にかかったいちばん奇妙なできごとといえば、ゆうべ建物から避難するさいに付き添ってくれたさる若い女性の行動ね」

わたしは何も言わずにサラダにフォークを突き刺す。

「エレベーターが七階に停まったときのあんたの行動ときたら……異常だったわよ。どういうことだったのか説明してくれる？」

ルーファスを連れてエレベーターに戻ったとき、わたしはグレタに妙な眼で見られているのに気づいた。だからこのランチの真の目的がなんなのか見抜いているべきだった。グレタは自分が眼にしたものを理解したいのだ。別に話す必要もないけれど、わたしは話したいと思っている自分に気づく。グレタが『夢見る心』の著者だからなのかもしれない。彼女に恩返しをする必要を感じる。物語に物語で。ただしわたしの物語はハッピーエンドではない。

「わたしが大学一年のときに父が、二十五年間勤めた職場を首になったんです」とわたしは話しはじめる。「何か月も探したあげくにやっと見つけた働き口は、三つ離れた町の〈エース・ハードウェア〉の夜勤で、棚に商品を補充する仕事でした。母は不動産会社でパートタイムの仕事をしてたんですけど、食べていくために週末は地元の食堂でウェイトレスもするようになりました。わたしも両親の負担を減らそうとして、アルバイトのかけもちを始めました。それに追加の学資ローンと、両親に内緒のクレジットカードの申し込みも。そうすればふたりに仕送りの心配をさせずにすみますから。おかげでわが家は一年の大半は、どうにか借金なしでやりくりできました」

　ところが、わたしが二年生になったとき、母が非ホジキンリンパ腫と診断される。それがあっというまに腎臓、心臓、肺と広がって、母は仕事を辞めざるをえなくなった。父は昼間は母の世話をしながら、夜は仕事に行っていた。わたしは半年間休学して手伝うと言ったのだが、父はそれを拒んでこう言った。おまえはまともな仕事に就くために、まともな教育を受けなきゃだめだ。もし休学したら、結局は復学しないまま、最後にはおれたちみたいになってしまうぞ――惨めな町に暮らす惨めな人間に。

母の医療費は急上昇したが、寛解《かんかい》の見込みはなかった。できるのは最期が来るまで楽に過ごさせてあげることだけだった。父のささやかな健康保険でカバーできるのはそこまでだったのだ。それ以外は自分たちでなんとかするしかなかった。だから父は数年前にローンを払いおえたばかりの家を抵当に入れて、また借金をした。

母はわたしが週末に家に帰るたび、少しずつ小さくなっていて、まるでわたしの眼の前で縮んでいくように思えた。父もそうだった。ストレスのせいで食欲がなくなり、物干しロープさながらになった腕からシャツが洗濯物のように垂れさがっていた。夕方になると、仕事に出かける仕度をしながら、よくバスルームで泣いていた。おいおいという太い泣き声が、シンクに流れる水の音より大きく聞こえてきたものだ。

そんなふうにして半年暮らしたあと、ついにとどめの一撃が襲ってきた。父が勤めていた〈エース・ハードウェア〉が閉店したのだ。父は仕事も健康保険も失った。わたしはそのとき落第の瀬戸際で大学にいた。心労でぼろぼろで骨の髄まで疲れきっていて、勉強になどとても集中できなかったからだ。

「それからまもなく、両親は亡くなりました」

グレタは息を呑む。愕然《がくぜん》として、いたましげに。

わたしは話をつづける。いまさらやめられないところまで来ている。「火事があったんです。春学期の途中でした。朝の五時に電話が鳴りました。警察です。事故があって父と母が死んだっていうんです」

その日、クロエの運転で家へ帰ってみたものの、何も残っていなかった。棟割り住宅のわが家の側は、黒焦げの残骸と化していた。

「焼け跡から煙が立ちのぼってるんです。喉にまといつくひどい煙で、こんなにおいは二度と嗅ぎたくないと思ったのに。嗅いじゃいました。ゆうべ〈バーソロミュー〉で」

生き延びたものといえば、両親のトヨタ・カムリだけだった。私道の、家からいちばん離れた場所に駐められていた。運転席には鍵が三本ついたキーリングが置いてあった。その鍵を見た瞬間、わたしはその火事が失火ではないのを悟った。

一本はカムリのキーだった。

あとの二本は、町から一キロ半のところにある倉庫施設の、ふたつの貸倉庫の鍵だった。ひとつには、わたしの持ち物がすべて収められていた。

もうひとつには、ジェインの持ち物がすべて。

父はわたしたちの部屋を両方とも空にしていたのだ。その事実は、絶望のさなかにあってもまだ、両親が一縷の希望にすがりついていたことを教えてくれる。ジェインはいつか見つかる。ふたりの娘は力を合わせて生きていける。娘たちにとってものごとは最後にはきっとよくなる。そう考えていたことを。

その倉庫を見れば、さすがに誰でもピンときただろうが、調査員たちはすでに保険の加入状況から、不審を抱いていた。父は火事の数か月前に、ふたつの保険にはいっていたからだ。

自分の生命保険と、
家の火災保険に。

そこで調査が始まり、わたしの想像していたことが改めて裏づけられた。火事が起きた晩、父母はふたりで一本のワインを飲んだ。腎臓が機能不全に陥りかけていた母は、飲んではいけなかったはずなのに。

ふたりはさらに、自分たちが初デートで行ったのと同じ店で注文したピザも一枚食べた。

それからチョコレートケーキもひと切れ。

それから母の超強力な鎮痛剤もひと瓶。

放火専門家のくだした結論によれば、火はふたりの寝室のすぐ外の廊下から燃えひろがり、ライター・オイルと丸めた新聞紙によって勢いを増した。寝室のドアは閉まっていたので、両親が発見されたベッドに火が達するまでにはしばらく時間があったことになる。

なぜそれがわかったかといえば、鎮痛剤の過剰摂取により死亡したのは母だけだったからだ。

父は煙により死亡したのだ。

「わたし、両親に腹を立てようとしました。そんなことをしたふたりを憎みたかったんです。でも、できませんでした。ふたりは自分たちが正しいと思うことをしたんだって、当時でさえわかってたからです」

グレタには話さないけれど、わたしは幸せな気分のときにはときどき、火とたわむれる必要がある。その熱を肌に感じる必要、炎で自分を焦がす必要が。そうすればそれがどんな感じなのかわかる。多少なりとも理解できる。

両親がわたしのため、

わたしの将来のため、

戻ってくるはずの姉のために、

どんな日に遭ったのか。

グレタがわたしの手にすっと手を重ねる。彼女の手のひらは温かい。まるで彼女も裸火《はだかび》の上に手をかざしていたかのようだ。

「気の毒にね。家族を亡くしてさぞ寂しいでしょう」

「ええ。寂しいです。ジェインに帰ってきてほしいです」

「ジェイン？」

「姉です。火事の二年前にいなくなりました。それ以来まったく行方知れずなんです。家出したのかもしれないし、殺されたのかもしれないし。いまはもう、それは永久にわからないんじゃないかと思ってます」

そう言うとわたしはどさりとブースの背もたれにもたれ、腕を脇に垂らしてぐったりする。わたし式の突発睡眠。悲しみを感じているとしたら、それはいつも感じているのと同じ、ふつふつとした悲しみ。とうの昔に折り合いをつけられるようになった苦痛だ。両親とジェインのことを他人に話したところで、その悲しみは薄らぎもしなければ、募りもしない。そのままだ。

「身の上を聞かせてくれてありがとう」グレタは言う。

「これでわたしが現実より空想を好む理由がわかりましたか」

「無理もないわね」とグレタは言う。「それにあんたがイングリッドをそんなに捜したい理由もわかった」

「それがちっともうまくいかないんです」

「あたし、賭けはしないんだけど、もし賭けをする人間だったら、あの娘はどこか若い男のところへ行ったという線に賭けるわね。もしくは若い女か。こと心の問題に関しちゃ、あたし、断定はしないから」

さすがは十代の女の子たちに長年愛されつづけてきたロマンスを書いた人だけのことはある。わたしもイングリッドはどこかでハッピーエンドを楽しんでいると信じたい。でも、これまでにわかったことからすると、その反対に思える。

「わたし、イングリッドがトラブルに巻きこまれた気がしてならないんです。ほかに行き場所はないって、わたしにはっきり言ったんですから」

「悪いことが起きたと思うのなら、どうして警察に知らせないの？」

「電話しました。でも、だめだったんです。警察が動くには情報不足だと言われて」

グレタは同情の溜息を漏らす。「あたしだったら、このあたりの病院に電話をかけるわね。何か事故があって、手当てが必要になったかもしれないでしょ。それでだめだったら、近所を見てまわる。行く場所がないのなら、路上にいる可能性があるから。知り合いがホームレスになったかもしれないなんて考えるのはつらいと思うけど、市のシェルターはチェックしてみた?」

「するべきでしょうか?」

「したって害にはならないはずよ」とグレタはきっぱりうなずいてみせる。「イングリッド・ギャラガーはそこで人目を避けてるのかもしれない」

23

最寄りの女性用ホームレス・シェルターはレストランから南へ二十ブロック、西へ二ブロックのところにある。わたしはグレタがひとりで〈バーソロミュー〉に帰れるのを確認すると、イングリッドがグレタの言うとおり路上生活をしているかもしれないというわずかな可能性に賭けて、そこへ行ってみる。

そのシェルターは見るからに古びた建物にはいっている。外壁は褐色煉瓦《れんが》。窓は着色されている。かつてはYMCAだったらしく、玄関の右側にその文字の跡がうっすら残っている。さらに一団の女たちがそこで半円形になって煙草を吸っている。近づいていくわたしを不審げにじろじろと見て、わたしがすでに気づいていることがらを無言で伝えてくる。〈バーソロミュー〉と同じくここも、わたしの来るところではないのだ。

わたしにはどこにも居場所がない。どっちつかずの場所にひとりぼっちで暮らす運命なのだ。そんな気がしてくるけれど、それでもわたしは笑顔で、おびえているそぶりを見せないようにしつつ、彼女たちに近づいていく。でも、おびえている。それが後ろめたい。わたしには〈バーソロミュー〉の住人よりも彼女たちのほうと、たくさん共通点があるのだから。

ポケットから携帯を取り出して前に掲げ、イングリッドとわたしがセントラルパークで撮った自撮り写真が彼女らに見えるようにする。「誰かこの数日のあいだにこの娘《こ》を見かけなかった？」

一団のなかでひとりだけが写真を見てくれる。鋭い眼で写真をにらみながら、痩《こ》けた頬の内側を嚙む。口をひらいたとき、声があまりに優しいのにわたしは驚く。てっきり声も外見と同じくらい風雪を経ているだろうと思ったのだが。

「いいえ、見たことないです。このあたりじゃ」

どうやら彼女がこのみすぼらしい一団のリーダーらしく、ほかの女たちを肘でつついて写真に注目させる。みな首を振り、ぶつぶつ言い、眼をそらす。

「ありがとう。どうも」

そう言うとわたしは、煙草を吸う女たちに油断なく見つめられながら建物にはいる。ドアのすぐ内側はがらんとした待合室で、傷だらけの強化ガラスで遮蔽《しゃへい》された受付デスクがある。ガラスのむこうには丸々とした女の人が座っていて、外の女たちと同じようにあけすけにわたしを観察する。

「すみません。ちょっとお尋ねしたいんですけど」わたしは言う。

「シェルターに泊まりたいの？」

「いえ。人を捜してるんです。友達を」

「その人はシェルターにはいったの？」

「わかりません」

「二十一歳未満？　だとしたら別の施設にいるはずだけど」

「二十一歳以上です」わたしは言う。

「もし子供連れか妊娠中なら、路上生活防止支援シェルターのどれかにいるはずだし」と彼女はさらに言う。「DVの被害者にはまた別の施設があるし。しばらく路上生活をしてた人なら、どこかの緊急センターにいるかもしれない」

場所と名称の数もさることながら、それらがすべて必要とされているという事実に圧倒されて、わたしはのけぞる。〈バーソロミュー〉を見つけられた自分は幸運だったと、改めて思う。と同時に、〈バーソロミュー〉を出たあとのことを考えると、そら恐ろしくもなる。

「子供はいないし、独身で、暴力も受けてません」

わたしの知るかぎりでは。

ふとそう気づく。その言葉が、ボリュームを最大にしたラジオみたいに脳内に鳴りひびく。イングリッドが暴力について何も言わなかったからといって、暴力を受けなかったとは言えない。考えてみれば、彼女はいろんな土地に住んでいた。絶えず引っ越しをしていた。そして銃を買った。それはひょっとすると、逃げるのはもう無理だと考えたからかもしれない。

「ならその人はここに来てるんじゃないかしら」と受付係は言う。

わたしは携帯をガラスに押しつけて、さきほどの写真を彼女に見せる。彼女はそれをしばらく見つめてからこう言う。「見憶えないわね。でも、あたしがここにいるのは昼間だけだし。ここがいっぱいになるのは夜だから、その人も夜はここにいて、あたしとすれちがいになってるだけかもしれない」

「誰か夜ここにいる人と話をすることはできます？　この娘を知ってるかもしれません」

受付係は身振りでデスクのむかいの両開きのドアを示す。「中にまだ何人かいるわよ。遠慮なくのぞいてみて」

ドアを押してはいったところは体育館で、二百人を収容できるようにしてある。大量の臨時居住者を。同じ簡易ベッドが床に一列二十台ずつ、乱雑に並べてある。

わたしはベッドのあいだを歩きながら、人がいるわずかなベッドを探しては、それがイングリッドではないのを確かめていく。列の端まで行くと、ひとりの女が背筋をぴんと伸ばしてベッドに腰かけている。壁に押しつけられた可動式観覧席を見つめている。そこに啓発ポスターが貼ってある。風に揺れる畑一面のラベンダー。その下に記されたエレノア・ルーズヴェルトの言葉。

〝新たな一日とともに、新たな力と新たな考えが訪れる〟

「毎日仕事に行く前にこのポスターをながめて、エレノアの言ったとおりになるといいなと思うんだけど」と彼女は言う。「いまんとこ、新たな一日は古いクソをもたらすだけ」

「もっと悪いことだってある。死なないだけ儲《もう》けものよ」わたしは思わずそう口走ってしまう。

「はっきり言って、それをポスターに書いといてほしいわ」彼女は膝をたたいてけたたましい笑い声をあげ、それが体育館のこちら側に響く。「あんた、見たことない顔だけど。新人？」

「面会に来ただけ」

「うらやましい」と彼女は言う。

それはつまり、しばらく前からここにいるということだろう。驚きだ。とてもホームレスには見えない。きちんとアイロンをかけた清潔な服を着ている。カーキ色のワークパンツ、白いシャツ、青いカーディガン。どれもわたしの着ているものよりまともだ。わたしのセーターは袖口に穴があいている。それを左手で隠しながら右手で彼女に携帯を見せる。

「人を捜してるの。ここにいるかもしれない。これが最近の写真」

彼女はイングリッドとわたしの写真を興味深げに見る。「見たことないわね。あたしはここにひと月いるんだけど。市の支援宿舎が空くのを待って。あいつらは〝近日中です〟なんて言うんだけどね。住まいじゃなくて、宅配便の荷物みたいにさ」

「彼女が来たとすれば、この数日間のはずなの。ここへ来たとすればだけど」

「名前は？」

「イングリッドっていう娘」

「あんたの名前よ」と彼女は言う。

「ごめんなさい。わたしはジュールズ」

彼女はようやく写真から顔を上げ、すきっ歯を見せてにっこりする。「すてきな名前ね。あたしはボビー。あんまりすてきな名前じゃないけど。数少ないあたしのものだから」

彼女が自分の隣をぽんとたたくので、わたしはベッドに並んで腰かける。「よろしくね、ボビー」

「こちらこそ、ジュールズ」

ボビーはわたしの手から携帯をひったくり、もう一度まじまじと写真を見る。「友達なの？」

「知り合いってとこかな」

「彼女、まずいことになってんの？」

わたしは溜息をつく。「それを突きとめようとしてるところ。なってるなら、力になってあげたいから」

ボビーはわたしをしげしげと見る。ひかえめな疑惑の眼。無理もない。これまで大勢の人々が彼女に援助を申し出てきたのだろう。紐つきの援助を。でもわたしには、自分と似かよったものを見て取ったらしい。「なんなら眼を光らせておくけど」と言ってくれる。

「そうしてもらえると、すごくうれしい」

「その写真、あたしに送ってもらえる？」

「もちろん」

ボビーはわたしに自分の電話番号を伝え、わたしは彼女に写真を送る。

「あんたの番号を保存しとくね」とボビーは言う。「そうすればもし彼女を見かけたとき、あんたに電話できるから」

わたしが彼女にしてほしいのは電話だけではない。身の上を聞かせてほしい。どんなできごとの連鎖が彼女をここへ導いたのか。というのも、わたしたちには共通点があるからだ。ボビーとわたしには。どちらも精一杯窮地をしのごうとしている女なのだ。

「ここへ来てひと月になるって言ったよね？」わたしは言う。

「うん」

「その前は？」

ボビーはまたわたしに胡散くさげな眼を向ける。「あんた、ソーシャルワーカーか何か？」

「あなたの身の上が知りたいだけ。あなたがそれを話すことに関心があればだけど」

「話すことなんて大してないよ。人生うまくいかないってだけ。わかるでしょ」

わたしはうなずく。よくわかる。

「うちは貧乏だったの。生活保護。食料クーポン。そういうものにすっかり依存してた。一部の連中はつねにそれをなくそうとしてるけど」とボビーは憤慨して言う。「まるでこっちが好きこのんで無料のクーポンに頼ってるみたいに。あのオレンジ色の煉瓦みたいなクソまずいチーズを、欲しくてもらってるみたいに。あたしは大人になってもそんなふうにはならないぞって、自分に言い聞かせてた。で、しばらくはどうにかやってた。でも、そのうちに予想外のことが起きて、それに対処するのにしかたなく少しばかり借金の穴を掘った。するとその穴を埋めるのに、こんどはもう少し大きな穴を掘らざるをえなくなった。しばらくすると穴だらけになっちゃって、穴のひとつにはまりこんで出られなくなったたってわけ。楽じゃないね。生きるのは楽じゃない。しかもやたらとお金がかかる」

「オレンジの値段を見たことある？」わたしは訊く。

ボビーはまたけらけらと笑う。「ジュールズ、あたしが最後に新鮮な果物を食べたのはね、オバマがまだ大統領だったころだよ」

「じゃあ、あなたの生活が早く楽になることを祈ってる」

「ありがとう」とボビーは明るく言う。「あたしもあんたの友達が見つかることを祈ってるよ。人に親切にすれば、この腐った世界もちょっとはましなものになるもんね」

24

三時に〈バーソロミュー〉へ戻ってみると、チャーリーが心配げな暗い眼をして、外でわたしを出迎える。

「あなたに会いにきてる人がいますよ。若い男です。だいぶ前からいましてね。一時間も外に立っているので、中で待っていてもかまわないと伝えました」

チャーリーがドアをあけると、わたしの胃がきゅっと縮む。

ロビーのすぐ内側に立っていたのは、アンドルーだ。

彼の予期せぬ――望みもしない――出現で、わたしは頭に血がのぼる。冗談ぬきで。一瞬、視野がまっ赤になる。むかし父が見せてくれたあの《マーニー》というヒッチコック映画と同じだ。そのマーニーと同じく、わたしも赤い瞬きを見ながら、むっとした顔で中にはいる。

「何してんのよ、ここで?」

アンドルーは携帯から顔を上げる。「おまえがおれの電話にもメッセージにも返事をくれないからさ」

「だから直接来ることにしたわけ?」そこでふと、ひとつの考えが怒りを押しのけて頭に浮かぶ。「だいたい、どうしてわたしがここにいるってわかったの？」

「新聞でおまえの写真を見たんだ。最初はおまえだって気づかなかったけどな」

「ひどい格好をしてるからね」

「やっぱりおまえは実物のほうがずっとかわいいよ」

アンドルーはにこっと微笑んでみせる。初めて会ったとき、わたしの膝をへなへなにした必殺の笑み。それはまばゆいほどの笑みであり、当人もその魅力を承知している。あのときファックしていた相手にもきっと使ったはずだ。にこっと一度微笑むだけで、あの女をわたしたちのアパートメントの、わたしたちのカウチへ誘いこんだのだろう。

その笑みを見せられて、体が怒りでジンジンしてくる。不安にさいなまれていたこの二週間、どうにか脇へ押しやっていたというのに。こうしてアンドルーが眼の前に現われたとたん、その怒りがどっとよみがえってくる。

「なんの用よ？」

「謝りたくてさ。こんな形じゃ終わらせたくないんだ」

アンドルーは一歩近づいてくる。わたしは何歩かあとずさって、できるだけ距離を取る。それから郵便受けの前に行って、鍵を引っぱり出す。

「あんたが終わらせたんでしょ」と言いながら郵便受けをあけてみるが、中は空っぽだ。

「わたしじゃない」

「たしかにな。おれの仕打ちはあんまりだった。弁解の余地はない」

　わたしは郵便受けをばしんと閉めて、アンドルーのほうへ向きなおる。彼はわたしのあとをついてきて、一メートルほど離れたところに立っている。パンチのちょうど届かないところに。

「二週間前にそう言うべきだったんじゃないの。でも、あんたは言わなかった。あのとき謝ることもできたのに。出ていかないでくれと頭を下げることもできたのに。そうしようともしなかった」

「してたらおまえの気持ちは変わったか？」

「いいえ」涙がこみあげてくる。それがまた腹立たしい。わたしが本当はどれほど傷ついているのか、アンドルーに知られるのはまっぴらだ。「でも、あんたと暮らしてた自分がもう少しは馬鹿じゃないと思えたはず。もう少しは——」

　愛されてると思えたはず。

　そう言いかけてわたしは思いとどまり、言葉を呑みこむ。それを口にしてしまったら自分が、いつも感じているとおりの憐れな女になってしまう気がする。

「あの娘のほかにもいたの？」わたしはそう訊くものの、それは無意味な問いだ。いたに決まっている。それに、いまさら何かが変わるわけでもない。

「いや」とアンドルーは言う。

「信じられない」

「ほんとだって」

そう断言してみせるけれど、嘘をついているのは明らかだ。眼がちょっぴり左へ動く。それが証拠だ。

「何人?」わたしは訊く。

アンドルーは肩をすくめ、頭の後ろを掻く。

「二、三人」

ということはもっといるのだろう。

「あいつらのことはすまなかった」とアンドルーは言う。「おまえを傷つけるつもりはなかったんだよ、ジュールズ。それだけはわかってくれ。あんな連中はどうでもよかったんだ。本命はおまえだよ。おまえを愛してたんだ。心から。それなのに永遠に失っちまった」

アンドルーはさらに近づいてきて、わたしの髪をひと房、耳の後ろへ掻きあげようとする。これも彼の必殺技だ。わたしたちのファーストキスの前にもやった。

わたしはその手を払いのける。「もっと早くそう思うべきだったね」

「そうだよな。おまえが怒るのも無理はないし、傷つくのも当然だ。おれはただ、後悔してると伝えたかっただけだ。すまなかったと」

アンドルーは何かを待つようにじっと立っている。許すと言ってほしいのだろう。当分そんなことをするつもりはない。

「わかった。あんたは謝罪した。もう帰っていいよ」

アンドルーは動かない。

「ほかにも話したいことがあるんだ」と静かな口調で言う。

わたしは腕を組んで肩をいからす。「ほかに何があるっていうの？」

「実は――」とアンドルーはロビーを見まわしてほかに誰もいないのを確かめる。「金が必要なんだ」

わたしは呆然として彼を見つめる。怒りで膝ががくがくしてくると、一歩後ろへ下がってそれをごまかす。

「まさか本気じゃないよね」

「家賃のさ」とアンドルーは切羽つまったささやき声で言う。「おまえはあそこがどんだけ高いか知らないんだ」

「知ってるけどね」とわたしは言い返す。「わたしだって家賃の半分を一年間払ってたんだから」

「それに今月も何日かあそこに住んでた。だったら家賃分として、少しぐらいおれに金を払うべきだ」

「なんだってわたしにそんなお金があると思うわけ？」

「だってここに住んでるんだろ」とアンドルーは腕を広げて豪華なロビーを示す。「どんな金儲けを始めたのか知らないけど、こりゃ大したもんだ」

ちょうどそのとき、ニックがロビーにはいってくる。あつらえのグレーのスーツ姿がまた一段と颯爽《さっそう》としている。そのうえいかにも裕福そうに見えるので、アンドルーは敵意をむきだしにしてニックをにらむ。それを見てわたしは意地悪な気分になる。復讐をしてやりたくなる。ニックのところへ駆けよってこう言う。「お帰りなさい！　待ってたのよ！」

彼をハグしながら耳元で必死にささやく。「調子を合わせてください」

それからニックにキスをする。唇にちょんと触れるだけではなく、時間をかけたキスを。アンドルーのいるあたりから嫉妬が発散されてくるのが感じられるほど長々と。

「誰だよそいつは？」彼は言う。

さいわいニックは芝居をつづけてくれる。わたしの肩にさり気なく腕をまわして言う。

「ぼくはニックだ。きみはジュールズの友達？」

「彼はアンドルー」とわたしは言う。

ニックは近づいていってアンドルーの手を握る。「会えてよかったよ、アンドルー。ゆっくり話をしたいところだけど、ジュールズとぼくはこれから大事な用があってね」

「そう。とっても大事な用が。あなたも帰ったら？」

アンドルーはニックとわたしを交互に見ながらしばらく迷う。その表情には屈辱と傷心が入り混じっている。わたしは彼が傷つくのを見て喜ぶような人間になりたくはない。でも、無理だ。

「ドアはそこだよ」とニックは出口を指さす。「わかるとは思うけど、念のため」

「じゃあね、アンドルー」と、わたしはほんのちょっぴり手を振ってみせる。「楽しい人生を」

未練たらしく最後の一瞥《いちべつ》をくれると、アンドルーは玄関を出ていく。できればこのままわたしの人生からも出ていってほしい。彼がいなくなると、わたしはニックから離れ、恥ずかしさのあまり頬が熱くなる。

「ごめんなさいほんとうに。ほかにどうしていいかわからなくて。どうしてもあいつに帰ってほしかったんですけど、これしか方法を思いつかなくて」

「うまくいったんじゃないかな」ニックは無意識に唇を触りながら言う。さきほどのキスでまだ温かいのだろう。わたしの唇はまちがいなく温かい。「別れたボーイフレンドか何か？」

わたしたちはエレベーターまで歩いていって、中に体を押しこむ。ニックと肩を並べて立つと、またしても彼のコロンにさらされる。あの森のような、柑橘系の香りに。

「そうです。不幸にして」とわたしは言い、エレベーターは上昇を始める。

「よくない別れかたをしたの？」

「それはひかえめな言いかたですね」狭いエレベーターの中にいると、自分の口調がひどく辛辣なのがわかる。このあとニックがわたしに近づきたがらなくても、それは無理もない。誰だって辛辣なのは好きではない。「ごめんなさい。いつもはわたしこんなに――」

「腹を立ててない？」ニックは言う。

「意地悪じゃないんです」

エレベーターは最上階に到着する。ニックは格子を引きあけて、わたしを先におろしてくれる。ふたりで廊下を歩きながら言う。

「うれしいよきみに会えて。あんなふうに出迎えてくれたからだけじゃなくてね」

「ほんとですか？」わたしは改めて赤面する。

「その後イングリッドから連絡があったかどうか知りたかったんだ」

「まったくなしです」

「それはがっかりだね。あるといいなと思ってたんだけど」

ニックにならあの銃のことを話してもかまわない。あるいはイングリッドが残していったメモ、怖すぎるので考えまいとしているあのメモのことを。

気をつけて

でも、わたしは黙っている。話せば、心配しすぎだと思われてしまう。下手をすれば、被害妄想だと。

「ホームレスのシェルターにはいないことがわかりました。いまそこへ行ってきたんです」とわたしは言う。

「でも、そこで彼女を捜すというのは名案だったね」

「わたしが考えたんじゃないんです。グレタの発案なんです」

ニックの眉が驚きで持ちあがる。「グレタ？　まさかきみたち、友達になりつつあるなんてことはないよね？」

「グレタは力になろうとしてくれてるだけだと思います」

わたしたちは廊下のはずれまで来て、おたがいの部屋のドアのあいだの広い空間で立ちどまる。

「ぼくも力になりたいな」ニックは言う。

「でも、あなたはイングリッドを知らなかったんじゃないんですか？」

「知らないよ。よくはね。でも、彼女を親身になって捜す人がいるっていうのは喜ばしいことだから」

「わたし、大した働きはしてません」

「だからなおさら、ぼくが力になりたいんだ。真面目な話、助けが必要になったら、どんなことでもいいからぼくに言ってくれ。とくにアンドルーがまた現われたときなんかは」

ニックはわたしにウィンクをしてみせると、自分の部屋のほうへ歩いていく。わたしも自分の部屋へ戻り、中にはいってドアを閉めるなり、ホワイエで立ちどまる。軽いめまいがしたのだ。それはニックのせいばかりではない。この二十四時間のできごとは、現実とは思えないほど奇妙だった。イングリッドの失踪。火事。グレタ・マンヴィルとのランチ。ふだんのわたしの暮らしとはあまりにかけ離れていて、まるでグレタ・マンヴィルの書いた小説のように思える。

クロエの言うとおり。たしかに不思議なパラレルワールドにわたしは転げこんでしまったようだ。

でも、クロエの言ったもうひとつのことがらのほうは、はずれていてほしい。話がうますぎる、というほうは。

25

それから二時間、わたしはグレタのもうひとつの勧めに従い、マンハッタンの病院の受付に片端から電話をかける。みなイングリッド・ギャラガーという人物にも、この二十四時間に受け入れたイングリッドの特徴に合致する身元不明者にも、心あたりはないという。

ほかの行政区の病院に範囲を広げようとしたとき、またドアにノックがある。こんどはチャーリーが、わたしの見たこともないような大きな花束を抱えて廊下に立っている。あまりに大きいので、後ろにいるチャーリー自身もほとんど見えない。見えるのは花々の上にのぞいている帽子だけだ。

「チャーリー、奥さんがなんて言う?」

「よしてくださいよ」とチャーリーは赤面したような声で言う。「わたしからじゃありません。わたしはただの配達係です」

わたしはその花をコーヒーテーブルに置いてほしいと身振りで伝え、チャーリーはそのとおりにする。数えてみると、花は三十五本以上もある。薔薇に百合に金魚草。あいだにカードがはさんである。

〝うちのかわいいルーファスを助けてくれてありがとう！　あなたは本物の天使よ！――マリアン〟

「ゆうべは大したヒーローだったそうですね」チャーリーが言う。

「よき隣人になろうとしただけよ。そういえば、娘さんの具合はどう？　もうひとりのドアマンに聞いたら、緊急事態だったそうだけど」

「から騒ぎでした。もうだいじょうぶです。ご親切にどうも」

「娘さんはいくつなの？」

「二十歳です」

「まだ大学？」

「行くつもりではいますけど。まだ完全にはよくならなくて」とチャーリーは静かに言う。

「きっとよくなるわよ」わたしは花のにおいを嗅ぐ。妙なる香り。「あなたみたいなお父さんがいて、娘さんは幸せね」

チャーリーはそのまま出ていこうかどうしようか迷うような足取りでドアのほうへ行く。それからこう言う。「別のアパートメント番のことを尋ねてまわってるそうですね。あの出ていった女性」

「イングリッド・ギャラガー。どこへ行ったのか知りたいの」

「行方がわからないんですか？」

「出ていってから連絡がないの。だから無事でいるのを知りたいだけ。彼女と話をしたことはある?」

「あるとは言えませんね。あの人がここにいるあいだに交わした言葉なんて、この五分間にあなたと交わした言葉より少ないですから」

「レスリーから聞いた話だと、彼女が出ていった晩の当直ドアマンはあなただったけれど、あなたは彼女が出ていくところを実際には見ていないとか」

「ええ。地下室の防犯カメラを修理するために持ち場を離れていたもので。ロビーのすぐ脇に防犯モニターが並んでるんです。たくさんの眼で建物を監視するほうがいいですからね」

「映像は保存されてるの?」

「されてません」とチャーリーはわたしの考えがどこへ向かっているのか正確に見抜いて言う。「だから地下室のカメラを点検しなくちゃならなかったんです」

「どこがいけなかったの?」

「接続です。裏側のケーブルが抜けてました。カメラは作動してたのに、モニター画面には何も映ってなかったんです」

「持ち場を離れてた時間は?」

「五分ぐらいです。簡単に直せましたから」

「カメラの不調は前にもあった?」

「わたしの当直のときにはないですね」チャーリーは言う。

「故障に気づいたのはいつ？」

「午前一時を少しまわったころです」

わたしの体が凍りつく。それはまさにわたしが悲鳴を聞いてイングリッドの様子を見にいったのと同じころだ。その五分後、彼女はいなくなった。それはつまり、わたしが12Aに戻った直後に出ていったということだ。

偶然の一致というにはあまりにできすぎたタイミングだろう。イングリッドが出ていったのとちょうど同じときにカメラのケーブルが抜けたというのは、攪乱《かくらん》だったのではないだろうか。

イングリッドは誰にも気づかれずに出ていこうとして、自分でそれをやったのだ——最初わたしはそう考えるが、それは理屈に合わない。アパートメント番は意に反してまで〈バーソロミュー〉にとどまる義務はない。チャーリーも彼女を止めたりはしなかったはずだ。きっと彼女のためにタクシーを呼びとめて、お元気で、とでも言っただろう。

だいいちそれだと、イングリッドはまず持ち物を全部まとめておいてから、地下におりてカメラのケーブルを抜き、また十一階へ戻って持ち物をロビーまで運びおろさなくてはならない。権利として当然できることをするにしては労力がかかりすぎるし、五分では絶対に終えられないはずだ。彼女が〈バーソロミュー〉に私物をたくさん持ちこんでいたとしたらなおさら。

「イングリッドが引っ越してきたときはあなたが当直だったの？」わたしは訊く。

チャーリーはうなずく。

「彼女はどのくらい荷物を持ってきた？」

「よく憶えてませんが。スーツケースふたつだったと思います。それに箱が二、三個」

「カメラが切れたのに気づく前に、誰かが地下室へおりていくのを見た？」

「いいえ。わたしは外で別の居住者のお世話をしていましたから」

「そんな時間に？　誰なのそれは？」

チャーリーは背筋を伸ばし、困った顔をする。「そこまであなたに教えると、ミセス・イーヴリンが喜ばないと思います。お力にはなりたいんですが――」

「はいはい。ここはプライバシーにうるさいのよね。でも、イングリッドはあなたの娘さんとほぼ同い年なの。娘さんが行方不明になったら、あなただっていろいろ質問するでしょ」

「娘がいなくなったら、わたしは捜し出すまで眠りませんよ」

父もむかし同じことを言っていた。そのときは本気だったのだと思う。それはまちがいない。でも、そこが人捜しの困ったところなのだ。人を消耗させ、心をむしばんでしまう。

「イングリッドにも同じようにしてあげたいと思わない？」とわたしは言う。「名前は言わなくていいから。何かヒントをちょうだい」

チャーリーは溜息をつき、わたしの後ろのコーヒーテーブルに置いた花々に眼をやる。花束そのものと同じくらい大きなヒント。

「あの人は一時ちょっと前に犬を外へ連れて出ました」とチャーリーは言う。「わたしはずっと一緒にいたんです。何かあるといけませんからね。女性がひとりで路上にいちゃまずい時間です。ルーファスが用をすませると、わたしたちは中へ戻って、彼女はエレベーターで七階へ上がり、わたしは防犯モニターをのぞきました。そのときですよ、地下室のカメラがおかしいのに気づいたのは」

となると、マリアンはイングリッドがアパートメントを出たのとほぼ同じ時刻にエレベーターに乗っていたことになる。

「ありがとう、チャーリー」わたしは花束から薔薇のつぼみをひとつ折り取って、彼の襟のボタン穴に挿す。「すごく助かった」

「ミセス・イーヴリンには、わたしが話したなんて言わないでくださいよ」とチャーリーは即席のボタン穴飾りの位置をなおしながら言う。

「だいじょうぶ。レスリーの口ぶりからすると、この話題はこのあたりじゃ喜ばれないみたいだし」

「イングリッドがこんな形で出ていったことを考えると、ミセス・イーヴリンは彼女をそもそもここに住まわせたことを後悔してるはずです」

チャーリーは帽子をちょっと傾けると、ドアをあけて出ていく。彼が完全に外へ出る前に、わたしは最後の質問を投げかける。

「マリアン・ダンカンが住んでるのは何号室？」

「なぜそんなことを？」

わたしはにっこりと罪のない笑みを見せる。「お礼の手紙を送るからよ、もちろん」

チャーリーはどう見てもそんな言葉を信じてはいない。眼をそらして廊下をのぞく。それでも、背中を向けたまま答えてくれる。

「7Aです」

26

七階はゆうべと同じくらい人がたくさんいる。ただし、煙で汚れた廊下をいま行き来しているのは、消防士ではなく内装工事業者だ。ミスター・レナードのアパートメントのドアは取りはずされ、煙で斑《まだら》になった廊下の壁に立てかけてある。その横には表面が焼け焦げたキッチンカウンターの一部がある。床には黒い黴のように煤が散らばっている。

部屋の内部から響いてくるのは、騒々しい工事の音だ。その騒音のなかからふたりの男が、扉の焦げた木製の戸棚を運び出してくる。それをカウンターの横におろし、中へ戻っていく前に、ひとりがわたしのほうを見てウィンクしてみせる。

わたしは呆れて天井を仰いでから、反対方向の、建物の表側のほうへ歩いていく。7Aの前に来ると、ドアをコンコンと短く二度たたく。

マリアンがドアをあけると、香水の香りがふわりと漂ってきて、廊下に残留している煙のにおいと混じりあう。

「ダーリン！」と彼女は片手でわたしを抱きよせて、両の頰にエア・キスをする。「会いたいと思ってたのよ今日。ルーファスを助けてくれたことには、いくらお礼を言っても言い足りないもの」

マリアンがルーファスを抱いているのは、別に驚きではない。驚くのはどちらも帽子をかぶっていることだ。彼女のほうはひらひらした大きな鍔《つば》のついた黒い帽子で、顔全体が影になるように鍔を傾けてある。ルーファスのほうはちっぽけなシルクハットで、ゴム紐でしっかりとめられている。

「お花のお礼を言いたくてちょっと立ちよったんです」わたしは言う。

「気にいらなかったかしら。気にいったって言ってちょうだい」

「とってもきれいです。でも、あんなことをしてくださらなくてもよかったのに」

「そんなことないわよ。ゆうべのあなたは本物の天使だったもの。これからはあたし、あなたのことをそう呼ぶ。聖バーソロミューの天使」

「で、ルーファスはどうです？　もうだいじょうぶですか？」

「ええ。ちょっとおびえてるだけ。そうよね、ルーファス？」

犬はマリアンの肘の内側に鼻面を押しつけて、ちっぽけなシルクハットからむなしく逃れようとする。だが、そこで不意に７Ｃからバーンという音が響いてきて、ぴたりと動きを止める。

「やあね、まったく」とマリアンはその音に不平を言う。「朝からずっとあんな調子。そりゃ、あたしだってミスター・レナードの身に起きたことはお気の毒だと思うし、すみやかに回復してほしいと願ってはいるわよ。心からね。でも、まわりの者にとってはとんだ迷惑だわ」

「事件の多い数日でしたね。火事騒ぎがあったり、あのアパートメント番が突然出ていっちゃったり」

イングリッドの話題を持ち出したのが、あまり計算ずくに聞こえないといいのだが。わたしの耳にはひどく露骨に聞こえる。

「どのアパートメント番？」

マリアンの顔は帽子のせいで影になったままで、表情がつかめない。父がよく暇な土曜日に見ていたノワール映画の魔性の女《ファム・ファタール》を連想させる。優雅で不可解。

「イングリッド・ギャラガー。11Aにいたんですけど。おとといの晩、誰にも告げずに突然出ていっちゃったんです」

「そう。あたしはなんにも知らないと思うわよ」

マリアンの声は薄情ではない。表面的には口調は変わらない。でも、言葉にほんの少し冷ややかさが混じっているのが感じ取れる。警戒しているのだ。

「お会いになったことがあるんじゃないかなと思ったんですけど。なんといっても、あなたはわたしが引っ越してきて最初に出会ったかたですし」とわたしは恥ずかしげに微笑んでみせる。「おかげでわたし、すごく歓迎されているんだと感じました」

マリアンは廊下をのぞいて、近くに人がいるかどうか確かめる。ひとりだけいる――ミスター・レナードの部屋のすぐ外に作業員が。赤いハンカチで洟《はな》をかんでいる。

「ていうかまあ、その娘が誰なのかは知ってる」マリアンの声はひどく小さくなり、ほとんどささやきに変わる。「出ていったのも知ってる。でも、あたしたち、きちんと紹介されたわけじゃないから」

「じゃ、話をしたことはないんですか？」

「一度もない。たしか何度か見かけたことがあるだけ。ルーファスを午前のお散歩に連れていくときにね」

「彼女が出ていった晩、あなたはルーファスを連れてロビーへおりたそうですけど」またしても、さり気ないとは言いがたい話題の転換。でも、マリアンの打ち明け気分がいつまでつづくかわからない。「彼女が出ていくのを見たとか、音を聞いたとかしましたか？　あるいはそのころ誰かを見かけたとか」

「あの晩は――」とマリアンは言いかけるが、そこで思いなおす。「いいえ。見てない」

「たしかですか？」

わたしは既視感を覚える。マリアンの態度は、姿を消した晩にイングリッドが見せた態度と同じく、口にしていることと考えていることが裏腹に見える。「ええ」と彼女はひとこと答えるものの、その言葉は自信なげに舌から滑り落ちる。自分でもそれに気づいて、もう一度もっと力をこめて言いなおす。「ええ。たしかにあの晩はなんにも見てない」

彼女はすでにドアに手をかけており、手袋をした指がドアの縁をがっちりとつかんでいる。反対の手を帽子の鍔にかけたとき、わたしはそれが震えているのに気づく。彼女はもう一度すばやく廊下を見渡してから、「じゃあね。ごめんなさい」と言う。

「マリアン、待って――」

彼女はドアを閉めようとするものの、わたしは必死で足をドアに押しつけてそれを阻む。残った十五センチの隙間から彼女をのぞきこむ。

「何を隠してるんですか？」

「お願い」と彼女は押し殺した声で言う。その顔は依然として影に隠れている。「お願いだから、質問してまわるのはやめて。ここの人間は誰も答えない」

マリアンはドアをぐいぐい押してわたしに足を引っこめさせる。それから、またしても濃厚な香水の香りを残してドアをばたんと閉める。わたしは力なく後ろへ下がり、そこでふと、ほかにも誰かが廊下にいるのに気づく。顔を横へ向けると、数メートル先にレスリー・イーヴリンが立っている。ヨガのクラスから戻ってきたところらしい。〈ルルレモン〉のタイツ。丸めて脇に抱えたヨガマット。生えぎわにうっすらと光る汗。

「何か問題があったのかしら？」

「いえ」とわたしは言うものの、マリアンに鼻先でドアを閉められたところを見られたのは明らかだ。「何もありません」

「本当に？　わたしには、あなたが居住者の邪魔をしているように見えるけど。それは知ってのとおり、厳重に禁じられているはずよ」

「はい、でも――」

レスリーは手を上げてわたしを黙らせる。「ここの規則に例外はない。それはもうあなたが引っ越してきたときにすっかり話し合ったでしょう」

「ええ。わたしはただ――」

「それを破っていた。はっきり言って、あなたにはもう少し期待していたんだけれど、ジュールズ。とてもお行儀のいい臨時居住者だったから」

レスリーが過去形を使ったので、わたしの心臓が一瞬止まる。

「わたし……首になるんですか？」

レスリーはしばらく黙ったまま返事を保留し、それから――「いいえ、首にはしない」と言う。

わたしはほっと感謝の溜息を漏らす。

「通常なら首にするところだけれど、過去の行ないを考慮してあげます」とレスリーは言う。「あなたがゆうべグレタとルーファスをこの建物から助け出すのを見たから。新聞記者たちも見ていたようだし。そんな立派な行ないをした人を追い出すほど、わたしは無慈悲な人間じゃない。でも、厳格な人間ではある。だからこんどあなたがマリアンやほかの居住者を、理由はどうあれ、邪魔しているのを見たら、出ていってもらいます。規則に従わないアパートメント番に二度目のチャンスがあたえられるなんて、めったにないことだから。三度目は絶対にない」

「わかりました。すみません。イングリッドからあいかわらず連絡がないもので、悪いことが起きたんじゃないかと心配だったんです」

「悪いことなんか起きてない」とレスリーは言う。「少なくともこの建物の中では。あの娘は自分から出ていったの」

「どうしてそうはっきり言えるんです？」

「彼女のアパートメントを見たからよ。争った形跡もなかったし。置いていったものもなかったし」

いや、それはちがう。置いていったものはある。いまは12Aのキッチンのシンクの下にしまわれているグロックが。ということは、レスリーがなんと言おうと、ほかにも置いていったものがあるかもしれないということだ。いくら引っ越し荷物が少なかったとはいっても──チャーリーによれば、スーツケースがふたつに、箱が二、三個だが──イングリッドがそれをひとりで運ぶのはたいへんだ。わたしなら、自分のわずかばかりの私物を12Aから運ぶのにも三往復はするだろう。

わたしはもう一度レスリーに詫びを言うと、そそくさとその場を立ち去る。もしかしたら11Aにまだイングリッドの私物が残っているのではないか。クローゼットの奥とか。ベッドの下とか。レスリーがすぐには気づかないような場所に押しこまれているのではないか。だとしたら、隠されているかもしれないそういうもののなかに、イングリッドの居どころばかりでなく、彼女が誰から逃げているのかもわかるような手がかりがあるのではないか。そう気づいたのだ。

それを確実に知るには自分で確かめるしかない。でも、実行するのは難しい。中にはいる方法をひとつだけ思いつくものの、それとて誰かの手助けが要る。しかも、すばやく静かに行なう必要もある。

なぜなら、思わぬ心配がもうひとつ生じたからだ。

わたしはレスリーに一挙一動を監視されている。

27

「どう考えても名案とは思えないな」とニックは言う。

「力になりたいって言ったじゃないですか」

わたしたちは12Aのキッチンに並んで立ち、扉をあけた昇降機をのぞきこんでいる。ニックは困ってぽりぽりとチャーミングにうなじを掻く。

「ここまでは……想定してなかったよ」

「もっといい方法がありますか？　イングリッドのアパートメントにはいるのに」

「レスリーに頼んで入れてもらうことだってできるよ——むちゃに聞こえるのはわかっているけどさ。彼女は鍵を持ってる」

「わたしはいまレスリーの不興《ふきょう》を買ってるんです。マリアン・ダンカンの邪魔をしたってことで」

「したの？」

わたしはこの数時間のできごとをかいつまんで彼に話す。チャーリーが花束を届けてくれたこと、マリアンが急にびくびくしはじめたこと、イングリッドに何があったのかを知る手がかりがまだ11Aに残っているかもしれないとひらめいたこと。

「レスリーの協力を得られるとはとうてい思えないから、昇降機しかないんです」とわたしは言う。「あなたにおろしてもらって、見てまわって、また引っぱりあげてもらうしか」

ニックはなおも疑わしげな眼で昇降機を見つめる。「きみの計画が失敗する可能性は、ざっと百通りはあるな」

「たとえば？」

「ぼくがきみを落っことすとか」

「わたしはそんなに重くないし、あなたはそんなにひ弱じゃありません」とわたしは言い返す。「それに、一フロアおりるだけです」

「それでも落ちたら充分に大怪我をする。ねえ、ジュールズ、これは軽々しくやるようなことじゃない。きみの勇敢さには敬服するけどね」

別に勇敢なわけではない。あせっているのだ。あの警官たちに言われたことを思い出す。娘さんがいなくなったのに、こんなに長いあいだ手をこまねいていたなんて、と両親が厳しく責められたのを。一分一秒を争うんですよ、警官はそう強調した。イングリッドがいなくなってすでに四十時間以上がたつ。時間は刻々と過ぎている。

「あなたを信頼してます。だからこんなことを頼んでるの。お願い。ちょっと見てくるだけ。おりてあがってくるだけです」

「おりてあがってくるだけね」と彼は昇降機のロープをつかんで、ぐっと引っぱり、強度を確かめてみる。「そのふたつの段階のあいだに、どのくらいの時間を見こんでる？」

「五分か十分ぐらい」

「で、ほんとにこれがイングリッドを捜し出す役に立つと思うの？」

「ほかのことは全部やってみたんです。病院にも電話したし、ホームレスのシェルターにも行ったし。訊けるだけの相手には訊いてまわったし。もうこれしかないんです」

「でも、何が見つかると思うんだ？」

見つかりそうにないものならわかる。別の銃とか、詩集のページの裏に書かれたさらに不吉なメッセージとか。そんなものはないはずだけれど、もう少し穏当ながらもう少し役に立つ手がかりが、11Aの趣味のいい家具のあいだに落ちているかもしれない。

「イングリッドがどこへ行ったのかわかるようなものです。手紙とか。住所録とか」

わたしは藁《わら》をつかもうとしているのだ。それはわかっている。しかも、11Aにイングリッドのものなど何ひとつ残っていない可能性は無視している。でも、もし何かが本当にあったら、彼女をついに捜し出せるかもしれないし、そうなればわたしの疑問も――それに不安も――すべて解消される。

「力を貸すと言った以上は貸すけどね」と言いながらニックは、こんなことに同意するなんて信じられないというように首を振る。「段取りは？」

段取りはこうだ。まずわたしが携帯と懐中電灯を持って昇降機に乗りこむ。そうしたらニックがそれを11Aにおろす。わたしがおりたらニックは、レスリーが眼を光らせているといけないので、ただちにそれをまた12Aに上げる。

それからわたしは室内を捜索し、ニックは十一階と十二階のあいだの踊場で警戒にあたる。もし誰かが近づいてくるようなら、わたしにメッセージで警告する。そうしたらわたしはただちにドアから、かならず施錠したうえで退散する。

昇降機に乗りこもうとしたところで、早くも最初の障害にぶつかる。大きさがぎりぎりなので、胎児のように体を丸めないと乗りこめない。ようやく乗りこんだと思うと、こんどは昇降機自体がミシミシ、ギイギイと、いやな音を立てはじめる。本体が体重で壊れるのではないかと、わたしは恐ろしい不安に駆られる。壊れないとわかると、おそるおそるニックにうなずいてみせる。

「だいじょうぶみたい」わたしは言う。

ニックはそこまで楽観してはいないようだ。「こんなこと、ほんとにやる必要があるの？」

わたしはまたうなずく。ほかに手はない。

ニックはロープを一度ぐっと引っぱり、上の滑車のロック機構を解除する。とたんに昇降機ががくんと十センチほど下がる。びっくりしたわたしは情けない悲鳴のようなものを漏らしてしまい、ニックにこう言われる。「だいじょうぶだよ。ちゃんと押さえてるから」

「そうですよね」

それでもわたしは昇降機の中を通る二本のロープをつかむ。握りしめた手の中でそのロープがずるずると動きだす。〈バーソロミュー〉のエレベーターの鋼索と同じように、一本は上へ、もう一本は下へと。箱はどんどんおりていき、戸棚の底辺がわたしの腿の高さになり、胸の高さになり、肩の高さになる。眼の高さになると、隙間はあと五センチしかなくなる。ニックの姿はもう、ジーンズからはみだしているシャツの裾しか見えないけれど、彼はなおもわたしをおろしつづける。

彼がもう一回ロープを引きあげると、隙間は完全になくなり、昇降機は真っ暗闇に突入する。

ニックの姿と12Aから切り離されて初めて、わたしは自分の計画の無謀さに気づきはじめる。ニックの言ったとおりだ。こんなのは名案じゃない。わたしは文字どおり〈バーソロミュー〉の壁の内側にいる。どんな悪いことが起こっても不思議はない。

ロープがぷつりと切れて、収集容器に落ちるゴミ袋みたいに落下するかもしれない。昇降機の底が抜けるかもしれない。これは大いにありうる、とわたしは思う。本体がまたしてもミシミシ、ギイギイときしみはじめたからだ。

もっと恐ろしいのは、昇降機が途中で動かなくなって、階と階のあいだの暗黒世界に閉じこめられることだ。その可能性を考えただけで激しい閉所恐怖に襲われ、昇降機がほんの少しずつ縮んでくるような気がして、わたしはさらにきつく体を丸める。

懐中電灯をつける。これは失敗。急に明るくなると、昇降機の壁が棺の内側を連想させる。たしかにそっくりな感じだ。暗いし、狭いし、出られない。

懐中電灯を消す。ふたたび暗闇に放りこまれると、急に物音がしなくなったのに気づく。あのミシミシ、ギイギイというきしみも、もはや聞こえない。

ロープをつかんでみると、ロープは動いていない。

昇降機は停まっている。

閉じこめられた。最初はそう思う。怖れていたとおりだと。肩でそっと壁を押してみて、さきほどより狭くなっていると確信する。

でもそこで携帯が明るくなり、淡いブルーの光が箱の内側に広がる。

ニックからのメッセージ。


着いたよ。


肘で左側の壁を押してみて、それが壁ではないのに気づく。

扉だ。

正確に言えば、戸棚の扉。12Aのものと同じく、上へスライドする扉だ。

両者の扉が同じように閉まっている可能性さえ考慮していなかったのだから、わたしの計画がどれほど杜撰《ずさん》だったのかは推して知るべしだ。腕を曲げて左の手のひらを使い、扉をどうにかほんの少し持ちあげる。それから左足を扉の下に差しこんで、それが下がってこないようにする。あとで絶対に後悔するようなやりかたで体をひねると、扉を完全に上げられるようになり、わたしは昇降機から滑り出る。

11Aの暗いキッチンで、関節をぽきぽき鳴らしながらひとしきり体を伸ばす。それからニックに返信する。

出ました。

二秒後、昇降機が動きだす。それを見てわたしはまたしても、ここへおりてきたのが賢明だったのかどうかわからなくなる。あがっていく昇降機に飛び乗って、そのまま安全な12Aまで引きあげてもらいたくなる。いったいここで何が見つかると思ってるの？　そう自問する。自分にとことん正直になれば、答えは〝何も〟だ。つまり、割に合わない危険を冒しているということになる。突然レスリーがはいってきたら、もらえるはずの一万二千ドルも、なんとしても押さなくてはならないあのリセットボタンも、ふいになってしまうのだから。

けれどもニックは、わたしとちがって時間を無駄にしない。昇降機はすでに見えなくなっていて、取り残されたわたしはやむなく戸棚の扉を閉め、懐中電灯をつける。

もうあともどりはできない。わたしは11Aにいるのだ。捜索を始めるしかない。

まずはキッチンから。懐中電灯で戸棚や抽斗をひとつひとつ照らしていく。でも、はいっているのは鍋やボウルなど、ありふれた台所用具ばかりだ。場ちがいなものは何ひとつない。元はイングリッドのものだったと思われるものも。

手にした携帯が明るくなる。ニックからまたメッセージが来る。

踊場到着。人影なし。

わたしは捜索をつづけ、廊下を抜けて居間と書斎を調べる。ここまでの間取りは12Aと同じだ。書斎にはデスクと書棚があるものの、真上の書斎のものと同じくなんの情報もあたえてくれない。デスクは空っぽだし、書棚もほとんど空っぽだ。ジョン・グリシャムのハードカバーが数冊と、建国の父アレグザンダー・ハミルトンの、電話帳なみに分厚い伝記があるだけ。

そういえば、わたしは11Aが空室になっている理由を知らない。イングリッドからはついに聞く機会がなかった。前のオーナーが死亡したか、現在の居住者が長期間留守にしているかのどちらかだろうとは思うが、どちらであれ、なぜこれほど人の住んでいる気配がしないのか、その理由はどこを見てもわからない。受ける印象は、きのうレスリーに中をのぞかせてもらったときと変わらない。アパートメントというより、その複製のように思える。冷ややかで、落ちついていて、退屈なまでに趣味がいい。

アパートメントの反対側へ移動する。こちら側は12Aとは間取りがちがっている。12Aは建物の角で終わっているけれど、11Aは建物の北面につづいている。懐中電灯の光で白く輝くバスルームと、廊下をはさんで向かい合った小さな寝室がふたつ。

そして廊下の突きあたりに主寝室がある。12Aの二階にある寝室ほど堂々たるものではないにせよ、こちらも大したものだ。キングサイズのベッドと、八十インチの薄型テレビをそなえ、主浴室と、ウォークイン・クローゼットがついている。わたしはまずクローゼットに行って懐中電灯で、むきだしの絨毯や、空っぽの棚、何も掛かっていない何十本もの木製ハンガーを照らす。

次にバスルームへ行ってみるが、やはり空っぽだ。シンク下の戸棚には何もはいっていない。クローゼットの棚には、きちんと畳んだタオルが並んでいる。

主寝室に戻ると、携帯が点灯する。

おりてからずいぶんたつけど、だいじょうぶ？　とニックがメッセージをくれる。

画面のてっぺんに表示されている時刻に眼をやる。すでに十五分もここにいる。予定をだいぶ超過している。

もうすぐ終わります、とメッセージを送るが、本来ならすぐに立ち去るべきだろう。このアパートメントにイングリッドの私物が残されていないのは明らかだ。箱やスーツケースはおろか、イングリッドがここにいた名残すら見あたらないのだから。でも、隅から隅までチェックしないうちは帰りたくない。一度はいるだけでもたいへんな苦労をしたのだ。もう一度はいれるとは思えない。

ベッドの下をすばやくのぞいて、懐中電灯で絨毯の上を左右に照らす。

何もない。

ベッドの左側のナイトスタンドへ行く。

何もない。

つづいて右側のナイトスタンドを調べる。

何かある。

本が一冊、ホテルの部屋備えつけの聖書のように、抽斗の底にぽつんとはいっている。

ニックからまたメッセージが来る。**エレベーターに誰か乗ってる。動いてる。**

上に？　とわたしは返信する。


そう。


抽斗の中の本に光をあてる。『夢見る心』だ。その表紙はどこにあってもわかる。手に取ると、赤いリボンのついた栞がページのあいだにはさまっている。

この本と栞は前にも見たことがある。イングリッドがインスタグラムに投稿していた写真で。グレタ・マンヴィルに会ったと自慢するキャプションがついていた。

この本はイングリッドのものだ。

彼女が置いていったものを、ほかにもついに見つけたのだ。

栞を抜いてみるものの、個性的なところはどこにもない。ごくありふれたしろものだ。毛布の上で丸くなっている猫のイラストがついているだけ。アメリカのどこの書店でも売っているような栞。

携帯がたてつづけに三度光って、電光のように室内を明るませるなか、わたしは本を後ろからぱらぱらとめくって、ページのあいだに紙切れがはさまっていないか、余白に書きこみがないかを調べる。何も見つからない。でも、最後に扉をめくると、丸まった大きな文字で献辞が書きこまれている。

イングリッド様
このうれしき出会い！　あなたの若さは命をあたえてくれる！
ご多幸を祈って
グレタ・マンヴィル

携帯がまた光り、わたしはようやくそれをチェックする。ニックからメッセージが四通来ていて、一通ごとに切迫の度を加えている。

エレベーターが十一階で停まった。

レスリーだ！　誰か一緒にいる。

11Aに向かってる!!

最後のメッセージはほんの数秒前に送信されたもので、わたしは心臓が止まりそうになる。

隠れろ

ナイトスタンドの抽斗に本を戻して、抽斗を閉める。それから廊下へ駆け出したところで、鍵のまわる音がしてドアがひらき、最後にレスリー・イーヴリンの声が室内に広がる。

「さあ、ここが11Aよ」

28

レスリーと客は低い声で会話をしながら、11Aをのんびり歩きまわっている。これまでのところはアパートメントの反対側にいる。書斎、居間と移動して、いまはキッチンでレスリーが何やらしゃべっているけれど、わたしには聞き取れない。

わたしはまだ主寝室にいて、ベッドの下にもぐりこんでいる。腹這いになり、携帯は体の下に押しこんで、ニックがまたメッセージを送ってきても光が漏れないようにしてある。口を閉じて鼻で呼吸をしながら、息を殺している。

寝室の外から聞こえるレスリーの声が大きくなり、話の内容がはっきりわかるようになる。キッチンを出てこちらへやってくるのだ。

「ここは〈バーソロミュー〉でもいちばんすばらしいアパートメントのひとつなのよ」とレスリーは言う。「もちろん、どのアパートメントもすばらしいんだけれど。ここはとりわけすばらしいの」

一緒にいるのは若くて快活な女性だ。というより、努めて快活にふるまおうとしている女性。「ほんと、すばらしい部屋ですね」という声が緊張で震えているのがわかる。

「そうよ」とレスリーは相槌《あいづち》を打つ。「だから、ここに住めば大きな責任を負うことにもなるわけ。うちは誠実にここを管理してくれる人を求めてるの」

ああ。では、これはイングリッドの後任者の面接なのか。レスリーは少しも時間を無駄にしていないわけだ。それでこの娘《こ》が緊張している理由もわかる。好印象をあたえようと必死なのだ。

「質問に戻るけれど。現在の雇用状況は？」とレスリーが訊く。

「あたし、女優でして。ウェイトレスのアルバイトをしながら、大ブレイクする日を待ってるんです」

その娘はぎこちない笑いを漏らし、そんな考えは自分でも信じていないというようにごまかす。わたしは彼女が気の毒になるが、それどころではない。おびえながらベッドの下に隠れて、廊下の壁を這ってくる人影を見つめている。一瞬ののち、ふたりは寝室にはいってきて、レスリーがぱちりと天井の照明をつける。わたしはゴキブリみたいにさらに奥へ身を縮める。

「煙草は吸う？」レスリーが訊く。

「吸う役柄のときだけは」

「お酒は？」

「飲みません。まだ法定年齢に達していないので」

「いくつなの、あなた？」

「二十歳。あとひと月で二十一です」

ふたりは部屋の奥にはいってくる。

ベッドに近づいてくる。

そして、わたしに靴が見えるほどすぐそばで立ちどまる。黒いパンプスはレスリー。すり切れた〈ケッズ〉のスニーカーはその女の子。わたしは息を止めると、念のため口と鼻を手でおおい、わずかな音も漏らすまいとする。それでも胸の奥で心臓がドキドキと大きな音を立てるので、ふたりが話を中断して耳を澄ましたらそれが聞こえてしまいそうな気がする。

幸いにもふたりは話しつづける。

「交際状況はどう？　付き合ってる人はいる？」レスリーが訊く。

「あの、ボーイフレンドがいます」女の子はその質問に戸惑ったようだ。「それって問題になりますか？」

「あなたにとっては、なるわね」とレスリーは答える。「臨時居住者に守ってもらう規則がいくつかあるんだけど。そのひとつが来客禁止なの」

レスリーは主浴室のほうへ歩いていき、彼女のパンプスがわたしの視界から消える。スニーカーの女の子はさらに一瞬その場にたたずんでから、しぶしぶあとを追う。

「絶対にですか？」

「絶対によ」とレスリーは浴室から、タイル壁に反響したこもった声で返事をする。「それに外泊禁止という規則もあるから。あなたがもしここに滞在することを認められた場合、ボーイフレンドにはあまり会えなくなると思うわね」

「それは問題ありません」と女の子は言う。

「みんなそう言うのよね」

レスリーはベッドの足元に戻ってきて、黒いパンプスがわたしの顔からほんの十数センチのところにくる。汚れひとつなく磨きあげられていて、ぴかぴかの革にわたしのゆがんだ顔が映っている。

「ご家族のことを教えて。近親者はいる？」

「両親がメリーランドにいます。妹と一緒に。妹も女優になりたがってます」

「ご両親にはすてきな話ね」レスリーはちょっと考える。「質問は以上よ。ロビーへ戻りましょう」

「あ、はい」と女の子は言う。「あたし、仕事をもらえるんでしょうか？」

「近日中に電話で結果をお知らせするわ」

ふたりは寝室を出ていき、出口でレスリーが明かりを消す。まもなく玄関ドアの閉まる音と、鍵のかかる音が聞こえてくる。

ふたりがいなくなってもなお、わたしはそのまま待つ。

一秒。

二秒。

三秒。

ようやく動きだすが、それは携帯を体の下から引っぱり出して、ニックからの次のメッセージをチェックするためでしかない。
メッセージは三十秒後に届く。

ふたりはエレベーターに乗った。

わたしはベッドの下から這い出して、忍び足で廊下に出る。まだ怖くて物音をあまり立てられない。玄関まで行くと、ドアを解錠して外をのぞき、レスリーたちが本当にいなくなったのを確かめる。それから鍵をかけなおし、外に出てドアを閉め、階段へ走る。

ニックはまだ踊場にいて、わたしが駆けあがってくるのを見ると、不安から歓喜へと表情を一変させる。

「神経がすりきれたよ」

「まさかこんなことになるなんて」

わたしはまだ動悸《どうき》が収まらず、頭がくらくらする。レスリーに見つかって〈バーソロミュー〉から放り出されずにすんだことへの驚きが、そのめまいの原因だろう。それとも、こんなふうにニックに手を握られて、彼の温かい手のひらを感じながら、十二階まですばやく引っぱられていくせいだろうか。

わたしたちはまっすぐ彼の部屋へ向かう——走りながらくすくす笑っては、しいっと相手をたしなめて。やってはいけないことをまんまとやりおおせたという高揚感に、どちらも身をまかせている。中にはいると、ニックはドアに背中を預けて胸を波うたせる。「やったのかな、ぼくら？」

わたしも息が切れているので、あえぎあえぎ答える。「やったと……思い……ますよ」

「すげえ、やったんだ！」

まだわたしの手を握っていたニックは、興奮してわたしを抱きよせる。彼の体は温かく、鼓動はわたしの鼓動と同じくらい速い。電流のように放出されたアドレナリンがまっすぐに流れこんできて、わたしは部屋がぐるぐるまわるほどのめまいを覚える。

ニックの眼を見つめてめまいをこらえようとするものの、ますますふわふわした気分になる。でも、それは悪い感覚ではない。むしろその逆。多幸感に襲われてわたしは彼に体を押しつけ、おたがいの顔があと十センチのところまで近づく。

そこで彼にキスをする。

とっさのすばやい口づけ。たちまち恥ずかしくなって身を引く。

「ごめんなさい」

ニックは傷ついたような眼でわたしを見る。「どうして？」

「どうしてって――」

「ぼくにキスしたくなかったの？」

「いいえ。ただ……してほしいかどうかわからなかったから」

「もう一度やってみればわかる」

わたしは息を吸う。

身を寄せる。

そしてもう一度ニックにキスをする。こんどはゆっくりと。おそるおそる。アンドルー以外の人とこんなふうにキスをするのは久しぶりなので、やりかたを忘れているのではないかと、わたしの中のばかな女の子が心配しているのだ。もちろん忘れてはいない。憶えているとおり、気が遠くなるほど甘美だ。

おまけにニックはキスがすばらしくうまい。達人だ。彼の唇がわたしの唇に重ねられ、彼の心臓がわたしの手のひらの下でどきどきし、彼の手がわたしの腰にあてられる。その感覚にわたしは進んで身をまかせる。

わたしたちは無言のまま、もつれる脚で廊下を進み、壁を背にキスをしては離れ、数歩進んではまた唇を合わせる。彼のあとをついて螺旋階段をのぼり、寝室へ行く。白熱した彼の手がわたしの手をかすめる。

階段のてっぺんでわたしはちょっと逡巡《しゅんじゅん》する。展開が速すぎる、と頭の奥で弱々しい声がする。ほかに考えなければならないことがあるでしょう。イングリッドを捜すこと。職を探すこと。生活を立てなおす手立てを探すこと。

でもそこで、ニックがまたわたしにキスをする。

唇に。

耳たぶに。

うなじに。
キスをしながらわたしの服を脱がせはじめる。
服が床に落ちると、心配事もそれとともに消えうせる。
解放されたわたしは、ニックに手を取られて彼のベッドへいざなわれる。

現在

ワーグナー医師はうながすような眼でわたしを見つめ、話をつづけるのを待つ。わたしはためらう。頭のおかしな人間みたいな口ぶりになってきたのがわかるからだ。

頭がおかしいと思われるのは絶対にまずい。

この医師にも。事情聴取のさいには警察にも。相手が誰であれ、ほんの少しでも精神的に不安定だと思われたら、話を信じてもらえなくなる。

信じてもらわなくてはならない。

「〈バーソロミュー〉は取り憑かれているんだと言ったね」とワーグナー医師が話を途切れさせまいとして言う。「わたしも昔からそういう噂はよく聞くよ。都市伝説だのなんだのは。しかし、そういうものはもう過去の歴史だとも聞くがね」

「歴史は繰りかえすこともあります」とわたしは言う。

医師の左の眉が眼鏡のフレームの上で持ちあがる。「それは経験から言っているのかな?」

「ええ。〈バーソロミュー〉に引っ越した日に、ひとりの女の子に会ったんですけど。その娘はまもなく姿を消しました」

話しぶりはだいぶ冷静になってきたものの、内面では完全なパニックに陥っている。鼓動は激しいいし、まぶたは引きつるし、首の固定具の内側にはさらに汗が溜まるし。

でも、わたしは声を張りあげたりはしない。

早口になったりもしない。

ほんの少しでもヒステリーの徴候を示したら、この会話は終わってしまう。それは九一一番のオペレーターと話をしたときに学んでいる。

「前の日にはいたのに、次の日には消えてたんです。死んでしまったみたいに」

そう言うとわたしは、その意味がワーグナー医師に伝わるのを待つ。伝わると、医師は言う。「なんだか〈バーソロミュー〉で人が殺されたと思っているような言いかただね」

「そうです」とわたしは答え、最後にこうとどめを刺す。「それも何人も」

二日前

29

眼を覚ますと、窓の外に見えるのはジョージではなく、ちがうガーゴイルだ。ジョージの双子の兄弟。南側の角にいるガーゴイルだ。わたしは彼を疑惑の眼でにらみ、ジョージに何をしたの、と詰問しそうになる。

でもそこで、自分がひとりではないのに気づく。横でニックが枕に顔を埋め、広い背中を上下させながら眠っている。それでガーゴイルがいつもとちがう理由がわかる。

寝室もまるでちがう。それにいま初めて気づく。

ゆうべの記憶がどっとよみがえる。11Aからの猛ダッシュ。階下でのキス。階上でのキス。それにつづくあれこれ。そんなことは、アンドルーと同棲を始めてセックスが興奮からマンネリに変わって以来、したことがなかった。

でも、ゆうべは？　興奮した。いつものわたしとはちがって。

起きあがってナイトスタンドの時計を見る。

七時十分過ぎ。

ひと晩を12Aではなくここで過ごしたことになる。またひとつ〈バーソロミュー〉の規則を破ってしまった。

裸のままベッドから滑り出ると、朝の寒さで体がぶるぶると震え、急に恥ずかしくなる。元の自分が一気に戻ってくる——ゆうべ外泊をしたわたしが。手早く自分の服を集め、ニックが眼を覚まさないうちに着ようとする。

でも、そうはいかない。下着をはいたところで、ベッドから彼の声がする。

「帰るの?」

「ええ、ごめんなさい。帰らないと」

ニックは起きあがる。「ほんとに? パンケーキを作ってあげるつもりだったんだけどな」

ニックの見ている前でブラをつけるよりはと、それを靴のところへ放って、ブラなしでブラウスを着る。

「またこんど」

「どうしてそんなに急ぐのさ」

わたしは身振りで時計を示す。「ゆうべ12Aにいなかったから。レスリーの規則を破っちゃいました」

「ぼくだったらそんなことは気にしないけどな」

「あなたが言うのは簡単です」

「いや、ほんとに、そんなもの心配することないよ。規則があるのはたんに、これが真面目な仕事なんだと、アパートメント番たちに理解してもらうためなんだから」

ニックはベッドから出ると、わたしみたいに恥ずかしがったりはせず、窓辺へ行って伸びをして、肉体を見せつける。あまりの美しさにわたしは気持ちが揺らぐ。〈バーソロミュー〉に越してきてからというもの、現実だとは思えない瞬間がたびたびあったけれど、これもそのひとつだ。

「それは理解してます。だからこそ気が気じゃないんです」

ニックは床に落ちているボクサーパンツを足でつつき、合格だと判断すると、それをはく。

「ぼくは誰にも言わないよ、それがきみの心配していることならさ」

「わたしが心配してるのは、一万二千ドルをふいにすることです」

ジーンズに脚を通すと、寝起きの息を嗅ぎつけられないよう口を閉じたまま、すばやく彼にキスをする。それから靴とブラをつかみ、そそくさと裸足で階段をおりる。

「楽しかったよ」ニックはわたしのあとを追いながら言う。

「わたしもです」

「またいつかやりたいな。せめて一部でも」ニックは悪魔もうらやみそうな笑顔を見せる。

「もちろん全部でも」

頬がかっと熱くなる。「わたしもです。でも、またこんど」

帰ろうとすると、ニックに腕をつかまれる。「そうだ、忘れてたけど、11Aで何か見つかった？　ゆうべ訊くつもりだったのに――」

「わたしがチャンスをあたえなかったんですよね」

「邪魔されたのはすごくうれしかったけれどね」とニックは言う。

「本がありました。『夢見る心』が」

「驚くようなことじゃない。あの本は〈バーソロミュー〉じゃどこにでもある。まちがいなくイングリッドのものだったの？」

「イングリッドへの献辞がありました。グレタがサインしてあげたんです」

わたしはニックにもっと伝えたい。グレタはビストロでイングリッドの話をしたとき、なぜかサインの話はひと言もしていなかったんです、とか。グレタが患っているのは突発睡眠だけではないのではないでしょうか、とか。でも、わたしはどうしても12Aに戻りたくもある。レスリー・イーヴリンが12Aに立ちよる気を起こしたらまずい。ゆうべあんなことがあった以上、いつなんどき現われてもおかしくない。

「あとで話します。かならず」

最後にもう一度キスをすると、わたしは廊下へ駆け出す。初めての朝帰り。クロエなら、もう朝帰りぐらいしてもいいころだよ、と言うだろうけれど、こんな形の朝帰りなら、わたしは一生しなくてもかまわない。せめてもの救いは近いこと――12Bから12Aへ裸足でダッシュするだけだ。

中にはいると、ブラと靴を玄関の床に落として、鍵束を小鉢に放る。ところがまたしても狙いがそれて、鍵は床の、それもよりによって暖房通風口の上に落ち、つつっと滑っていって隙間から落下する。

くそ。

うんざりし、途中で靴につまずきながらキッチンへ行く。チャーリーが使ったような便利なマグネット棒はないので、ガラクタを入れた抽斗をあけてドライバーを探す。三本見つかる。それを全部と、同じ抽斗にあったペンライトを持っていく。

格子のネジをはずしながらニックのことを考える。わたしのことをどう思っているだろう。ちょろい女？　飢えた女？　お金にはたしかに飢えている。でも、愛情には飢えていない。ゆうべは例外だ。アドレナリンと、恐怖と、まあ、性欲に駆られたにすぎない。

ニックと自分が恋に落ちて、結婚して、〈バーソロミュー〉の最上階で生涯をともにするなんていう幻想は抱いていない。そんなことが起こるのは、おとぎ話かグレタの本の中だけだ。わたしはジニーではない。シンデレラでもない。あと三か月たらずで時計は夜中の十二時を打ち、すべては現実に戻ってしまう。

といっても、いまが現実からかけ離れているわけでもない。きのうの服を着たままセックスのにおいをぷんぷんさせて床に這いつくばっているなんて、思いっきり現実的だ。

でも、うれしいことに、格子はチャーリーの言ったとおり簡単にはずれそうだ。わたしはネジをすべてゆるめ、難なく覆いをはずす。問題はペンライトのほうで、何度か手のひらに打ちつけてやっと、ちかちかしなくなる。

ライトがきちんとつくようになると、それを通風口の内部に向けて、すぐに鍵を見つける。まわりにはほかにもいろいろと、落ちたまま忘れ去られたものがある。ボタン二個。輪ゴム一本。ダングル・イヤリングひとつ——誰が落としたにせよ、わざわざ拾いあげたりしなかったということは、安物にちがいない。

鍵だけを拾い、あとはそのままにしておく。格子をはめなおす前に念のため、通風口の底をひととおり照らしてみる。もっと貴重な物が落ちているかもしれない。現金とか。女の子というのは夢見ることをやめられない。

これといったものは見あたらず、ペンライトを消そうとしたとき、光が何かの縁をとらえる。通風口の角にすべすべしたものがはさまっている。顔を近づけてよく見ると、現金ではないにしても、意外なもの。

携帯電話だ。

前にも同じことがあったとチャーリーから聞いてはいても、通風口の底に携帯が落ちているというのは、やはり驚きだ。安物のイヤリングを拾いあげないのは理解できる。けれど、いくら〈バーソロミュー〉に住むようなリッチな人でも、携帯電話を落っことしたままにしておくというのは理解できない。

拾いあげて、手の上でひっくり返してみる。画面に少し傷がついてはいるものの、状態は良好のようだ。電源を入れてみる。何も起きないのは、もちろんバッテリーが切れているからだ。何か月もそこにあったのだろう。

メーカーはわたしの携帯と同じだ。わたしの携帯のほうが古いけれど、充電ケーブルは合う。上階へ行き、ケーブルのプラグをそれに差す。充電さえすれば持ち主が判明して、返してあげられると思ったのだ。

充電しているあいだに、通風口の格子をはめなおし、シャワーを浴びる。さっぱりして服を着替え、携帯のところへ戻ってみると、もう電源を入れられる程度には充電されている。入れてみると、携帯は手の中でぱっと明るくなり、画面いっぱいに一枚の写真が現われる。たぶん持ち主だろう。

青白い顔。アーモンド形の眼。もじゃもじゃにカールした茶色い髪。

一本指で画面をスワイプしてみるが、本体はロックされている――わたしの携帯にも採用されている保護機能。それを解除するパスコードがわからなければ、持ち主を突きとめるすべはない。いや、暖房通風口に無造作に放置されていたことを考えれば、持ち主だった人物かもしれない。

スワイプして最初の画面に戻し、写真の女性をもう一度見つめる。深い記憶の井戸の底からひとつの顔が浮上してくる。

この人は前にも見たことがある。

じかにではないけれど、別の写真で。ほんの数日前に。

気づいたときにはもう、わたしは12Aを出てエレベーターに乗っている。エレベーターは例によって、いらだたしいほどのろのろとロビーに到着する。〈バーソロミュー〉を出ると、チャーリーとはちがうドアマンの横を通り、右へ曲がる。

ジョギングをする人、犬を散歩させる人、職場へ向かう人で、歩道はいつもどおりあふれかえっている。走っていく。わたしは全員を追い越し、〈バーソロミュー〉から二ブロックのところまでほとんど走っていく。街角の街灯に一枚の紙が最後のテープでぶらさがっている。

その中央にわたしの見つけた携帯の持ち主の写真がある。同じ眼。同じ髪。同じ磁器人形の肌。

写真の上には、最初にそのビラを見たときわたしをひどく動揺させた言葉が、赤字で記してある。

尋ね人

その下に彼女の名前。

その名前もわたしは知っている。

エリカ・ミッチェル。

わたしの前に12Aのアパートメント番だった女性だ。

30

そのビラをわたしはキッチンのカウンターにぴしゃりと置いて、じっと見つめる。胸がざわつく。

エリカとイングリッド。

どちらも〈バーソロミュー〉のアパートメント番だった。

どちらも現在は行方不明。

偶然の一致ではありえない。

深呼吸をしてからもう一度ビラを読む。いちばん上にはあのぞっとする言葉が、派手な赤い字で綴られている。

尋ね人

その下にエリカ・ミッチェルの写真。その顔はイングリッドよりむしろわたし自身を連想させる。わたしたちは外見が似ている。わたしたちには似たところがある。人あたりはいいけれど用心深い。きれいだけれど、それほど記憶に残らない。

そのうえ、どちらも12Aにいた。それを忘れてはいけない。

写真の下には基本情報が並んでいる。

名前……エリカ・ミッチェル
年齢……二十二
髪……茶色
身長……百五十五センチ
体重……五十キロ
最後に目撃された日……十月十八日

ということは十二日前だ。イングリッドが〈バーソロミュー〉に越してきてほんの数日後。

いちばん下にはこれまた赤い字で電話番号が記されていて、エリカの行方に関する情報をお持ちのかたはご連絡くださいとある。

うちの両親もジェインのために同じことをした。最初の数週間はたくさん電話がかかってきた。どんなに夜更けでも、父か母のどちらかがかならずそれを受けた。でも、かけてくるのはたいてい少し頭のおかしい人や、話し相手のいない人、尋ね人の番号にかけてみろと仲間にけしかけられた子供だった。

わたしは携帯をつかんでその番号にかける。ビラを貼った人物はエリカの携帯が見つかったという話に大いに関心を示すはずだ。

電話に出たのは、どことなく聞き憶えのある声の男性だ。

「はい、ディランです」

わたしは驚きのあまりしばし絶句する。

「もしかして、〈バーソロミュー〉のアパートメント番のディラン？」

こんどは彼のほうがたっぷり二秒は黙りこみ、それから疑り深げにこう言う。「そうだけど。そちらは？」

「ジュールズよ。ジュールズ・ラーセン。12Aの」

「あんたか。どうしておれの番号を知ったんだ？」

「エリカ・ミッチェルの尋ね人ビラを見て」

電話が切れる。これまた驚き。

ディランが通話を終了したのだ。

かけなおそうとしたとき、手の中で携帯がうなる。

ディランからのメッセージ。

エリカのことは話せない。ここでは。

なぜ？　とわたしは返信する。

数秒後、画面に青いドットが次々と波紋を広げはじめる。ディランがメッセージを打っているのだ。

誰かに聞かれるかもしれない。

わたしはひとりです。

そう言い切れるか？

わたしは返信を――被害妄想？　みたいな文を――打ちはじめるが、ディランに先を越される。

被害妄想じゃない。ただの用心だ。

なぜエリカを捜してるの？　とわたしは打つ。

そっちこそなぜ電話してきた？

彼女の携帯を見つけたから。

突然わたしの携帯が鳴る。ディランがかけてきたのだ。メッセージなど打っていられなくなったのだろう。

「どこで見つけたんだ？」とディランはわたしが電話に出るなり言う。

「床の通風口」

「見せてほしい」とディランは言う。「でも、ここじゃだめだ」

「ならどこがいいの？」

彼は一瞬だけ考えてから答える。「自然史博物館。正午に象のところで会おう。ひとりで来いよ。それと、このことは誰にも言うな」

わたしはむかつくような感覚とともに電話を切る。不安で胃がきりきりする。何やらひどくよくないことがここで起きているのだ。わたしには理解もおよばないことが。

でもディランは、何が起きているのかきちんと理解しているらしい。

そしてその何かが、彼を途轍《とてつ》もなくおびえさせているのだ。

31

〈バーソロミュー〉を出ようとしたとき、ミスター・レナードがちょうど帰ってくる。彼がこんなに早く退院してきたことにわたしは驚く。もう一日入院していたほうがよさそうに見える。肌は血色が悪くてがさがさだし、動作は異様なほどのろのろしている。タクシーを降りて歩道を渡ってくるのに、ジャネットとチャーリーがふたりがかりで手を貸してあげなくてはならない。

わたしはチャーリーに代わって臨時にドアを押さえていてあげる。

「ありがとう、ジュールズ」とチャーリーが言う。「あとはわたしがやります」

ミスター・レナードとジャネットは何も言わない。面接に来たわたしを見たときと同じように、ちらりと眼を向けただけだ。

アメリカ自然史博物館に到着すると、正面階段にバス何台分もの小学生が群がっていて、わたしはさらに手間どる。子供たちは何百人もいて、みな制服を着ている。格子縞のスカートとか、カーキ色のズボンとか、白いシャツに濃紺のベストとか。わたしは彼らをかき分けて階段をのぼりつつ、その幼さと元気のよさ、興奮とおしゃべりをうらやましく思う。この子たちはまだ人生を知らない。本物の人生を。

セオドア・ルーズヴェルト円形広間にはいると、バロサウルスの巨大な骨格標本の下を通ってチケットカウンターへ向かう。本来は入館無料なのだが、カウンターの女性はわたしに所定の〝寄付金〟を払って入館しますかと尋ねる。五ドル渡すと、非難がましい視線を返される。

そんな屈辱を味わって、エイクリー・アフリカ哺乳類ホールにはいる。ディラン流に言えば〝象のところ〟に。

ディランはもう来ていて、ホール中央に展示された剝製の象の群れを囲む木製のベンチでわたしを待っている。目立たないようにしようとして、逆に目立っている。黒のジーンズ。黒のフードつきスウェットシャツ。サングラス。警備員がそばに張りついていないのが不思議なくらいだ。

「五分遅刻だ」と彼は言う。

「そっちはスパイみたいに見える」とわたしは言い返す。

ディランはサングラスをはずして、混みあうホールを見渡す。はいりこんできた小学生たちが早くも周囲の自然ジオラマの前に群がっていて、動物たちの姿で見えるものといえば、とがった耳や、湾曲した角や、ガラスのむこうからうつろに見つめるキリンの顔ぐらいになっている。

「上へ行こう」とディランは三階の回廊を指さしながら言う。「あっちのほうが人が少ない」

それはそうだけれど、ほんのわずかだ。わたしたちは階段で三階にあがり、唯一の誰もいないジオラマの前に立つ。ダチョウのつがいが、近づいてくるイボイノシシの群れから卵を守ろうとしている。雄は頭を下げて翼を広げ、嘴をひらいている。

「エリカの携帯は持ってきたか？」ディランが訊く。

わたしはうなずく。ジーンズの右側の前ポケットにはいっている。自分の携帯は左側だ。二台もポケットに入れているのは歩きにくいし、重たい。

「見せてくれ」

「まだよ。あなたを完全に信頼できるかどうかわからないから」

彼のふるまいがわたしはいちいち気になる。そわそわしているように見える。ポケットの中で鍵をチャラチャラさせたり、誰かに見張られているとでもいうようにしきりにホール内を見まわしたり。視線をジオラマに戻しても、真正面にいるダチョウではなく、迫りくる捕食者たちを見る。何十年も前に死んで剝製にされた動物だというのに、暗い眼でそれをにらむ。きっとわたしに対する表情なのだろう。

「それはこっちも同じさ」彼は言う。

わたしは苦笑いする。「だったら、おあいこね。エリカ・ミッチェルについて知ってることを全部話して」

「そ、そっちはどこまで知ってるんだ？」

「彼女はわたしの前に12Aにいた。そこにひと月いたあと、出ていくことにした。いまは行方不明で、あなたがそこらじゅうにビラを貼って捜してる。あとの部分を埋めてくれる？」

「おれたちは……友達だった」とディランは言う。

その間《ま》がわたしは気になる。「ほんとにそれだけの関係?」

わたしたちは別のジオラマの前に移動する。こんどは二頭の豹《ひょう》がジャングルの木立の陰に隠れている場面だ。一頭は近くにいるヤブイノシシをじっと見つめ、飛びかかろうとしている。

「わかったよ。友達以上だった」とディランは言う。「エリカが〈バーソロミュー〉に来て二日目にロビーで出くわしてさ。ふざけあうようになって、そのうち成り行きで、まあ、寝るようになったんだ。おれたちの知るかぎりじゃ、それは規則違反じゃなかったからさ。だけど万一ってことがあるから、言いふらしもしなかった。だから厳密な関係を知りたいって言われても、なんて言っていいかわからない。どういう関係だったのか、ほんとにわからないんだ」

ゆうべのニックとのことを思い出して、わたしは即座に納得する。

「それはどのくらいつづいたの?」

「三週間ぐらい。そこでエリカが出てったんだ。いきなり。出ていくなんて言ってなかったし、考えてるとさえ言ってなかった。ある日突然いなくなったんだ。最初は何かあったんだろうと思ったよ。緊急事態みたいなもんが。だけどいくら電話しても出ないし、メッセージを送っても返事がないからさ。そこで初めて心配になってきたんだ」

「レスリーには事情を訊いた?」

「ああ。エリカはあの馬鹿げたアパートメント番の規則がいやになって、出ていくことにしたんだとさ。だけど実際のところ、エリカはあの規則のことなんか一度だって口にしたことはないんだ。うんざりしてるなんて愚痴ったことは絶対にない」

「何か状況が変わったんだとは思わない？」

「ひと晩で変わるような状況なんか知らないな。おれがエリカの部屋を出たのは零時ちょっと前だ。翌朝にはもういなくなってた」

イングリッドが出ていったときと似ている。それはいやでもわかる。

「レスリーはエリカと具体的に話をしたと言ってた？」

「エリカはメモを置いてったらしい。〝辞表〟を。レスリーはそう呼んでた。オフィスのドアの下に、部屋の鍵と一緒に突っこんであったとさ」

わたしはジオラマを見つめ、豹たちのたたずまいに不安を覚える。一頭はヤブイノシシに忍びよっており、もう一頭はジオラマの奥から、ガラスのこちら側の人間たちをまっすぐ見つめているように見える。

わたしは眼をそらしてディランを見る。「そのときからエリカを捜しはじめたの？」

「ビラのことか？　それは彼女がいなくなってから数日後だ。二日たっても連絡がないんで心配になってきてさ。最初は警察に行ったんだ。でも、相手にされなかった。もっと——」

「情報が必要だ。そう言われたんでしょ。わたしもイングリッドの件で同じことを言われた」

「だけど警察の言うとおりだ」とディランは言う。「おれはエリカのことをよく知らない。誕生日も。〈バーソロミュー〉に来る前の住所も。ビラに載せた身長と体重は推定だし。エリカの写真に見憶えのある人間がいたら、彼女を見かけたと電話をくれるんじゃないかと思ったんだ。無事だとわかればそれでいいんだよ」

わたしたちはまた別のジオラマの前に移動する。サバンナで狩りをする野生の犬の群れが、眼と耳で油断なく獲物を探している場面だ。

「彼女の家族は捜してみた？」とわたしはディランに訊く。

「家族はいないんだ」

驚きのあまり心臓がどきりとする。「誰も？」

「エリカはひとりっ子でさ。両親は、彼女がまだ赤ん坊のころに自動車事故で亡くなった。たったひとりの伯母さんに育てられたんだけど、その伯母さんも二年前に亡くなってる」

「あなたは？　あなたにはまだ家族がいる？」

「いない」とディランは、わたしではなく犬の群れを見ながら静かに答える。犬は六頭いる。緊密に結びついた犬たち自身の家族。「母親は死んだし、父親も死んだんじゃないかな。知らないけどさ。兄貴がいたけど、イラクで戦死した」

ディランもまた、両親も家族も近くにいないアパートメント番なのだ。ディランに、エリカに、イングリッドに、わたし。明らかに偏りがある。レスリーが身寄りのない人間を選ぶのは、風変わりな慈善活動としてなのだろうか。それとも、そういう人間のほうが経済的に追いつめられていることが多いのを、知っているからなのだろうか。

「あなた、いくらもらうことになってる？」わたしは訊く。

「三か月で一万二千ドル」

「同じだね」

「だけど変だと思わないか？　だって誰がそんな大金を払って、あんな高級アパートメントに人を住まわせる？　たいていの人間なら、ただだって引き受けるだろうに」

「レスリーがわたしに言ってたのは――」

「それは保険だ、だろ？　おれもそう言われたけどさ。でも、そこにあのいろんな規則まで加わると、この状況はどこかおかしいって気がするんだ」

「ならどうして出ていかないの？」

「その金が必要だからさ。おれは一万二千の全額をもらえるまであと四週間だ。それを手にしたら出ていくよ。たとえほかに行き場がなくたってさ。それはエリカも同じだった」

「イングリッドもね。それにわたしも」

「エリカが話題にしたことのひとつは、〈バーソロミュー〉がやたらと、ま、やばい場所に見えるってことだ。あんた、あそこで起きた事件について少しは聞いたことあるか？」

わたしは重々しくうなずきながら、歩道に並べられた使用人の死体や、コーニリア・スワンソンとその惨殺されたメイドのこと、屋根から飛びおりたトマス・バーソロミューのことを思い出す。

「おれはエリカがおおげさに話してるんだと思ってた。あの建物のことを怖がりすぎだと」ディランは首を振って、悲しげにふふっと笑う。「でもいまは、怖がりかたが足りなかったと思ってる」

「どういうこと？」

「何かおかしなことが〈バーソロミュー〉で起きてるんだよ。それはまちがいない」

小学生たちが三階への道をついに発見してしまう。わたしたちのまわりのスペースに集団が続々と侵入してきては、おしゃべりをしながらジオラマのガラスに手をついて、指紋をべたべたと残している。ディランは子供たちから離れて展示室の反対側へ移動する。わたしもあとを追い、別のジオラマの前に行く。

丈の高い草のあいだにチーターたちが身を忍ばせている。

またしても捕食者。

「ねえ、何が起きてるのか、とにかく話してくれる？」わたしは言う。

「エリカが姿を消して数日後に、これを見つけたんだ」

ディランはポケットに手を突っこんで一本の指輪を取り出し、わたしの手のひらに落とす。よくある〈ジャスティンズ〉のクラス・リングだ。金色の、安っぽい。わたしの高校のクラスメイトもみんな同じようなものを持っていた。わたしは当時でさえそんなものは無駄づかいだと考えていたから、買おうとも思わなかったけれど。石は紫色で、それを囲むように刻まれた文字は、持ち主がダンヴィル高校の二〇一四年の卒業生だと伝えている。環の内側に名前が彫ってある。

　メガン・プラスキ。

「カウチのクッションの裏に落ちてたんだ」とディランは言う。「あそこに住んでた人間か、別のアパートメント番のものだろうと思ってさ。レスリーに訊いたんだよ。そしたら、たしかにメガン・プラスキという名前のアパートメント番が11Bにいたというんだ。去年あそこにいたと。おかしな話じゃないよな？」

「でも、おかしな話になるわけね？」

　ディランはうなずく。「その名前をググってみたんだ。うまくすればその娘《こ》を見つけ出して、指輪を郵送してやれるかもしれないと思ってさ。ペンシルヴェニア州ダンヴィルの高校を二〇一四年に卒業したメガン・プラスキという娘を見つけたよ。去年から行方不明になってる」

　わたしはその指輪に触れているのが急に怖くなり、ディランに返す。

「おれはメガンの友達を探しあてた。その娘はおれがエリカのために作ったのと同じような尋ね人ビラをこしらえて、ネットに拡散してたんだ。その娘が言うには、メガンは身寄りがなくて、もう一年以上も音信不通らしい。最後に話したときには、メガンはマンハッタンのアパートメント・ビルで暮らしてたそうだ。建物の名前は言わなかったけど。ガーゴイルがたくさんついてると言ってた」

「〈バーソロミュー〉のことみたいね」とわたしは言う。

「話はさらに不気味になる」ディランはそう警告する。「何日か前に公園へジョギングに行ってさ。戻ってきたら、イングリッドがロビーにいるんだよ。出かけるところでも帰ってきたところでもない様子で、郵便受けの前に立って入口を見てるからさ。これはおれを待ってるんだなとピンときたんだ」

「じゃ、あなたイングリッドのことはよく知らないなんて、嘘をついてたのね」

「いやいや、嘘じゃないんだよ。それまでイングリッドと口を利いたことは数回しかなかったし、そのうちの一回は、エリカから連絡がなかったかと訊いたときなんだから。あのふたりが何度かつるんで出かけてたのは知ってたんで」

「その日、ロビーでイングリッドはなんて言ったの？」

「エリカに何があったのかわかったかもしれないと言ってた。でも、いまは話せないというんだ。どこか人目につかないところ、誰にも話を聞かれないところへ行きたいと。だからおれは、その晩会おうと提案したんだ」

「それはいつのこと？」

「三日前」

胃がきゅっと縮む。それはイングリッドが消えた晩だ。

「いつどこで会うことにしたの？」わたしは訊く。

「一時ちょっと前。地下室で」

「防犯カメラのケーブル、あなたが抜いたのね」

ディランはそっけなくうなずいてみせる。「名案だと思ったんだよ、イングリッドがやけに警戒してるんで。結局どうでもよかったけどな、彼女は現われなかったから。いなくなったのは、次の日あんたに教えられるまで知らなかった」

それでディランがあの日あんなに驚いた顔をしたわけがわかる。あんなにあわてててわたしから離れていった理由も、それで説明がつく。悪い知らせを運んでくる者のそばにいたい人間などいない。

「だからおれはいま、イングリッドが行方不明になったのは、エリカの身に何があったのかを知ったせいだと、そう思わずにはいられないんだ」とディランは言う。「いつ消えたのかも、どんなふうにして消えたのかも、エリカの場合とそっくりで、偶然の一致とはとても思えない。まるでイングリッドが何かをつかんだのを誰かが知って、彼女がおれにしゃべる前に沈黙させたって感じだ」

「じゃ、あなたの考えでは、ふたりとももう……」

自分の考えている言葉をわたしは口にしたくない。口にしたらそれが事実になってしまいそうで怖い。ジェインがいなくなったあともそうだった。家族の誰もがジェインの失踪を婉曲に表現した。〝まだ帰ってこない〟とか、〝居どころがわからない〟とか。それがついに破られたのは、一週間後の深夜に父がこう宣言したときだ。

〝ジェインはもういないんだ〟

「死んでいる、か？」とディランは言う。「そう、おれはそう考えてる」

がくがくする脚でわたしは次のジオラマへ移動する。このホールでいちばん残酷なジオラマ。シマウマの死骸にハゲワシが群がっている。少なくとも一ダースはいるし、そのほかにも、残りものを少しでも掠《かす》めとろうと舞いおりてくるものがいる。そばには分け前にあずかろうと忍びよってきたハイエナが一頭と、ジャッカルが二頭。

その獰猛《どうもう》な暴力にわたしは吐き気をもよおす。それともその吐き気は、ディランがほのめかす事態のせいだろうか。彼の言うことが正しければ、〈バーソロミュー〉で何者かが、アパートメントの留守番を引き受けた若い女の子を殺しているのだ。

メガン、エリカ、イングリッド、と。

わたしはいちばん手前にいる二羽のハゲワシを見つめる。二羽は戦いのまっ最中だ。一羽は地面にあおむけになって鉤爪で相手を蹴りつけ、もう一羽は翼を大きく広げて襲いかかろうとしている。

「あなたの言うとおりだとして、あなた、ほんとに〈バーソロミュー〉に連続殺人犯がいると思う？」

「馬鹿げた話に聞こえるのはわかってるけどさ。おれにはそうとしか思えないんだ。三人が三人ともアパートメント番で、三人が三人ともまったく同じようにして姿を消したんだから」

それを聞いてわたしは父がよく言っていた言葉を思い出す。

〝一度なら例外。二度なら偶然。三度なら証拠〟

でも、なんの証拠？　〈バーソロミュー〉の誰かがアパートメント番を餌食《えじき》にしている証拠？　あまりに突拍子もない話なので、まだ頭がついていかない。でも、身寄りのない三人の若い女が、三人とも建物を出ていったきり二度と友人たちに連絡してこないというのも、偶然にしてはやはり突拍子もない話だ。

「でも、そんなことができる人なんている？　〈バーソロミュー〉のほかの人たちはどうしてそれに気づかないわけ？」

「気づいてないなんて誰が言った？」

「あそこの人たちだって、アパートメント番を殺してる人間がいると思えば、気にするんじゃない」

「あいつらは金持ちだ。みんな。金持ちってのは雇われ使用人のことなんか気にかけやしない。ハゲワシだよ」

「じゃ、わたしたちは？」

ディランは最後にもう一度そのジオラマに嫌悪の眼を向ける。「あのシマウマさ」

「建物じゅうが――」

ホールの反対側でひとりの女児が悲鳴をあげる。おびえた悲鳴ではない。近くにいる男子グループの気を惹くための、わざとらしい悲鳴だ。それでもわたしはぎくりとし、ひと呼吸おいて落ちつきを取りもどす。

「建物じゅうが誘拐だか殺人だかに眼をつぶってるなんて考えは、どうかしてる」

「だけどあんただって、妙なことが起きてるのには同意するだろ？」とディランは言う。「でなけりゃ、こんなに長々とおれの話に耳を傾けたりしてないはずだし、そもそもこんなところへ来てなかったはずだ」

わたしは瞬きもせずにジオラマを見つめつづける。すると場面全体が揺らめきだし、まるでガラスのむこうの動物たちがゆっくりと生命を取りもどしはじめたように見える。羽根が震え、ガラスの目玉が動く。シマウマがひとつ呼吸をする。

「わたしがここへ来たのは、エリカの携帯を見つけたからよ」とディランに思い出させる。

「で、中身を見たのか？」とディランは訊く。「エリカは失踪の原因になった相手と接触してたかもしれない」

わたしはその携帯を取り出してディランに見せる。「ロックがかかってるの。あなた、エリカのパスワードを知らない？」

「おれたちはまだパスワードを教え合うような仲じゃなかった。ロックを解除する別の方法を知らないか？」

わたしはエリカの携帯を手の中でひっくり返しながら考える。携帯電話のハッキングに関してはなんの知識もないけれど、知識のありそうな人物なら心あたりがある。自分の携帯を出して通話履歴をスクロールしていくと、探している番号が見つかる。ダイヤルボタンを押すと、のんびりした声がすぐに応答する。

「ジークだ」

「ハイ、ジーク。ジュールズよ。イングリッドの友達の」

「よお」とジークは言う。「あいつから連絡はあったか？」

「まだ。でも、あなたに力を貸してもらえるんじゃないかと思ってるの。携帯をハックできる人を誰か知らない？」

ジークは警戒して黙りこみ、わたしに聞こえるのは周囲に散らばる子供たちの騒々しい声だけになる。ようやくジークが答える。「知ってるけど。金がかかるぞ」

「いくら？」

「一千。おれがもらう二百五十の仲介料込みで。残りが仲間の取り分だ」

わたしは呆然とする。むちゃくちゃな金額だ。わたしひとりではとうてい払えない。聞いたとたんに電話を切りそうになる。画面に親指を近づけ、いつでも通話を終了して、ジークがかけなおしてきても無視できるようにする。

でもそこで、〈バーソロミュー〉の内部に連続殺人犯が住んでいるという、馬鹿げているがゆえに真実かもしれないディランの仮説のことを考える。メガン、エリカ、イングリッド――突然姿を消したアパートメント番たちは、そいつの餌食になったのかもしれないのだ。

次はわたしたちの番かもしれない。ディランとわたしの。

イングリッドはそれに気づいたのだろう。だからディランと話をしようとしたのだ。だからわたしに銃とメモを残したのだ。彼女は知っていたのだ。わたしたちもほかのアパートメント番と同じように、突然姿を消すかもしれないと。

そんな目に遭いたくなければ、〈バーソロミュー〉を出ていくこともできる。いますぐ。

夜逃げをすればいい。イングリッドはそうしたのだ、とわたしは思いたい。現実はどうやらちがうようだけれど。

でなければ、千ドル払ってエリカの携帯のロックを解除してもらい、エリカだけではなくみんなの身に何があったのか、知ることもできる。

「聞こえてんのか、ジュールズ？」とジークが言う。

「ええ。聞こえてる」

「取引き成立か？」

「ええ」とわたしは答えるけれど、そう言いながら顔をしかめている。「一時間後に会いましょう」

通話を終了し、ジオラマの動物たちを見つめる。ハゲワシとジャッカルとハイエナ。彼らに一抹の憐れみを覚える。なんという残酷な死後だろう。何十年も前に死んだというのに、まだ嚙みついたり戦ったりしているなんて。

歯と爪を永遠に血に染めて。

32

わたしの全財産はもう二十七ドルしかない。

ディランはジークに要求された金額をわたしと折半することに同意する。たがいに五百ドルずつ。

現金をぎこちなくポケットに入れたわたしたちはいま、十分後にジークと会うことになっているセントラルパーク内の東屋《あずまや》に座っている。レディーズ・パヴィリオン。クリーム色の手すりと凝った縁飾りを巡らせたこの優美な東屋は、いかにもロマンチックな場所だ。中にいるディランとわたしを通りがかりの人が見たら、さぞや困惑するだろう。たがいに反対側のベンチに座って、むすっとした表情で腕組みをしているのだから。なんともひどいブラインド・デートで引き合わされた、不釣り合いなカップルにしか見えない。

「そいつとはどうやって知り合ったって？」ディランが言う。

「知り合いじゃない。彼はイングリッドの友達なの」

「じゃ、会ったことはないのか？」

「電話で話しただけ」

ディランの顔が曇る。意外な反応ではない。まったく知らない相手に大金を渡すことに同意してしまったのだから。

「でも、そいつはエリカの携帯をハックできるやつを知ってるんだよな？」

「たぶんね」

そうでなければ、わたしたちは土壺にはまる。とりわけわたしは。これでもう、すってんてんなのだから。財布は空っぽ。使えるクレジットカードもない。二日後にレスリーから最初の千ドルをもらうまでは、完全に破産状態だ。考えただけでも気が遠くなる。

気分を変えようと外の空を見る。曇天の午後で、灰色の雲が垂れこめている。もはや〝ヘザーの季節〟ではない。むかいに座ったディランは、近くのハーンズヘッドという、湖に突き出した岩の露頭を駆けまわる子供たちをながめている。着ているパーカーと怒った雄牛みたいな体形のせいで、どことなく暴力的に見えるけれど、その眼にはちがうものが表われている。悲しみが。

「エリカのことを話して」とわたしは言う。「気にいってる話とか、好きな思い出とか」

「なぜ？」

「そうすればあなたが、自分は何を失ったのか、何を取りもどそうとしているのか、思い出せるから」

ジェインの事件を担当した刑事のひとりに、わたしもそう言われたのだ。ジェインがいなくなってすでに二週間がたち、希望を失いはじめていたころだった。

そこでわたしはその刑事に、七年生のときデイヴィー・タッカーといういじめっ子に通学バスの車内でからかわれるようになったときの話をした。彼は毎日わたしがバスに乗ると、通路に脚を突き出してはわたしをつまずかせて、ほかの連中を笑わせた。それが何週間もつづいたある日、ついにわたしは顔から通路に倒れこんで鼻血を出してしまった。するとそれを見たジェインがキレた。バスの座席をふたつ飛びこえてきてデイヴィー・タッカーの髪の毛をひっつかみ、顔を何度も通路にたたきつけて、とうとう彼にも鼻血を出させたのだ。それ以来ジェインはわたしのヒーローになった。

「エリカはこんな話をしてくれたことがある」とディランはかすかに微笑みながら言う。「子供のころの話だ。キッチンに鼠がいて、伯母さんが毎晩罠をしかけてた。部屋の隅、流しの下、あちこちに。なんとしてもその鼠を殺すつもりだったんだろうな。だけど、エリカはそいつを死なせたくなかった。かわいいと思ってたんだ。だから毎晩、伯母さんが寝てしまうとこっそりキッチンへ行って、棒で罠をみんな解除してたんだとさ。無理もない。エリカは動物好きだったから」

「動物好きだからだよ」とわたしは言う。「過去形を使っちゃだめ。いまはまだ」

ディランの笑みが消える。「なあ、ジュールズ、エリカたちがどうなったのか突きとめられなかったらどうする？」

「突きとめられるよ」とわたしは言う。突きとめられなかった場合のことに触れる勇気はない。真相がわからないことにもそのうち慣れるとか。いなくなった人のことを四六時中考えるのも、いつかはやめられるようになるとか。わからないということが不治の病のようにいつまでも、皮膚の下や血管の中にはいりこむのだとか。

むさくるしい顎ひげをたくわえた、ひょろりとした男が、パヴィリオンへつづく小径《こみち》に現われる。

ジークだ。顔は本人のインスタグラムの写真で知っている。

ピンクの髪をした小柄な女の子が一緒にいる。ずいぶん幼く見える。せいぜい十三歳ぐらいに。フリルのついた白いドレスとハローキティのハンドバッグが、それに輪をかけている。しかもジークに連れられてパヴィリオンにはいってきても、携帯から一度も顔を上げない。

「よお」とジークが言う。「あんたがジュールズだな」

わたしはうなずく。「で、彼がディラン」

ジークは警戒の眼でディランを見る。「よお」

ディランはそっけなくうなずいて言う。「で、あんた、おれたちの力になれるのか?」

「おれはなれねえ」とジークは言う。「だからユミを連れてきたんだ」

女の子が前に出てきて、手のひらを差し出す。「前払い」

ディランとわたしはジークに現金を渡す。それが手から離れると、胃がむかむかしてくる。ジークはお金をユミに渡し、ユミは手早くそれを数えてからジークに彼の取り分を渡し、残りをハローキティのハンドバッグに押しこむ。

「じゃ、携帯」とユミは言う。

わたしはエリカのスマートフォンを渡す。ユミは宝石商がダイヤモンドでも鑑定するようにそれを調べてから、「五分ちょうだい。あたしひとりにしてね」と言う。

あとのわたしたちはパヴィリオンを出てハーンズヘッドまで行く。さきほどの子供たちはもういなくなっていて、岩だらけの岬がそっくりジークとディランとわたしだけのものになる。

「なあ、あれはイングリッドの携帯か？」とジークが訊く。

「余計なことは知らないほうがいい」とわたしは答える。

「わかったよ」

ジークの肩越しにパヴィリオンを見ると、ユミはわたしが座っていたベンチに腰かけている。指が携帯の画面上をいそがしく飛びまわる。作業が進行している証しであってほしい。

「イングリッドからあなたのところに連絡はないみたいね」

「ああ。そっちは？」

「ない」

「あいつに何があったと思うよ」ジークは訊く。

わたしはディランの顔を見る。彼の首の振りかたはわずかだけれど、メッセージは明解だ。他人に話してはならない。

「それもあなたは知らないほうがいい。でも、もし連絡があったら、わたしに電話してと伝えて。彼女、わたしの番号は知ってる。住んでるところも知ってる。わたしはただ彼女が無事だってことを知りたいだけ」

ジークの背後のパヴィリオンからユミが出てきて、エリカの携帯をわたしに差し出す。

「すんだよ」

画面をスワイプしてみると、エリカのアプリがすべて現われる。もちろんカメラも、写真も、通話履歴も。

「ロック機能はオフにしといた」とユミは言う。「パスワードも設定しなおしといたから、なんらかの理由でまたロックがかかっちゃったら、1234ね」

それだけ言うと、ユミはさっさと帰っていく。ジークはわたしと握手をし、ディランに小さく奇妙な敬礼をしてみせる。「あんたらと商売ができて楽しかったよ」そう言うと、足早にユミのあとを追う。

わたしはロックを解除されたエリカの携帯を手にふたりを見送る。何がはいっているにしろ、大金に見合うものであってほしい。

ディランとわたしはレディーズ・パヴィリオンに戻ると、こんどは同じベンチに腰かけて、一緒にエリカの携帯をのぞきこむ。その内部のどこかに、エリカがどうなったのかという問いの答えが隠されているかもしれない。そしてその答えは、そのままイングリッドにもあてはまるのだ。

「エリカの身に悪いことが起きてたとしたら、知りたくないって気持ちもあるな」とディランはその携帯を手のひらにそっと載せたまま言う。「あそこを逃げ出して、どこかですばらしい暮らしを送ってると、そう考えたほうがいいのかも」

　わたしもジェインのことではよくそんなふうに考えたものだ。惨めなペンシルヴェニアの田舎町から逃げ出して、どこか遠くの土地で暮らしているのだと。青い海と椰子の木々、石畳の広場で夜毎にもよおされるお祭り。そのほうが、黒いフォルクスワーゲンに乗ってから数時間後に殺されたと考えるより、ずっといい。

　でも、いまのわたしは何を差し出してもジェインがどこにいるのか知りたい。そこが墓場だろうと、常夏の国の別荘だろうと、それはかまわない。欲しいのは真実だけだ。

「気持ちはいつか変わる。いまはそう思わないかもしれないけど、ほんとだよ」

　ディランはその携帯をわたしの手に押しつける。「そういうことなら、まあ、バンドエイドをはがしてみようぜ」

「まずどこを見る？」

「通話履歴だ」とディランは言う。

　スワイプして通話履歴を表示し、発信履歴から調べる。いちばん上にあるのはマンハッタンのエリアコードのついた番号だ。見たとたんに胸がきゅっとなる。

　これがエリカの最後に電話した場所なのだ。

　発信日時を見る。十月十八日、午後九時。

「いなくなるほんの数時間前だ」ディランが言う。

「この番号、知ってる？」

「いや」

わたしはそこにかけ、胸をどきどきさせながら最初の呼び出し音を聞く。スピーカーボタンを押すと、二度目の呼び出し音はディランにも聞こえるようになる。それでも彼はわたしに体を寄せたまま、わたしと肩をくっつけあっている。

三度目の呼び出し音で相手が出る。

「〈フーナン・パレス〉です。配達ですか、お持ち帰りですか？」

即座にわたしは電話を切る。

ディランは希望をうち砕かれて、わたしから体を離す。「そういやあの晩は、エリカが中華料理を注文してくれたんだった。すっかり忘れてたよ。くそ」

わたしはくじけずに、エリカの発信履歴をひと月分スクロールしていく。これといったものは見あたらない。ディランへの通話が何度か。キャシーという女性と、マーカスという男性にもかけている。さらに一週間前にも〈フーナン・パレス〉にかけていて、その数日前にまたキャシーにかけている。

失望とともに心臓の鼓動が落ちついてくる。何を期待していたのか自分でもよくわからない。半狂乱の九一一番通報だろうか。それともディランへの別れの電話だろうか。

つづいてこんどは着信履歴を調べる。最後にかけてきたのはディランだ。

きのう。午後三時。ディランはメッセージを残していない。

でも、その前の晩は残している。まもなく深夜零時という時刻に。

わたしはそのメッセージを再生する。ディランは歯を食いしばって、携帯から流れる自分の悲しげな声に耳を傾ける。

〝またおれ。なぜ電話するのか自分でもわかんない。きみがこの電話をもう使ってないのははっきりしてるんだから。でも、理由はそれであって、おれを避けてるわけじゃないと思いたい。心配してるよ、エリカ〟

ディランが何も言わないので、わたしは彼がこの二週間に残したほかのメッセージも再生する。どれを聞いても、彼の声は憂慮と諦念のあいだで揺れている。

ほかの人々からのメッセージも同じだ。キャシーとマーカスと、名前は名乗らないけれどどことなく英国風のしゃべりかたをする女性。三人とも緊張で口調が硬い。無理に掻きたてている希望と、かろうじて抑えこんでいる不安とのあいだで、声が綱引きをしている。

それらのメッセージのあいだには、さほど善意に満ちていないものも交じっている。支払いが二か月遅れているという〈ビザ〉カードからの督促電話。〈ディスカバー〉カードからも同じ内容の電話。キースという債権回収会社の男から、うちの金はいったいどうなってるんだという電話。

「二十四時間以内に連絡をよこさないと、警察に電話するぞ」と脅している。

十一日前のものだ。その男が脅しを実行してくれていたらどんなによかったことか。

次にテキスト・メッセージを調べる。こちらもディランがよく登場する。何十通も送っている。あまりの多さに、この一週間の分も見終わらないうちに人差し指が攣《つ》ってしまう。

いちばん新しいメッセージは二日前の深夜零時過ぎに送られている。

頼むからどこにいるのか教えてくれ。

その一分後にまたメッセージ。

会いたい。

留守番電話に伝言を残した人たちのうちふたりが、テキスト・メッセージも残している。
キャシー……しばらく連絡がないけど、元気？
マーカス……どこにいる？
ふたたびキャシー……マジで。元気？？　これを見たらすぐに返信ちょうだい。
三度目のキャシー……ねえってば！
イングリッドからのテキスト・メッセージもある。エリカがいなくなった翌日に送られてきている。

えっと、どこにいるの？

生きてる？　心配。


ホーム画面に戻って、こんどは彼女のよく使うアプリを調べる。でも、通常なら上位に来るものが見あたらない。フェイスブックも、ツイッターも、インスタグラムも。

「エリカはソーシャル・メディアを信じてなか――信じてないんだ」とディランが言う。

「とんでもない時間の無駄づかいだと言ってた」

携帯に保存されている写真のライブラリーをのぞいてみると、〈バーソロミュー〉の内部で撮影した写真がごっそり出てくる。いちばん新しいのは浴槽につかりながら撮ったもので、石鹸水の泡の山からのぞく爪先のクローズアップ。

12Aの主浴室にあるあの鉤爪足の浴槽だ。なぜわかるかといえば、最初の夜にわたしもその浴槽につかったからだ。もしかすると同じ泡入浴剤を使っているかもしれない。エリカも浴室のシンクの下でそれを見つけたのだろうか、それとも自分で持ちこんだのだろうか。それがわたしは気になる。後者だと思いたい。自分もエリカと同じ行動をとったのだと思うと、なんだかぞっとする。

残りの写真をすべてスクロールしていく。エリカがすぐれたスマートフォン写真家だということが判明する。12Aの内部をみごとな構図で写したショットが何十枚もある。螺旋階段。ダイニングルームから見た公園の景色。夜明けの光に口づけされるジョージの右の翼。

エリカは自撮りも好きなようだ。キッチンにいる写真が何枚も見つかる。書斎にいるエリカや、寝室の窓辺にいるエリカも。

自撮り写真に交じって、スマートフォンで撮影した動画も二本ある。古いほうをタップすると、にこやかなエリカの顔が画面に広がる。

「見てよこの部屋」と彼女は言う。「マジで。見て、この、部屋」

映像がエリカの顔から寝室の窓へすっと反転したと思うと、そこから部屋全体をぐるりとめぐる。その瞬間に彼女が感じていたはずのめまいのするような幸福感が、そのまま表現されている。わたしもそうだった。エリカと同じように興奮して、同じように幸福感にひたった。

室内がぐるりと二周映ったあと、エリカが戻ってくる。彼女はまっすぐにカメラを見てこう言う。「これがもし夢だったら覚めないで。あたし、絶対にここを離れたくない」

直後に動画は終わり、彼女の顔のショットが画面を半分埋めたまま静止する。あとの半分は斜めになった窓と、ジョージと、彼の翼のむこうに見える街のスカイラインだ。

わたしはディランのほうを向く。ディランはうつろな眼でまだ携帯を見つめている。ジェインがいなくなってまもなく、わたしは父の顔にも同じ表情が浮かんでいるのを見た。それはついに完全には消えなかった。

「だいじょうぶ？」とわたしは訊く。

「ああ」とディランは答え、すぐに首を振る。「そうでもない」

わたしは二本目の動画に指を滑らせる。日付を見ると、撮影されたのは十月十八日。

エリカが姿を消した晩だ。

深呼吸して身がまえると、それをタップする。

動画は真っ暗な画面から始まる。ガサゴソという音がして携帯が動き、暗い壁がちらりと映りこむ。

居間だ。

その壁紙の顔たちにわたしはもうすっかりなじんでいる。

携帯がエリカの顔で止まる。その顔は窓から射しこむ月の光で灰色に染まっている。もう一本の動画で見せたあの、〝夢じゃないの？〟というはしゃいだ笑みは消えている。かわりに表われているのは、急速に高まる恐怖。よからぬことが起こるのをすでに知っているような恐怖だ。携帯が小刻みに揺れるので映像がぶれる。

エリカの手が震えているのだ。

彼女はカメラにささやきかける。「いまは夜中の零時過ぎだけど、絶対に物音がした。たぶん――たぶん何かがこのアパートメント内にいる」

わたしははっとする。彼女の言っている物音ならわたしも知っている。聞いたことがある。あのかすかな衣擦れのような音だ。

画面上のエリカが肩越しに後ろをふり返る。わたしもそちらを見て、何者かがそこに潜んでいるのではないか、様子をうかがっているのではないかと、暗がりに眼をこらす。エリカはふたたび携帯のほうへ向きなおると、画面上の自分を凝視する。自分の見ているものに不安を掻きたてられているようだ。

「何かがここで起きてる。この建物で。ここはおかしい。あたしたち監視されてる。理由はわかんないけど、監視されてる」彼女は震える息を吐く。「あたし怖い。マジで怖い」

奥のほうで物音がする。

コンコン、とドアをノックする音が一度だけ。

その音にエリカは跳びあがる。眼が一ドル銀貨のようにまんまるになる。その奥で恐怖が沸騰する。

「やばい」と彼女はささやく。「あいつだ」

画面が突然暗くなる。

その唐突な終わりかたはショッキングだ。顔を引っぱたかれたみたいに。現実に引きもどされたわたしは、自分が動画の初めからずっと息を詰めていたことに気づく。ゆっくりと息を吐き出して、ふたたび呼吸を始める。ディランはかたわらで身を乗り出して、吐き気でもこらえるように体をふたつに折っている。息づかいがせわしなく浅い。

「なんのことを話してたのか心あたりはある？」わたしは言う。

ディランはごくりと唾を呑んでから答える。「ない。誰かにおびやかされてると感じてたとしても、おれにはそんなこと話さなかった」

〝おびやかされる〟という言葉で、わたしはイングリッドのことを思い出す。イングリッドはまちがいなくそう感じていた。それはキッチンのシンクの下の靴箱にはいっている銃を見るだけでもわかる。イングリッドは自分ひとりでそう感じるようになったのだろうか、それともエリカに警告されたのだろうか。警告されたのだとしたら、あれほど〈バーソロミュー〉を怖がっていたのもうなずける。いまの動画を見て、わたしは心の底から動揺している。エリカの言ったことだけが理由ではない。彼女の様子。あの途方もなくおびえた様子が不安を掻きたてるのだ。

「ねえ、ディラン、わたしたちいまマジで危険な状況にあるんじゃないかな」とわたしは言う。「それもさ、わたしたちの考えがあたってて、イングリッドが消えたのが、エリカの身に何があったのか知っちゃったせいだとしたら、なおさらじゃない？」

ディランは黙りこんだまま、ぼんやりと考えこんでいるが、やがてこう言う。「あんたはイングリッドたちを捜すのをやめるべきだな」

「わたしは？　自分はどうなの？」

「おれは自分の身ぐらい守れる」

それはたしかだろう。ディランはボディガードみたいな体格をしている。そのたくましい体を見たら、誰だって彼を襲うのは躊躇するはずだ。

「でも、わたし、彼女たちに何があったのかどうしても突きとめないと」とわたしは言う。

わたしたちには共通点が多すぎる。わたしと、イングリッドと、エリカと、メガン。四人とも根なし草になり、近くに身寄り頼りもなく、それぞれに〈バーソロミュー〉へたどりついた。そのうち三人がいまや姿を消している。

彼女たちがどうなったのか突きとめないと、次はわたしかもしれない。

「おれたちがいま直面してるのは、マジでやばい何かだ」とディランは言う。「エリカの言ったことを聞いただろ。あの建物で、へんてこなことが起きてるんだ。もう一度警察に行くべきかもしれない」

「警察が力になってくれるなんて、あなた本気で思ってる？　わたしたちの主張の根拠なんて、メガンとエリカとイングリッドの身に悪いことが起きたっていう、曖昧な疑いだけなんだよ」

「おれは疑い以上のものだと思うね」

「そうだけど」とわたしは認める。「でも、何が起きてるのかこっちが確実に知るまでは、警察は動いてくれないよ」

「なら、おれたちで調べつづける」そう言うと、ディランはその言葉を悔やむように溜息をつく。「だけど、慎重にやる必要があるぞ。抜け目なく。ひそかに。さもないとイングリッドと同じ目に遭うはめになる」

ディランはレディーズ・パヴィリオンを出て〈バーソロミュー〉のほうを向き、木立の上にのぞくその姿を見つめる。わたしもその横へ行って、自分の住んでいる部分を見あげる。ジョージが屋根の隅にしゃがんで見張りをしている。12Aの窓はどれも灰白色《かいはくしょく》の空を映している。それはわたしに眼を連想させる。壁紙の眼に似た眼。

大きく見ひらかれ、

瞬きもせず、
まっすぐこちらを見つめ返している。

33

「いまは夜中の零時過ぎだけど、絶対に物音がした」

わたしは両手でエリカの携帯を握り、月光を浴びた彼女の顔に魅入られている。眼に宿る恐怖と、震える声に。

「たぶん――たぶん何かがこのアパートメント内にいる」

ディランとわたしは、〈バーソロミュー〉へは一緒に帰らないのがいちばんだという点で意見が一致した。慎重で、ひそかな、抜け目のない行動の一環として。時間を十五分ずらして帰ることにし、先にディランがフードをかぶってそそくさと立ち去った。

わたしは公園に残り、湖沿いの小径をぶらぶらと歩いた。湖面に浮かぶ赤錆色の落ち葉、波紋を広げつつそのあいだを泳ぐ鴨《かも》たち、ボウ・ブリッジをそぞろ歩く人々。何を見ても無駄だった。ガーゴイルの点在する〈バーソロミュー〉の壁の内側で忌まわしいことが起きている。その事実は消えなかった。

いまわたしは12Aで、エリカの動画を繰りかえし見ている。これで六回目なので、次がどうなるかはわかっている。

エリカはまず後ろをさっとふり返り、そのあとまた携帯のほうへゆっくりと向きなおる。

それから画面に映る自分を見つめ、不安げな眼をする。

「何かがここで起きてる。この建物で。ここはおかしい」

わたしは動画を繰りかえし見るだけでは飽きたらず、それを再現してみる。いまいるのは居間だ。動画が撮影されたのと同じ部屋。そしてエリカが座っていたのと同じ場所に座っている。

深紅のソファ。

そのまんなか。

背後に広がる赤い壁紙に後ろから見つめられている。

「あたしたち監視されてる。理由はわかんないけど、監視されてる」

エリカは震える息を吐く。わたしも同じことをする。

「あたし怖い。マジで怖い」

わたしも怖い。だからこそ繰りかえし動画を見て、エリカの身になって考えることにこだわっている。それがエリカと同じ目に遭うことを避ける助けになるはずだ。そう考えている。

携帯から音が響く。

ノックの音。

エリカはぎくりとして跳びあがる。何度動画を再生しても、その音はわたしの神経にさわる。エリカの反応がそれに輪をかける。最後のあの眼をまんまるにした、おびえた言葉が。

「やばい。あいつだ」

映像が暗転しても、わたしはまだ画面を見つめている。エリカの顔に代わって自分の顔がそこに映っている。わたしの表情はおびえより、もの思いが上まわっている。動画の最後でエリカが言っていたのは誰のことなのか、それを考えている。彼女が自分を監視していると考えていた人物と同じなのだろうか。その監視者は彼女だけをとくに狙っていたのだろうか、それとも〈バーソロミュー〉のアパートメント番全員を狙っていたのだろうか。ロビー脇の防犯モニターの列から判断すると、彼ら全員だろう。

いや、わたしたち全員だ。

わたしもいまやそこにふくまれる。

わからないのはわたし自身の演じている役柄だ。わたしは餌食なのか、それとも邪魔者なのか？　エリカは餌食だったようだし、イングリッドは、ディランとわたしの推測では邪魔者だったようだ。

わたしは両方かもしれない。いろんなことを見すぎ、しゃべりすぎてしまい、理解もしていないことがらに首を突っこんでしまった女。

でも、イングリッドは理解していた。何が起きているのかをなぜか突きとめ、ディランに警告しようとした。たぶんわたしにも、あの日、公園で警告しようとしたのだろう。彼女の姿が脳裡によみがえる。ベンチの上で膝をかかえ、いかにも子供っぽい格好で〈バーソロミュー〉のことを話していた。

〝あそこ……怖いんだ〟

その言葉をわたしは真に受けるべきだった。

動画の七回目の再生を始める。

「いまは夜中の零時過ぎだけど、絶対に物音がした」

そのとき、現実でも物音がする。

コンコン、と12Aのドアをたたく音が、銃声のようにすばやく唐突に。

全身がぎくりとする。わたしも動画の中のエリカみたいに見えるのではなかろうか。

居間から玄関まで用心深くそろそろと歩いていく。心臓が倍速で打っている。ドアのむこうにいるのは、エリカがあの動画を撮っている最中にドアをノックしたのと同一人物かもしれない。エリカを消したのと。

あいつだ。

でも、のぞき穴をのぞいてみると、見えたのは年輩の女性。

グレタ・マンヴィルだ。彼女がカーディガンにトートバッグといういでたちで戸口に立っている。

「あんたがきょう、うちに立ちよるつもりでいるんじゃないかって予感がしたもんだから。手間を省いて、あたしのほうから来てあげようと思ってね」わたしがドアをあけるとグレタはそう言う。

「それはご親切にどうも」

わたしがドアを大きくあけて押さえていても、彼女は招じ入れられるのを待つように敷居のむこうに立っている。

「おはいりになりません？」

その魔法の言葉を聞いてようやくグレタは中にはいる。「長居はしないから。相手の迷惑を考えるべし。それがあなたの世代の多くが何より心に留めるべき忠告よ」

「わかりました」とわたしは答え、グレタを居間へ案内する。「何かお飲みになります？あるのはコーヒーと、お茶と……まあ、いまはそのぐらいしかないんですけど」

「お茶でいいわ。でも、小さなカップでお願いね」

わたしはキッチンへ行き、薬缶《やかん》に水を入れてコンロにかける。居間に戻ると、グレタは室内を歩きまわっている。

「嗅ぎまわってるわけじゃなくてね。この部屋の変わりように感心してるだけ」と彼女は言う。「ずいぶん整頓されたから」

「前にも来たことがあるんですか？」

「あのね、あたしはここに住んでたの」

わたしはびっくりして彼女を見る。「それは『夢見る心』を書いたころですか？」

「そう」

偶然の一致にしては類似点が多すぎるのはわかっていた。寝室の窓からあの景色を何時間もながめた人物でなければ、あれほど正確な描写はできない。

「じゃ、ほんとにここはジニーのアパートメントなんですか？」

「いいえ、ここはあんたのアパートメント。物語と現実を混同しちゃだめ。ろくな結果にはならない」グレタはなおも室内をめぐり、真鍮の望遠鏡が置かれた窓辺まで行く。「ちなみに、ここがあの本を書いた場所。この窓のすぐ横に、ガタのきた小さなテーブルがあってね。電動タイプライターを何時間もたたいてた。そのやかましさときたら！　両親がしじゅう文句を言ってた」

「ご両親はどのくらいここに住んでたんです？」

「何十年も。でも、その前からここはわが家のものだったの。あたしの母が祖母から受け継いで。あたしは最初の結婚までここに住んでて、その結婚が当然のように破綻したあとまた戻ってきて、あなたの愛読するあの本を書いたってわけ」

　グレタのあとについて書斎を通りぬけ、ふたたび廊下に出る。彼女は人差し指を壁に這わせていく。薬缶が鳴りだすとわたしたちはキッチンへ行き、グレタは朝食用のテーブルを前にして腰をおろす。わたしはふたつのカップにお茶をついで、グレタのところへ行く。彼女がいてくれることがありがたい。十分前よりだいぶ落ちつきを取りもどしている。

「あなたが暮らしてたころとずいぶん変わっていますか？」わたしは訊く。

「すっかり変わってるところもあるし、全然変わってないところもある。家具はもちろんちがう。それに、階段をおりてすぐのところに昔はメイドの部屋があったの。でも、壁紙は変わらない。あれをどう思う？　正直に答えて。あたしがここに感じてる郷愁にけちをつけるなんて心配は要らないから」

わたしはティーカップを見おろす。赤茶色の液体に自分の顔がゆらゆらと映る。

「きらいです」

「やっぱり」とグレタは言い、テーブルのむこうからじっとわたしを見つめる。「世の中には二種類の人間がいるの。あの壁紙を見ても花しか見えない人と、顔しか見えない人と」

「空想対現実ですね」

グレタはうなずく。「そのとおり。初めはあたし、あんたは花しか見えない人だろうと思ってた。おつむのふわふわした、空想にふけりがちな人。でも、いまはっきりした。あんたは顔が見える人なのよね?」

わたしはすかさずうなずく。

「それはリアリストだってことよ」

「あなたはどうですか?」

「あたしは同時に両方見えて、どちらに焦点を合わせるのが重要か判断する。そうすれば実際的になれると思うから。でもきょうは、花に焦点を合わせることにする。それがここに立ちよったほんとの理由。これをあなたにあげたかったの」

グレタはしばらくトートバッグを掻きまわしてから、ようやく『夢見る心』の初版本のハードカバーを取り出す。

「サインしてあるから」と言いながらそれをわたしに渡す。「あんたがロビーで最初にあたしを襲ったときに望んだとおり」

「襲ったりなんかしてませんよ」わたしはむっとしたふりをするものの、実際は言葉にできないほど感動している。

けれどもその友情と感謝の思いは一瞬しかつづかない。本をひらいて扉ページにグレタの字を見たとたん、血が凍りつく。

「気にいらなかった?」グレタは言う。

わたしはその献辞を見つめ、一語一語読みなおす。自分の誤解ではないことを確かめる必要がある。

誤解ではない。

「うれしいです」と少々大きすぎる声で答え、耳の奥で聞こえる疑惑のささやきがかき消されることを願う。

でも、かき消されない。

「ならどうしてそんな、突発睡眠に襲われる直前のあたしみたいな顔をしてるの?」

なぜならそれがいまのわたしの気分だからだ。まるで崖っぷちに立って、ほんのかすかな風にも奈落へ突き落とされそうになっている気分。

「だって申し訳なくって」とわたしは言う。「わざわざこんなことをしてくださらなくてもよかったのに」

「気にしないで。やりたくなければやらなかったわよ」

「でも、初めて会ったとき、絶対わたしにむっとしたでしょう?　しじゅうサインをせがまれているにちがいないもの。とくにここのアパートメント番たちには」

「それはまちがい。〈バーソロミュー〉の人間にはあたし、ほかに誰にもサインなんかしたことない。あんたは特別なの、ジュールズ。これはそれをあたしなりのやりかたで示してるだけ」

わたしはさも感激したふりをして、うれしそうな顔で本を胸に抱きしめる。一日か二日前にグレタがこうしてくれていたら、本当に心から感激しただろう。でも実際には、その本を体からできるだけ遠ざけたくてたまらない。

「光栄です。本当に。心の底からお礼を言います」

グレタはなおもわたしに心配そうな眼を向ける。「ほんとにどこも悪くないの？」

「正直言うと、ちょっと気分が悪いんです」感激したふりがうまくいかないのなら、少しでも真実に近い言い訳を試してみるほうがいい。「たぶん風邪の引きはじめだと思います。季節の変わり目にはいつもこうなるんです。お茶を飲めばよくなると思ったんですけど、ほんとに必要なのは少し横になることみたいですね」

グレタを追いかえそうとしていることを本人に見抜かれているとしても、彼女はそれを面には表わさない。黙ってお茶の残りを飲みほすと、トートバッグを肩に掛けてキッチンを出ていく。「少し寝なさい。あした様子を見にくるから」と玄関で言う。

わたしは無理に微笑む。「先にわたしがそちらの様子を見にいかなければ、ですけどね」

「あら、じゃ競争ね。受けてたつわよ」

そう言うとグレタは外に出て、エレベーターに向かう途中で小さく手を振ってみせる。彼女がいなくなるや、わたしはドアを閉めて足早に廊下を通りぬけ、書斎の本棚へ行く。そこで初日に見つけた『夢見る心』を手に取り、扉をめくる。

それを見てわたしの胸が奇妙に膨張する。心臓が破裂してぎざぎざの破片になる。

わたしはグレタに真実を話すチャンスをあたえたのに、彼女はそれをつかもうとしなかった。なぜかはわからない。それが何を意味するのかも。

わかることといえば、その本の扉に記されているのがグレタの字であり、彼女がほかの二冊に書いたのとまったく同じ献辞だということだけ。異なっているのは名前だけだ。

一冊にはわたしの名前。

もう一冊にはイングリッドの名前。

そしていまひらいた一冊には、こう記されている。

エリカ様

このうれしき出会い！　あなたの若さは命をあたえてくれる！

ご多幸を祈って

グレタ・マンヴィル

34

なんでもないのだ。わたしは自分にそう言い聞かせる。グレタは自分がサインする本にはみんなこう書くのだ。何百人もの女がこれと同じ献辞を書きこまれた本を持っているのだ。グレタはわたしを特別あつかいしてくれているのであって、エリカやイングリッドとはそれほど親しかったわけではない。ふたりを部屋に招きいれたことも、ランチに誘ったこともないし、ふたりに自分の過去を語ったこともない。それに——なんだろう？　ふたりを殺してもいない？　誘拐してもいない？

あたりまえだ。

グレタにそんな力はない。肉体的にも、精神的にも。

グレタ・マンヴィルは老齢だし、病弱だし、無害だ。

ではなぜ嘘をついたのか？　本にサインすること自体は怪しくもなんともない。グレタは作家だし、作家にサインはつきものだ。イングリッドとエリカにもサインをしたことを彼女があっさり認めていたら、たとえそのふたりが目下どちらも行方不明だと知っていても、わたしはなんとも思わなかっただろう。グレタが嘘をついたから、わたしはこんなに動揺しているのだ。

だからついこう考えたくなる。もしかしたらグレタは、嘘をつくことでわたしを守ろうとしてくれたのかもしれない。彼女はわたしの過去を知っている。つらい身の上話を聞いている。だからわたしを気の毒に思い、ほかの人にもサインをしたことがわたしに知れたら、わたしが自分を特別だと感じなくなるのではないかと、気をつかってくれたのかもしれない。わたしが彼女のお気に入りだということが、つらい過去の経験を帳消しにすると考えていたのではないか。

あるいは、グレタは自分で認めた以上にイングリッドをよく知っていたのかもしれない。エリカのことも。どちらとも親しくしていたので、ふたりが行方不明になったのを知り、どちらかと結びつけられれば自分も不本意ながら捜索に引きずりこまれると気づいたのかもしれない。それはグレタがふたりの失踪に関与しているということではない。ふたりが見つかるかどうかを気にしていないということでもない。わたしと同じようには、ふたりを捜す時間も気力も体力もないだけなのだ。

でも、この解釈はどちらも、三つ目の解釈の前では色褪《いろあ》せてしまう。つまり、グレタは何かを隠しているという解釈だ。

彼女はイングリッドが自分に会いにきたことを、すでにわたしに認めている。〈バーソロミュー〉の忌まわしい過去について訊きにきたと言っていたけれど、それも嘘だったとしたらどうだろう。イングリッドがグレタの部屋を訪ねたのは、建物のことではなくエリカのことを訊くためだったとしたら。

けっして突飛な仮定ではない。わたしだってイングリッドに関する情報を求めてグレタを訪ねたのだから。イングリッドがエリカに関して同じことをしていてもおかしくはない。もしかしたら彼女もなんらかの理由で、グレタとエリカは友人同士だと考えていたのかもしれない。

逆に、イングリッドが本当に〈バーソロミュー〉のことをグレタに訊いたのだとしたら、それは彼女がエリカも同じことをしたのではないかと推測したからかもしれない。確信はないけれど、考えられなくはない。この考えを成り立たせるには、エリカも〈バーソロミュー〉の過去を探っていたとわかるものが必要だ。

わたしは深紅のソファに戻ると、エリカの携帯のウェブ・ブラウザをひらいて、ブックマークに登録されたサイトと閲覧履歴をチェックする。ブックマークはいかにもマンハッタンに住む若い女性らしいものだ。地下鉄の時刻表、地元の天気予報サイト、テイクアウト料理のメニュー。ところが閲覧履歴のほうは空っぽだ。エリカが消去したのだろう。あたりまえだ。〈バーソロミュー〉の暗い過去に関するやばい検索履歴など、残しておくはずがない。そんなものを期待していたわたしが馬鹿だ。

でも、わたしは諦めてブラウザを閉じたり、腹立ちまぎれに携帯を投げつけたりはせず、こんどはグーグルで検索を始める。閲覧履歴は保存していなくても、オートコンプリート機能は使っていたかもしれない。だとすれば、エリカが検索バーによく打ちこんでいた文字列が自動的に表示されるはずだ。
まずは〈バーソロミュー〉から始める。〝T〟と打っただけで、おなじみの名前が表示される。トマス・バーソロミュー。この建物を設計し、完成させて半年後に、屋根から飛びおりた医師。エリカは明らかに彼のことを調べていた。
クリックすると、不運なバーソロミュー医師に関する記事が画面にずらりと並ぶ。最初のリンクは、わたしが先日読んだのと同じ《ニューヨーク・タイムズ》の記事へ飛ぶ。

バーソロミューに衝撃の悲劇

検索ページに戻ってスクロールしていくと、バーソロミュー医師の自殺とは関係なさそうな記事が見つかる。そのリンクをクリックすると、マンハッタンの不動産名鑑の〈バーソロミュー〉の項に飛ぶ。建物名と、番地と、いくつかの事実が列挙されているだけの、そっけないものだ。

竣工………一九一九年
戸数………四十四
所有者……個人所有、経営はバーソロミュー家。物件価格、年間利益と収入、各戸ごとの推定価格に関する公式記録なし。

ウェブ・ブラウザを閉じ、ちがうアプローチを試みることにして、エリカの古いテキスト・メッセージをもう一度スクロールしていく。大したものはない。友人たちとの決まりきったやり取りか、ディランとの密会の連絡ばかり。通話履歴も似たようなものだ。失踪前の日々のなかでエリカが電話をかけたのは、〈フーナン・パレス〉とディランだけ。

でも、かかってきたものなら、十月十七日にイングリッドから一本ある。

失踪の前日だ。

すぐさまエリカの留守番電話にスワイプし、ディランとわたしが公園で聞いたものは飛ばしていく。それらのあとに、まだ聞いていなかったメッセージがひとつある。

それをタップすると、イングリッドの押し殺した不安げな声が聞こえてくる。

〝きのうあなたから聞いたことが頭から離れなくって、ちょっと調べてみたんだけど。あなたの言うとおりだった。なんかすごく気味の悪いことがここで起きてる。なんなのかはまだよくわかんないけど、マジで怖くなってきた。電話して〟

エリカは電話していない。それはつまりイングリッドとじかに話をしたか、もしくは電話するほどのことではないと考えたということだ。わたしは前者だと思う。イングリッドの不安げなメッセージを聞いたら、とても放置してはおけないだろう。そう考えると、エリカがイングリッドに何を話したのか、そしてそのあとイングリッドが何を発見したのかが、ひどく気になってくる。でも、あいにくふたりともそばにいないので、答えはわからない。

エリカの携帯を置いて、自分の携帯を手に取る。それからイングリッドにメッセージを打つ。返事が来ないのはもうわかっているのに、やけくそで送信する。この数日間に何十というメッセージを送ったけれど、こんどこそ彼女がこれを見て返事をくれるかもしれないという、およそ見込みのない可能性にかける。

もしこれを見たら、お ね が い だ か ら 応答して。〈バーソロミュー〉のこと、エリカのこと、その両方に関してあなたの知っていることについて、どうしても話がしたいので。重要なことなの。

自分の携帯をコーヒーテーブルに伏せて置くと、深紅のソファにもたれて壁を見つめる。グレタとちがってわたしは、壁紙の模様のなかに何を見るか自分では選べない。好きだろうと嫌いだろうと、見えるのは顔だ。

いま彼らはおとなしくわたしを見ている。しゃべるか、笑うか、歌うかしようとするように、黒っぽい口をあけたまま。彼らの視線にさらされてわたしは落ちつかなくなり、眼を閉じる。馬鹿げているのはわかっている。こちらに彼らが見えないからといって、彼らにこちらが見えないわけではない。

そのときコーヒーテーブルの携帯がうなり、わたしははっと眼をあける。メッセージが届いている。携帯を手に取り、誰から来たのか見たとたん、驚きで体が冷たくなる。イングリッドだ。

ハイ、ジュールズ。心配しないで。あたしは元気だから。

安堵が体を駆けぬける。温かく、晴れ晴れと、手足の先から全身に広がる。わたしはまちがっていた。何もかも。イングリッドは死んでもいなければ、誘拐されてもいないのだ。そしてイングリッドの失踪にきちんとした理由があるのなら、エリカとメガンについてもやはり、きちんとした理由があるのかもしれない。

でも、いま知らなくてはならないのは、その理由がなんなのかということだ。

まだじんわりしている指で、わたしはせわしなくキーをたたいて、たてつづけに返事を三つ送る。

どこにいるの?

だいじょうぶ?

どうしたの？

一分たっても返事がない。さらに二分が経過すると、わたしは居間を行ったり来たりしはじめる。歩数を数えることに専念する。六十七歩まで数えたところで、携帯の画面に三つの青いドットが現われ、細波《さざなみ》のような波紋を広げる。イングリッドが返事を打っているのだ。

ペンシルヴェニア。友達がウェイトレスの仕事を紹介してくれて。

心配してたんだよ、とわたしは書く。どうして電話かメッセージで返事をくれなかったの？

こんどはすぐに返信が来る。

携帯をバスに置き忘れちゃって。取りもどすのに何日もかかったの。

わたしはさらに待つ。イングリッドのおしゃべりそのままの、こまごまとした説明が文字の嵐となって押しよせるだろうと思ったのだ。でも、返事が届いてみると、その逆だ。真面目で、つまらないほど。

心配かけてごめんね。

どうして何も言わずに出てったの？

時間がなかったの、とイングリッドは打ってくる。急な知らせだったから。

でも、それはおかしい。わたしが彼女のところへ行ったのは、彼女が出ていくほんの数分前だ。そのとき彼女がしたことといえば、公園で会うという約束を確認することだけだった。そこでわたしは気づく。これはイングリッドじゃない。

さきほどの安堵はかき消え、かわりに肌がぞくりと粟立《あわだ》つほどの恐怖に襲われる。わたしがいまメッセージをやりとりしているのは、イングリッドを失踪させた人物なのだ。最初に考えたのは、警察に知らせて何もかも調べてもらおうということだ。でも、ディランとわたしはどちらもすでに警察に電話し、失望を味わっている。警察を動かすには、相手がイングリッドではないという直感だけでは足りない。

証拠が必要だ。

電話して、とわたしは打つ。

返事はすぐに来る。

無理。

どうして？

まわりがうるさすぎる。

ここは慎重になる必要がある。こちらが不審を抱いているのはもうばれている。返事を打つ前にわたしは携帯をぐっと握りしめ、左右の親指を画面のすぐ上にかまえる。何か方法を考え出して、はっきりと尻尾を出させる必要がある——むこうにはそれと気づかれずに。

わたしの愛称は？　と、やがてわたしは打つ。

画面に青いドットが現われては消え、また現われる。偽物のイングリッドが考えているのだ。浮かんでは消えるそのドットを見つめながら、わたしは一縷の希望にすがり、正しい答えが来ますようにと祈る。

ジュジュ。

あの日、公園でイングリッドがつけてくれた愛称。

それが書かれていてほしい。そちらが現実であってほしい。ディランと話をして以来頭を離れない、恐ろしいけれどもありうるシナリオではなく。

ついに答えが届き、携帯がうなりでそれを知らせる。

引っかけ問題だね。あなたに愛称はない。ジュールズというのは本名。

わたしは思わず声をあげて携帯を放り出す。爆竹でも放るみたいに、すばやく、あわてて。携帯は床に落ちて一度はずんでから、表を下にして居間の絨毯に倒れる。わたしは深紅のソファにへたりこみ、心臓が熱い蠟のように鳩尾へしたたり落ちる。

それを知っている人物はひとりしかいない。

そしてそれは絶対にイングリッドではない。

ニックだ。

35

携帯がふたたびうなり、絨毯の上でくぐもった音を立てる。

わたしは動かない。新たなメッセージを見なくても、事実はわかる。ちゃんと憶えている。わたしはニックのキッチンに座っていて、腕の怪我を消毒してもらったところで、彼は雑談を始めて、ジュールズというのは愛称かとわたしに尋ねる。

〝よくジュリアかジュリアンの愛称だろうって言われるんですけど、ジュールズというのは本名なんです〟

クロエとアンドルーをのぞけば最近ではニックしか、わたしの名前の由来を聞かせた相手はいない。なんと愚かだったのだろう。ニックにちやほやされて、眼をのぞきこまれたとき、あんなに胸をときめかせたなんて。

携帯がまたうなる。

こんどはわたしも動きだし、用心深く近づく。携帯が人を刺すとでもいうように。拾いあげるのではなく、絨毯の上で表にひっくり返して、未読のメッセージを読む。


ジュールズ?

まだそこにいる？

その言葉を見つめていると、ドアにノックがある。一回きりのその音にわたしはぎくりとし、携帯から顔を上げて息を呑む。

二度目のノックが聞こえる。一度目と同じくらい神経をかき乱す。

それからニックの声がする。「ジュールズ？　いるの？」

あいつだ。

ドアのすぐむこうにいる。

まるでわたしの疑念に呼び出されたとでもいうように。

わたしは応対に出ない。

出られない。

返事もできない。ひとことでもしゃべれば、わたしが何もかも知っているのを、声の震えで勘づかれてしまう。

玄関のほうを向くと、ドアが居間のアーチの内側にすっぽり収まって見える。ドアの内側のドア。

すると、ドア枠からチェーンが垂れさがっているのに気づく。

そのすぐ下に本締まり錠のつまみがあるのだが、それも解錠された位置にある。

ドアノブの中央にある仮締《かりじ》まり錠のつまみも、水平になっている。ドアはまったく施錠されていない。

わたしはぱっと立ちあがり、音を立てないようにしながら急いでホワイエへ行く。返事をしなければ、ニックは帰っていくだろう。

ところが彼はまたドアをたたく。わたしはもうホワイエにいて、じりじりとドアに近づいている。ノックの音があまりに大きくて近いので、思わずあえぎを漏らす。

ニックに存在を感じ取られませんようにと祈りつつ、ドアに背中を押しつける。わたしのほうは彼の存在をはっきりと感じる。ほんの十数センチむこうに空気の乱れを。

その気になればニックは押し入ってこられる。ドアノブをひとひねりすればそれでいい。

でも、幸いなことに彼はしゃべるだけだ。

「ジュールズ。中にいてぼくの声が聞こえるのなら聞いてくれ。今朝のことを謝りたかっただけなんだ。外泊したことをきみが心配してるのに、あんなふうに軽くあしらうべきじゃなかった。無神経だったよ」

左手を伸ばしてドアノブに触れ、中央にあるつまみを指で探る。

「それと、これも伝えたかったんだけど、ゆうべはほんとに楽しかったよ。すばらしかった。何もかも」

親指と人差し指でそれをつまむ。息を止めてつまみを縦にひねると、左腕が妙な角度によじれる。指の関節がきりきりと痛みだす。

それから手首が。

それから肘が。

わたしはつまみを一ミリずつひねりつづける。

「ゆうべのことについては、まあ、いつもあんなふうに手が早いとは思わないでほしいんだ。ゆうべは――」

錠がカチャリと顕著な音とともにかかる。

ニックはそれを聞いてしゃべるのをやめ、こちらがさらに音を立てるのを待つ。

わたしの横でドアノブがまわる。

錠がかかっているかどうか、ノブを左右にまわして確かめているのだ。

息もつけない緊張がさらに一秒つづいたあと、ニックはまたしゃべりはじめる。

「ゆうべは夢中になっちゃったんだ。おたがいそうだったんじゃないかな。でも、後悔はしてないよ。全然。ただ、ぼくはそんな男じゃないってことをわかってほしいんだ」

ニックは立ち去る。足音が遠ざかっていくのが聞こえる。それでもわたしはドアに張りついたまま動かない。彼が急に戻ってくるのが怖い。

でも、彼の言ったことは聞いた。

ぼくはそんな男じゃない。

そのとおり。ニックはまったくちがう人間なのだ。

36

わたしは居間を歩きまわり、窓の前を行きつ戻りつする。セントラルパークに夜が音もなくおりてきて、闇が急速に公園を包んでいく。ボウ・ブリッジは黒い湖面にかかるぼんやりした帯に変わっている。そこを誰かがのんびりと、見られていることに気づきもせずに渡っていく。

わたしもそうだった。つい一日か二日前までは。

何も知らないその人がうらやましい。幸せなその状態に戻れるものなら戻りたい。

でも、知ってしまった事実からあともどりはできない。

わたしは一方の壁から反対側の壁へと行ったり来たりを繰りかえし、どちらの壁でも壁紙のなかの顔と向かい合う。

その顔たち。

彼らはニックの正体を知っている。

ずっと知っていたのだ。

連続殺人犯だと。

信じがたい話なのはわかっている。たしかにどうかしている。ただの思い過ごしだという気さえする。

でも、ひとつのパターンが明らかになっている。ここへ来る女の子たちの。全員が生活に行きづまり、無一文で、身寄りがない。そして予告も説明もなしに姿を消す。それがこれまでに少なくとも三回は繰りかえされてきたシナリオだ。

自分がしなければならないことはわかっている。警察に通報するのだ。

でも、なんて言う？

ニックがイングリッドやエリカやメガンに何かをしたという証拠を、わたしはつかんでいない。彼がイングリッドの携帯を持っていることをいくらわたしが確信していても、それだけで警察がニックを黒だと判断するとはかぎらない。わたしの言い分を裏づけてくれる人間はいない。イングリッドとわたしが公園で交わした会話を聞いた人はいない。あの日彼女がわたしにつけてくれた愛称を知っているのは、彼女だけだ。

でも、このままここにいたら取り返しのつかないことになりかねない。終わりを迎えてしまう。母があの鎮痛剤の最後の一錠を服んだように。父が寝室の外でマッチをすったように。ジェインがあのフォルクスワーゲン・ビートルに乗りこんだように。

ここを出てクロエのところへ行こう。彼女のカウチへ帰ろう。あそこなら安全だ。

わたしは携帯をつかんでクロエにメッセージを送る。

ここを出ていくことにした。

いったん手を止め、大きく息を吸い、さらに打つ。

たぶん危険が迫ってる。

携帯を置いてふたたび部屋を行ったり来たりしはじめ、五分後に携帯のところへ戻る。クロエはまだわたしのメッセージを読んでいない。電話をかけてみると、留守番電話につながる。録音されたクロエの応答を聞いて、やっとわたしは彼女が街を離れているのを思い出す。ポールと一緒にヴァーモントの山の中へ行っているのだ。なのにわたしはクロエのアパートメントの鍵を持っていない。〈バーソロミュー〉に来る日の朝、返してしまった。

つまりクロエには頼れない。

となると、あとは誰もいない。

頼れる相手は、文字どおり誰ひとりいない。

孤独が帷《とばり》のようにわたしを包む。自分の寄る辺のなさに愕然とする。家族もいない。アンドルーもいない。困ったときに手を差し伸べてくれる同僚もいない。

いや、そうでもない。

ディランがいる。

ディランに電話してみると、やはり留守番電話にしかつながらない。伝言を残そうかと考えはしたものの、結局やめる。頭がいかれたと思われるのが落ちだ。どうしたってまともには聞こえない。正気を失ったと思われるぐらいなら、何も言わないほうがましだ。

伝言を残さなくても、ディランは電話をくれるかもしれない。

おかしな伝言は逆効果になるだろう。

こうなったらもう、身のまわりのものを持ってどこかのホテルへ行って、クロエが戻ってくるまでそこで週末を過ごすしか手はない。

名案だ。賢い。ところが口座残高を確認したとたん、その計画はがらがらと崩れさる。エリカの携帯のロックを解除するのに五百ドル使ったのを忘れていた。

残った二十七ドルではどこにも泊まれない。かりにそんな安いモーテルがニュージャージーのどこかに見つかったとしても、わたしのクレジットカードはもはやどれも限度額いっぱいで、そのうえ凍結されている。現金を手に入れるすべはないし、食事や突発事態に使えるお金も残っていない。

一週間分のアパートメント番代がもらえるまでは、にっちもさっちもいかない。その千ドルをチャーリーが届けてくれるのは二日後だ。

どうしようもない。

出ていくためには、ここにいるしかない。

わたしは廊下のむこうのホワイエと玄関ドアに眼をやる。本締まり錠もチェーンもきちんとかかっている。ニックが立ち去ったあとに、わたしがそうしたのだ。そのままにしておくつもりだ。

キッチンへ行って床に膝をつき、シンクの下の戸棚をあける。食洗機用洗剤とゴミ袋のあいだに、イングリッドの置いていった靴箱が何食わぬ様子で収まっている。

それを居間へ持ってきて、コーヒーテーブルの上に置く。蓋をあけてみると、グロックも弾倉もわたしが入れたときのままだ。両方を取り出して、弾倉を銃把《じゅうは》に滑りこませると、それはひどく簡単に収まる。カチリという音とともに両者が組み合わさると、わたしは強くなったとまではいわないにしても、備えができた気分にはなる。

何に対してか。それはわからないけれど。

待つ以外にすることもないので、深紅のソファに腰をおろして銃を膝に置き、ふたたび壁紙を見つめる。

壁紙も見つめ返してくる。

無数の眼と鼻と、ぽっかりあいた口が。

数日前のわたしはその口を見て、彼らは何かをしゃべっているか、笑っているか、歌っているかしているのだろうと考えた。

でも、いまはちがう。

いまは本当のことがわかる。彼らは悲鳴をあげているのだ。

現在

ワーグナー医師は驚きと不信の入りまじった眼でわたしを見る。

「それはまた穏やかじゃないね」

「わたしが嘘をついてると思うんですか？」

「いや、事実だと信じているとは思うよ。でも、だからといって事実だとはかぎらない」

「作り話じゃありません。そんなことをする理由がないでしょ？　わたしは頭がおかしいわけじゃないんです」言葉に熱がこもる。いくら努力しても、ぴりぴりしたヒステリーがはいりこんでしまう。「信じてください。少なくとも三人があそこで殺されたんです」

「わたしはニュースを読んでいるがね。〈バーソロミュー〉で殺人事件など起きちゃいないよ。もう長いこと」

「それは先生が知ってるものでしょ。これは殺人事件には見えないんです」

ワーグナー医師はたてがみのような髪を掻きあげる。「医者として断言するが、殺人を別のものに見せかけるのはとても難しいもんだよ」

「すごく頭のいい男なんです」

優しい眼をした看護師のバーナードが、戸口から顔をのぞかせる。

「お話し中すみません。これを見かけたもので、ジュールズがそばに置いておきたいんじゃないかと思いまして」

彼は赤い額にはいった写真を差し出す。ガラスが蜘蛛の巣状に割れている。かけらがひとつ脱落して、歯が抜けたように隙間が空いている。ひび割れの下の写真には三人が写っている。

父と、母と、ジェインが。

〈バーソロミュー〉から駆け出したときに持っていたのだ。私物のなかでそれだけは救い出す価値があると思って。

「どこにあったんです？」

「あなたの服と一緒になってました」とバーナードは言う。「救急隊員が現場で拾ったんです」

わたしが持っていたのは写真だけではない。ほかにも持っていたものがある。

「わたしの携帯は？」

「携帯はありませんでした。服とその写真だけです」

「でも、ポケットに入れてたんだけど」

「残念ですが。そうだったとしても、見つかっていません」

不安が胸に広がる。パン生地のようにふくらんで、どんどん大きくなり、胸がいっぱいになる。

ニックが持っているのだ。

となると、ニックはそこにある情報をすべて見つけ出して消去できる。そのうえわたしのテキスト・メッセージを読んで、わたしが誰と連絡を取ったのかも、その人たちに何を伝えたのかも知ることができる。

それだけではない。

わたしの知っていることを、誰が知ってしまったのかも。

たとえばクロエとか。そう気づいて、わたしは胸が震えるほど大きく息を呑む。

クロエに送ったメッセージのことを考えて、それらが彼女をどれほど危険にさらしてしまったのかを悟る。

ここを出なくちゃ。このままじゃクロエが危ない。

わたしたちの立場はいまや逆転している。いま危ないのはクロエのほうだ。わたしを見つけられなければ、ニックはクロエを探すだろう。イングリッドのふりをしたように、わたしのふりをしてクロエをおびき出すかもしれない。そうなったらクロエはどんな目に遭うことか。

「クロエ。クロエに知らせなくちゃ」とわたしは言う。

ベッドから滑り出ようとすると、体内の痛みが猛然と目覚める。あまりの痛さにわたしは体を折ってあえぐ。忌々しい首の固定具のせいで息が苦しい。固定具をむしり取って床に放る。

「ジュールズ、ベッドに戻らなくちゃだめです」とバーナードが言う。「歩きまわれるような状態じゃありませんよ」

「いや！」声が白い壁に反響する。逆上しているのが自分でもわかる。冷静さの仮面は完全にはがれ落ちている。もはやパニックのかたまりだ。「クロエに話さなくちゃ！　あいつがクロエを狙ってる！」

「ベッドを離れちゃだめです。そんな状態じゃ」

バーナードが飛びかかってきて両手を肩にあて、わたしをベッドに押しもどす。わたしは脚をばたつかせ、腕を振りまわして彼を押しのけようとする。手の甲に刺した点滴が、くらげの針のように感じられる。ふたたび腕を振りまわすと、チューブが引っぱられてベッド脇の金属スタンドが傾き、ガチャンと倒れる。

看護師の眼が暗い色を帯び、どう見ても優しげではなくなる。「落ちついてください」

「クロエが危ない！」わたしはなおも脚をばたつかせ、身をよじる。ベッドに押さえつけられたままバーナードの下で暴れる。「信じて！　お願い！」

左の上腕にちくりと痛みがあり、すぐに消える。ベッドの反対側を見ると、ワーグナー医師が注射器の針をわたしの腕に刺したところだ。

「これで眠れるよ」と医師は言う。

それで、彼がわたしの言うことを信じていないのがはっきりする。それどころか、わたしは正気を失ったと思われている。

またしてもひとりぼっちだ。

「クロエを助けて」

わたしの声はつぶやきに変わっている。鎮静剤が効いてきたのだ。頭が枕の上にごろんと落ちる。バーナードが離れたときにはもう、手脚が動かせなくなっている。

「お願い」

最後に一度、そう憐れにささやいたあと、わたしは鎮静剤に屈服する。

温かいプールに飛びこんだようにベッドに沈みこみ、はたして浮かびあがれるだろうかと不安になるほど、どこまでもどこまでも沈んでいく。

一日前

37

ボウ・ブリッジの上でうちの家族が踊っている。わたしはジョージの横のいつもの場所に座ってそれを見ている。自分も一緒に踊れたらいいのに。ここからできるだけ遠ざかれたらいいのに。そう思っている。

公園は静かで、聞こえるのは三人の靴が橋の床を打つ音だけだ。みんなくるくるまわりながら、一列になって橋を渡っていく。父が先頭で、母が真ん中、ジェインがしんがり。

よく見ると三人の頭は、ちらちら揺れる小さな炎で内側から照らされている。カボチャのちょうちんみたいに。火の舌が口からのぞき、眼の中で躍る。でも、三人にはわたしが見えている。ときどきその赤々とした眼でわたしを見あげては、手を振ってくれる。わたしも手を振り返そうとするものの、何かを手に載せている。それに初めて気づく。父母と姉とその炎にすっかり気を取られていたのだ。でもいまは、手の中にあるものが眼下のカーニバルより重要になる。

それは重たく、濡れていて、わたしがときどき手のひらをかざしてみるマッチの火のように熱い。

わたしはそれを見る。

くぼめた両の手のひらに載っているのは人間の心臓だ。

血でてらてらとした。

まだ鼓動している。

わたしは悲鳴をあげて眼を覚ます。肺の奥からほとばしり出た声が壁に反響する。手で口をおおって次の悲鳴が出ないようにするが、そこでいまの夢を思い出す。はっとして手を離し、血や粘液がついていないのを確かめる。

それから周囲に眼を向ける。そこは居間で、わたしは深紅のソファにだらしなくもたれている。壁紙の顔たちは依然としてこちらを見つめ、悲鳴をあげている。グランドファーザー時計は午前九時近くを指し、静かな室内に、かちん、こちん、と音を響かせている。

ソファから体を起こすと、何かが膝から床に落ちる。

銃だ。

ひと晩じゅうそれを膝に載せて眠っていたのだ。それがいまのわたしの生活らしい。装塡した銃とともに何千ドルもするソファで服を着たまま眠るのが。本来なら、自分がなってしまったものにおびえるべきなのだろう。でも、もっと差しせまったことがらのほうを、いまは心配しなくてはならない。

銃を靴箱に戻し、靴箱をシンクの下の隠し場所へ戻す。浮気な恋人と同じで、わたしはもうそれを見たくもない。ひと晩じゅう握っていたのだから。
居間に戻ると、夜のあいだにクロエかディランから連絡が来ているのではないかと、すがるような思いで携帯を手に取る。でも、来ていない。あるのはわたしがクロエに送ったメッセージだけ。

ここを出ていくことにした。

たぶん危険が迫ってる。

ニックがイングリッドの携帯を持っているという事実が意味することはひとつしかない。彼はイングリッドも殺したのだ。そう思ったとたん、胃がよじれるような悲しみに襲われ、床に寝ころんで二度と立ちあがりたくなくなる。
その衝動にわたしがあらがうのは、自分もイングリッドと同じ立場にあるからだ。知りすぎた人物。危険にさらされた女。ひとつだけわからないのは、イングリッドがニックのことをどこまで知っていたのかだ。
彼女はエリカから何かを聞いた。それはたしかだ。〈バーソロミュー〉にはどこかおかしなところがある。そう不安を打ち明けられて、調べはじめた。彼女の残した留守電のメッセージがそれを裏づけている。

わたしはひと晩じゅうコーヒーテーブルに載っていたエリカの携帯を取り、そのメッセージを再生する。

〝きのうあなたから聞いたことが頭から離れなくって、ちょっと調べてみたんだけど。あなたの言うとおりだった。なんかすごく気味の悪いことがここで起きてる。なんなのかはまだよくわかんないけど、マジで怖くなってきた。電話して〟

わたしは眼を閉じ、できごとを時系列に沿って並べてみる。エリカが姿を消したのは十月十八日の夜。イングリッドがこのメッセージを残したのはその前日だ。メッセージの内容が正しいとすれば、エリカが〈バーソロミュー〉に関して不安を明かしたのはその前日、十月十六日ということになる。

そこでわたしはエリカのテキスト・メッセージをスクロールして、その日彼女がイングリッドに送ったメッセージのなかに、自分が見逃しているものがないか調べる。ない。次に通話履歴へ移動して、発信履歴で同じことを調べる。

すると、エリカが出ていなかったイングリッドからの電話がもう一本あることが判明する。

日付は十月十六日。

時刻は正午少し過ぎ。

イングリッドはまた留守電にメッセージを残している。

〝どうも、イングリッドです。昇降機でおろしてくれたメッセージ、受け取ったよ。これ、めっちゃクールだね。なんか昔のeメールって感じ。ま、それはともかく、メッセージは受け取ったけど、どういうこと？　マージョリー・ミルトンて誰なのか、あたし知ってるはずなの？〟

メッセージを止め、もう一度再生し、注意深く聞く。

〝マージョリー・ミルトンて誰なのか、あたし知ってるはずなの？〟

三度目に再生すると、ひとつの記憶が呼びさまされる。その名前をわたしは知っている。聞いたのではなく読んだことがある。というか、その名前が印刷されたものをこの12A内で見たのだ。

書斎へ行き、デスクのいちばん下の抽斗を勢いよくあける。初日に見つけた《ニューヨーカー》誌の束がはいっている。その一冊一冊に宛名ラベルが貼られていて、ひとつの名前が記されている。

マージョリー・ミルトン。

12Aの元オーナーだ。

なぜエリカがイングリッドに彼女のことを伝える必要があると感じたのかは謎だ。マージョリー・ミルトンはすでに亡くなっている。イングリッドもエリカも本人に会ったことがないのはまちがいない。ふたりとも彼女の死後ずいぶんたってからやってきたのだから。

わたしはふたたび移動し、螺旋階段をのぼってジョージのいる窓辺へ行く。わたしのノートパソコンもそこに置いてある。それをひらいてマージョリーの名前をググる。何十もの検索結果が現われる。

一週間前の日付のついた最新の記事をクリックする。


グッゲンハイム美術館のガラ・パーティに司会者復帰

記事そのものは、純然たる社交ページの空疎な記事だ。美術館の資金集めパーティが先週ひらかれて、大勢の実業家が若くて美人の妻《トロフィー・ワイフ》とともに、料理一皿につき一般人の年収よりたくさんのお金を使ったという。注目に値するのは、その催しを長年コーディネートしてきた女性が、昨年のパーティには深刻な健康上の理由により欠席を余儀なくされたものの、今年は復帰したという個所だけだ。

写真が添えられており、黒いドレスと尊大で貴族的な笑みをまとった七十代の女性が写っている。その下のキャプションに名前がある。

マージョリー・ミルトン。

わたしはもう一度記事の日付を見て、本当に先週のものなのを確かめる。

まちがいない。

となると、結論はひとつしかない。

マージョリー・ミルトンという女性は、その死によって〈バーソロミュー〉の少なくともふたりのアパートメント番に働き口をもたらしたはずなのに、実は生きている。

38

腕時計を見てわたしは溜息をつく。

二時七分。

セントラルパークの外側のベンチに腰をおろしてから、もう三時間あまりが経過している。おなかは空いたし、疲れたし、トイレにも行きたい。いますぐ。それでも、〈バーソロミュー〉に戻るよりはここに座っているほうがいい。あらゆる点で、いまは。

わたしの後ろには公園がある。前には、通りを渡ったすぐむこうに、マージョリー・ミルトンが現在住んでいるアパートメント・ビルがある。

ミセス・ミルトンの住所も、彼女についてわたしが知ったことの大半と同じくネットで見つけた。マンハッタンでは大金持ちでさえ、オンライン人名録の〈ホワイトページ〉に住所氏名が掲載されることがあるようだ。

ほかにも次のようなことを知った。彼女は友人たちからはマージーと呼ばれていること。石油会社の重役の娘で、投機資本家の夫に先立たれたこと。息子がふたりいて、当然ひとりは石油会社の重役に、もうひとりは投機資本家になっていること。プリンセス・ダイアナという名のヨークシャーテリアを飼っていること。お金のかかる美術館の資金調達係のほかにも、複数の子供病院と動物愛護グループ、それにニューヨーク歴史協会に多額の寄付をしていること。

でも、何より重要なのは、マージョリー・ミルトンは一九四三年からずっと生きているということだ。

こういう情報のうち、彼女の住まいなどは〈バーソロミュー〉を出る前に調べてあった。けれどもあとは、このベンチで時間をつぶしているあいだに携帯からインターネットで検索したものだ。

こうしていれば、いずれマージョリーがプリンセス・ダイアナを散歩させに出てくるだろう。わたしはそう期待している。三年前に出た《ヴァニティ・フェア》誌のマージョリーに関する記事によれば、それが彼女の好きなことのひとつらしい。

マージョリーが出てくれれば、現在の住まいから南へわずか十ブロックの位置にある〈バーソロミュー〉を引きはらった理由だけでなく、現在もあそこに住んでいる人々が彼女は死んだと主張している理由についても、尋ねることができる。

待っているあいだに何度も、クロエとディランから返信がないものかと携帯をチェックするが、いまだに届いていない。二時半ごろようやく、茶のスラックスに青緑のジャケットを着たかぼそい女性が、ヨークシャーテリアを連れて現われる。

マージョリーだ。

写真ではもうさんざん見ているので、すぐに彼女だとわかる。

わたしは急いでベンチから立ちあがって通りを渡り、プリンセス・ダイアナが隣のビルの玄関前の植え込みにおしっこをするために立ちどまるや、ミセス・ミルトンに近づいていく。数歩後ろまで行くと、声をかける。「すみません」

彼女はこちらをふり返る。「はい？」

「マージョリー・ミルトンさんですよね？」

「ええ」と彼女が答えるあいだに、プリンセス・ダイアナがリードを引っぱる。早く次の植え込みにマーキングをしたくてしかたないのだ。「どこかでお眼にかかったかしら？」

「いいえ。でも、わたし〈バーソロミュー〉に住んでるんです」

マージョリーはわたしの形《なり》をじろじろと見る。永住者ではなくアパートメント番だということは、明らかに見抜かれている。わたしはきのうからずっと同じ服を着ている。それは見ればわかる。シャワーも浴びていない。化粧もしていない。アパートメントの張り込みに出てくる前に、最低限の身だしなみを整えたきりだ。髪をとかし、歯を磨いて。

「それがわたしになんの関係があるのかしら」彼女は言う。

「あなたもあそこにお住まいだったからです」とわたしは答える。「少なくともわたしはそう聞かされています」

「その情報はまちがいよ」

彼女が向きを変えて歩み去ろうとすると、わたしは上着の内側に丸めて突っこんであった《ニューヨーカー》誌を取り出す。その宛名ラベルを指先でたたく。

「そう信じさせたいのなら、出ていくときに雑誌も一緒に持っていくべきでしたね」

マージョリー・ミルトンはわたしをにらみつける。「誰なのあなた？　何が望み？」

「あなたが所有していたアパートメントに住んでる者です。でもわたし、あなたは死んだと教えられていて、そのわけをどうしても知りたいんです」

「わたしにはさっぱりわからない。でも、あそこを所有していたことなんてありませんから。短期間住んでいただけで」

マージョリーはふたたび歩きだし、ヨークシャーテリアは彼女の二メートルほど前をとこと進んでいく。わたしはあたえられた答えに満足できず、あとをついていく。

「どのくらいあそこにいたんですか？」

「あなたには関係ない」

「アパートメント番たちが姿を消してるんです。あなたのあと、わたしが来るまでのあいだに12Aにいた人も。それについて知ってることがあったら、いまここで話してください」

マージョリー・ミルトンは急に立ちどまる。不意を衝かれたプリンセス・ダイアナは、数歩進んだところでリードがいっぱいになって首を絞められる。犬はやむをえず数歩あともどりし、飼い主はくるりとわたしのほうへ向きなおる。

「これ以上わたしにかまうと、レスリー・イーヴリンに電話しますよ。本気ですからね。それは困るでしょ。たしかにあなたの言うとおり、わたしはあそこに住んでいたけれど、あとは何も言うつもりはありません」

「人が姿を消していてもですか?」

マージョリーは羞恥のあまりわたしから眼をそらす。そして静かに言う。「規則に縛られてるのは、あなたたちだけじゃないの」

そう言うと、またプリンセス・ダイアナにリードを引かれて歩きだす。

「待ってください。どんな規則です?」

ひとかけらだけでも役に立つ情報を聞き出したいわたしは、マージョリーを引きとめようとしてジャケットの袖をつかむ。彼女がわたしを振りはらおうとすると、わたしのつかんでいる袖から腕がするりと抜けてしまう。ジャケットの前がひらいて、下から白いブラウスが現われる。そこに小さなブローチがとめてある。

金の。

8の字形をした。

わたしは袖を放す。マージョリーは腕を通しなおし、ジャケットの前を合わせる。でもその前に、わたしはもう一度そのブローチを見て、それが8の字ではないことに気づく。

ウロボロスだ。

39

二時間後、わたしはニューヨーク公共図書館の本館で、ローズ中央閲覧室に座る大勢のひとりになっている。図書館そのものは、明るく広々していて気持ちがいい。アーチ形の窓から射しこむ午後の日射し。ふわふわしたピンクの雲が描かれた天井。吊り下げられたいくつものシャンデリアと、それが円《まる》い光を落とす長テーブルの整然とした列。

わたし自身は不安にとらえられている。眼の前に積まれた本を見ると、暗い気持ちが押しよせてくる。それは本そのもののせいだと思いたい。シンボルとその意味について書かれたほこりっぽい古い本の。でも、この不穏な気分は、マージョリー・ミルトンのブローチを眼にした瞬間からわたしにつきまとっている。

自分の尻尾を食う蛇。

ニックの部屋にあった絵とそっくりの図柄。

それを見たあと、わたしはマージョリーに何も訊かなかった。ブローチとその謎めいた意味に言葉を失った。黙ってあとずさると、彼女と犬を歩道に残して歩きだした。足を交互に前へ出すという単純な行為が、すべてを理解する助けになってくれるとでもいうように、そのまま歩きつづけた。

アパートメント番の失踪と、ニックと、マージョリー・ミルトンの短い〈バーソロミュー〉滞在。それらはすべて結びついている。まちがいない。このうえなく不吉な性質を持つウロボロスだ。

だからわたしは図書館にやってきて、レファレンス・カウンターへ行き、「象徴学に関する本をありったけ見たいんですけど」と言った。

いまわたしの前には、十二冊の本が積まれている。このなかに一冊でも、あのウロボロスに秘められた意味を解明してくれるものがあるといいのだが。意味がわかれば、〈バーソロミュー〉で何が起きているのか、もっとよくわかるだろう。

いちばん上の一冊を取って、索引からウロボロスに関する記述を見つけ、そのページをひらく。ほかの本でも同じことをしてゆき、十二冊をひらいたままテーブルに扇形に並べる。さまざまに形象化されたウロボロスがひと目で見渡せるようになる。たんなる線描きのウロボロスもあれば、細密なエッチングもあり、凝ったものは8の字の内側をさまざまなシンボルで飾ってある。王冠や翼。六芒星。ギリシャ文字。わたしの知らない言語で記された言葉。その分量と多様さに圧倒される。

適当に一冊を手に取り——古びた象徴学の教科書だ——その記述を読む。

ウロボロスとは古代のシンボルで、一匹の蛇ないしドラゴンが円形または8の字形になって自分の尾を食う姿を描いたもの。起源は古代エジプトで、その後フェニキアからギリシャに伝わり、今日用いられているウロボロスという名称で呼ばれるようになった。〝おのれの尾を食うもの〟というほどの意味である。

この自己破壊行為を通じて、この蛇は本質的におのれの運命を支配する。おのれを食いながらおのれを養い、死をもたらしつつ生命をもたらす。その果てしない、永遠の繰りかえしである。

ウロボロスは完全な円環の到来のシンボルとして、さまざまな信仰と結びつくようになる。なかでも錬金術はよく知られている。おのれを食らうこの蛇の図柄は再生と、この宇宙の円環的性質を象徴する。すなわち破壊がもたらす創造と、死がもたらす生である。

わたしはそのページを見つめる。鍵となる言葉が肉太の赤字で記されてアンダーラインを引かれてでもいるように、ほかの語からくっきりと浮かびあがる。

　破壊がもたらす創造。

　死がもたらす生。

すべては切れ目のない、永遠に繰りかえされる円環。

別の本をつかんでページをめくっていくと、一枚のタロットカードの図が出てくる。

魔術師。

赤と白のローブをまとった男が描かれている。男は祭壇を前にして立ち、右手で魔法使いの杖《つえ》を天に向かって差しあげ、左手で地面を指している。頭上には二重の光輪のような8の字形が浮かんでいる。

ウロボロスだ。

腰のまわりにも、別のウロボロスが描かれている。一匹の蛇が自分の尻尾をくわえて巻きついているのだ。

祭壇には四つのものが載っている。杖、剣、星形をあしらった盾、黄金のゴブレット。

わたしは身を乗り出して、まずその盾をじっくりと見る。それからゴブレットを。

すると、盾に描かれた星形はたんなる星ではないことがわかる。たがいに交わる五本の線が五つの頂点を形づくり、そのすべてが盾自体の円で囲まれている。

五芒星《ごぼうせい》だ。

黄金のカップのほうは、ゴブレットというよりむしろ儀式用のものに見える。

聖杯だろう。

それが五芒星の横にあるのを見て、記憶の奥底でベルが鳴る。わたしは弾かれたように席を立つと、本をテーブルに広げたままふたたびレファレンス・カウンターへ行き、さきほど相談したのと同じ司書を呼ぶ。うんざりした司書は、わたしを見ると逃げ腰になる。

「悪魔崇拝に関する本はここに何冊あります？」わたしは訊く。

司書は辟易した顔をする。「正確にはわかりませんが。相当ありますよ」

「全部貸してください」

五時半にはそれを借りている。全部ではないにしても充分な数を。十六冊の本が眼の前に積まれ、象徴学の本は脇にどけられている。この新たな本を順に手に取り、索引をめくり、ピンとくるものがないかと片端から名前を見ていく。

するとついに、『現代悪魔論——新世界における悪魔崇拝』という題名の学術書に、それが見つかる。

マリー・ダミヤノフ。

その名前は憶えている。あのネット記事で読んだのだ。使用人たちの感染死や、幽霊の噂、コーニリア・スワンソンの犯行とされるメイド殺しなど、〈バーソロミュー〉の悲劇的な過去を伝える記事で。コーニリアがいかにも犯人らしく見えた理由のひとつは、彼女がかつてマリー・ダミヤノフという、オカルト・グループの指導者と交際していたからだった。

ダミヤノフを信奉していたグループの名前は、
フランス語で〈ル・カリス・ドール〉。

すなわち〈黄金の聖杯〉。

わたしは百ページほど前をめくり、マリー・ダミヤノフに関する手がかりになる記述を見つける。

騒乱の時代には多くの人々が信仰に慰めを求めるものだが、その一方で、悪魔的メシアに呼びかけることを考える人々も現われる。ことに大規模な戦争や疫病の時代ともなれば。ダミヤノフの信ずるところによれば、神は天地を創造したのち、みずからの創造物を見捨て、混乱が支配するにまかせた。この混乱を耐えぬくため、ダミヤノフは自分の信奉者たちに、より強大な神ルシフェルに頼れと説いた。ルシフェルは祈りではなく血によって召喚できるのだと。こうして若い女性の体を切っては、その血を黄金の聖杯で受けて裸火にそそぐという儀式が始まった。

後年、幻滅したダミヤノフ信奉者のうちの何人かは、知人や親友に宛てた手紙のなかで、もっと恐ろしい行為が行なわれていたことをほのめかしている。ある手紙によればダミヤノフは、ブルームーンの夜に若い女性を生贄に捧げればルシフェルそのものが召喚され、その場にいる者たちに健康と莫大《ばくだい》な富を授けてくれる、と説いていたという。ただし、手紙の書き手自身はそのような行為を目撃したことはないと認め、それはおそらくダミヤノフの名声を汚すための作り話だろうと述べている。

ダミヤノフが一九三〇年の末に猥褻《わいせつ》容疑で逮捕されたのち、〈ル・カリス・ドール〉は解散し、ダミヤノフ自身は人々の前から姿を消した。一九三一年一月以降、彼女の消息は不明である。

その一節を読みなおしてわたしは不安を募らせる。コーニリア・スワンソン事件の詳細を思い出そうとする。コーニリアのメイドの名前はルビーだった。それは憶えている。ルビー色の殺人。彼女は体を切りひらかれ、臓器を取り去られていた。そんな話はそう簡単に忘れられるものではない。事件の起きたのがハロウィーンの夜だったということも。年も憶えている。一九四四年。

携帯を手に取り、どの年のどの月の月齢でも教えてくれるウェブサイトを見つける。それによると一九四四年のハロウィーンの空は、その月二度目の満月で明るく照らされていた。ブルームーンだ。

手が震えて携帯を支えているのが難しくなるけれど、わたしはさらにネット検索をして、こんどはひとつの名前を探す。

コーニリア・スワンソン。

大量の記事がヒットするものの、ほぼすべてが事件に関するものだ。ひとつをクリックすると、悪名高いミセス・スワンソンの写真に出迎えられる。

その写真を見つめると、図書館が急に傾きでもしたように世界がすっと脇に消える。わたしはテーブルの端をつかんで体を支える。

前にも見たことのある写真だからだ。サテンのドレスと絹の手袋に身を包んだ鋭角的な顔だちの美人。雪のような肌。闇夜を思わせる漆黒の髪。

ニックのアパートメントにあったアルバムで見たのだ。その女性が誰なのかはニックから聞いたけれど、名前までは知らなかった。

でも、いまは知っている。

コーニリア・スワンソン。
その孫娘は誰あろうグレタ・マンヴィルだ。

40

図書館内からディランにテキスト・メッセージを送る。

電話して。大至急！　発見があった！

五分たっても応答がないので、電話をかけることにする。ひとつの仮説が形を取りつつある。誰かに伝えなくてはならないけれど、そんなことをしたらわたしはきっと気がふれていると言われるだろう。

でも、断じて正気だ。

いっそ気がふれていたほうがありがたいくらいだけど。

図書館の外に出ると、ライオンの石像の台座に寄りかかってディランの番号にかける。そのまま留守番電話につながる。メッセージを残すことにして、あわただしく電話にささやきかける。

「ディラン、どこにいるの？　わたし、〈バーソロミュー〉に住んでる何人かのことを調べてたんだけど、あの人たち、自分で言ってるような人間じゃない。たぶん――たぶんわたし、何が起きてるかわかったと思う。すごく恐ろしいこと。お願いだからこれを聞いたらすぐに電話をくれる？」

わたしは電話を切って空を見あげる。すでに月が出ている。明るい満月が空に低くかかり、クライスラー・ビルディングの尖塔によって二分されている。

子供のころ、わたしとジェインは満月が大好きで、その光が寝室の窓から射しこんでくるさまを愛していた。ときには両親が眠ってしまうのを待ってから、冷たく白い輝きを浴びるかのようにその中に立つこともあった。

その思い出がいま汚されてしまった。〈黄金の聖杯〉のメンバーたちが満月の夜にしていたとされる行為を読んだせいで。〈バーソロミュー〉につづいてまたひとつ、わたしが大切にしているジェインとの思い出が傷つけられたのだ。

館内へ戻ろうと踵《きびす》を返したとき、きつく握りしめたままだった携帯が鳴る。

やっとディランがかけてきてくれたのだ。

ところが電話に出てみると、聞き憶えのない声が聞こえてくる。おずおずした口調の女性だ。

「ジュールズ？」

「そうですけど」

間。

「ジュールズ、ボビーよ」

「え？」

「ボビー。シェルターの」

そこでわたしは思い出す。ボビー。二日前に話をしたあの親切で剽軽《ひょうきん》な女性だ。

「ああ、元気？」

「あいかわらずよ。新たな一日、新たな考え。エレノア・ルーズヴェルトのごたく三昧。でも、いまはおしゃべりをしたくて電話したんじゃないの」

治まりかけていた心臓の鼓動がふたたび速まる。興奮がどくどく血管を駆けめぐる。

「イングリッドを見つけたの？」

「もしかするとね」とボビーは言う。「さっき若い女の子がはいってきたんだけど。あんたのくれたあの写真の娘《こ》によく似てる。でも、別人の可能性もある。写真よりだいぶみすぼらしくなってるから。ぶっちゃけた話、猫のくわえてきた何かの死骸って感じ」

「名前はイングリッドだって？」

「彼女、あんまりしゃべんないの。仲よくなろうとしたんだけど、あたし全然お呼びじゃなくて。あっちへ行ってろ、としか言わないの」

だとするとイングリッドではなさそうだ。でも、この数日のあいだにひどい目に遭ったのかもしれない。

「髪の毛の色は？」

「黒」とボビーは答える。「染めてんの。雑にね。後ろ側にぽつんと染め残しがある」

携帯を持つ手に力がこもる。「いまその娘が見える？」

「うん。膝をかかえてベッドに座ってるよ、誰とも口を利かないで」

「その染め残しのところ――そこに何か色が見える？」

「ちょっと待って」とボビーの声が小さくなる。よく見ようとして携帯から顔を離したのだろう。「うん、何か色がついてる」

「何色？」

わたしは息を詰めて、失望を覚悟する。このところの人生の流れを考えれば当然、がっかりの結末になるはずだ。

「あたしには青い点に見える」とボビーが言う。

わたしはほっと息を吐く。

イングリッドだ。

「ボビー、お願いがあるんだけど」

「あたしにできることなら」

「彼女をそこから出さないで。わたしが行くまで。どんなことをしても引きとめておいて。必要なら押さえつけてでも。大急ぎで行くから」

そう言うとわたしは電話を切り、図書館の階段を駆けおりて四十二丁目に出る。シェルターは十ブロック北で、なおかつ横長のブロックをいくつか西へ行ったところにある。駆け足と早足と信号無視を組み合わせて、二十分でたどりつく。

ボビーが外で待っている。あいかわらずカーキ色のワークパンツにカーディガンという服装で、二日前にわたしが見かけた喫煙者たちの輪からは、はっきりと距離を置いている。

「だいじょうぶよ、彼女まだ中にいるから」とボビーは言う。

「何かしゃべった？」

ボビーは首を振る。「しゃべんない。殻に閉じこもったまんま。でも、おびえてるみたい」

わたしたちは中にはいる。顔なじみのボビーが一緒なので、傷だらけのガラスのむこうにいる受付係は黙ってわたしを通してくれる。今夜の元体育館は、前回の午後よりはるかに混んでいる。ほぼすべてのベッドに人がいる。人のいないベッドも、スーツケースやゴミ袋や汚れた枕で場所取りをしてある。

「ほらあそこ」とボビーが奥のほうのベッドを指さす。そこに座って膝をかかえているのは、たしかにイングリッドだ。

この三日間で変わったのは髪の毛だけではない。何もかもが、前より黒ずんで汚れている。以前のイングリッドをそのまま暗くした存在になっている。

髪は、目立つ青い染め残しをのぞくといまやタール色になり、脂じみた紐のように垂れている。シャツとジーンズは最後に見かけたときと同じものながら、何日も着つづけていたせいで汚れている。顔はいくらかましだけれど、屋外にいすぎたせいか、赤らんで荒れている。

イングリッドがこちらを見ると、血走った眼に驚きが広がる。

「ジュジュ？」

ベッドからぱっと立ちあがり、駆けよってきて、おびえたように強くわたしを抱きよせる。

「こんなとこで何してるの？」と、わたしを放す気配も見せずに言う。

「あなたを捜しにきたの」

「〈バーソロミュー〉を出たんだね？」

「ううん」

イングリッドは抱擁を解くと、疑いもあらわにわたしを見ながらあとずさる。「まさかあいつらに取りこまれてないよね。あいつらの仲間じゃないと誓って」

「仲間じゃない。助けにきたの」

「無理だよ。いまさら」イングリッドは手近のベッドに倒れこんで、両手で顔をおおう。左手がぶるぶると、どうしようもなく震える。右手で押さえてもまだ震えていて、汚れた指がひくひくする。「ジュジュ、あそこを出なきゃだめだよ」

「出るつもりだよ」とわたしは教える。

「ちがう、い、いますぐ。全力で逃げて。あいつらの正体をあなたは知らないの」

いいえ、知っている。

ずっと知っていたのに、完全には理解できていなかったのだと思う。

でもいまは、この数日間に集めた情報がすべてまとまりはじめている。まるで現像液から引きあげたばかりの写真のように。まっさらな印画紙に画像が浮かびあがってきて形を取りはじめ、おぞましい絵柄の全貌が明らかになりつつある。

わたしは彼らの正体を知っている。
復活した〈黄金の聖杯〉なのだ。

41

イングリッドがどうしてもと言うので、わたしたちはふたりきりになれる場所へ話をしにいく。

「誰にも聞かれたくないの」と彼女は言い訳する。

それをこのシェルターで実現するには、ＹＭＣＡだったころの男子用ロッカールームを接収するしかない。ドアの外には、中にはいろうとする者を阻止するためにボビーが見張りに立つ。中ではイングリッドとわたしが、空のロッカーと長年からからに乾いたままのシャワーストールの並んだ通路を、ぶらぶらと歩いていく。

「あたしもう三日もシャワーを浴びてないんだ」とイングリッドが恨めしげな眼でシャワーを見ながら言う。「せいぜいポート・オーソリティのバスターミナルで体を拭いたぐらいだけど、それもきのうの朝だし」

「ずっとそこにいたの？」

イングリッドはシャワーのむかいにあるベンチにどさりと腰をおろす。「あっちこっちにいた。ポート・オーソリティ。グランド・セントラル駅。ペンシルヴェニア駅。とにかく人の大勢いるとこ。だってあいつら、あたしを捜してるんだもん。それはわかってるから」

「でも、捜してないよ」とわたしは言う。

「確信があるの？」

「ある。だって――」

そこでわたしは自分を抑えてあとの言葉を呑みこむ。

〝だってわたしだけだもの、あなたを捜してるのは〟

そう言いかけたのだ。でも、それはまちがいだと気づく。彼らもイングリッドを捜していたのだ。

わたしを使って。

自分たちで捜すよりも、わたしに捜させたのだ。だからグレタ・マンヴィルはわたしにチェックする場所を教えたのだろう。だからニックはわたしを昇降機でおろして11Aを捜索させたのだ。わたしなら手がかりを見つけるかもしれないと考えて。わたしと寝たのもそうだろう。わたしがニックを好きになれば、ニックはつねにわたしのそばにいてわたしの発見するものを逐一知ることができる。

ニックがテキスト・メッセージを使ってイングリッドのふりをしたのは、おそらくわたしが何かおかしいと気づいたのを、彼らが察知したあとのことだろう。それまで彼らは、イングリッドについては諦める覚悟でいたのだ。

「そんなに見つかるのが怖いのなら、どうしてバスか列車でニューヨークを離れなかったの？」

「お金がないんじゃそれはちょっと難しいよ。あたしはすっからかん同然なんだから。食べるものはゴミ缶から漁ってたし。このまぬけな髪染めは万引きするしかなかったし。いま持ってるなけなしのお金は、物乞いをしたり泉から盗んだりしたものだし。いまのところ十二ドルぐらいある。この調子なら十年もすれば国外へ行くお金が貯まるかも。だってあたしたち、そうするしかないよ、ジュジュ。あいつらに絶対見つからないところへ逃げるしか。あいつらから逃れる道はそれしかない」

「警察へ行ってもいいんじゃない?」とわたしは水を向ける。

「行ってなんて言うわけ?〈バーソロミュー〉に住んでる金満ババアどもが悪魔を崇拝してる? 自分で言ってても滑稽な気がするよ」

聞いていても滑稽だけれど、わたしもイングリッドの言うとおり、それがあそこで起きていることだと考えている。彼らはひかえめな広告を新聞とネットに載せ、お金と住む場所を約束することであそこに人々をおびきよせているのだ。わたしやイングリッドやディランのような人々を。

みんな自分の意思で〈バーソロミュー〉にはいった。でも、あそこにはいったとたん、規則で縛りつけられてしまった。

「どうやってそれを突きとめたの?」とわたしは訊く。

「最初に言いだしたのはエリカなんだ。あなたと行ったみたいに一緒に公園に行ったら、彼女が教えてくれたの。自分の前に12Aにいた人は、死んだって聞かされてたのに、死んでないことがわかったって。それでエリカは少しビビってた。だからあたし〈バーソロミュー〉のことをちょっと調べてみて、あそこで不気味な事件がいくつかあったのを知ったわけ。そしたらエリカはめっちゃビビった。だからエリカがいなくなったとき、あたし、彼女は気味が悪くてこれ以上ここにいられなかったんだろうって考えたんだけど。ところがディランがやってきて、エリカから何か連絡がないかって訊くから。それであたし、これは何かちがうことが起きてるんじゃないかって思いはじめたの」

彼女の話はわたしの経験とそっくりだ。新しい友人が姿を消す。気味の悪いことが起きているのではないかと疑うようになり、調べてみることにする。ちがいといえば、グレタ・マンヴィルとコーニリア・スワンソンの関係をわたしよりずっと早くに気づいたことぐらいだ。

「グレタにはレスリーとの面接のときにロビーで会ったんだ」とイングリッドは言う。「作家とおんなじ建物に住むなんてすごいと思ったよ、そうでしょ？　最初は親切な人だと思った。サイン入りの著書までくれたしね。でも、コーニリア・スワンソンの記事を読んだときに、ふたりが似てるのに気づいて、それで事情がわかったわけ」

「グレタにそのことを訊いたんだってね。彼女が言ってた」

「でもあの人、こんどその話をしたら追い出してやるって、あたしを脅したことは内緒にしてるんじゃないかな」

たしかにその点には触れなかったものの、〈バーソロミュー〉に住んでいたことは話してくれた。わたしのアパートメントはかつて彼女のアパートメントだった。ということは、一時はコーニリア・スワンソンのものだったということだ。

そのアパートメントでコーニリアはメイドを殺害したのだ。

ただし、それはただの殺人ではない。

供犠《くぎ》だ。

ウロボロスの約束の履行。

破壊がもたらす創造。

死がもたらす生。

最初の生贄はルビーかもしれないけれど、いちばん最近はエリカなのではないかという、胸がむかつくような予感がする。そのあいだにどれほどの犠牲者がいるのかは考えないようにする。そんなことはあとでいくらでも考えられる。いまはひとつのことに集中しなくてはならない。できるだけ怪しまれない形で〈バーソロミュー〉から脱出することだ。

「グレタと話したあと何があったの？」

「もうあそこにはいたくないと思った。それはたしか」イングリッドは立ちあがり、壁ぎわに並んだ流しのところへ歩いていく。蛇口をひねり、顔に水をたたきつけはじめる。「そのときはまだアパートメント番代が二千ドルあった。それだけあればあそこから出ていける。でも、出ていかなければもっとお金がはいってくるのもわかってた」

週末ごとに眼の前にぶらさげられる現金。それもわたしたちを〈バーソロミュー〉に縛りつける手管《てくだ》だ。そのせいでわたしも、たしかにもうひと晩あそこで過ごした。

「あたしは残ることに決めた」とイングリッドは言う。「それが一週間になるのか、二週間になるのか、それはわかんなかったけど。でも、安心が欲しかったから――」

「銃を買った」

イングリッドは流しの上の鏡に映るわたしを見て眉を上げる。「じゃあ見つけたんだね、あれ。よかった」

「そもそもなぜあれを置いてったの？」

「それは、あることが起きたから」イングリッドの声が小さくなる。「それがどんなことか教えたら、あたしあなたに一生嫌われると思う」

わたしは流しの前で彼女に並ぶ。「嫌わない。約束する」

「嫌うよ」とイングリッドは言い、こんどはペーパータオルを濡らして首筋を拭く。「嫌われて当然だもん」

「イングリッド、とにかく話して」

「あの銃にあたし、有り金をつぎこんじゃったの。貯めてた二千ドル？　それがあっと言うまにパア」と指をパチンと鳴らすので、はげ残った青いマニキュアが見える。「だからレスリーに、アパートメント番代を前借りできないかって訊いたわけ。大した額じゃないよ。一週間分だけ。そしたら、それはできないって言われたんだけど。でも、ちょっとしたことをしてくれたら、五千ドルあげるって言うの。借金でも前借りでもなく、五千ドルを無条件で」

「ちょっとしたことって？」

イングリッドは時間稼ぎにタールのように黒い髪をひと房つかんで検分する。鏡を見た彼女の眼には嫌悪が浮かんでいる。自分のすべてがいやだというように。

「あなたを切ること」と彼女は言う。「ロビーでぶつかったの、あれ事故じゃなかったんだ。レスリーがあたしにお金を払ってやらせたの」

その瞬間が、ロッカールームの壁に映写される映画のようにまざまざとよみがえる。わたしは食料品の袋をふたつ抱えている。イングリッドは携帯を見ながら階段を駆けおりてくる。そして衝突。どちらも弾きとばされ、食料品が散らばり、わたしは突然出血する。その騒ぎの余波のなかで、自分の腕がどうして切れたのか深く考える暇はなかった。

でも、これでわかった。

「あたし、スイス・アーミー・ナイフを持ってたから。それを携帯にぴったり押しつけて、刃先がほんのちょっとだけのぞくようにしといてね。ぶつかった瞬間にあなたの腕を切ったの」イングリッドはわたしの顔を直視できないままそう言う。「大きく切っちゃいけないって、レスリーには言われてた。血が出ればそれでいいって」

わたしはイングリッドからあとずさる。一歩。もう一歩と。

「なんで……なんでそんなことをさせる必要があったの？」

「わかんない」とイングリッドは言う。「訊かなかったから。そのときにはもうあたし、レスリーのことを怪しんでた。あいつら全員のことを。で、これはなんらかのテストだろうと思ったの。あいつらはあたしを寝返らせようとしてるんだ。仲間に誘いこもうとしてるんだ、みたいに。でも、あのときはすっかり追いつめられてて、質問なんかするどころじゃなかった。考えられるのはその五千ドルのことと、なんとかしてあそこを逃げ出さなくちゃってことだけだった」

わたしはなおもイングリッドからあとずさり、ついにロッカールームの反対側の、あいている仕切りにはいりこんで便座に座りこむ。イングリッドが駆けよってきてひざまずく。

「ほんとにごめんね、ジュジュ。あたし、あなたには見当もつかないぐらい後悔してる」

胸の奥にふつふつと怒りがこみあげてくる。でも、それはイングリッドへの怒りではない。彼女のしたことで彼女を責めるわけにはいかない。彼女は無一文で追いつめられていて、簡単に大金を稼ぐ方法に飛びついただけだ。もし逆の立場だったら、わたしだって同じことをしたかもしれない。何も訊かずに。

そう、この怒りはレスリーたち〈バーソロミュー〉の連中のために取っておこう。人の窮地につけこんで、それを武器に変えている連中に。

「許してあげる」とわたしはイングリッドに言う。「あなたは生き延びるのに必要なことをしただけだもの」

彼女は首を振って眼をそらす。「ちがう。あたしは人間のくず。ほんとにひどいやつ。そのあとすぐに、出ていくことにしたんだから。五千ドルはあたしにとって充分すぎる額だった。あれ以上あそこにいて、自分がますます堕落するところなんて見たくなかった」

「なぜこの話をあの日公園でしてくれなかったの？」

「話したら信じてくれた？」

いや。嘘だと思っただろう。それどころか、ものすごく当惑したはずだ。正気の人間なら、悪魔崇拝者の一団が〈バーソロミュー〉のような建物を占拠しているなどという話を真に受けたりはしない。もちろん、だからこそ彼らはこれほど長らく尻尾をつかまれなかったわけだ。彼らの存在の荒唐無稽さが、盾のようにあらゆる疑惑をはねのけているのだ。

「それに、あたしがあんなふうに怪我をさせたことを、あなたは絶対に許してくれなかったはずだもん」とイングリッドは言う。「だからいちばんいいのは、あそこで起きてることを少しだけ伝えて警告してあげることだと思ったの。うまくいけば、まあ、あなたは怖くなって出ていくかもしれないって思ったわけ。少なくとも、あそこにとどまることは考えなおすんじゃないかって」

「うまくいったよ」とわたしは答える。「でも、じゃあ、あなた、ほんとに逃げ出したわけね？」

「うん。でも、望んだみたいにじゃない」とイングリッドはこちらがついていけないほどの早口でしゃべりはじめる。「あの晩あたし、すっかり荷物をまとめて出ていく準備をした。昇降機にメモを入れて、あなたを出ていかせられるようにできるだけのこともした。同じ理由で銃も残しといた。縁起でもない話だけど、ひょっとしたら必要になるかもしれないと思って。すぐに出ていかなかったのは、レスリーが約束の五千ドルを夜のうちに渡しにくると言ったから。それにあたし、自分の知ってることを何もかもディランに打ち明ける段取りもつけてたし。そしたらディランはそれを手がかりに、エリカの身に何があったのか突きとめられるかもしれないでしょ。あたしの計画だと、レスリーからお金をもらったら、地下室でディランに会って、荷物を取りにもどって、出ていく途中でチャーリーに鍵を渡す予定だった。でも、そうはいかなかった。当然だけど」

「何があったの？」

「あいつらが襲ってきたの。ていうかあいつが」

わたしの脳裡にエリカの動画がよみがえる。

〝あいつだ〟

「ニックね」わたしは言う。

その名前を聞いてイングリッドは身震いする。「いきなりあいつが現われたの」

「ドアの外に？」

「ちがう。部屋の中に。どうやってはいったのかわかんないけど。ドアには鍵がかかってたから。でも、中にいたの。何時間も前からいたんだと思う。隠れて待ってたんだよ。あいつを見た瞬間、あたし、身の危険を感じた。めっちゃやばそうに見えたから。マジで不気味な感じに」

「あいつ、何か言った？」

「じたばたするなって」

イングリッドはちょっと黙りこむ。その瞬間が頭の中で再生されているのだろう。わたしの脳裡にあのロビーでの衝突がよみがえったのと同じように。手だけでなく全身がわなわなと震える。眼に涙が溜まり、悲しげな嗚咽《おえつ》をひとつ漏らす。

「そのほうが楽だぞって言われた」涙があふれて頬を伝い落ちる。「それでわかったの……この男はあたしを殺すつもりなんだって。武器を持ってた。スタンガンを。それを見てあたしは悲鳴をあげた」

そしてわたしはその悲鳴を12Aのキッチンで聞いた。ならばおそらくほかの人々も聞いているはずだ。グレタも。彼女が住んでいるのはその真下なのだから。誰も騒ぎださなかったのは、みんな何が起きているのか知っていたからだろう。

イングリッドが殺されようとしているのを。

「どうやって逃げたの？」

「あなたが助けてくれたんだよ」イングリッドは涙を拭い、温かい感謝の笑みを浮かべる。

「様子を見にきてくれたおかげ」

「あそこにニックがいたの？」

「あたしのすぐ後ろにね。あたしはドアをあけたくなかったんだけど、あなたの声が聞こえたから、ニックがドアをあけろと言ったの。じゃないとあなたに疑われるって。あいつはずっとあたしの背中にスタンガンを押しつけてた。あたしがあなたに警告しようとしたら、ふたりとも痺《しび》れさせてやるって言って――あたしも、あなたも」

それで何もかも説明がつく。イングリッドがドアをあけるまでになぜあんなに――わたしのカウントでは二十秒も――時間がかかったのかも。なぜドアをほんの少ししかあけなかったのかも。なぜ明らかに作り笑いだとわかる笑みを浮かべて、だいじょうぶだと言ったのかも。

「何かがおかしいのはわかったよ」とわたしは言い、自分の涙に驚く。イングリッドの涙が止まったと思ったら、こんどは自分が涙ぐんでしまう。「助けてあげたかった」

「助けてくれたよ。あたし、ポケットに催涙スプレーを持ってたの。キーリングについてるちっちゃなやつ。ニックがあんまり突然現われたんで、取り出す時間がなかったんだけど。そこへあなたが来て、話をしてくれたから、そのあいだにポケットに手を入れてつかんでたの」

その様子をわたしはありありと思い出す。彼女が右手をジーンズのポケットに突っこんで何かを探っていたのを。

「あなたが帰ってくと、あたしはニックに、あなたに暴力をふるわないでと泣きついた。でもってスプレーを吹きかけたの。そして逃げた。なんにも持ち出せなかった。そんな時間なかった。何もかも置いてきちゃった。携帯も。服も。お金も。持ってたのは鍵だけで、それはロビーの床に放りだしてきた。二度と戻れないのはわかってたから」

ロッカールームのドアがあいてボビーが顔をのぞかせる。

「おふたりさん、そろそろ切りあげてちょうだい。あたし、ひと晩じゅうここに立ってるわけにいかないの。混んできたから、そろそろベッドに戻らないと、誰かに取られちゃう」

イングリッドとわたしがロッカールームから出てみると、シェルターにはさきほどよりさらに人が増えている。ボビーの言うとおりだ。ベッドはもはやすべてふさがっている。大半は眠っているか、何かを読んでいるか、黙ってどこかを見つめている人々で埋まっているが、いくつかは臨時の社交センターになり、女たちがかたまって座り、談笑している。館内は賑やかでざわざわしていて、イングリッドがバスターミナルや駅を離れなかった理由がよくわかる。人が大勢いるところは安全なのだ。

わたしたちふたりには。

でも、〈バーソロミュー〉にはもうひとりアパートメント番が残っている。彼はひとりぼっちだ。

それに気づいたとたん、もうひとつの考えが生まれる。その考えの恐ろしさに心臓が早鐘《はやがね》を打つ。

わたしは携帯を取り出して検索履歴をスクロールし、さきほど見つけた月齢サイトへ戻る。

今年が何年かを入力する。

今月が何月かを入力する。

結果が表示されると、わたしは館内のほかの人々が話をやめてこちらを見るほど大きな声をあげてしまう。イングリッドとボビーが心配してわたしを囲む。

「どうしたの?」イングリッドが言う。

「帰らなくちゃ」わたしはふたりから離れて出口へ向かう。「ボビーと一緒にいて。ほかの人は信じちゃだめよ」

「どこ行くの？」とイングリッドが後ろから声をかけてくる。

「〈バーソロミュー〉。ディランに警告してあげなくちゃ」

ものの数十秒で体育館を出て、建物を出て、通りに出ると、月はあいかわらず明るく丸く輝いている。

今月二度目の満月。

ブルームーンだ。

42

払うお金もないというのに、〈バーソロミュー〉へ帰るのにタクシーに乗る。

お財布は空っぽだ。

銀行口座も。

でも、いまはスピードが何より大切だ。自分に二十分だけあたえることにする。そのあいだに〈バーソロミュー〉へ戻り、持ってこられるだけのものを持ち、ディランに会い、あの建物とおさらばするのだ。説明もなく。さよならも言わず。はいって出てくるだけ。鍵は建物を出るさいにロビーに落としていく。

早くも予定より遅れている。八番街は渋滞していて、タクシーは五分で二ブロックしか北へ進まない。後部座席に座ったわたしは、不安といらだちの強力なコンビを相手に全身をざわつかせている。震える手で携帯を持ち、ディランにかける。

呼び出し音が鳴る。

赤信号で停止していたタクシーが、青信号になるのと同時に猛然と走りだす。

二度目の呼び出し音。

もう一ブロック駆けぬける。

三度目の呼び出し音。

もう一ブロック通過。あと十六ブロック。

四度目の呼び出し音。

次のブロックが迫ってくるが、タクシーは赤信号で急停止する。わたしは前へ投げ出されて、運転席とのあいだのアクリルガラスの仕切りにぶつかりそうになる。携帯が手から転げ落ちる。

呼び出し音は鳴りつづけるが、タクシーの床から聞こえるその音は遠く、きんきんしている。呼び出し音がやみ、ディランの留守番電話のメッセージに切り替わる。

「こちらはディラン。どうすればいいかはわかるよな」

わたしは携帯を拾いあげ、それに向かってほとんど怒鳴る。

「ディラン、イングリッドを見つけた。彼女は無事。エリカの居どころは知らないって。でも、あなたはそこを出なくちゃだめ。いますぐ」

運転手が顔を上げ、何ごとかとルームミラーでこちらを見る。眉を上げ、額に皺をよせて。わたしを拾ったことを早くも後悔している。一分後にはもっと後悔するはずだ。

わたしは眼をそらして、こぼれ出てくる言葉をなおも留守電にわめきつづける。

「いまタクシーでそっちへ向かってる。できれば外で待ってて。ほかのことはそこを出てから説明するから」

わたしが電話を切ると信号が変わり、タクシーはふたたび加速して猛スピードでコロンバス・サークルを走りぬける。すると右手の建物が途切れて、木々におおわれた広大なセントラルパークが現われる。

あと十三ブロック。

ディランにテキスト・メッセージを送る。

電話して。

すぐにもう一通、もっと切迫したメッセージを送る。

あなたの身が危ない。

タクシーはさらに一ブロックを駆けぬける。残り十二ブロック。

落ちつこう、集中しよう。そう自分に言い聞かせる。

あせっちゃだめ。

考えて。

そうすればこの窮地から抜け出せる。あせりは禁物。パニックはさらなるパニックを生むだけ。

落ちついて合理的にものを考えれば、きっとうまくいくはずだ。でも、その合理的思考も、時計をチェックしたあとは不可能になる。十分もタクシーに乗っているのにまだ半分も進んでいない。

脱出しよう。

次の信号でタクシーが停まると、わたしはぱっとドアをあけて車から飛び出す。後ろで運転手がわめきだすが、こちらはほかの車線の車のあいだを縫って歩道にたどりつくのにいそがしくて、聞いている暇はない。運転手がクラクションを鳴らす。すばやく二度、怒りをこめて鳴らしたあと、長々と。その音がブロックを走っていくわたしを追ってくる。

それを聞きながら駆け足で道を渡る。

あと十一ブロック。

そのまま走りつづけ、ペースを速めて全力疾走する。たいていの人はわたしが近づいてくる足音を聞いて脇へよける。よけない人は押しのけていく。

厳しい視線や怒りの仕草は無視して通りすぎる。頭にあることはふたつだけ。一刻も早く〈バーソロミュー〉にたどりつくことと、たどりついたらこんどは、できるかぎり迅速に立ち去ることだ。

落ちついて。

集中して。

はいる。

出る。

走りながら、12Aから何を持ち出すかを考える。ベッドの横に置いてある家族の写真。それが最優先だ。十五歳のわたしが撮ったジェインと両親。それ以外のものはどれもまた手にはいる。

それに、携帯の充電ケーブルと、ノートパソコンと、多少の衣類も。ひと箱に収まる分だけ。あとは置いていく。往復している暇はない。時間は刻々と過ぎているし、全力で走っているというのにブロックの数はちっとも減らないのだから。

あと五ブロック。

四ブロック。

三ブロック。

次のブロックの端にたどりつくと信号を無視して通りを渡り、走ってくるレンジローバーにはねられそうになる。

それでも走りつづける。肺が燃えている。脚も。膝が悲鳴をあげる。心臓が胸郭を突き破るのではないかと思うほど激しく打つ。

〈バーソロミュー〉に近づくとわたしはスピードを落とす。無意識のクールダウン。建物に近づきながらディランの姿を探して歩道を見渡す。

いない。

よくない徴候。

見えるのはチャーリーだけ。入口に立ってドアをあけたまま、わたしが中にはいるのを待っている。

「こんばんは、ジュールズ」もじゃもじゃの口髭の奥に気さくな笑みが広がる。「ずいぶんいそがしかったんですね。一日じゅう外出とは」

わたしはチャーリーの顔を見て、彼はどこまで知っているのだろうかと考える。

何もかも？

それとも何も知らない？

何か言ってあげたくなる。助けを求めたくなる。わたしと同じように大急ぎでここを出ていくべきだと忠告したくなる。でも、そんな危険は冒せない。

いまはまだ。

「職探しよ」と無理に微笑んでみせる。

チャーリーは問いかけるように小首をかしげる。「成果はありました？」

「ええ」わたしは言葉を切って時間を稼ぐ。そこで思いつく。出ていくのにちょうどいい、理にかなった口実を。「働き口を見つけたの。クイーンズで。でも、通うのには遠いから、ここにはもう住めない。部屋が見つかるまで友達のところに居候させてもらうつもり」

「出ていくんですか？」

わたしはうなずく。「これからすぐに」

チャーリーは顔を曇らせる。その失望が心からのものなのか、それともわたしの笑顔と同じくうわべだけのものなのか、判断がつかない。彼がこう言ったあとでさえ。「そうですか、それは残念ですね。あなたと知りあえて楽しかったですよ」

チャーリーはまだドアをあけたまま、わたしが中にはいるのを待っている。わたしはためらい、入口の上にいるガーゴイルたちをすばやく一瞥する。

彼らを風変わりで面白いと思ったことも前にはあった。でもいまは、この建物のほかのすべてと同じく、身の毛がよだつ。

中にはいると、〈バーソロミュー〉は静まりかえっている。ロビーにもディランの姿はない。誰の姿も。まったく人けがない。

わたしはエレベーターへ急ぐものの、体がそれに抵抗する。もはや意志の力だけで歩いている。いやがる筋肉を無理に動かしてエレベーターに乗りこみ、格子を閉め、十一階のボタンを押す。

エレベーターは上昇し、不気味に静まりかえった建物の高みへわたしを連れていく。十一階に着くと、急いでエレベーターを飛び出してディランの部屋の前まで行く。

ドアをノックする。コンコンコン、とすばやく三回。

「ディラン？」

もう一度ノックする。こんどはもっと強く、ドアが振動するほどドンドンと。

「ディラン、いる？　急いでここを――」

ドアがすっとあき、わたしの拳は空振りしてそのまま脇に垂れる。レスリー・イーヴリンが現われる。黒いシャネルのスーツを鎧のようにまとい、作り笑いを浮かべて、あいた戸口をふさぐ。

雷のように轟《とどろ》いていたわたしの心臓がぴたりと止まる。

「ジュールズ」レスリーの声は吐き気をもよおすほど甘ったるい。毒入りの蜂蜜。「なんとまあうれしい驚きだこと」

自分の体が横へ傾いていく。いや、傾いているわけではなく、そう感じるだけかもしれない。ショックのあまりめまいがし、バランスを失ってふらついているだけかも。レスリーがディランの部屋にいる理由はひとつしか考えられない。

手遅れだったのだ。

ディランはつかまったのだ。

メガンやエリカや、何人いるのかもわからないそれ以前の人たちと同じく。

「何かお手伝いできることはあるかしら？」とレスリーはさも気づかうように睫毛《まつげ》をわななかせる。

わたしはぽかんと口をあけているが、言葉は出てこない。恐怖とショックで声を失っている。かわりにイングリッドの声がサイレンのように脳裡に響きわたる。

全力で逃げて。

わたしはそうする。

レスリーから逃げる。廊下を。階段へ。

おりるのではなく、のぼる。のぼらざるをえない。ほかの連中がロビーで待ちかまえているかもしれない。

選択肢は12Aしかない。12Aにたどりつければ、ドアに鍵をかけ、警察に電話して警官に来てもらい、建物から連れ出してほしいと頼む。それがだめでも、イングリッドの銃がある。だからわたしは階段をのぼりはじめる。たとえ膝が疼き、手が震え、ショックで頭が呆然としていようと。

階段をのぼる。

のぼりながら段数を数える。

十段。踊場。十段。

ようやく十二階にたどりつき、廊下を走る。息が切れ、肺が痛む。まもなく、安堵のあまり泣きそうになりつつ12Aの室内にはいる。

ドアを閉めて施錠する。

仮締まり錠。本締まり錠。チェーン。

ほんの一瞬だけ、ぐったりとドアにもたれて息を整える。それから廊下を進み、ふたたび階段を、こんどはもう少しゆっくりのぼる。

寝室にあがると、まっすぐにナイトスタンドのところへ行って、額にはいった家族の写真をつかむ。ほかのものはすべて捨ててかまわない。必要なのはこれだけだ。

写真を小脇にはさんで、最後にもう一度、螺旋階段をおりる。あとはキッチンへ行って警察に電話し、銃を取り出し、それを膝に載せて座り、助けが到着するのを待とう。

階段をおりて廊下に出たところで、わたしは立ちどまる。

ニックがいる。

ホワイエのすぐ手前にぴたりと立ちはだかり、わたしがどうあがいても出ていけないように進路をふさいでいる。何かを手に持っているけれど、わたしに見えないよう背中に隠している。

顔は無表情だ。その空白のスクリーンにわたしは自分の恐怖を無数に投影する。

「やあ、お隣さん」と彼は言う。

43

「どうやってここへはいったの？」とわたしは訊く。

無駄な質問。答えはもうわかっている。ニックの背後を見ると、書斎の書棚の一部が壁からずれている。その奥に暗い長方形が見える。ふたつのアパートメントを結ぶ通路だ。そこを調べればきっと、11Aと11Bの両方につづく小さな階段も見つかるだろう。

ニックはいつでも好きなときに12Aにはいってこられたわけだ。というか、とっくにそうしていたのだろう。あの朝わたしの聞いた物音。靴下で絨毯を歩くような、ドレスの裾がテーブルの脚をこするような、柔らかいシュッシュッという音。

あれはニックだったのだ。

ニックが幽霊みたいに出入りしていたのだ。

「ディランはどこ？」おびえきったわたしの声は、もはや自分のものとは思えない。うわずって震えていて、別人の声に聞こえる。赤の他人の声に。「彼に何をしたの？」

「レスリーが教えてくれなかった？　彼は出ていったよ」

そう言いながらニックはにやりとする。口の端が薄気味悪くほんの少し持ちあがる。それを見てわたしはディランが死んだのを確信する。吐き気が猛烈にこみあげてくる。わたしは胃を押さえる。空っぽでなかったらいますぐ戻していただろう。出てくるのは空えずきだけだ。

「お願いだから出ていかせて」わたしは懸命に唾を呑みこんで、息をしようとあえぐ。「ここで起きてることは誰にも話さない」

「いったい何が起きてると思ってるんだ？」ニックは言う。

「なんにも」とわたしは答える。そんな白々しい嘘ひとつでニックが納得して、わたしを見逃してくれるはずもないのに。

ニックは悲しげに首を振る。「それが事実じゃないのはおたがいにわかってる」

彼は一歩前に出る。わたしは逆に二歩あとずさる。

「取引きしよう」と彼は言う。「もしきみがイングリッドの居どころを教えてくれたら、ことによると――ことによるとだけど――ぼくらは彼女をつかまえて、きみを助けてあげてもいい。どうかな？」

嘘に決まっている。わたしの嘘と同じくらい白々しい嘘。

わたしが黙っていると、ニックは言う。「それはノーということかな。残念だよ」

彼はまた一歩近づいて、背後に隠していたものを見せる。

スタンガン。先端に青い火花が走る。

わたしは廊下をダッシュして右に曲がり、キッチンへ飛びこむ。中にはいると膝をつき、シンクの下の戸棚の前まで床を滑っていく。扉をあけて靴箱をつかもうとし、手が箱の横をたたいたとたん、蓋がずれる。

中は空っぽだ。

ひとつの記憶がよみがえる。なぜ銃を置いていったの、とイングリッドにメッセージを送るわたし。そのメッセージをイングリッドは結局読まなかったのだ。

わたし以外にそのメッセージのことを知っているのはニックしかいない。

後ろの廊下から彼の声がする。

「きみの生存本能には敬服するよ、ジュールズ。本当に。でも、室内に銃を置いておくのは危ないからね。取りのぞいて、安全な場所に移さざるをえなかったんだ」

角を曲がってニックがキッチンにはいってくる。まったくあわてていない。あわてる理由がない。わたしはこうして追いつめられているのだから。ひとりぼっちで武器もなく。身を守るものといえば家族の額入り写真しか持たないまま。それをわたしは盾のように体の前にかまえる。

「暴力的に終わらせる必要はないんだよ」とニックは言う。「おとなしく身柄をゆだねてくれ。そのほうが簡単だ」

わたしは必死でキッチンを見まわして武器になるものを探す。カウンターに載っている木製のナイフブロックは、ニックの立っている場所に近すぎるし、ガラクタ入れの抽斗は、わたしのところから遠すぎる。どちらへ動いても、動いたとたんに襲われるだろう。

でも、何かやってみなくてはならない。ニックがなんと言おうと、おとなしくつかまるなんていう選択肢はありえない。

右手のオーブンとシンクのあいだに戸棚がある。扉を引きあげると、奥の昇降機が現われる。ニックが動きだすのと同時に、わたしは上体を中へ入れる。上体がはいったところで、ニックがスタンガンの火花を飛ばしながらやってくる。わたしは彼を蹴りつける。がむしゃらに。激しく。悲鳴をあげて。足が胸に命中する。

恐怖でなかば眼をつむっていても、スタンガンがまたバチバチと青い火花を飛ばすのが見える。もう一度、こんどはもっと上を狙って足を蹴り出すと、踵《かかと》の裏でニックの眼鏡がバリッと割れる。

ニックはあっと叫んで後ろへよろける。

スタンガンが放電をやめて床に転がる。

脚を昇降機に引き入れたとたん、中がどれほど狭かったかを思い出す。両手でロープをぐっと引っぱる。昇降機はすとんと降下しはじめ、わたしは闇に放りこまれる。

ロープを放すまいとするものの、昇降機の降下速度が速すぎて手のひらがずるずるこすれ、火傷しそうになる。手を離してロープを両膝ではさみ、それで減速しようとする。

効果があがっているのかどうかはわからない。暗すぎるし、昇降機はわたしの体重でギシギシとやかましくきしむ。膝のあいだに熱い一本の線が生じる。ジーンズのデニムが摩擦で熱くなる。わたしは膝を離してまた悲鳴をあげるものの、昇降機はその声を呑みこんで下のアパートメントにガシャンと突っこむ。

衝撃が全身に伝わる。首ががくんとのけぞり、痛みが背骨を駆けあがり、手足が昇降機の壁をたたく。

それがすべて終わると、わたしは闇の中で痛みをこらえて待つ。動けないほどの怪我をしたのだろうか、と不安に駆られる。怪我をしているのは事実だからだ。それはまちがいない。熱い痛みが首を取り巻いて疼いている。熱の輪縄。

でも、昇降機の扉を上げ、痛めつけられた体に衝撃をあたえないよう慎重に這い出すことはできる。11Aのキッチンの床にそっとおりると、驚いたことに、自分がのろのろとではあれ、歩けるのがわかる。痛みで一歩ごとに脚を引きながら。

歯を食いしばって進み、キッチンを出てホワイエにはいり、ドアを引きあける。

11Aの外に出ると、痛みは一歩ごとに薄れていく。恐怖のせいだろう。それともアドレナリンか。どちらでもいい。もっと速く廊下を歩かせてくれるのなら。

近づいていくと、エレベーターはなんとまだ十一階に停まっている。奇跡中の奇跡。わたしを待っていたとでもいうように、扉があいている。そちらへ駆けだしたとき、左側で何かが動いたのに気づく。

ニックだ。

スタンガンをバチバチさせながら十二階から階段をおりてくる。片耳からぶらさがった眼鏡が顔を斜めに横切り、右のレンズが割れて、眼の下の切り傷から血が赤い涙のようににじみ出ている。

わたしはエレベーターに飛びこんでロビーのボタンをたたく。

外側の扉が閉まったところでニックがエレベーターにたどりつく。格子のあいだから腕を突っこんで、スタンガンをセントエルモの火さながらにスパークさせる。

わたしは内側の格子をつかんで彼の腕にたたきつけ、外格子に押しつける。

いったん格子を戻してからもう一度同じことをする。

こんどはもっと激しく。

たまらずニックはスタンガンを取り落として腕を引っこめる。

わたしはガシャンと格子を閉め、エレベーターはわたしを乗せてくだりはじめる。十一階のフロアが頭上に消える前に、ニックが階段にまわるのが見える。

十階。

ニックが階段を駆けおりてくる。姿はまだ見えないけれど、大理石をたたく靴音が響いてくる。

九階。

ニックはさらに近づいてくる。彼の靴が階と階のあいだの踊場を横切るのがちらりと見えたあと、すぐに視界から消える。

八階。

助けてという悲鳴が肺の中でふくらむ。わたしはそれを抑える。悲鳴など無視されることは、イングリッドのときでもうわかっている。

七階。

マリアンがエレベーターの前に立ってこちらを見ている。化粧もせず。サングラスもかけず。病的に黄ばんだ顔で。

六階。

ニックはマリアンの後ろを通り過ぎるとスピードをあげる。いまや全身が見える。めまぐるしく動く姿が、エレベーターとほぼ同じ速度でおりてくる。

五階。

スタンガンを拾いあげてみると、びっくりするほど重たい。

四階。

脇についているボタンを試しに押してみる。先端にバチッと火花が走る。

三階。

ニックはあいかわらずこちらと同じペースでついてくる。わたしはエレベーターの中で体を一回転させつつ、窓から彼の動きを追う。十段、踊場、また十段。

二階。

格子に手をかけて、エレベーターが止まりしだい引きあけられるよう準備する。

ロビー。

わたしがエレベーターから飛び出すのと同時に、ニックは最後の十段にさしかかる。わたしのリードはざっと三メートル。もっと少ないかもしれない。

ふり返りもせず、がむしゃらにロビーを走る。心臓が早鐘を打ち、頭がくらくらし、体があまりに痛むので、手にしているスタンガンも、小脇にはさんでいる家族の写真も感触がない。視野がせばまり、三メートル先の出口しか見えなくなる。

あと一メートル。

あと三十センチ。

安全はもうそのドアのすぐむこうにある。

警官も、歩行者も、見ず知らずの人も、みんな足を止めて助けてくれるはずだ。

わたしはドアにたどりつく。

ドアを押しあける。

誰かがわたしを押しもどす。大きなどっしりした存在。視野がふたたび広がって、帽子と制服と口髭が眼にはいる。

チャーリー。

「出ていかせるわけにいかないんですよ」と彼は言う。「申し訳ないんですが。あの人たちが約束してくれたもので。娘に約束してくれたんです」

考えもせずにわたしはスタンガンを放電させ、チャーリーのおなかに押しつける。先端がバチバチと火花を飛ばし、チャーリーは苦悶《くもん》のうめきとともに体をふたつに折る。

わたしはスタンガンを捨て、ドアを押しあけ、歩道を渡って道路へ駆けだす。

後ろからチャーリーが叫ぶ。「ジュールズ、危ない！」

足を止めずに後ろをふり返ると、チャーリーはまだ入口で体を折り曲げていて、その横にニックが立っている。

ほかにも何かが聞こえる。不協和音が。けたたましい警笛。キキーッというタイヤの音。どこかで誰かが悲鳴をあげる。まるでサイレンのように。

そのとたん、横から何かに激突されて、わたしはなすすべもなくふっ飛ばされ、忘却へと放りこまれる。

現在

わたしは一気に目覚める。眼をしばたたいたりもしなければ、乾いた口で呑気にあくびをしたりもしないで、闇から光へと瞬時に移動する。だから気持ちは眠りに落ちる前と変わらない。

あせっている。

状況ははっきりと理解している。クロエの身が危ない。イングリッドも――あいつらに見つかったら。ふたりを助けなくてはならない。いますぐ。

見るとドアはあいている。部屋は明かりが消され、廊下は静かだ。ささやき声も、スニーカーの足音も聞こえない。

「すみません」喉がからからなので、ぶざまなしゃがれ声になる。「わたし――」

警察に電話したいんです。

そう言いたかったのだ。でも喉がくっついてしまって、それ以上声が出ない。咳払いをする。声を復活させるというより、看護師の注意を引くためだ。

それからもう一度、こんどはもっと大きな声で言ってみる。「すみません」

誰も返事をしない。

廊下にはいま誰もいないようだ。

電話機がないかとベッド脇のテーブルを見る。ない。看護師を呼ぶためのコール・ボタンもない。

ベッドから出てみると、幸いにも歩けることがわかる。とはいえ、あまり芳しくはない。脚に力がはいらなくてよろよろするし、体じゅうが痛む。それでもまもなくわたしは病室から廊下に出る。廊下は薄暗くて思いのほか短い。病室がほかにふたつと、いまは誰もいない小さなナースステーションがあるきりだ。

電話機はそこにもない。

「すみません」とわたしは声を張りあげる。「どなたかいませんか」

廊下の突きあたりにもうひとつ、しっかりと閉ざされたドアがある。

白い。

窓のないドア。

そして重たい。強引にあけようとしてみてそれがわかる。もう一度痛みをこらえて、うめき声とともに力をこめて引っぱると、ようやく動く。

ドアを通りぬけると、そこもまた廊下だ。

前に見たことがあるような気がする。最近の記憶はどれもそうだけれど、はっきり思い出せない。痛みと心配と鎮痛剤のせいで、ぼんやりしている。

歩いていくと曲がり角がある。そこを曲がるとまた廊下だ。

右手には、穏やかなアースカラーでまとめられたキッチンがある。シンクの上に絵が掛かっている。きれいな8の字を描いて自分の尻尾をくわえている蛇。キッチンのむこうにはダイニングルームがある。ダイニングルームのむこうには窓。窓のむこうではセントラルパークがオレンジ色の夕日に染まり、公園全体が燃えているように見える。

それを見たとたん、強烈な冷たい恐怖が体を駆けめぐる。

わたしはまだ〈バーソロミュー〉にいるのだ。

ずっと〈バーソロミュー〉にいたのだ。

悲鳴をあげたいのに、喉がそれを許さない。恐怖と乾燥でがっちり締めつけられている。

わたしは歩きだし、素足がぺたぺたと不安げにせわしなく床をたたく。二メートルも行かないうちに、後ろで声があがる。

それを聞くと、わたしの喉は乾燥と恐怖を押しのけてふたたびひらく。体の奥底から悲鳴がほとばしり出てくるが、すぐに手で口をふさがれてしまう。もうひとつの手でくるりと後ろを向かされ、相手の顔が見える。

ニックだ。

唇をきっと結び、眼を怒らせている。

その右にはレスリー・イーヴリン、左には注射器を手にしたワーグナー医師がいる。注射器の先端でしずくが震えたと思うと、医師は針をわたしの上腕に刺す。

たちまちすべてがぼやける。ニックの顔も。レスリーの顔も。ワーグナー医師の顔も。みんなテレビが故障したみたいに、かすんでぐにゃぐにゃになる。

わたしはあえぐ。

もう一度悲鳴をあげる。

大声で、憐れに、恐怖に駆られ。

その声が廊下を駆けぬけて壁に反響してくるのがまだ聞こえているうちに、すべてが薄れて無になる。

一日後

44

セントラルパークにいる家族の夢を見る。みんなボウ・ブリッジの真ん中に立っている。今回はわたしも一緒だ。

ジョージも。

橋にいるのはわたしたち五人だけで、月光に照らされた湖面に映る自分たちの姿をながめている。公園の奥からさらさらと風が吹いてきて水面に細波が立ち、みんなの顔がびっくりハウスの鏡に映った顔のように揺らぐ。

わたしは自分の顔がゆらゆらと水面をたゆたうさまが面白くて、それをじっと見つめる。それからみんなの姿を見て、何かがおかしいのに気づく。

全員がナイフを持っている。

わたしをのぞいて。

わたしは水面から顔を上げてみんなのほうを向く。わたしの家族。わたしのガーゴイル。

みんなナイフを振りあげる。

「おまえの居場所はここじゃない」と父が言う。

「逃げて」と母が言う。

「全力で逃げて」とジェインも言う。

ジョージは何も言わない。ストイックな石の眼でじっと見ているだけだ。うちの家族が飛びかかってきて、わたしを刺しはじめるのを。

45

二日後

わたしはゆっくりと目覚める。浮上することを知らないダイバーさながらに、暗い水中からしぶしぶ引きあげられる。意識を取りもどしたあとも眠気は去らない。濃い霧が体じゅうにもの憂く渦巻いている。

眼は閉じたままだ。体が重く感じる。やけに重く。

腹部に痛みがあるものの、部屋の反対側にある火のように遠い。熱がかろうじて伝わってくる程度だ。

まもなくまぶたがぴくぴくと動きだして、ようやく眼がひらくと、そこは病室だ。

前と同じ病室。

窓はない。片隅に椅子。白い壁にモネの絵。

頭に霧がかかってはいても、そこがどこなのかははっきりわかる。

わからないのは、自分の身にこれから起こることと、すでに起きたことだ。

体はわたしがいくら頑張っても動こうとしない。霧が重たすぎる。脚は使いものにならない。腕も。右手だけが動く――体の脇をぱたりと力なくたたく。

首をめぐらすのが、わたしにできる精一杯の動きだ。顔をゆっくりと左へ向けると、ベッドの脇に点滴スタンドが立っていて、細いビニールチューブがくねくねと左手につながっている。

頭に巻かれていた包帯がなくなったこともわかる。顔を反対側へ向けると、髪がさらさらと自由に枕の上を滑る。そちら側には家族の写真があり、ひび割れたガラスに自分の青白い顔が映る。

十あまりに割れたその血の気のない顔を見て、右手がふっと動く。驚いたことに、手を持ちあげられる。といっても、おなかに載せられるぐらいだ。

病院着の上に手を這わせる。ぺらぺらの生地の下に小さな盛りあがりが感じられる。絆創膏を貼ってあるのだろう。おなかの左上、乳房のすぐ下だ。触れると痛みが走る。電撃のように、霧を貫いてはっきりと感じられるほど。

痛みとともにパニックが襲ってくる。やみくもな恐怖が。何かがおかしいのはわかるけれど、それがなんなのかはわからない。

震える手をそろそろと脇腹に這わせていく。お臍《へそ》のすぐ左に、また別の不吉なふくらみがある。やはり絆創膏だ。

またしても痛み。

またしてもパニック。

おなかにさらに指を這わせていくと、また絆創膏がある。

下腹部の中央、お臍の数センチ下。こんどはもっと長い。押してみると、痛みはいっそう強まる。あえぎが漏れるほどの激痛に。

わたしに何をしたの？

そう口にしたつもりだけれど、出てきたのは、薄暗い部屋の静けさの中でやっと聞こえる程度のかすれ声だ。でも、わたしの頭の中では、喉をいっぱいにひらいた絶叫だ。

腹部の痛みがさらに激しく燃えあがる。この火はもはや遠くない。ここにある。わたしのおなかでごうごうと燃えている。わたしは動かせるほうの手でそこをつかむ。頭はなおも叫びつづけるけれど、かすれた声はうめきにしかならない。

病室の外で誰かがそれを聞きつける。

バーナードだ。駆けこんでくる彼の眼は、もはや親切とは言えない。わたしのほうをちらりと見るけれど、その視線はわたしを通りすぎている。わたしがふたたびうめくと、バーナードは姿を消す。

まもなくニックがはいってくる。

わたしはまた頭の中で絶叫する。

あっちへ行って！ お願いだから触らないで！

声になったのは最初の語だけ。力のない、かすれた「あっちへ」だけだ。

ニックはわたしの手をおなかから持ちあげてそっと脇へおろす。それからわたしの額に手をあてる。頬をなでる。

「手術は成功したよ」

わたしの頭にひとつの疑問が生まれる。

なんの手術？

そう訊こうとするものの、半音節つぶやいただけで、頭にふたたび霧がかかる。それが疲労のせいなのか、またしても何かを注射されたせいなのかはわからない。たぶん後者だろう。眠気が襲ってくる。わたしはまたダイバーになり、どんよりした深みへ沈んでいく。

意識がなくなる前に、耳元でニックがささやく。

「だいじょうぶだよ。心配要らない。いまのところぼくらは、片方しか腎臓を必要としていないから」

三日後

46

いったい何時間たつのか。もしかすると何日もだろうか。

それが判然としないのは、わたしの存在がいまやふたつの状態に限定されているからだ——眠っているか、目覚めているか。

いまは目覚めているものの、頭の霧のせいではっきりとはわからない。あまりにぼんやりしているので、すべてが夢のように思える。

いや、ただの夢ではない。

悪夢だ。

現実とも悪夢ともつかないその状態のなか、ドアのすぐ外から人声が聞こえてくる。男と女だ。

「休んでいなくちゃだめだ」男が言う。

訛りがある。ワーグナー医師だ。

「ちょっと会うだけでいいの」と女が言う。

「よしたほうがいい」

「つべこべ言わないで。いいから中へ入れて」

それにつづいてブーンというなり。ゴムタイヤが床にこすれる音。誰かが動いている。かさかさの荒れた手で自分の手をつかまれても、朦朧としたわたしはそれを引っこめられない。眼をほんの少しだけあけてみると、グレタ・マンヴィルがいる。いかにも小さく華奢《きゃしゃ》な姿で車椅子に座っている。皮膚は骨に貼りつき、紙のような白さの下にジグザグの血管が透けて見える。わたしは幽霊を連想する。

「あんたを望んだわけじゃないの」と彼女は言う。「それを伝えたくて」

わたしは眼を閉じて、何も言わない。その力がない。

グレタはそれを察知して、さらなるおしゃべりで沈黙を埋める。

「イングリッドのはずだったの。あの人たちにはそう言われてた。あの娘は面接のとき医療記録を見せろと要求されて、あの人たちにそれを渡した。するとなんと、適合候補者だった。ところが出てっちゃったから、あんたしかいなくなったの。適合者は。あたしに選り好みはできなかった。あんたか、さもなくば確実な死か。で、あたしは生きることを選んだ。あんたは命の恩人よ、ジュールズ。いつまでも感謝する」

わたしはふたたび眼をあけ、グレタを見つめる。わたしの着ているのと同じような病院着を着ている。12Aの寝室の壁紙と同じライトブルーの。襟元に、マージョリー・ミルトンがつけていたのとそっくりな金のブローチがとめてある。

ウロボロス。

わたしは握られていた手を引っこめて悲鳴をあげ、またしても眠らされる。

47

目覚める。

眠る。

また目覚める。

霧はいくぶん晴れている。いまでは腕も動かせるし、爪先も曲げ伸ばしできる。点滴の針やカテーテルが差しこまれるのも、痛みとともに感じる。室内に誰かがわたしと一緒にいるのさえわかる。その人物の存在は、皮膚に刺さった棘《とげ》のようにわたしの孤独を破る。

「クロエ?」とわたしは一縷の希望にすがりついて言う。きっとこれはみんな悪夢だったのだ。眼をあけたら自分はクロエのカウチに座っていて、アンドルーの浮気に打ちひしがれ、職探しの心配をしているのだ。

そんな心配なら甘受しよう。

喜んで受けいれよう。

わたしはまた彼女の名を口にする。願望を。何度も口にしていれば現実になるかもしれない。

「クロエ?」

「いいや、ジュールズ、ぼくだよ」

男だ。聞き憶えがあると同時に、聞きたくもない声。

わたしは眼をあける。何を投与されたのか知らないけれど、視界がかすむ。誰かがベッド脇の椅子に座っているのがぼんやりと見える。その人物にゆっくりと焦点が合う。

ニックだ。

新しい眼鏡をかけている。鼈甲縁ではなく平凡な黒縁の。右眼のまわりにひどい青痣《あおあざ》ができている。わたしに蹴られた痕だろう。できれば反対の眼もそうしてやりたい。でもいまのわたしにできるのは、ここに横になって彼の視線の虜になることだけだ。

「気分はどう？」ニックは言う。

わたしは黙ったまま天井を見つめる。

ニックは水のはいったプラスチックのタンブラーと、小さな紙のカップをベッド脇のトレイに置く。カップにはベビーアスピリンほどの大きさの、チョークじみた白い錠剤が二錠はいっている。

「痛み止めを持ってきたよ。楽になってほしいんだ。なにも苦しむ必要はないからね」

わたしはあいかわらず返事をしないが、たしかに痛みはある。腹部がずきずきと激しく疼いている。でも、それを歓迎している。それだけが恐怖と怒りと憎しみから気持ちをそらせてくれるからだ。その痛みが消えたら、わたしは暗い感情の沼にはまりこんで二度と抜け出せなくなるかもしれない。

痛みがあれば明晰《めいせき》でいられる。

明晰であれば生き延びられる。

だからわたしは沈黙を破って、きのうは言葉にする体力のなかった質問をする。

「わたしに何をしたの？」

「ワーグナー医師とぼくで左の腎臓を摘出して、必要とする受容者《レシピエント》に移植した」それがグレタだということをわたしがまだ知らないとでもいうように、ニックは彼女の名前を口にするのを避ける。「通常の処置だよ。優秀だよ。合併症は出なかった。レシピエントの体は移植された臓器に良好な反応を示してる。患者が高齢になればなるほど、移植された臓器を体が拒絶するのが普通だからね」

わたしは力を振りしぼってもうひとつ質問する。「なぜそんなことをしたの？」

ニックはそんな質問をされたのは初めてらしく、不思議そうな顔をする。いったいどれほどの人がこんな目に遭わされ、質問もできずに終わったのだろう。

「通常の場合、ぼくらはドナーにはなるべく事情を教えないようにしてる。そのほうが無難だ。でも、これは通常の場合じゃないからね、きみの迷妄を打破してみるのも悪くないだろう」

ニックは露骨な嫌悪をこめてその単語を発音する。こんな言葉を口にしなければならないのはおまえのせいだと言わんばかりだ。

「一九一八年にスペイン風邪がどこからともなく流行して、世界中で五千万人以上が死亡した。これがどのくらいすごい数字かは、同時に進行中だった世界大戦による死者がほぼ千七百万人だと言えばわかるだろう。アメリカ国内でも五十万人以上が死亡した。トマス・バーソロミューは医者としてこの戦いの最前線に立っていてね。友人や同僚ばかりか家族が急死するのをまのあたりにした。この風邪は分け隔てをしなかったんだ。無慈悲だったんだよ。金持ちだろうが貧乏人だろうが、おかまいなしに殺したんだ」

あのやりきれない写真をわたしは思い出す。路上に並べられた使用人たちの死体。そこに掛けられた毛布。汚れた足の裏。

「トマス・バーソロミューは、この風邪で大金持ちが安アパートの貧乏人と同じくらいころりと死ぬことが納得できなかった。裕福な人間は優秀な遺伝子を持ってるんだから、何も持たない連中、家柄もないつまらない連中より感染しにくいのが筋じゃないか？　そこで彼はひとつの施設を造ることに生涯をかけることにした。大衆を悩ませる多くの病気から重要人物たちを守って、彼らが快適で贅沢に暮らせる場所をね。こうして〈バーソロミュー〉が誕生したんだ。この建物はぼくの曾祖父の意思によって生まれたんだよ」

痛みと薬物で曇った脳裡にひとつの記憶が浮かんでくる。ニックとわたしが彼のダイニングルームでピザとビールを前に話をしている。

〝うちは曾祖父を筆頭にして、代々みんな外科医でね〟

すぐに別の記憶がそれにつづく。ふたりでキッチンにいて、ニックがわたしの健康状態をチェックしながら雑談でわたしの気を紛らす。わたしが自分の名前の由来を話したあと、彼はニックがニコラスの愛称だというわかりきった事実を明かす。けれども——そのときも、そのあとも——姓は明かさなかった。

でも、いまのわたしはそれを知っている。

バーソロミューだ。

「曾祖父の夢はあまり長続きしなかった」とニックは言う。「彼の最初の仕事は、スペイン風邪がふたたび流行しても住人を守れる方法を見つけることだった。ところがそれは失敗した。それもあっと言うまに。彼が守ろうとしたはずの人たちが何人も病気になったんだ。死んだ人もいる」

死んだ使用人たちのことは口にしない。する必要がない。彼らの役割はわかる。

被験者。

異常な考えに取り憑かれた医者の実験台にされた人々。

金持ちを治療するために貧しい者を感染させたのだ。でも明らかに、それはもくろみどおりに行かなかった。

「警察が乗り出してきそうな情勢になると、曾祖父は捜査を開始させないようにするほかないと考えるようになってね。命を絶った」とニックは話をつづける。「でも、ウロボロスは死なない。生まれ変わるだけだ。だから祖父は、医学部を卒業すると父親の仕事を引き継ぐことを選んだ。ただし彼はもっと慎重だった。もっと目立たないやりかたをした。ウイルス学から延命へと軸足を移したんだ。富は権力をもたらす。権力は人に社会的重要性をもたらす。そして真に重要な人々というのは、下々の人間より長生きをする価値がある。ぼくらが新たなエピデミックに直面すればなおさらね」

語るうちにニックはどんどん熱中してくる。生えぎわに汗が光り、眼鏡の奥で眼が爛々と輝く。もはや座っていられなくなり、立ちあがって室内を行ったり来たりしはじめる。モネの絵の前を横切り、あいたままのドアの前を通りすぎて、また戻ってくる。

「いま現在、臓器移植を待っている人は何十万人もいる。なかには重要人物もいる。とても重要な人物も。それでも彼らは列に並んで順番を待てと言われる。だけど待てない人たちもいる。毎年八千人が、命を救ってくれる臓器を待ちながら死んでるんだ。考えてもみてくれ、ジュールズ。八千人だよ。しかもそれはアメリカ一国でだ。ぼくがやってるのは――うちの家族がずっとやってきたのは――一般人と同じように順番を待ってはいられないほど重要な人たちに、選択肢を提供することなんだ。謝礼と引き換えに、彼らにその列を飛びこえさせてあげることなんだよ」

ニックが口にしないのは、そのいわゆる重要人物たちを列の先頭に移動させるには、それと同数の重要ではない人たちが必要になるということだ。

たとえばディランとか。

エリカとか、メガンとか。

わたしとか。

みんな小さな広告ひとつでここへおびきよせられた。アパートメント番求む。高給優遇。

レスリー・イーヴリンにお電話を。

そしてあっさり姿を消す。

わたしたちの破壊がもたらす創造。

わたしたちの死がもたらす生。

それがあのウロボロスに秘められた意味だ。

不死ではなく、避けられない死神の手を数年ばかりかわそうとする懸命のあがき。

「コーニリア・スワンソン。彼女はなんだったの？」とわたしは訊く。

「患者さ」とニックは答える。「最初の移植の。それが……失敗したんだ」

つまり、イングリッドもわたしも誤解していたわけだ。これはマリー・ダミヤノフとも、〈黄金の聖杯〉とも、悪魔崇拝とも関係ない。カルトの集会もない。死にかけた金持ちの一団が金に糸目をつけずに自分の命を救おうと必死になっているだけであり、それにニックが協力しているだけなのだ。

わたしは激痛に耐えて体を横に向ける。これでニックを見なくてすむのであれば、その価値はある。でも、我慢できずにさらに質問してしまう。明晰でいるために。

「ほかに何を取るつもり？」

「肝臓」

ニックは呆れるほど平然と言ってのける。わたしを人間と見なしてさえいないようだ。

あの晩はどんなことを考えていたのだろう。自分の寝室でわたしにキスをし、服を脱がせ、交わったとき。あのときでさえわたしをチェックしていたのだろうか？　わたしの体から取れるものを数えあげて、いくら稼げるか計算していたのだろうか？

「それは誰のものになるの？」

「マリアン・ダンカンだ。彼女は肝臓が悪いんだよ。とても」

「あとは？」

「心臓」そこでニックはちょっと黙りこむ。わたしの気持ちへの初めての配慮。「それはチャーリーのような人たちが〈バーソロミュー〉で自発的に働くのには理由があるはずだと思ってはいたけれど、いまそれがわかった。典型的なご褒美だ。上流階級は昔からそれを利用してきた。庶民は彼らの汚れ仕事を引き受けるかわりに、見返りを得るわけだ。

「じゃ、レスリーは？　ワーグナー医師は？」

「ミセス・イーヴリンは〈バーソロミュー〉の使命の信奉者だ。亡くなったご主人がうちの父の代に心臓移植を受けていてね。彼が亡くなったとき——といっても、予想以上に長生きをしてだけど——円滑な運営に力を貸そうと申し出てくれたんだ。だからもしぼくのサービスが必要になったら、彼女はもちろん列の先頭になる。ワーグナー医師のほうは、ただの外科医だよ。腕はすごくいいんだけど、二十年以上前に、酒を飲んで手術に現われて免許を失ってね。需要の増加で助手が必要になったうちの父が、彼にはとうてい拒めない条件で雇ったんだ」

「わたし、あなたを憐れむ」とわたしはニックに言う。「憐れむし、憎むけど、でも、あなたが自分を憎んでるほどじゃない。あなたは自分を憎んでる。それはまちがいない。じゃなかったら、こんなことはできない」

ニックはわたしの脚をぽんとたたく。「おあいにくさま。ぼくに罪悪感を持たせようとしても無駄だよ。さあ、薬を服んで」

カップを手に取ってわたしに差し出す。わたしは力を振りしぼってそれを彼の手からはたき落とす。カップは床に落ち、錠剤は部屋の隅へ転がっていく。

「ジュールズ」とニックは溜息をつく。「駄々をこねないでくれ。ぼくらはきみに残された時間を快適にすることも、めちゃくちゃ不愉快にすることもできるんだよ。それはきみしだいだ」

それだけ言うと、彼は部屋を出ていく。後始末はジャネットの仕事になる。一分後にジャネットが、地下室で初めて言葉を交わしたときと同じ紫の医療着と鼠色のカーディガンという格好ではいってくる。

新たな錠剤をトレイに置き、床に落ちたほうを拾おうと前かがみになったとたん、ライターがポケットから落ちてそれらと一緒になる。ジャネットは小声で悪態をついて全部を拾いあげる。

「薬を服まないとまた注射するよ」とライターをポケットに突っこみながら言う。「どっちでも好きにして」

どちらでも変わりはしない。どのみち目的は同じなのだから。わたしの痛みを和らげるだけではない。

鎮静だ。

弱らせておくことだ。

そうすれば次の臓器提供のとき、わたしは騒ぎを起こさずにおとなしくしているはずだ。

そのふた粒の錠剤を――白い紙の巣の中の小さな卵を――見つめていると、両親のことを考えずにはいられない。両親もまた選択したのだ。勝ち目のない戦いをつづけるか、それとも優しい死の抱擁にみずから身をゆだねるか。

いまのわたしも同じような選択を迫られている。抵抗して確実に負けて、残されたわずかな時間を、ニックの言い草を借りれば〝めちゃくちゃ不愉快にする〟か。でなければ、両親と同じ道を選ぶか。

諦めて。

屈服して。

そうすれば、もはや苦痛はない。悩みもない。心配ごとも、傷心も、ジェインの運命を案じることもない。あるのは安らかなまどろみだけ。そこでは家族が待っている。

わたしはベッド脇のテーブルに置かれた写真のほうを向く。みんなの顔はガラスにはいったひびで、ずたずたになっている。

砕けた額。砕けた家族。

それを見て、わたしはどちらを選ぶべきかを悟る。
カップをつかんで中身を口へ放りこむ。

四日後

48

ドアはいつも閉まっている。しかも外から鍵をかけられている。目覚めているまれな時間には、錠がカチャリと音を立ててから、人がはいってくるのがわかる。それも頻繁に。人が絶えず出入りしている。薬物によってもたらされたわたしのまどろみを、さながらパレードのように通過していく。

まずはワーグナー医師。彼はわたしの生命徴候をチェックし、わたしに錠剤と朝食のスムージーをあたえる。わたしはすなおに錠剤を口に入れる。スムージーには手をつけない。

次はジャネットとバーナード。彼らはおしゃべりをしながらわたしの包帯を取り替え、カテーテルを交換し、点滴の袋をつけ替える。そのおしゃべりで目が覚めたわたしは、ふたりの会話から、ここがごく小規模な施設だということを知る。このふたりとニックとワーグナー医師のほかには夜勤の看護師がひとりいるだけで、その看護師はわたしが抜け出したことに気づかなかったせいで、ひどくまずい立場にあるらしい。

病室は三つあり、いまは三つともふさがっているようだ。それはジャネットの話からすると、珍しいことらしい。ひとつはわたし。もうひとつはグレタ。三つめはミスター・レナードが使用している。彼はつい数日前に新しい心臓を移植されたという。ディランの名は口にされないけれど、その心臓が誰のものだったのか、わたしは知っている。それが痩せこけたよぼよぼのミスター・レナードの縫合された胸の内側で鼓動していると考えると、それだけで叫びだしたくなり、拳を口に押しあてる。

ふたたび眠りに落ちたときには眼に涙を浮かべている。どのくらい眠ったのか知らないけれど、ドアの鍵があく音ではっと眼を覚ましたときにも、涙はまだ乾いていない。グレタ・マンヴィルがはいってくる。もはや車椅子ではなく歩行器で動きまわっている。この前会ったときより健康そうに見える。顔色がだいぶよくなっている。

「様子を見にきたの」とグレタは言う。

小さな白い錠剤のせいで朦朧としてはいても、怒りが体を駆けめぐり、わたしは罵りの言葉を吐き出す。

「ふざけんな」

「誇りに思っちゃいないわ」とグレタは言う。「自分のしたことも、うちの家族のしてきたことも。最初は祖母だった。ちなみに、あんたがそれを知ってるのはわかってる。頭がいいから、どうせもう突きとめてるでしょ。それから父と母。腎臓病はうちの家系なの。両親はどちらも移植が必要だった。だからあたしも必要になったとき、ここへ戻ってきたわけ。ここの目的は知ってたから。ここの罪も。あんたはさぞあたしを厳しく断罪してるでしょうね。あたしは断罪されて当然だもの。あんたに憎まれて、死ねと望まれても」

霧が晴れてくる。まれに訪れる明晰な瞬間。怒りと憎しみがそれをもたらす。その点はグレタの言うとおりだ。

「あなたにはなるべく長生きしてほしい」とわたしは言う。「いつまでも、いつまでも。だって一日長生きすれば、それだけあなたは自分のしたことを考えなくちゃならないんだから。そして体のほかの部分がだめになってきても――じきにそうなるはずだけど――あなたの体内にいるわたしの小さな一部には、もうしばらくあなたを生かしておいてほしい。死なんてあなたには生ぬるいから」

それだけ言うとわたしは疲れ果てて、流砂にとらえられたようにぐったりとマットレスに沈みこむ。グレタはベッドの横を離れない。

「帰って」わたしはうめく。

「まだよ。ここへ来たのにはわけがあるの。あたしはあした病室を出て自分の部屋へ戻る。あっちのほうが居心地がいいから。ニック先生も、自分のうちにいたほうが回復のスピードが速まると言ってるし。あんたに知らせておいたほうがいいと思って」

「なぜ?」

グレタはのろのろと戸口へ歩いていく。外に出てドアを閉める前に、もう一度わたしを見て言う。「答えはもうわかってるんじゃない?」

たしかにわかる。ぼんやりした半睡状態の頭でも。グレタが退院するということは、かわりに別の誰かがはいってくるということだ。

マリアン・ダンカンか。

チャーリーの娘か。

つまり、明日のいまごろ、わたしはもうこの世にいないということだ。

49

眠る。

目覚める。

鮮やかな色の医療着と、もはや優しくない眼の看護師バーナードが、昼食とさらなる薬を持ってくる。わたしは朦朧としていて自分では食べられない。だから彼は枕を重ねてわたしを縫いぐるみ人形のように支え、スープとライス・プディングと、ほうれん草のクリーム煮らしきものをスプーンで食べさせる。

わたしは薬のせいで妙に饒舌《じょうぜつ》になっている。「あなた、どこの出身?」と、酔っぱらいのように呂律のまわらない口調で言う。

「そんなことは知らなくていい」

「知らなくていいのはわかってる。知りたいの」

「教えるつもりはない」

「せめて、誰のためにこんなことをしてるのかぐらい、教えて」

「しゃべらないで」

バーナードはまたプディングをわたしの口に投入し、それでわたしを黙らせようとする。

でもわたしは食べ物を呑みこむと、またしゃべりだす。

「誰かのためにやってるんでしょ。だから、なんていうか、普通の病院じゃなくて、こんなところにいるのよね？　あいつらに約束されたんでしょ？　あいつらのために働いたら、あなたの愛する人を助けてやるって。チャーリーとおんなじように」

わたしはまたプディングを口に入れられる。でも、呑みこまずに唇からこぼれるにまかせてしゃべりつづける。

「話してくれてだいじょうぶ。あなたを責めたりはしないから。わたしだって母が死にかけてたときは、母の命を救うためならどんなことでもしたはずだもん。どんなことでも」

バーナードはちょっとためらってから小さな声でつぶやく。「父だ」

「どこが悪いの？」

「肝臓」

「時間はどのくらい残されてるの？」

「わずかだ」

「お気の毒に」口がまわらず、言葉がはっきりしない。おきのろぐに。「お父さんはあなたが何をしてるか知ってるの？」

バーナードは不快な顔をする。「知るわけないだろ」

「なぜ？」

「これ以上は答えない」

「あなたが偽りの希望をあたえたがらないのは無理もない。いつか自分がここに寝る日が来るかもしれないんだから。裕福で名のある重要人物に腎臓とか、肝臓とか、心臓が必要になったとき。わたしみたいなのがまわりにいなければ、あいつらはあなたからそれを取るはずだもん」

わたしは片手を上げて力なく振り、なんとなく彼のほうを指してみせる。まもなくぱたりとまた手をベッドに落とす。それ以上は上げている力がない。

バーナードはスプーンをトレイに放りだして、トレイを脇に押しやる。「もういいだろう」

「怒らないで」と、わたしはまわらない口で言う。「ほんとのことを言ってるだけなんだから。あなたのした取引き？　それはいつまでも有効じゃないと思う」

バーナードは震える手で小さな紙カップをわたしに突きつける。「黙って薬を服め」

わたしはそれを口へ放りこむ。

50

数時間後、わたしはジャネットによって深いまどろみから目覚めさせられる。彼女はドアの鍵をあけてから、さらなる食事とさらなる錠剤を運んでくる。

わたしは朦朧としたまま彼女を見る。「バーナードはどうしたの？」

「帰った」

「わたしが言ったことのせい？」

「そう」ジャネットはわたしの前にトレイを滑らせてよこす。「あんたはしゃべりすぎ」

夕食は昼食と同じだ。またしてもスープ。ほうれん草のクリーム煮。プディング。わたしは錠剤のせいで不機嫌になっている。非協力的に。ジャネットはさんざん苦労してやっとスープをほんの少しばかりわたしの口に入れる。わたしはほうれん草には頑として口をあけない。

薬漬けの体が求めているのはライス・プディングなのだ。ジャネットがスプーンでプディングをすくうと、わたしはいそいそと口をあける。でも、彼女がそれを口元へ運んでくると、急に考えを変える。口をがっちり閉じて、顔をぷいとそむける。

スプーンは頰にあたり、プディングが首と肩に飛び散る。

「ああもう、汚い」とジャネットはつぶやきながらナプキンをつかむ。「悪いけど、あんたがいなくなってもあたしは悲しまないよ」

こぼれたプディングをジャネットが拭きとるあいだ、わたしは身じろぎもせず横になっている。早くもまた眠気が襲ってくる。ほぼ完全に意識を失ったところでジャネットに肩をつかれる。

「薬を服まなきゃだめ」

わたしはあんぐりと口をあけ、ジャネットはそこへ錠剤をひとつずつ落としこむ。するとわたしは体の脇で拳を握ったまま眠りに落ちる。麻薬の霧に運ばれていくと、やがて心が空っぽになり、幸福で安らかな気持ちになる。

ドアの鍵がカチャリとかかる音がすると、わたしは覚醒して待つ。息を殺し。秒数をかぞえ。たっぷり一分が経過したところで、口の奥まで指を突っこんで錠剤を掻き出す。ふたつとも唾液でどろどろに柔らかくなって出てくる。

それから痛みに顔をゆがめつつ起きあがり、枕を持ちあげる。カバーの下の枕本体には、きのうニックと話をしたあとにあけた小さな破れ目がある。そこに唾液でぬるぬるする錠剤を押しこんで、これまでの分と一緒にする。小さな白い錠剤が全部で八錠。まる一日分。

枕を戻して横になる。それから握っていた手をひらいて、くすねたライターを調べる。ジャネットがプディングを拭いているあいだに、彼女のカーディガンのポケットから落ちたものだ。

安っぽいプラスチック製。ガソリンスタンドで一個一ドルで買えるようなしろもの。あと二個ぐらいジャネットはハンドバッグに入れているだろう。

これがなくなっても気にしないはずだ。

51

毛布をはねのけて、ベッドの縁からそろそろと脚をおろす。でも、体を動かすのも痛いし、息をするのも痛い。縫合された三か所のおなかの皮膚が引きつれる。

足を床に着ける前にいったん休む。

立ちあがらないほうがいい気がする。たとえ立ちあがったほうがいいとしても、できるとは思えない。いまのわたしはぼろぼろだ。そう言うほかない。脚は使っていなかったせいで痺れているし、手の甲からは点滴を引き抜いたせいで出血している。カテーテルをはずすのはもっとつらかった。体の芯がひりひりと疼き、腹部で轟く痛みの対旋律になっている。それでもとにかくわたしは立ちあがろうとし、ベッドから腰を上げる前に息を吸いこんで痛みにそなえる。それから腰を上げ、ふらふらする弱った脚でどうにか立ちあがる。

そして一歩踏み出す。

それからもう一歩。

もう一歩。

いつのまにかよろよろ歩いている。床がぐらぐらと、時化《しけ》の海を行く船の甲板さながらに揺れているように思える。それに合わせてわたしも揺れ、まっすぐに歩こうと努力しつつも右に左によろめく。床の揺れが止まらないと、壁につかまって体を支える。

でも、わたしは関節をポキポキいわせながら、卵からかえったばかりのひよこのように殻を脱ぎ捨てて歩きつづける。その音をともなったままドアにたどりつくと、把手《とって》をまわしてみるが、やはり施錠されている。

そこでベッド脇まで戻り、家族の写真をつかむ。それを片手で胸に押しつけ、反対の手でジャネットのライターを握る。

親指でカチリと火をつけ、ベッドに掛けられたボックスシーツの中央にその火をあてる。シーツはたちまち燃えだし、火に囲まれた穴が急速に広がる。まもなく火は上掛けのシーツに燃えうつり、それも燃えはじめる。マットレスも。火に囲まれた円はたがいに重なり合い、外へ広がって枕に達し、枕がぱっと燃えあがる。

煙に眼をしかめてそれを見ていると、ついにベッド全体が炎に包まれる。燃える長方形。

すると、期待どおり火災報知機が鳴りだす。

52

サイレンの叫びを聞いて最初に駆けつけてきたのはワーグナー医師だ。ジャネットがすぐそのあとにつづく。ふたりはドアの鍵をあけて飛びこんでくる。ベッドの炎はいまや壁と天井に燃えうつろうとしており、それを見てジャネットは悲鳴をあげる。

ふたりはすっかり火事に気を取られていて、自分たちがあけたばかりのドアの陰にわたしが立っているのには気づかない。

わたしが部屋から忍び出たのにも。

ふり返って気づいたときには、もう手遅れだ。

わたしはすでにドアを閉めて、すばやく鍵をまわし、ふたりを中に閉じこめている。

53

わたしは精一杯の速さで歩くものの、それはとうてい速いとは言えない。痛みでよろよろし、刺すような激痛に絶えずあえいでいる。とはいえ、のろのろとでも、まったく歩けないよりはましだ。

背後では、わたしの病室に閉じこめられたワーグナー医師とジャネットが錯乱したようにドアをたたいている。ドンドンという音のあいまに、ワーグナー医師の咳とジャネットの金切り声が聞こえてくる。

左側に暗い戸口があり、中にミスター・レナードが寝ているのが見える。隣室の大騒ぎにもかかわらず、まったく意識がない。まわりに並んださまざまなモニタリング装置のライトが、どうかと思うほど楽しげに瞬いている。まるでクリスマスのイルミネーションだ。

ナースステーションにたどりつくと、息を整えるあいだだけ休憩してもいいことにする。ステーションのすぐ先には病室がもうひとつと、最初にここから抜け出したときに通った短い廊下がある。廊下の突きあたりにはドアがあり、そこを抜けるとまっすぐニックのアパートメントに出る。そこからさらに十二階の廊下を通って、エレベーターまで行かなければならない。いまの体調では階段をおりるのは不可能だ。

ナースステーションを離れてその廊下を歩きだしたとき、突きあたりのドアがこちらへひらきだす。わたしは左側の部屋に飛びこみ、姿を見られていないことを祈りつつ、あけっぱなしの戸口の横の壁に体を押しつける。

外の廊下をカツカツとハイヒールで足早に歩く音が聞こえてくる。

レスリー・イーヴリンだ。

彼女が通りすぎるのを待ちながら、暗い室内を見まわす。

そのとき、グレタに気づく。

グレタはびっくりしてベッドに起きあがり、おびえてこちらを見つめている。

口をあけ、いまにも悲鳴をあげようとしている。

少しでも声を立てられたら、ここにいるのがレスリーにばれてしまう。だからわたしも眼をまんまるにして見つめかえし、声を立てないで、と心の中で懇願する。

〝お願い〟

口の動きだけでそう伝える。

グレタはレスリーがドアの外をあわただしく通りすぎるあいだ、口をあけたままでいる。

さらに数秒待ってから、ようやくかすれ声でささやく。

「行きなさい。早く」

54

レスリーがふたつ先のドアを押しあけるまで待ってから、わたしは動きだす。灰色の濃い煙が部屋からあふれだしてきてナースステーションを包むと、それを隠れ蓑《みの》にして廊下を歩きだす。一歩ごとに痛みが和らいでくるような気がする。実際に痛みが消えつつあるのか、自分が慣れてきただけなのかはわからない。それはどうでもいい。肝心なのは歩きつづけることだ。

だから歩きつづける。

廊下の突きあたりにたどりつく。

レスリーがあけっぱなしにしていったドアをくぐる。

ニックのアパートメントにはいる。

ドアを閉める。そのドアの重さを思い出して、肩でもとの場所へ押しやる。ようやくドアが閉まると、中央に本締まり錠があるのに気づく。

それをかける。

達成感がこみあげてくるものの、これでレスリーたちを閉じこめたなどという幻想は抱かない。別の出口がきっとあるだろう。でも、彼女たちが手間取るのはまちがいないし、わたしにはできるかぎり時間が必要だ。

よたよたと先へ進む。疲れと痛みとアドレナリンが全身を駆けめぐる。めくるめくその混交で頭がくらくらする。

キッチンにたどりついたときには、いっさいがぐるぐる回転しているように見える。戸棚も。木製のナイフブロックの載ったカウンターも。ダイニングルームへの入口も。夜の闇に包まれた窓の外の公園も。

回転していないのは絵の中のウロボロスだけだ。

それはくねくねしている。

いまにもカンバスから這い出してきそうに見える。

その蛇の爛々たる眼に見つめられながら、カウンターへ行ってナイフブロックからいちばん大きなナイフを抜く。

ナイフを手にすると感覚の混乱がいくらか収まる。痛みと同じで完全には消えないものの、最後までやりとおせるくらいのレベルに下がる。わたしはなんとしてもこの建物から脱出する必要がある。それはわたしが家族に対して負っている義務だ。

あいかわらず胸に抱えている写真を見る。あの錠剤を服むという決断を迫られたとき、わたしはみんなの顔を見て自分がどちらを選ぶべきか悟った。

それは闘うこと。

生きること。

永遠に絶えることのない家族の一員になることだ。

ふたたび歩きだし、キッチンから廊下に戻ると、煙がうっすらと漂いはじめている。火災報知機の音が遠いながらも聞こえてくる。建物のほかの部分とは別のシステムなのだ。

その音は廊下を歩いていくにしたがって消えていく。突きあたりはニックの書斎で、奥の壁の書棚はまだあいている。そのむこうが12Aだ。12Aの書斎。それから廊下。それから出口。

ドアのむこうのドアのむこうのドアのむこう。

わたしはよたよたと書斎へはいっていく。煙を忘れ、痛みを忘れ、疲労も、めまいも忘れて。頭にあるのは、あいたままの書棚だけ。そこにたどりつくこと。そこをくぐりぬけることだけだ。ところがその書棚へ近づいていくと、突然、背中に熱を感じる。

ふり返ると、ニックが書斎の隅に立っている。

イングリッドの銃を手にして。

ニックはそれをかまえ、わたしのほうへ向け、引金を引く。

わたしは眼を閉じて身がまえ、この世での最後の瞬間を家族のことを考えるのに費やそうとする。家族を恋しく思い、あの世で会うすべのあることを祈る。その緊張した闇の中にカチッという金属音が聞こえる。

つづいてもう一度。

それからもう二度。

眼をあけると、ニックが弾のはいっていない銃の引金を繰りかえし引いている。まるでカウボーイごっこをしている子供が、おもちゃの銃でも撃つように。

わたしは逃げようとはしない。いまの状態ではろくに逃げられない。できるのは書棚に寄りかかってニックを見つめることぐらいだ。ニックは満足げに微笑む。

「だいじょうぶだよ、ジューールズ。きみを撃ったりはしない。大切なドナーなんだから」

ニックは銃をおろして何歩か近づいてくる。

「わが家は長年にわたって、きみみたいな人間のおかげで大金を稼いできた。皮肉だよね、たしかに。外側にはまるで価値のないきみが、内側にはそんな価値があるなんて。でもって、外側には大いに価値のある人たちが、内側に持ってるものはてんで役に立たなくて、交換しなくちゃならないんだからさ。きみはぼくらがここでやってることを殺人だと思ってるようだけどね」

わたしはニックをにらみつける。「殺人だもの」

「いや、ぼくは世界のために尽くしてるんだ」

わたしたちの距離は三メートルほどだ。わたしはナイフの柄《え》を握りしめる。

「ここへ来る人たちのことを考えてみろよ」とニックは言う。「作家に芸術家、科学者に産業界の大物。彼らが世界にどれほど貢献してると思う？　きみはどうだ、ジューールズ。きみは何者だ？　世界に何をあたえられる？　何もないだろ」

ニックはさらに二歩、距離を詰める。

わたしはナイフを持ちあげ、自分でも何をしているのかろくに気づかないうちにそれを首に押しあてている。刃の縁が顎の下の肉に食いこみ、脈がどくどくと鋼を打つ。

「本気よ」とわたしは警告する。「そうしたらあなたにはほんとに何も残らない」

ニックはわたしのはったりを受けながす。

「やれよ」と楽しげに肩をすくめる。「別の誰かがきみのかわりになるだけだ。困窮している人間はなにもきみだけじゃない。何千人もの連中がねぐらと金と希望を求めてるんだ。きみのかわりなんか、必要とあらば明日にでも見つかるさ。だからやれよ。喉を掻き切れよ。ぼくらには痛くも痒《かゆ》くもない」

ニックはさらに一歩ゆっくりと近づく。そして次の一歩で、いきなり飛びかかってくる。わたしはナイフを彼のほうへ突き出す。そこですべてがスローモーションに変わり、ナイフはやがてニックの腹部に接触する。

一瞬の休止。突きあたった刃が肉と筋肉と内臓の抵抗を受ける間。それは瞬時にして終わり、肉も筋肉も内臓もことごとく破れてナイフはふたたび前進を開始し、彼の腹部の奥深くへずぶずぶとめりこんでいく。あまりに深くまでめりこむので、ついにわたしの手はニックのシャツに押しつけられる。

わたしはあえぎを漏らす。

ニックもあえぎを漏らす。

それは同時だ。はっと息を吸う震える音が室内に広がる。

わたしはもう一度あえいでナイフを引き抜く。

ニックはあえがない。

うめくことしかできない。彼のシャツはぐっしょりと血に染まり、たちまち白から赤へと色を変え、やがて彼は床に倒れる。勢いよく、どさりと。

わたしは彼と彼の体から急速に広がっていく血だまりからあとずさる。あとずさりながらそのまま書棚の通路を抜けて12Ａの書斎にはいる。そしてこんども肩で書棚を押す。書棚ががらがらともとの場所に収まる直前に、わたしはニックのアパートメントに最後の一瞥をくれる。彼はまだ床に倒れ、まだ血を流しており、まだ生きている。

でも、長くはもたないだろう。

わたしは書棚を閉まるにまかせて、もはやふり向きもしない。

自由は目前だ。

12Ａの内部にはわたしが存在した痕跡は残っていない。わたしが最初に足を踏み入れたときと変わらない。誰も住んでいないように見える。生活感が欠如しているように。

でも、それもまた罠だ。

いまのわたしはそれを知っている。

あのときそれに気づくべきだった。

この完璧な眺めを持つ完璧なビルにある完璧なアパートメント。それはわたしのような人間、生まれたときから貧しいままの人間を、可能なかぎり誘惑するように設計されている。

しかもなお悪いことに、それは最近始まったことではない。昔からそれだけが〈バーソロミュー〉の目的だったのだ。このビルの存在理由はただひとつ、金持ちのために貧乏人をとらえることなのだ。

あの薪のように並べられた使用人たち。コーニリア・スワンソンのメイド。惨めな人生のリセットボタンを餌にここへ誘いこまれた、ディランやエリカやメガンをはじめとする大勢の身寄りのない男女。

彼らのことを考えれば、ここは閉鎖されてしかるべきだ。

それどころか、復讐を受けてしかるべきだ。

ならば結論はひとつ。

こんな建物は燃やしてしまえ。

55

わたしは書斎から取りかかる。書棚の本を手当たりしだいに抜き出して床の中央に積みあげる。それからグレタがエリカのためにサインした『夢見る心』をつかみ、カバーの隅にライターの火を近づける。

本はめらめらと燃えだす。

それを本の山に落として部屋を出る。

次に居間へ行って、深紅のソファからクッションを集める。ひとつをコーヒーテーブルの下に突っこんで、ライターで火をつける。

ダイニングルームでも同じことをする。あの滑稽なほど長いダイニングテーブルの下にクッションを置いて火をつけ、部屋を出る。

キッチンでは、クッションをオーブンに突っこんで点火する。

朝食コーナーのテーブルにも『夢見る心』が載っている。わたしのためにグレタがサインしたページをめくると、そこにカチリとライターで火をつける。炎が大きくなるのを待って、本を昇降機の縦穴に落とす。

それからこんどは、ぼろぼろの体が許すかぎり大急ぎで螺旋階段をのぼって寝室へ行く。

ナイトスタンドにもう一冊、最後の『夢見る心』が載っている。これがわたしの本、ジェイ
ンのベッドで最初に読んでもらった本だ。
それをひっつかんで階下へ引き返す。
ホワイエにたどりついたときには、あたりはもう煙でいっぱいだ。火はどれも手がつけら
れないほど大きくなっている。廊下を見渡すと、炎が書斎の床を這っているのが見える。居
間の火はコーヒーテーブルの裏をなめ、表面から煙が立ちのぼっている。ダイニングルーム
からはパチパチという音が聞こえ、ダイニングテーブルも同様の運命に直面しているのがわ
かる。
満足してわたしはドアをあけ、これをかぎりと12Aをあとにする。
ドアをあけはなしたまま、背後から煙が出てくるのもかまわず廊下を歩きだす。エレベー
ターにたどりつくと、くだりのボタンを押す。待っているあいだに近くのダストシュートへ
行く。それからライターに点火し、『夢見る心』の最後の一冊の下にそれをかざす。
わたしの手は炎をそれ以上近づけるのをいやがる。
これはかりそめに手にした一冊ではない。
わたしの本。
いいや、ジェインの本なのだ。
でも、ジェインもきっとそうしてほしいと思うはずだ。ここはジェインが夢見た〈バーソ
ロミュー〉とはちがう。彼女の空想の王国とは似て非なるもの。芯まで腐った暗黒の世界だ。

〈バーソロミュー〉の真の姿を知ったら、彼女もきっとわたしと同じくらいそれを嫌悪するはずだ。

それ以上はためらわずに、わたしはその本を白熱したライターの炎にかざす。火がカバーに燃えひろがると、本をダストシュートに落とす。それは下のゴミ収集容器に落下して、チリチリと静かな音を立てる。

建物の残りの部分の火災報知機が鳴りだしたとき、エレベーターが十二階に到着する。わたしはけたたましい警報音も、明滅する警報灯も、12Aからゆるやかに吐き出されてくる煙も無視して、エレベーターに乗りこむ。

床を見つめたままひたすらくだっていく。病院着の下からぽたりぽたりと血がしたたる。縫合がゆるんだのだ。傷口からなま温かい液体がにじみ出て、病院着の前に赤い花を咲かせる。

住人たちが早くも避難を始めているのが見える。ばらばらと大あわてで階段を駆けおりていく。沈む船から逃げ出す鼠。六階と七階のあいだの踊場にマリアン・ダンカンが座りこんでいる。おりてくる人たちにぶつかられながら、涙を流している。

「ルーファス？　戻ってきて！」ほとんど絶叫する。

おたがいの眼が合う。黄疸《おうだん》で黄ばんだマリアンの眼と、復讐に燃えるわたしの眼が。わたしは中指を突き立ててみせ、エレベーターは次の階へとおりていく。

避難する住人は誰ひとりわたしの乗ったエレベーターを止めようとしない。くだりのボタンを押すだけでいいはずなのに。わたしの表情と手にした血まみれのナイフを見ると、ぴたりと近づくのをやめる。

邪魔しないほうがいい女なのだ。

エレベーターがロビーに到着すると、小さな黒っぽいものが階段を駆けおりてくる。ルーファスだ。彼も逃げ出してきたのだ。わたしは格子を引きあけてエレベーターから降りると、痛む体を少しだけかがめてルーファスを抱きあげる。彼はわたしの腕の中で震えながら、キャンキャンと大きな声で何度か吠える。これなら数階上にいるマリアンの耳にも届くだろう。

わたしたちは一緒に出口へ急ぐ。そこにチャーリーがいて、足もとのおぼつかない老人たちを外へ連れ出している。わたしを見ると愕然として立ちどまり、両手を脇に垂らす。こんどはわたしを止めようとしない。何もかも終わりだと悟ったのだ。

「娘さんが必要な治療を受けられることを祈ってる」とわたしは通り過ぎざまに言う。「いま正しい行ないをすれば、いつか娘さんもあなたを許してくれるかもしれない」

そのままよたよたと〈バーソロミュー〉を出て、警察と消防が到着しはじめている通りへ歩いていく。最初にわたしに気づいたのは消防士だ。でも、気づかないほうがどうかしている。血に染まった病院着を着て、裸足で、おびえた犬を抱え、ひび割れた家族の写真と、血まみれのナイフを手にしているのだから。

たちまち警官に取り囲まれてナイフをもぎ取られる。

でも、家族の写真とルーファスは断じて渡さない。

どちらも抱いていることを許されて毛布でくるまれ、まずは待機中のパトロールカーに連れていかれ、救急車が到着するとこんどはそちらへ連れていかれる。まもなくストレッチャーに乗せられて救急車の後部ドアへ運ばれる。

「中にまだ怪我人はいますか?」と警官が尋ねる。

わたしは力なくうなずく。「男の人がひとり十二階に――12Bです」

そこでふたりの救急隊員によって足から先に救急車に乗せられる。あいたままの後部ドアから斜めになった〈バーソロミュー〉の姿が見える。ジョージのいる北の隅を見ると、彼は翼のすぐ後ろの窓から炎が噴き出してくるのにも動じず、いつもどおり平然とうずくまっている。さよなら、と彼につぶやきかけたとき、屋根の反対側に動くものが見える。

煙の中から黒っぽい人影が現われて、よたよたと屋根の端に近づいてくる。

彼がいるのはとても高いところだし、炎の熱が空気を揺らめかせてもいるけれど、わたしにはそれがニックだとわかる。おなかにタオルを押しあてている。煙をはらんだ風が吹いてくると、そのタオルがはためいて赤いものが見える。

屋根にもうふたつ人影が現われる。警官だ。銃を抜いてはいるものの、使うそぶりは見せていない。ニックに逃げ場はない。

それでも彼はよろよろと屋根を歩きつづける。12Aから噴き出す煙はさらに黒く濃くなっている。それがニックの前を意地悪く通過しては彼の姿を隠す。

煙が晴れると、ニックは屋根の端にたどりついている。警官たちがついてくるのに気づいてはいるはずだけれど、ふり返りもしない。前を向いたまま公園とそのむこうの街を見渡す。それから曾祖父と同じように、ニコラス・バーソロミューは身を投げる。

半年後

56

「撈麵《ローミエン》と炒飯、どっちがいい？」と言いながら、クロエが似たような紙容器をふたつ持ちあげてみせる。

　わたしは肩をすくめる。「どっちでもいい。好きなほうを取って」

　わたしたちはクロエのアパートメントにいる。そこは当面わたしのアパートメントになっている。わたしが退院したあと、クロエは鍵をわたしに預けて自分はポールのところへ引っ越したのだ。

「でも、家賃は？」とわたしは訊いた。

「とりあえず払ってある」と彼女は言った。「払えるときに、いくらかでも払ってくれればいい。あんな目に遭ったあんたを、カウチに寝かせるわけにはいかないもん」

　とはいえ、そのカウチにいまわたしたちは並んで腰をおろし、中華料理の持ち帰り容器をあけている。夕食ではなく昼食の。きょうはミッドタウンの〈セフォラ〉に新たな職を見つけたばかりのイングリッドも一緒にいる。黒い服を着てはいるものの、爪は鮮やかな紫色だ。バスターミナルで雑に染めた髪の色はとっくに消えて、いまは比較的おとなしいストロベリー・ブロンドになり、顔のまわりにピンクのメッシュを入れている。

「あたしは炒飯がいい」とイングリッドは言う。「だって撈麵て、味は好きだけど、舌ざわりがねとねとしてるじゃん。ミミズを連想するんだよね」

クロエは歯を食いしばって彼女に容器を渡す。もしノーベル忍耐賞なんてものがあったとしたら、クロエはまちがいなく受賞候補だろう。まさに聖女だ。わたしが健康状態のお墨付きをもらって退院してからというもの、一度も愚痴をこぼしたことがない。

建物の外にまる一週間も報道陣が張りこんでいても。

悪夢にうなされたわたしから、夜更けにしばしば電話がかかってきても。

アパートメントにはいってくるたび、ルーファスにキャンキャン吠えつかれても。

もちろん、イングリッドがしょっちゅうここにいても。いまのイングリッドはボビーと共同でクイーンズにアパートメントを借りているというのに。クロエはイングリッドとわたしがあの事件によって固く結びついているのを承知している。わたしはイングリッドを助け、イングリッドはわたしを助ける。そしてクロエは、わたしたちふたりの面倒を見てくれている。

イングリッドとクロエが初めて会ったのは、わたしが意に反して〈バーソロミュー〉に拘束されていたころだ。わたしがシェルターに戻ってこないので、イングリッドは警察へ行って、友人が〈バーソロミュー〉に住むカルトの一団につかまっていると話した。でも、警察は真に受けなかった。

警察が初めて何かがおかしいと気づいたのは、わたしのテキスト・メッセージをようやく受信したクロエが、ヴァーモントから早めに帰ってきて警察に連絡したあとのことだ。親切な警官がふたりを引き合わせてくれた。クロエが〈バーソロミュー〉へ行って、レスリー・イーヴリンからわたしは夜中に出ていったと告げられたあと、警察は捜索令状を取った。彼らが〈バーソロミュー〉へ向かったのは、ちょうどわたしが12Aに火をつけているときだった。

火事は結局、わたしが意図したほどの被害はもたらさなかった。たしかに12Aは修復不能なほど焼けたけれど、地下室の火災はゴミ収集容器にはばまれた。でも、それなりに被害はあったから、わたしは自分が刑事訴追されるのではないかと不安になった。けれども事件の担当刑事は、そんなことにはならないだろうと言った。あなたは動揺し、命の危険を感じ、正常な精神状態になかったのだからと。

最初のふたつはわたしも事実だったと思う。でも、三つめに関して言えば、わたしは自分が何をしているのかちゃんとわかっていた。

「たとえ訴追されても、それを却下しない裁判官などニューヨークじゅうにひとりもいませんよ」と刑事は言った。「あそこで行なわれていたことを聞いたいまじゃ、わたし自身が火をつけてやりたいくらいです」

わたしの理解するところでは、国じゅうの人たちがそう思っている。というのも、〈バーソロミュー〉で行なわれていたことは、効率という点であまりにも悪辣だったからだ。

まず臓器移植を必要とする人々にこっそりと、たいていは〈バーソロミュー〉の元居住者から情報がはいる。するとその人々はダミー会社を通じてアパートメントを購入し、市場価格より百万ドル余計に代金を支払う。

そしてそこで、自分の求める臓器の適合ドナーとなるアパートメント番を待つ。ときには数か月。ときには何年も。移植がすむと、居住者は回復のためさらに数週間を〈バーソロミュー〉で過ごす。一方、アパートメント番の遺体は建物の裏手の貨物用エレベーターですみやかに運び出され、マフィアとつながりのあるニュージャージー州の火葬場へ直行する。

レスリー・イーヴリンのオフィスから見つかった記録によれば、この四十年のあいだに二百人を超える〈バーソロミュー〉の居住者が、提供に同意していない百二十六人のドナーから臓器移植を受けていた。ドナーのなかには家出人もいれば、ホームレスもいた。失踪届が出ていた者もいれば、失踪したことに気づいてくれる人すらいなかった者もいた。

でもいまは、誰もが彼らの名前を知っている。ニューヨーク市警が全員の名簿をネットで公開したのだ。これまでのところ三十九家族が、長らく消息不明だった身内の運命を知った。それは明るい知らせとは言えないにしても、ひとつの終結ではある。だからわたしがときおり、その名簿にジェインの名前が載っていてくれたらと思うのも無理はない。

悪い知らせでも、ないよりはましだ。

関与したほぼ全員が、チャーリーのおかげできちんと法の裁きを受けた。チャーリーはわたしの忠告を受け容れて心を入れ替え、〈バーソロミュー〉がどのように運営されていたのか、そこで誰が働いていたのか、誰が暮らしていたのか、誰が死んだのかについて、有益な情報を警察に提供した。

火事のあいだにまんまと逃亡した者たちも、徐々にではあれ確実に逮捕された。マリアン・ダンカンをはじめ、ほかのドアマンたちも、バーナードも。全員が〈バーソロミュー〉における自分の役割を認め、それに応じた判決を受けた。マリアンはきのうから、刑務所で十年の刑期を送りはじめた。彼女はまだ新しい肝臓を待っている。

裁判の余波はかつての従業員と居住者にもおよび、なかにはアカデミー賞受賞者や、連邦判事、外交官の妻などもいた。マージョリー・ミルトンはマンハッタンでも最高の弁護士に弁護を依頼したものの、結局はその弁護士も〈バーソロミュー〉のサービスを受けていたことが判明して、どちらも有罪を認める答弁を行なった。タブロイド紙は大はしゃぎだった。

さらに衝撃的だったのは、〝ミスター・レナード〟ことインディアナ州選出上院議員ホレス・レナードの関与だった。火災のあいだ、避難できる状態になかった彼は、病室に置き去りにされており、警察が発見したときには部屋の床を這っていた。その胸の内側でディランの心臓が鼓動していなければ、死んでいただろう。

判決が言い渡されるのは来月だけれど、本人の弁護士でさえ彼は終身刑に処されるだろうと予想している。ディランの心臓のおかげで、それは長い時間になるかもしれない。

とはいえ、ミスター・レナードはいつでも自殺できたのだ。ワーグナー医師はそうした。火のまわった部屋からレスリーにジャネットともども解放されたあと、三人は〈バーソロミュー〉の裏口から脱出し、それぞれ別の道を行った。ワーグナー医師はクイーンズのシェラトン・ホテルに二日間身を隠していたあと、こめかみに銃を押しあてて引金を引いた。ジャネットは逆の道を行った。家に帰り、警察がやってくるまで夫とともに静かに座っていた。

レスリー・イーヴリンは、ニューアーク・リバティ空港でブラジル行きの飛行機に搭乗しようとしていたところを逮捕された。主犯格で生き残ったのは彼女だけだったので、検察は人身売買から脱税幇助《ほうじょ》までさまざまな容疑で彼女をめった打ちにした。

レスリーが複数回の終身刑判決を受けたあと、わたしは刑務所で守るべき規則のリストを彼女に送った。その第一番はこれ――〝夜はかならず監房で過ごすこと〟だ。

手紙に署名はしなかった。誰から来たものかレスリーにはよくわかっているはずだ。

わたしが〈バーソロミュー〉で出会った人たちのうちで、死にもしなければ刑務所にはいりもしなかった人物がひとりだけいる。

グレタ・マンヴィルだ。

警察が〈バーソロミュー〉に踏みこんだときにはもう、彼女の姿はどこにもなかった。室内と地下の物置を捜索してみたものの、どちらもきちんと片付いていた。何かを持ち出した形跡があったのは物置にあった空の箱ひとつだけで、箱の外側にはこう記されていた。〝有用〟

何がはいっていたのかは知るよしもないけれど、たしかに有用だったにちがいなく、グレタはまんまと逃げ切った。それ以降、彼女の姿を見たり消息を聞いたりした者はいない。その事実にわたしの心は意外なほどかき乱されている。わたしはなんとしてもグレタに法の裁きを受けさせたいと思う一方で、彼女の助けがなかったら脱出できなかったことも承知しているからだ。

さらに、グレタはどこへ行っても文字どおりわたしの一部と一緒だという事実もある。彼女にせいぜい長生きしてほしいと言ったわたしの言葉に嘘はない。長生きをしてくれなかったら、すべては無駄になってしまう。

わたし自身はといえば、セレブ被害者という自分の新しい立場にいまだに慣れずにいる。そもそも〝セレブ〟と〝被害者〟という言葉は一緒に使われたりしないものだ。でも、マスコミの人気者になっていた数週間のあいだ、わたしはそう呼ばれていた。仕事も家族もない地味でおとなしい娘が、悪質な犯罪組織を壊滅させたのだから、世間はその噂で持ちきりだった。クロエは勤め先から二週間の休みをもらって、インタビューの依頼をさばいてくれた。応じたのは最小限のものだけだ。いくつかの電話インタビューだけ。直接インタビューはなし。カメラの前には絶対に出なかった。

わたしは起きたことを正確に、潤色せずに話した。事実は小説より奇なり。インタビューの最後には毎回ジェインのことを語り、情報があったらどんな些細《ささい》なものでもいいから教えてほしい、必要なら匿名でもかまわないと訴えた。

いまのところ新たな手がかりはない。

それが見つかるまで、わたしは最悪を覚悟しつつも、望みを捨てずに努力しつづけるつもりだ。

でも、あとはありがたいことばかりだった。前の職場の上司からは、元の仕事に戻りたければいつでも戻ってこいと電話をもらった。わたしは丁重に断わった。退院した日には、アンドルーが花束を持ってきてくれた。彼は長居をしなかったし、口数も少なかった。たいへんだったな、とだけ言ってくれた。それは心からの言葉だったと思う。

そしてクロエは、わたしの医療費への支援を求めてクラウドファンディングのページを立ちあげてくれた。わたしは施しを受けることに乗り気ではなかったものの、選り好みはできなかった。唯一の所持品が壊れた額縁一枚では、他人の親切にすがるのもやむをえない。

そして、世間の人たちは本当に親切だった。あまりにたくさん服をもらったので、わたしはボビーと一緒にそれをホームレスのシェルターで配るようになった。靴もそうだった。携帯電話も、ノートパソコンも。わたしが失ったものはどれも三倍になって返ってきた。

そのほかに、クラウドファンディングで集まったお金もある。五か月で六万ドル以上。たいへんな金額になったので、わたしはクロエにアカウントを閉じてほしいと頼んだ。もはや充分だった。月曜日から新たな職場で働くことを考えればなおさらだ。職場というのは、失踪した家族を捜し出そうとする人々に力を貸す非営利団体で、わたしがジェインの思い出のためにクラウドファンディングのお金を一部寄付したら、うちで働かないかと誘われたのだ。わたしは働きますと答えた。オフィスは小さいし、給料も少ないけれど、なんとかやっていくつもりだ。

ルーファスにバーベキュー・スペアリブをあたえていると、時間が来たのに気づく。一時十五分。

「行かなくちゃ」とわたしはイングリッドに言う。

イングリッドは膝からライスを払い落として、ぱっと立ちあがる。「これにだけは遅刻したくないね」

「ほんとにそんなことしたいの？」とクロエが訊く。

「したいかしたくないかじゃなくて、する必要があるんだと思う」わたしは言う。

「あたしはここであんたたちが帰ってくるのを待ってるから。ワインを用意して」

ニュージャージーとマンハッタンを結ぶ鉄道の駅へ行く途中で、わたしは何度か通行人から好奇の眼で見られる。理由はともあれ、ついに人から注目される身になったわけだ。列車に乗ると、『夢見る心』を読んでいる少女がいるのに気づく。〈バーソロミュー〉の事件にグレタ・マンヴィルが関与していたという噂が広まってからというもの、こういう光景は何度か眼にしている。『夢見る心』は人気が急に再燃し、数十年ぶりにまたベストセラー・リストにはいっている。

少女はわたしに見られているのに気づいたあと、はっとしてまたこちらを見る。わたしが誰なのかわかったのだ。「すみません」

「気にしないで」とわたしは言う。「それはほんとにいい本だもの」

イングリッドとわたしが〈バーソロミュー〉に着いたのは二時直前で、すでにそのブロックは車の通行が遮断されている。解体用の鉄球をつけたクレーン車はもう到着し、セントラルパーク・ウェストの真ん中に金属の巨獣のように駐まっている。周囲には、見物人を近づけないようにするためだろう、仮のフェンスが設置してある。

でも、あまり役に立っていない。通りの公園側には人が群がっている。多くは報道関係者で、カメラをむかいの建物に向けている。あとは不健全な野次馬たちで、自分は悪名高い〈バーソロミュー〉が解体されたときその場にいたんだと自慢したいばかりに集まっている。おまけに、善意からとはいえ見当ちがいの抗議をしている人たちが、〝バーソロミューを救え〟と書いたプラカードを掲げている。

〈バーソロミュー〉は築年数の古さと悪名の高さにもかかわらず、市から歴史的建造物に指定されていない。バーソロミュー家もそれは望んでいなかった。指定されてしまえば監督が厳しくなる――彼らからすればなんとしても避けたい事態だった。

ニックが死んだうえに歴史的建造物の指定もないとなれば、〈バーソロミュー〉はマンハッタンの普通の建物と変わらなくなる。購入することもできるし――新たな所有者がそうすべきだと考えれば――解体することもできる。そこを買った不動産コングロマリットは即座に解体を決定した。彼らは抗議者たちとちがって、闇の臓器移植に使用されていたアパートメントなどまともな神経の持ち主なら絶対に買わないことを、ちゃんとわきまえている。〈バーソロミュー〉はいま最期を迎えようとしているのであり、市民の半数がその死にざまを見物にきている。

　イングリッドとわたしは騒ぎの中へもぐりこむが、誰にも気づかれない。地下鉄から出たところで身につけた小物のおかげだ。ニットの帽子、サングラス、襟を立てたジャケット。わたしは金網フェンス越しに〈バーソロミュー〉を見る。それはさながら霊廟《れいびょう》のように重々しく静かにそびえ立っている。眼にするのは半年ぶりだ。改めてその姿を見ると、上着をきっちりと着こんではいても、ぞくりと悪寒が走る。

　屋根の北の角からジョージが姿を消している。彼はわたしの要望で取りはずされ、近くの〈ニューヨーク歴史協会〉に保管されている。市の職員たちは喜んで応じてくれた。ジョージは〈バーソロミュー〉で死んだ人々を忘れないための記念として、そこに展示される予定だ。ぜひ実現してほしい。わたしも会いにいきたい。

　作業員がクレーンの運転席に乗りこむと、周囲の群衆が静かになる。彼の準備ができたところで警報が鳴りひびく。あまりのけたたましさに胸が震えるほどだ。

　突然わたしは泣きだしてしまい、涙がぽろぽろとこぼれてくる。そのほとんどは、ついに〈バーソロミュー〉を出られなかった人たちへの涙だ。ディランをはじめとして、エリカや、メガンや、ルビーなど、大勢の人たちへの。

　それから家族のための涙でもある。

生きているのかいないのかわからないジェインのための。

人生にすっかり打ちのめされて、ついに屈してしまった両親のための。

でも、涙の一部は自分のためのものだ。もっと若くて希望にあふれていた自分、本のカバーで〈バーソロミュー〉の姿を見て、それが差し出してくれる将来を現実だと信じていた自分。その少女はもういない。かわりにいるのは、もっと賢くてたくましくはあるけれど、さほど希望にはあふれていない人間だ。

わたしのサングラスの下から涙が伝い落ちるのを見て、イングリッドが「だいじょうぶ?」と声をかけてくれる。

「だいじょうぶじゃない。でも、すぐに立ちなおる」

わたしはそう答えると、涙を拭ってイングリッドの手を握り、解体用の鉄球がスイングするのを見つめる。

謝辞

一冊の本を書きおえるにあたって何より難しいのは、わたしにとってまさにこのページです。言葉では自分の感謝の気持ちを表現しきれないのがわかっていながら、それを伝えようとするのはとてもたいへんなことです。それでも努力してみなくてはなりません。そんなわけで、ここに山盛りの感謝を記します。

すばらしい担当編集者のマヤ・ジヴと、わたしのために骨を折ってくれた〈ダットン〉ならびに〈ペンギン・ランダム・ハウス〉のみなさんに感謝します。みなさんは作家の望むすべてです。いや、それ以上です。このドリーム・チームがなかったらわたしは途方に暮れていたでしょう。

海を越えて万事を円滑に進めてくれたイギリスにおけるわたしの版元〈イーバリー〉のみなさんにも感謝します。この本を「まさにヒッチコック」と評してくれたイギリスの担当編集者ジリアン・グリーンには、とりわけ声を大にして。これ以上の賛辞はたぶん受けたことがありません。

エージェントのミシェル・ブラワーと、〈エヴィタス・クリエイティヴ・マネジメント〉のみなさんにも、つねに変わらぬ支援に感謝します。御社の著者リストに自分の名前が載っていることを誇らしく思うとともに、みなさんがしてくれることのすべてにお礼を申しあげます。

コートの外からいつも声援を送ってくれる友人と家族にも感謝します。とりわけサラ・ダットン。ありがとう、旧友。

わたしのこの三年間の著作を受け容れてくれた読者にも感謝します。

賛辞と写真技術を惜しみなくあたえてくれたブロガーとインスタグラムのユーザーにも感謝します。

そして最後に、その忍耐心と理解力で日々わたしを驚かせつづけているマイク・リヴィオにも。きみがいなければこれは何ひとつ実現しなかっただろう。

解説

吉野仁

ニューヨーク・マンハッタンのセントラルパーク沿いには、超高級アパートメントで占められた一帯がある。特徴のある三角屋根をはじめ建物内外の凝った装飾が見事だったり、最上階に豪華なペントハウスが設けられていたりするなど、きわめて贅沢なつくりをしたアパートメントが建ちならんでいるのだ。なんでもこのあたりは「ビリオネア通り」と呼ばれているらしい。億万長者しか住めない地域なのである。なかでも有名なのは〈ダコタハウス〉だ。十九世紀末に建てられた集合住宅で、俳優、歌手、スポーツ選手など多くのセレブたちが住むことで知られている。とくに居住者だったジョン・レノンが玄関前で射殺されたことから、その名前を覚えた人も多いだろう。

本作『すべてのドアを鎖《とざ》せ』は、こうしたマンハッタンの古い高級アパートメントを舞台にしたホラー・サスペンスである。建物の名は〈バーソロミュー〉。もちろん架空の建築物で、作中では、「マンハッタンのアパートメント・ビルディングのなかでも、あの〈ダコタハウス〉や二本の尖塔を持つ〈サンレモ〉に次いで特徴のある建物」と紹介されている。〈バーソロミュー〉がオープンしたのは一九一九年。十三階建てで、細い一本の石柱のようなつくりをしており、「蝙蝠の翼と悪魔の角を持つ古典的なタイプのガーゴイル」がいたるところにいるという。そのゴシック聖堂風な外観のせいで〝聖バーソロミュー教会〟という綽名までついている。

物語の主人公は、ジュールズ・ラーセン。ペンシルヴェニアの炭鉱町に生まれ、ニューヨークの金融会社で働いていたが二週間前にリストラで首になったばかりか、失恋したことで住む部屋もなくし、所持金もわずかとなった二十五歳の女性だ。親友クロエの住居に居候していた彼女は、〝アパートメント番求む〟という広告を見て、〈バーソロミュー〉にやってきた。一九八〇年代に出版されたベストセラー小説『夢見る心』は〈バーソロミュー〉が舞台になっており、姉のジェインがその夢物語をよく読み聞かせてくれたという。「いつかあたし、ここに住むんだ」という姉の言葉にジュールズもまた空想をふくらませていた。それがいま、「ひと月以上部屋を無人にしておいてはいけない」という〈バーソロミュー〉のルールによって実現しようとしている。しかもオーナー不在となった12Aの部屋に三か月住むことで、一万二千ドルもの報酬まで得られるのだ。またとない好条件だった。

住むにあたり来客禁止などの厳しい条件はあったが、基本的には楽な仕事だと彼女は思った。しかも住みはじめた日、郵便受けで目にした女性は、『夢見る心』の作者グレタ・マンヴィルその人だった。その日の午後、食料品店で買い物をした帰り、ロビーで若い女の子とぶつかり、ジュールズは軽い怪我を負ってしまった。その娘はすぐ下の階11Aに住むイングリッドだった。これまでの不幸な人生をリセットしようとアパートメント番となったジュールズだが、やがて〈バーソロミュー〉でなにか不吉なことが起きていることに気がついた。

アパートメントの名前〝バーソロミュー〟とは、イエスの弟子で、十二使徒のひとり、バルトロマイ（もしくはバルトロメオ）という守護聖人の英語読みである。聖バルトロマイは、皮なめし工や皮革業者など皮関連の守護聖人である。それは、アルメニアでバルトロマイが生きたまま皮をはがされ首を落とされたからだという。その名前からすでに異様で不気味な雰囲気が漂う建物なのだ。

この『すべてのドアを鎖せ』は、古い館で遭遇する奇怪な出来事の連続や不審な人たちとの軋轢《あつれき》が主人公を追いつめていくゴシック・スリラーである。

ポー「アッシャー家の崩壊」をはじめ、デュ・モーリア『レベッカ』、キング『シャイニング』など、古今東西、多くの傑作が書かれてきたホラー・サスペンスの基本スタイルだ。本作を読んでいると、こうした名作群を彷彿とさせる要素に事欠かない。そのなかでもマンハッタンの古いアパートメントを舞台にしたホラー・サスペンスといえば、だれもがアイラ・レヴィン『ローズマリーの赤ちゃん』を思い浮かべるだろう。本作の献辞は「アイラ・レヴィンに」となっており、その影響のもとに書かれたのは明らかである。ある作者インタビュー記事によると、「十四歳のころから小説もその映画版も大好きで、これを自分なりにアレンジして書いてみたら面白いのではないか」という発想が執筆のきっかけだったという。

『ローズマリーの赤ちゃん』の原作に登場するアパートメントは〈ブラムフォード〉という架空のものだったが、ロマン・ポランスキー監督による映画化作品のなかで、建物の外観として使われたのが前述の〈ダコタハウス〉だった。そこに暮らした有名人のなかには、ジョンとヨーコのレノン夫妻のほか、ローレン・バコール、ジュディ・ガーランド、リリアン・ギッシュなどに加え、歌手で女優のローズマリー・クルーニーがいた。もしかするとヒロインの名のヒントになったのかもしれない。またローズマリーとは、「聖母マリアのバラ」を意味し、キリスト教となじみの深い聖なる薬草のことである。

しかし、とうぜん本作は、『ローズマリーの赤ちゃん』の焼き直しではない。舞台となる建物、ゴシック・スタイル、いくつもの怪しいイメージなどを借用しながら、ヒロインは結婚してまもない新妻ではなく田舎育ちで身寄りのない若い独身女性だ。すなわち新たな設定と趣向を凝らし、現代的なホラー・サスペンスにつくりかえられている。物語の構成も時系列に語っていくのではなく、まずはなにか恐ろしいことがヒロインの身に起きていることが表された「現在」の章からはじまり、次に「六日前」と過去からさかのぼって展開していくなど、サスペンスを高める手法がふんだんに盛りこまれている。そのほか〈バーソロミュー〉には配膳用昇降機が備わっていたり、十二階の部屋だけ上の階へつながる螺旋階段があったりするなど、さまざまな内部のつくりも興味深い。どことなくヒッチコック映画を思わせるサスペンス展開や怪しい雰囲気が感じられる。それらをしっかりと物語に活かしているのだ。題名の『すべてのドアを鎖せ』とは、まさに出口なしの絶体絶命な状況に追い込まれたヒロインの叫びなのである。『ローズマリーの赤ちゃん』とはまったく異なる、その意外な真相を味わってほしい。

ここで本邦初登場となる作者についてくわしく紹介しておこう。ライリー・セイガーは、ペンシルヴェニア州の田舎町で育ち、ジャーナリストや編集者、グラフィックデザイナーなどの職についていた。フルタイムの作家となった現在はニュージャージー州のプリンストンで暮らしている。もともと本名トッド・リッターの名義で二〇一〇年に*Death Notice*を発表し、デビューを飾っていた。これは田舎町の警察署長キャット・キャンベルが主人公をつとめるシリーズの第一作で、その後、シリーズは二作ほど刊行された。もう一作、二〇一四年にアラン・フィン名義で歴史スリラー*Things Half in Shadow*を発表している。十九世紀のフィラデルフィアを舞台に、父がマジシャンだった南北戦争帰りの新聞記者がインチキ霊媒師を探ろうとする過程で奇怪な事件に巻き込まれていくという話だ。

大きな転機となったのは、二〇一七年にライリー・セイガー名義で初めて発表した*Final Girls*の成功である。二十五カ国で翻訳され、世界的なベストセラーになった。スティーヴン・キングいわく「二〇一七年最初の偉大なスリラーがここにある。もし『ゴーン・ガール』が好きならば、こちらもお気に入りとなるだろう」。当時、ギリアン・フリン『ゴーン・ガール』やポーラ・ホーキンズ『ガール・オン・ザ・トレイン』など題名に「ガール」が入る一連の小説が大流行していた。*Final Girls*も、そうしたブームに乗じてつけられた題名なのだろう。物語のヒロインは、大学生のクインシー・カーペンター。彼女は、かつて起きた大量殺人事件の生き残りで、マスコミは、こうした体験から生還した女性たちを「ファイナル・ガールズ」と呼んでいた。現在、クインシーは、思いやりのある恋人の存在や自分を救ってくれた警察官など周囲の人間に恵まれ、自身の生活も充実しつつあった。そんなとき、クインシー以外のファイナル・ガールズがひとり、またひとりと殺されていった。あらすじからは、『ゴーン・ガール』とはやや異なるタイプのスリラーではないかとうかがえる。恐るべき連続殺人鬼が襲いかかるスラッシャー映画からの影響も大きいようだ。

Final Girls のヒットに続いて発表されたのが、二〇一八年の *The Last Time I Lied* だ。こちらも語り手はエマという若い女性で、十五年前にサマーキャンプで起きた悲劇の真相を明らかにするため、ふたたびその地に戻り、過去の謎をときあかしていく物語である。

そして二〇一九年発表の本作『すべてのドアを鎖せ』はライリー・セイガーによる第三作。題名に「ガール」こそつかないものの、主人公のジュールズをはじめ、〈バーソロミュー〉で暮らしはじめて知りあったイングリッド、シェルターで出会ったボビーなど、悩みや不安を抱えた若い娘たちが登場するサスペンスである。あるインタビューによると、作者は *Final Girls* の執筆前が人生のどん底だったらしい。本業だった新聞社からは解雇され、新しい仕事も見つからず、お金もまったくない。つまり、ジュールズが〈バーソロミュー〉のアパートメント番の仕事に飛びついたときの心理描写は、作者自身の実体験がもとになっているのだ。そして、本作を書きはじめるにあたり、前二作と異なる三つのルールを設けたという。第一は「信用できない語り手」を登場させないこと。ジュールズはときに混乱することこそあるものの、見たこと聞いたことをありのままに語っている。第二は「フラッシュバック」をつかわないこと。「現在」シーンを冒頭にすえ、その逆の小説手法「フラッシュフォワード」を導入している。第三は、「森のなかの小屋」を出さないこと。完全に都会のなかだけが舞台の話にしようとしたのだ。また、億万長者のセレブたちが暮らす豪華なアパートメントにまぎれこんだ田舎育ちで文なし身寄りなしの若い女性という構図は、まさに現代における経済格差の問題を含んでいる。単なる古典名作や現代ヒット作の焼き直しではない。

二〇二〇年発表の第四作 *Home Before Dark* は、ヒロインのマギー・ホルトが語る現代の章と、彼女の父親ユアンが残したベストセラー『ハウス・オブ・ホラーズ』から抜粋された章が交互に描かれていく。『ハウス・オブ・ホラーズ』の舞台は一九八〇年代で、ユアンと妻のジェスが古いビクトリア様式の屋敷ベインベリー・ホールを購入したところ、不動産業者から、その家にまつわる不吉な出来事を聞かされ、やがて家族はその恐ろしい過去がもたらした奇妙な出来事を体験していく。それから二十五年後の現在、ユアンの死後、屋敷を相続したマギーが父との約束を破り、ふたたびベインベリー・ホールを訪れると……というのが、この物語のおおまかなあらすじだ。やはり呪われた館にまつわるゴシックホラーだが、本作とはかなり趣きが異なり、とても面白そうである。

こうして、ライリー・セイガー名義で発表された四作を追っていくと、本作でその実力が申し分なく示されているだけに、ほかの作品の邦訳もぜひ期待したいものだ。

（よしの・じん　書評家）

集英社文庫

すべてのドアを鎖《とざ》せ

2021年7月20日　第1刷　　定価はカバーに表示してあります。

著　者　ライリー・セイガー
訳　者　鈴木《すずき》　恵《めぐみ》
編　集　株式会社　集英社クリエイティブ
東京都千代田区神田神保町2-23-1　〒101-0051
電話　03-3239-3811
発行者　徳永　真
発行所　株式会社　集英社
東京都千代田区一ツ橋2-5-10　〒101-8050
電話　【編集部】03-3230-6095
【読者係】03-3230-6080
【販売部】03-3230-6393（書店専用）
印　刷　中央精版印刷株式会社　株式会社美松堂
製　本　中央精版印刷株式会社

フォーマットデザイン　アリヤマデザインストア　　マークデザイン　居山浩二

ISBN978-4-08-760772-7 C0197